河出文庫

完全な真空

スタニスワフ・レム
沼野充義・工藤幸雄・長谷見一雄 訳

河出書房新社

完全な真空　目次

完全な真空

完全な真空

スタニスワフ・レム著（読書人《チテルニク》出版所、ワルシャワ）

Stanisław Lem, DOSKONAŁA PRÓŻNIA (Czytelnik, Warszawa)

　実在しない書物の書評を書くということは、レム氏の発明ではありません。現代の作家ホルへ・ルイス・ボルヘスにその種の試みがある（たとえば、『伝奇集』所収の「ハーバート・クエインの作品の検討」）だけでなく、このアイデアはもっと昔にさかのぼり、ラブレーでさえも、それを実行に移した最初の作家ではないのです。しかしながら、『完全な真空』を一風変わったものにしているのは、それがまさにこういった書評だけを集めたアンソロジーを目指している点です。首尾一貫した衒学《げんがく》趣味というか、悪ふざけというか？　私には作者の意図は悪ふざけにあるように思われますが、その印象は、長大で理論的な序文によって弱められることもありません。この序文の中で、レム氏はこう述べています。「小説を書くという行為は、創造的自由の喪失の一形態にほかならない。（中略）一方、書評を書くという行為は、さらにいっそう卑《いや》しむべき苦役である。作家については、少なくともこう言うことができる——すなわち、彼は自ら選んだテーマによって、自分を奴隷にしている、と。しかるに、批評家のおかれた状況はもっと悪い。徒刑囚が自分の手押車に鎖でしばりつけられているように、書評者は論じられるべき作品にしばりつけられている。つまり、作家は自分の本の中で自由を失うが、批評家は他人の本の中で自由を失うのだ」

このように単純化された論法に誇張がふくまれているのはあまりに明白なので、これを真面目に受け取るわけにはいきません。序文（すなわち〝自己批評をするゾイロス〟［ゾイロスは古代ギリシャの雄弁家。ホメロスの作品を酷評したことで有名］）のその先の段落には、こう書かれています。「文学はこれまで、架空の登場人物について語ってきた。我々はその先に進もう。つまり、架空の書物のことを書くのである。これこそ、創造の自由を回復するチャンスであり、それと同時に我々は、二つの相反する精神——すなわち作家の精神と批評家の精神——を結び合わせることができるわけだ」

〝自己批評をするゾイロス〟は、——とレム氏は説明します——〝自乗された〟自由な創造になるはずだ。なぜならば、あるテキストを批評する者は、自分自身がそのテキストそのものの中にはいりこむことによって、伝統的ないし非伝統的な文学の語り手《ナレーター》よりも大きなテキスト操作の可能性を得るからである。この見解には賛同してもいいでしょう。と言うのも、実際に今日の文学は、走者《ランナー》が規則正しく楽な呼吸を求めるように、創り出されたものからのより大きな距離を求めて奮闘しているからです。ただ不都合なのは、この博学な序文がどういうものかいっこうに終わろうとしないことであります。この中でレム氏は、虚無の肯定的側面や、数学の理想的対象、そして、言語の新しいメタ・レベルについて語ります。悪ふざけにしては、こういった話はすでにいささか冗長すぎるでしょう。その上、この序奏によってレム氏は読者を（そして自分自身をも？）すっかり惑わせてしまうのです。なにしろ、数々の偽書評から成るこの『完全な真空』は、単なる笑い話の寄せ集めではないのです。私自身としては、原作者の意見とくいちがうことは承知のうえで、これらの書評を以下の三つのグループに分けたいところです。すなわち、

（1）パロディ、模倣作品《パスティーシュ》、及び嘲笑。ここに属するのは、『ロビンソン物語』、『とどのつまりは何も無し』（これらのテキストは二つとも、それぞれ別の意味で、〝ヌーヴォー・ロマン〟を嘲笑したものになっています）、そしておそらくは『てめえ』と『ギガメシュ』もでしょう。もっとも、確かに、『てめえ』をここに含めることにはかなり問題があります。悪い書物を自分で考え出しておいて、それが悪い本だとこきおろすことができるようにする、というのは、あまりにも安っぽい手口だからであります。形式面で最も独創的なのは、長篇小説『とどのつまりは何も無し』でしょう。これは誰にも書くことができないような小説であり、それゆえ、ここで適用される偽書評という手法が曲芸的なトリックを可能にしているからです。すなわち、存在しないだけでなく、存在

し得ないような書物の批評、ということであります。『ギガメシュ』は、他の何よりも私の好みにあいませんでした。この本の趣旨は、複雑な創作の種明かしをする、ということですが、しかし本当に、その種の落ちをつけることで傑作を片づけてしまっていいのでしょうか？　ことによると、自分で傑作を書かないような作家にとっては、それでいいのかも知れません。

（２）『親衛隊少将ルイ十六世』や、『白痴』そして『テンポの問題』のような、大作の概略を示す草案（結局のところ、これらのものは、独自の草案になっているのですから）。これらのいずれを取っても、おそらく、すぐれた長篇小説の萌芽となり得たでしょう。しかしながら、そうはいっても、まず最初にその小説を書くというのが、物の道理でしょう。批判的であろうとなかろうと、要約などは結局のところ、メイン・コースに対して食欲をそそる前菜《オードブル》にすぎないわけですが、その肝心のメイン・コースが台所にないのです。なぜないのか？　ほのめかしによる批評はフェア・プレイではありませんが、私としては今回だけ、あえてそうさせていただきます。レム氏の抱いていたアイデアは、自分では完全な形で実現することのできないようなものだったのです。書き上げるだけの能力はないが、書かないでおくのはもったいない、というわけです。『完全な真空』のこの部分の由来は、これですっかり説明することができます。しかるに、レム氏は、まさにそういった非難の声があがるだろうということを見通すだけの俊敏さは持ちあわせていましたから、序文を書くことによって身を守ったわけです。それゆえ、

〝自己批評をするゾイロス〟の中で彼は散文の技法の貧困について語り、「侯爵夫人は五時に家を出た」（ヴァレリーが紋切型の例としてあげたもの。後にブルトンが槍玉にあげた）という描写を職人芸的に刈り込んでゆくことの必要性について語ります。しかし、すぐれた職人芸は、貧困なものではありません。レム氏をおびえさせたのは、私が先に単なる例えとして挙げた三冊の書物の一冊一冊が提示する困難の数々です。そこでレム氏は危険を冒さず、困難を回避し、言いぬけするという道を選びました。「あらゆる書物は、それが押しのけ、滅ぼしてしまった無数の他の書物の墓である」と言うことによって、レム氏は、自分の持っている数多くのアイデアに対して自分の寿命が足らないということを読者に理解させようとします（芸術《アルス》は長く《ロンガ》、人生《ウィタ》は短し《ブレヴィス》）。しかしながら、重要でたいへん有望なアイデアが、『完全な真空』の中にそれほどたくさん含まれているわけではまったくありません。ここにあるのは、すでに述べたように、自分の器用さの誇示です。もっとも、先ほど私はそれが悪ふざけかどうかを問題にしていたわけですが。しかしながら、私にはどうも、ここにもっと重要なことがあるような気がします。それは、すなわち、実現することのできない夢であります。

　自分が間違っていない、と私に確信させてくれるのは、本書の最後の作品群であり、ここには、たとえば、『生の不可能性について』、『誤謬《ごびゅう》としての文化』、――そしてなかんずく！――『新しい宇宙創造説』などが含まれます。

『誤謬としての文化』は、レム氏がこれまで自分の文学作品や論文集の中で再三再四説いてきた見解を引っくり返してみせてくれます。科学技術の氾濫は、これまでレム氏に文化を破壊するものとして厳しく非難されてきたわけですが、それがここでは人類を解放するものとして認められているのです。レム氏が二度目に背教者としての姿を示すのは、『生の不可能性について』においてです。ここで、家庭年代記の長々しい因果関係の鎖の馬鹿馬鹿しいほどの面白さに惑わされてはなりません。ここで問題なのは、こういった逸話の滑稽さではなくて、レム氏にとって最も神聖なもの——すなわち、確率理論——に対して攻撃がなされていることです。ところで確率とは、つまり、偶然のことであり、まさにこの範疇《カテゴリー》にもとづいてレム氏は多種多様で広範な自分の概念を組み立て、築き上げたのです。この攻撃は道化じみた状況の中で行なわれるので、攻撃の切っ先は鈍くなるはずであります。しかし、だからといって、この攻撃が一瞬といえどもグロテスクでないものと考えられたでしょうか?

そういった疑惑を吹き払ってくれるのが、『新しい宇宙創造説』であり、本書中にトロヤの馬のように隠されてはいるものの、これこそは本書の pièce de résistance (主要作品) であります。悪ふざけでも、架空の書評でもないとすると、一体これは何なのでしょうか? これほど堂々たる科学的論証をはりめぐらされていると、悪ふざけと呼ぶには少々重すぎます。どうやら、この執筆のためにレム氏は百科事典類をむさぼり食ったものと見えます。レム氏をちょっと揺さぶってやれば、対数やら公式やらがうようよと出てくるのではないでしょうか。『新しい宇宙創造説』はノーベル賞受賞者の架空の講演の形をとり、革命的な宇宙像を記述したものです。もしもレム氏の他の著書を一冊も知らなかったならば、私は結局のところ、これは世界中でも三十人ばかりしかいないその道の通のために——すなわち、物理学者及びその他の相対性理論の専門家のために——書かれた悪ふざけだと考えたことでしょう。しかしながら、それはどうもありそうもない話のように思われます。私としてはまたもやここに、作者を魅了し——そして、ひるませたアイデアが介在しているように思われるのです。もちろん、作者は決してそれを認めようとはしないでしょうし、私も、他の誰も、彼が〈遊びとしての宇宙〉《ゲーム》《コスモス》の像を本気で考えていた、と彼に対して証明することはできないでしょう。作者としては常に文脈《コンテキスト》の遊戯性を、そして、本書の題名そのものを引き合いに出せるのです（〝完全な真空〟——とは、すなわち、中味はまったく空っぽで〝何もない〟ということですから）。結局のところ、最良の避難所にして言い逃れは、licentia poetica（詩の自由）であります。

しかしながら、これらすべてのテキストの裏にはある種の重々しさがひそんでいるように思われます。〈遊びとしての宇宙〉《ゲーム》《コスモス》？〈目的論的物理学〉？科学の信奉者として、その方法論の前に平伏するレム氏としては、異端者・変節者の頭《かしら》と自任することができませんでした。したがって、彼はこの考えを論文発表の形式にはめこむこともできなかったのです。しかるに、〈宇宙における遊び〉《コスモス》《ゲーム》というアイデアを作品の筋立ての軸とすることは、〝通常のサイエンス・フィクション〟の系列の中で何番目かの場所を占める、もう一つの小説を書くことを意味するでしょう。

そこで、残ったのは一体何なのか？　健全な頭脳にとっては、沈黙あるのみです。さてそこで、文学者が書かず、またどんなことがあろうとも決して書こうともせず、架空の著者たちに帰すことができるような書物――こういった書物こそは、まさにそれが存在しないということによって、おごそかな沈黙に驚くほど似通ったものになるのではないでしょうか？　異端思想からこれ以上大きな距離をおくことができるものでしょうか？　これらの書物について、これらの論文について、他人のものとして語ることは、ほとんど、沈黙を守りながら語るにも等しいことです。とりわけ、それが悪ふざけの筋書きの中で起こるような場合には。

それゆえ、長年胸に秘められてきた、滋養豊かなリアリズムに対する飢餓感から、あまりに大胆な見解を含むため、直接表現することもできないような思考から、そして、人が夢見ながら決して実現させられないあらゆるものから――まさに、こういったものから、『完全な真空』は生まれたのです。〝文学の新しいジャンル〟の根拠を示すとか称する理論的な序文は注意をそらすための策略でありまた、手品師が自分の本当にやっていることから我々の目をそらすために故意に見せつける動作《ジェスチャー》なのであります。読者は、作者の器用さが誇示されるのだろうと――実際にはそうではないのに――信じ込むはずです。〝偽書評〟という手法がこれらの作品を生み出したのではありません。むしろ、これらの作品が――空しく――表現を求めて、この手法を言い訳として、口実として使ったのだというべきでしょう。もしもこの手法がなかったならば、すべては沈黙の領域にとどまっていたことでしょう。というのもここで試みられているのは、大地にしっかりと根ざしたリアリズムのために空想の領域を裏切ること、経験論の領域における変節、そして科学における異端だからです。はたして、レム氏は、自分の策謀が見破られないと本当に思っていたのでしょうか？　この策謀とは、いたって簡単なものです。つまり、真面目な顔をしてはとても囁《ささや》くことができないことを、笑いに紛らわして大声で言ってしまうということであります。序文の語るところにもかかわらず、批評家は「徒刑囚が自分の手押車に鎖でしばりつけられているように、書物にしばりつけられている」必要はありません。批評家の自由というものは、書物をほめたりけなしたりできるという点にあるのではなく、書物を通じて――まるで、顕微鏡をのぞくように――作者の姿を見ることができるという点にあるのです。そして、そうする時、『完全な真空』は、読者が望んでいながら、所有することのできない物語であることがはっきりとわかってきます。これこそは、実現されなかった数々の夢想の書物です。そして、抜け目のないレム氏がそれでもなお逃げ口上として利用できるのは、ただ一つ、以下のような主張の形をとった反撃の言葉でしょうか。「この書評を書いたのは批評家の私ではなく、原作者のレム自身であり、それを本書『完全な真空』を構成する一部にしたてあげたのもレムなのだ」

ロビンソン物語

マルセル・コスカ著（書肆スィユ、パリ）

Marcel Coscat, LES ROBINSONADES (Éditions du Seuil, Paris)

デフォーのロビンソンの後には、子供向けの削除版『スイスのロビンソン』やら、その他、この孤島生活をさらに子供向きに書きかえた版やらが数多く出たものだ。一方、二、三年前にパリのオリンピア社が時代精神に迎合して出版した『ロビンソン・クルーソーの性生活』はじつにくだらないしろもので、著者の名前を挙げる必要さえないほどである。なにしろ、この著者は、出版社自体の所有物でしかないような数あるペン・ネームの一つによって自分の正体を隠しているのであり、そんな売文業者たちを雇い入れるこの出版社の目的といえば、周知の通りだからである。しかし、マルセル・コスカの『ロビンソン物語』には、待っただけの価値がある。これは、ロビンソン・クルーソーの社交生活であり、社会福祉事業であり、群集の中で彼が過ごした厄介で困難な生涯である。というのも、本書が扱っているのは孤独の社会学——すなわち、物語の結末には人ごみのために足の踏み場もなくなってしまう無人島の大衆文化だからである。

コスカ氏が書いた作品には、読者もすぐに気づくように、剽窃《ひょうせつ》まがいの性格や商業主義的性格はない。また、センセーションをねらったわけでもなく、孤島生活のポルノグラフィーをこととするわけでもなく、コスカ氏は難船者の欲望を毛むくじゃらの実のなるココナッツの木やら、魚、山羊、斧《おの》、きのこ、難破した船から救い出されたハムなどに向けたりはしない。本書のロビンソンは、〝オリンピア〟版の場合とは違って、もはややたけり狂った雄《おす》ではなく、したがって、男根一角獣のごとく木のしげみや砂糖きび畑や竹林を踏みにじったりもしなければ、砂浜や山の頂や、入江の水、カモメのさえずり、あほうどりの崇高な影、嵐のために岸に追いやられる鱶《ふか》などを犯したりもしない。

セルジュ・Nは、自分のおかれた状況を認識するや、従順に妥協して運命の言うなりになるどころか、むしろ、本物のロビンソンになるべく決意するのだ。その手始めに、彼は自らすすんでまさにこのロビンソンという名を受け入れるのだが、それももっともなことだろう。なにしろ、彼としてはもはや、それ以前の生活からいかなる利益を引き出すこともできないのだから。

難船者の運命は、その数々の生活上の不便を数え上げただけでも分かるようにひどく不愉快なものであり、したがって、はじめから無駄とは分かっていても、失われたなつかしいものを取りもどす努力をせずにはいられなくなる。発見されたあるがままの世界は、人間的に整えられる必要がある。そんなわけで、セルジュ・Nは、自分自身だけでなく島自体をもまったくのゼロの状態から作り上げて行こうと決心するのである。コスカ氏の新ロビンソンは、いかなる幻想も抱いていない。彼は知っている――デフォーの主人公が虚構であり、そのモデルとなったセルカークという水夫が実は、何年もたってたまたまどこかの帆船に発見された時にはまったく獣のようになっていて、言葉さえしゃべれなかった、ということを。ロビンソン・クルーソーは、フライデーのおかげで助かったわけではない。フライデーがやってくるのは、あまりに遅すぎた。彼が期待していたのは、確かに厳格ではあるが、清教徒《ピューリタン》にとっては最良の可能性である、主《しゅ》なる神その人の救いの手だった。衒学《げんがく》趣味とも言えるほどの厳格な行儀作法や、不撓不屈《ふとうふくつ》の勤勉さ、自己省察、そしてとりわけ、あの潔癖なまでの謙虚さ（パリの〝オリンピア〟版の著者はこのために激昂し、ついには正面きって、これを放埒《ほうらつ》な筆の餌食にしたのだった）――こういったことをロビンソンに課したのが、まさにこの神という伴侶だった。セルジュ・N――すなわち新ロビンソン――は、自らの内にある種の創造力を感じながらも、ある一つのものは作り出すことができず、また彼自身、最初からそのことを知っている。つまり、至高の存在である神だけは、彼の手にはおえない、というわけだ。彼は合理主義者であり、合理主義者として仕事に取りかかる。彼はあらゆる物事をじっくりと考えたいと思い、そこで、まったく何もしないのがことによると最も賢明なことではないだろうか、という疑問から始める。確かにこれは狂気につながる道だろうが、しかし、それがまったく不都合な身の処し方だと誰が言えようか？　いやはや、それどころか、もしもワイシャツに合わせてネクタイを選ぶように、狂気のタイプを選ぶことができるならば、ロビンソンは自分自身にさえ、躁病性多幸症《ユーフォリア》を喜んで植え付けるにちがいない。なにしろ、そうすれば、いつでも幸せな気分でいられるから。しかし、それがいつのまにか鬱《うつ》状態に移ってしまい、あげくのはてに自殺するだのしないだのという騒ぎに行き着かない、という保証はどこにもないのだ。こう考えると、特に美的な観点から彼はいやになってしまうわけだが、もとより、受身ということは彼の性分にはないのである。首をくくって死んだり、海で溺《おぼ》れて死んだりするための時間くらいいつでも見つかるだろう――だから、そういった方法はとりあえず沙汰やみにしておくわけだ。小説の冒頭で彼が自分に言い聞かせるように、夢の世界とは、あの〝どこにもない場所《ノーホウエア》〟であって、それはまったく完璧なものになり得るのだ。もっとも、このユートピアは、脳の夜の働きの中にとっぷりとつかっていて、弱々しい発展しかとげていないので、いささか生彩を欠くきらいがあるのだが。所詮、脳というものは、夜は、昼の目覚めている時のように高度な課題をこなすことはできない。「夢の中で」と、ロビンソンは言う――「いろいろな人たちが私を訪ねてきて、私に質問をするのですが、私にはその答が分からず、結局、彼らの口から答がもれることになります。これはつまり、これらの人々が私という存在から分かれて出た分身であり、私とはへその緒でつながっている、ということを意味するのでしょうか？　いや、そう言っては、大変な誤りを犯すことになります。たとえば、私が素足の親指で慎重に下からこじあけようとするこの平べったい石の下に、脂ののった白い地虫が（つまり、私には既においしいものになっている例のいも虫が）いるかどうか、私には分からないわけですが、それと同様に、夢の中で私を訪れる人たちがどんな考えを頭の中に秘めているのか、私には分からないのです。したがって、私の〝自我〟から見て、これらの人々は、いも虫と同じように外側の世界に属していることになります。とは言っても、私は夢と現《うつつ》の間の境界を拭い去ろうとしているわけではまったくなく――それは狂気に至る道です！――ただ、新たなより良い秩序を作り出そう、ということなのです。夢の中で時おり、どうにかして、支離滅裂ながらもたまたまうまくいくことを、まっすぐに伸ばし、締めつけ、結び合わせ、強化してやる必要があります。現実《うつつ》に結び留められた夢――すなわち、方法《メソド》としての現実の明るみに持ち出された夢、現実の領域に人々を住まわせ、そこを最良の商品で満たしてやることによって現実に奉仕する夢――こんな夢は、夢であることをやめてしまうでしょう。一方、現実は夢によってそういった治療を受けることにより、以前のように穏やかであると同時に、新たに形成されたものになるでしょう。自分一人しかいないのだから、他人に気を使う必要はありません。しかし、同時に、自分が一人であると知っていることは、私にとって毒ですから、それゆえ、私は一人でいることはないでしょう。実際のところ、主なる神を創り出すことは私の手に負えませんが、だからといって即、私が〈誰も〉創り出せないということにはならないのです！」

そして、さらに我らの論理的なロビンソンは話を進める。「〈他人〉のいない所に住む〈人間〉というものは、水のない所に住む魚のようなものです。しかし、たいていの水が汚染され、汚れているように、私のまわりの環境もごみ捨場のようなものでした。親戚、両親、上司、教師など、どれも自分で選んだわけではありません。恋人たちにしたって、同じことです。まったくのなりゆきまかせで現れてきただけですから。つまり、偶然が与えてくれたものの中から選んでいた（そもそも、これが選んだなどと言えるとしての話ですが）というわけです。他のあらゆる人間と同様に、誕生・家族・知り合いといった一連の偶然の状況を私が運命によって申し渡されている以上、不平を言うすじあいは何もありません。それゆえ――『創世記』の最初の言葉の響き渡らんことを！混乱よ、消え失せよ！」

察するところ、これらの言葉は、「光あれ……」と言う造物主にも匹敵するような宗教的熱情とともに発せられているようだ。と言うのも、ロビンソンはまさに全世界をまったくの無から創り出そうとしているからである。もはや彼は、偶然の事故によって人々から切り離されているだけでなく、自らの決意によって世界の一切合財の創造に取りかかろうとしているのだ。こうして、マルセル・コスカの完璧に論理的な主人公は世界の青写真を描いてゆくわけだが、後にはその青写真のほうが彼を滅ぼし、笑いものにするのである。人間の世界が自らの造物主を滅ぼしたように、とでも言ったらいいだろうか？

ロビンソンには、何から手をつけたらいいか分からない。理想的な存在によって自分の周囲を固めればいいのだろうか？　たとえば天使とか？　それとも天馬《ペガサス》？　（しばらくの間、彼はケンタウロスに強く心を引かれる。）しかし、幻想からさめて、彼は、どのようなものであれ、完璧な存在に取り囲まれていたのではかえって気が重くなるだろう、と悟る。それゆえ、彼はまず最初に、それまでずっと長いこと、夢でしか見られなかったものを身のまわりに置くことにする。すなわち、忠実な召使にして、執事、近侍、下男を一人で兼ねてしまう、太っちょの（太っちょは陽気だから！）グルムなる男である。この最初のロビンソン物語《ロビンソナード》の展開の中で、造物主を目指す我らの職人は、民主主義のことに思いをいたすのだが、もともと彼は、皆と同じように（これについては彼には確信がある）単に必要にせまられてしかたなく民主主義に耐えていたのだった。まだ子供の頃から彼は、眠りに就く前に夢想したものだ——中世にでも大地主として生まれていたら、どんなにいいだろう、と。今になってようやく、この夢を実現させられるのだ。グルムは相当な馬鹿者だが、馬鹿者であることによって、主人を自動的に引き立ててしまう。彼の頭には独創的なことなど何一つ思い浮かばず、したがって、勤めをやめるなどと言い出す心配はまずない。どんなことでも、あっと言う間にやってのけ、主人に何かをやれ、と言われる前にやってしまうほどである。

一体ロビンソンはこのグルムのかわりに働いているのかどうか、そして働いているのだとすれば、どのようにか——これを筆者は、まったく説明してくれない。というのも、物語は一人称で（すなわち、ロビンソンによって）語られているからである。つまり、たとえロビンソン自身が（しかし、それ以外の可能性があり得るだろうか？）あらゆることをこっそりとやり、それを後で召使のやった仕事と見なしているだけのことだとしても、その際、彼はまったく無意識のうちに行動しているわけで、だからこそ、彼の労働の成果だけが目につくようになるのだ。朝まだき、眠けのためにまだくっつきあっているまぶたをロビンソンがこするかこすらないかという頃、もうその枕元には、彼の一番の大好物の小ぶりの牡蠣《かき》が丁寧に調理されて、置かれている――好みに合うように、海水で少々塩味をつけ、さらにスカンポの酸味を添えて。前菜《オードブル》としては、バターのように白くて柔らかないも虫が、きれいな石の小皿に盛られている。その上、なんと、そ の脇では、椰子《やし》の繊維で磨きあげられた靴がぴかぴか輝いており、洋服は日差しを浴びて熱くなった岩でプレスされて、主人を待ち構えているのだ。しかも、ズボンには折り目がつけられ、上着にはみずみずしい花がさしてある。それなのに、ご主人様は朝食をとる間も、服を着る間も、ぶつぶつと小言を言うのが常で、昼食には海鳥を少し注文し、夕食にはココナッツ・ミルクを出すようにと言う――「でも、よく冷やしておくんだぞ」。それに対してグルムは、いかにも優秀な執事らしく、へりくだった態度で――当然のことだが――黙ったまま、命令を聞くのである。

主人は小言を言い、召使はそれを聞く。主人は命令し、召使はそれを実行しなければならない。快適で、穏やかな暮らしではないか。まるで、田舎で過ごす休日のようだ。

ロビンソンは散歩に出かけ、気の向くままに面白い小石を集め、ちょっとしたコレクションまで作り上げてしまう。一方、グルムはその間じゅう食事の支度をしているのだが、自分では何ひとつ食べないのだ。何という経済性、何という便利さ！　しかし、そうこうするうちに、〈主人〉と〈召使〉の関係の内部に、わだかまりの種が砂粒のように生じてくる。グルムが実在することは、疑問の余地がない。それを疑うのは、誰も眺めている者がないからと言って、木がそびえ立ち、雲が流れることを疑うようなものだろう。しかし、下男の杓子定規な仕事ぶり、几帳面さ、忠実さ、従順さといったことは、やがて主人をうんざりさせるようになってしまう。靴はいつでも必ず磨かれて、すぐにはけるようになっているし、牡蠣は毎朝毎朝、堅い寝床のかたわらでいい匂いをさせ、グルムは相変わらず何もしゃべらないでいる——もっとも、〈主人〉のほうとしても、あれこれ理屈を言う召使など、我慢できないわけだが。しかし、ここから明らかなのは、グルムは一個の人間としては島にまったく存在していない、ということである。そこでロビンソンは、このあまりに単純で、それゆえ原始的な状況をもっと洗練されたものに変えるため、何か手を打とうと決心する。怠《なま》け癖《ぐせ》、意地の悪さ、いたずら心などを今さら、グルムに植え付けるわけにはいかない。というのも、グルムは今のままの姿が本来の姿であって、彼の存在はあまりに強固なものとなっているからである。そこでロビンソンは、料理見習いとしてスメンという少年を雇い入れることにする。この少年はきたない身なりをしているものの、なかなかハンサムで、ほとんどこすっからいくらいに見えるかも知れない。いささか怠け者だが、頭の回転は速く、いたずら好きの少年である。さて、こうなると、今度は〈主人〉ではなく、〈召使〉の仕事がますます増えることになる。それも、〈主人〉に仕えるための仕事ではなく、この若僧があれこれ次々に考え出すことを主人の目から隠すための仕事なのである。その結果、グルムはスメンをおとなしくさせることに始終追われ、以前にもまして、存在感が希薄になってしまう。時にロビンソンは聞きたいとも思わないのに、海の風に運ばれてきたグルムの罵声の響きを聞くことがある（グルムのかん高い声は、妙に大きなカモメの声に似ている）。だが、いずれにせよ彼は、召使たちの口論に割って入るつもりはないのだ。スメンが、グルムを〈主人〉から引き離しているのだろうか？　そこで、スメンは首だということになり、どこでも好きなところに行けとばかり、追い出されてしまう。「あの小僧め、牡蠣までつまみ食いしおって！」主人はこのちょっとした挿話を喜んで忘れようと思うのだが、ただ困ったことに、グルムはそれをさっぱり忘れることができないのだ。彼の仕事のやり方はぞんざいになり、叱ってみたところで、まったく効き目がない。召使は相変わらず沈黙を守り続け、音無しの構えでしおらしくしているが、明らかに、何やら考えごとを始めたようである。〈主人〉としては、召使を尋問して、正直に腹を割らせようなどというつもりもない。聴罪司祭の役回りなんて、冗談じゃない！　すべてがぎくしゃくするようになり、厳しい言葉も効き目がない。「それなら、おいぼれめ、お前も消え失せるがいい！　そら、三か月分の給料をやるから、とっとと出て行け！」

あらゆる〈主人〉の例にもれず誇り高いロビンソンは、まる一日を費やして、急ごしらえの筏《いかだ》を作り、座礁して壊れた「パトリシア号」の甲板にたどり着く。幸い、金は大波にさらわれていなかった。勘定の清算は済み、グルムは姿を消す——そのはずだった。ところが主人から貰った金をグルムは、そのまま残して行ったのである。これほどまで召使に侮辱されて、ロビンソンは途方に暮れてしまう。何か誤りを犯したとは感じるのだが、それも今のところは、直感だけでそう感じ取っているに過ぎない。一体、どこが間違っていたのだろうか。

「俺は〈主人〉だ、俺は万能なんだ!」と彼はただちに言って自分を元気づけ、今度はウェンディを雇い入れる。彼女は、察するところ、召使フライデーの系列を想起させるものであると同時に、それと反対の性格も合わせ持っているようだ(ウェンディに対するフライデーの関係は、ちょうど、水曜日《ウェンズデー》に対する金曜日《フライデー》の関係のようなものである)。しかし、この若くて、実に単純な娘は、〈主人〉を誘惑の危険にさらすかも知れない。〈主人〉は、奇跡的に素晴らしい(なぜなら、それは本来実現不可能なものだから)彼女の抱擁のなかで、いともたやすく破滅してしまう恐れがある。熱にうかされて欲情と姦淫に我を忘れ、青白い謎めいた微笑みや、ぼんやりした横顔《プロフィール》、焚《た》き火《び》の灰のために苦い味のするむき出しの踵《かかと》、羊の脂肪の匂いがする耳たぶなどにのぼせ上がってしまうかも知れない、というわけなのだ。そこでロビンソンは、ふと思いついた名案をただちに実行に移す——つまり、ウェンディに足を三本つけてやるのである。より平凡な——

つまり、卑俗で現実的な――日常生活のなかでは、こんなことをするわけにはいかないだろう！　しかし、ここでは彼が〈造物主〉なのだ。彼の振る舞いは、有毒でありながら酒飲みの心を誘惑するメチル・アルコールの樽《たる》を持っている男が、自分の目の前でみずから樽の蓋を釘づけにしてしまうようなものだろう。彼はこれから先、決して身を委ねてはならない誘惑とともに生きて行くことになるのだから。それと同時に、彼は多くの知的労働をすることにもなるだろう。というのは、彼の欲望がみだらにも、樽を密封している栓を常にはずそうとするからである。そんなわけで、ロビンソンは今後、三本足の娘とともに暮らすことになる。もっとも、彼は真ん中の足のない娘の姿を想像することも確かにできるのだが、それは、それだけのことに過ぎない。彼は無駄に使われることのない感情や、求愛のために浪費されることのない精力を、自分のうちに豊かにたくわえておくだろう（そもそも、こんな娘のために、感情や精力を浪費する必要が、どこにあるだろうか？）小さな水曜娘《ウエンディ》は、彼の心のなかで、水草のようによるべないみなし児とか、中心といったイメージと結びつき（ドイツ語で「週の中心《ミットヴォッホ》」と言うことからも分かるように、水曜日は一週間の真ん中であり、明らかに性《セックス》の象徴となっている）、彼のベアトリーチェとなるのだ。と言ったところで、そもそも、ダンテの恐るべき情欲の激発について、この愚かな十四歳の小娘にいったい何が分かるだろうか。ロビンソンは、実際、自分自身に満足しきっている。みずからウェンディを作り出し、みずから彼女を三本足にすることによって彼女との間に障害を設けた、というわけだ。そうは言っても、やがて事態は変わり、軋轢《あつれき》が生じ始める。ある意味では確かに重要な一つの問題に没頭するあまり、彼はウェンディのその他の重要な側面の多くを無視してしまったのだ。

最初に生じてくるのは、まだあまり罪のない問題である。時に彼は、少女の姿をちょっと覗き見したいとも思うのだが、この欲望に打《う》ち克《か》つだけの自尊心は充分に持ち合わせている。しかし、その後、彼の脳裏を様々な想念がうごめくようになるのだ。少女は、かつてグルムの仕事だったことをやっている。牡蠣を集めることくらいなら、まだ何でもない。しかし、〈主人〉の衣類の面倒を見ること——しかも、彼個人の下着の世話まですることとなると、どうだろうか。ここにはもう、何やら怪しげな要素が感じられると言えるだろう。いや、怪しげどころではない！　これは、あまりに明白なことではないか。そこで、彼はこっそりと、ウェンディがまだ確実に眠っている真っ暗な夜のうちから起き出して、口に出すのもはばかられるもの——つまり、自分の下着——を洗濯するのだ。だが、どうせこれほど早起きするようになったのならば、一度くらい、まあ、遊びで（もっとも、それは孤独なご主人様だけのお遊びというわけだが）彼女のものを洗濯してもいいのではないだろうか。ウェンディにも服飾品をどっさりと与えたはずではないか。そこで彼は、鮫《さめ》にもめげず、何度もパトリシア号に出向き、その船体の中にもぐり込んで、婦人用の装身具や、スカートや、ドレスや、下着を少しばかり捜し出した。だが、そういったものを洗濯したら、今度は、二本の椰子の幹の間に紐を張り渡し、洗濯物をすべてつるして、干さねばならない。なんと危険な遊びだろうか。しかも、グルムはこの島に召使としてはもう存在していないものの、完全に消え失せたというわけではないだけに、この遊びはいっそう危険なものとなる。ロビンソンには、グルムの荒い鼻息がほとんど聞こえてくるような気がする。そして、彼の考えを推測することさえできるのだ。「どういったものでしょうかね、ご主人様は、私のものなど一度も洗濯してくださらなかったのに……」かつて存在していた時、グルムはこのように生意気なほのめかしを用いてあえて何かを言うことなど、決してできなかったろう。ところが、いま存在していないグルムは、手のつけられないおしゃべりになってしまった。いや、実際問題として、グルムは存在していない！　あるのは彼が残した空白だけで、どこか具体的な場所に彼の姿が見えることなど、決してないのだ。しかし、そもそも、ロビンソンに仕えていた頃でさえ、彼は控え目に姿を隠していた。あの頃でさえ、主人の邪魔にならないように行動し、自分の姿を目の前に現すような真似はしなかったではないか。そのグルムがいまや、幽霊のように現れるようになったのである。こびるような表情を浮かべた病的なぎょろ目、かん高い声——こうしたものがすべて押し寄せて来るのだ。どんなカモメの鳴き声を聞いても、その中から、遠くでスメンと言い争う彼の声が響いてくる。そうかと思うと今度は、熟《う》れたココナッツに囲まれて、グルムが毛深い胸をはだけたりする（こういったほのめかしは、一体、どこまで恥知らずなものになるのだろう）。彼はざらざらした椰子の幹のように体を折り曲げ、魚のような目で（またしてもぎょろ目だ！）——水死人が波の下から見るような具合に——ロビンソンを見詰める。彼はどこにいる？　ほら、あそこだ、岬の岩のところだ。なにしろ、グルムのやつには、ちょっとした趣味があったからなあ。彼は岬に腰を下ろし、年老いて弱った鯨たちをしゃがれ声で罵るのが好きだったのだ——大海原という自分の古巣の中にとどまって、潮を吹き続ける鯨たちを。

　もしウェンディと話をつけることができたら！　既に主人と召使という枠を大きくはみだしている二人の関係を、服従と命令、男性的な主人の厳格さと大人の分別といった原則によって安定させ、制限し、適切なものに変えることができたらいいのだが！　ところが、いやはや、ウェンディは実際、ごく単純な少女に過ぎない。グルムのことなど、聞いたこともないだろう。彼女に話しかけるのは、絵にむかって何かを言うようなものだ。たとえ、何か自分の考えがあったとしても、彼女は決して何も口に出して言わないだろう。こういったことはあたかも単純さや小心さゆえのように見えるかも知れないが（結局のところ、彼女は女中なのだから！）、実際には、このような「少女っぽさ」というものは、本能的なずる賢さのあらわれであり、〈主人〉が何に対して——いや、より正確に言うなら、何に逆らって——冷静で、沈着で、醒めた傲慢な態度を取ろうとしているのか、ウェンディは肌全体で完全に感じ取ってしまう。その上、彼女はまるまる何時間もどこかに消えて、夜まで姿を見せないことがある。これはひょっとしたら、スメンの仕業だろうか？　まあ、グルムでない以上は……　いや、グルムであるわけがない。

彼はこの島にはいないのだから！

　ここまでくるともう無邪気な読者は（残念ながら、そういう読者は少なくない）、すべてはロビンソンの幻覚であって、彼は発狂してしまったのだ、と考えることだろう。こんな想像は、まったくの見当はずれである。彼が何かの虜《とりこ》になっているとしても、それは自分自身が作り出したものの虜になっているだけのことだ。というのも、彼は根本的な作用を自分に及ぼし、自分を癒してくれるかも知れないただ一つのことを、口に出して言えないのだから。それは要するに、グルムなどそもそも決して存在したことはなかったし、スメンも同様だ、という事実である。彼がそれを口にすれば、まず第一に、いま存在していない少女――つまり、ウェンディ――も、か弱き犠牲として、このように明白な否定の破壊力の奔流に屈することだろう。その上、いったん説明がこのようになされてしまうと、〈造物主〉としてのロビンソンは完全に、永久に麻痺させられることになるだろう。したがって、この先何が生ずるかに関わりなく、彼は自分が創造したものが実在しないことをみずから認めるわけにはいかない。それは誠実な本物の〈造物主〉が、悪意によって作り出されたものがあることを認められないのと、まったく同様である。いずれの場合も、そんなことを認めてしまえば、全面的な敗北を意味することになるからだ。神は悪を作らなかった。それと同様に、ロビンソンもまた、いかなる無にも携わっていない。こうして、どちらも、自分の精神が生み出した創世記神話の虜になっているのである。

そんなわけで、ロビンソンは無防備な状態のままグルムに翻弄されることになる。グルムは存在する——しかし、それは常に石や棒の届く範囲の外であり、彼に対する罠《わな》として、暗がりでウェンディを杭に縛りつけてみても（実際にロビンソンは、そんなことまでやるようになるのだ！）、何の効果もない。追い払われた召使はどこにもいない——したがって、どこにでもいるのだ。不幸せなロビンソン！　彼はいい加減な二級品をあれほど嫌い、身の回りを選り抜きの人物によって固めたいと思っていたのに、結局、自分の島を汚染してしまった。彼はみずから、島全体を「グルム化」してしまったのである。

われわれの主人公は、本物の苦悩を味わうことになる。特に素晴らしいのは、夜ごと彼がウェンディと言い争う場面の描写である。その対話《ダイアローグ》の場面では、ウェンディの不機嫌な沈黙によって周期的に会話が途切れるのだが、この沈黙こそは、女の本能的策略であり、ロビンソンを誘惑するかのようにじわじわ作用して行くのだ。こうしてロビンソンは、節度も自制もことごとく失ってしまう。主人としての威厳もすっかりどこかに消え失せ、もはや彼はウェンディの奴隷に過ぎない。彼女のちょっとした手招き、ウィンク、微笑みに一喜一憂するありさまだ。暗闇を通して、彼は少女のあのかすかな微笑を感じ取る。しかし、へとへとに疲れ、汗まみれになって夜明けまで寝床で輾転反側《てんてんはんそく》する時、彼はふしだらで気違いじみた考えにとりつかれてしまう。ウェンディとほかに何をすることができるだろうか、と彼は空想にふけり始める……何か、楽園にふさわしいやり方で始められないものだろうか？　こうして、彼は禁断の木の実を空想のうちにあれこれ弄び、詳しく検討するうちに、聖書に出てくる誘惑者としての蛇をほのめかすようにもなる。また、試しに三本足の「怪物」から頭と尾（？）を切り取ってしまうなどという案も、ここから生じて来る。つまり、「カイブツ」から「カ」と「ツ」を取り去れば、残るのは「イブ」だけとなるのだ。その際、このイブに対してアダムとなるのは、もちろん、ロビンソンである。しかし、彼にはよく分かっている――グルムが自分の召使だった時、彼の存在など自分にとってはどうでもよかったわけだが、その彼とさえ、今こうしてきれいさっぱり手を切ることができない以上、ウェンディを取り除く計画がうまく行くわけがない。それは無残な失敗に終わるだろう。そういうことなら、どのような形であれ、ウェンディが存在したほうがいい。それだけは明らかだ。

そこで、堕落の物語が始まる。夜な夜な婦人服や下着を洗うことが、本物の宗教的儀式《サクラメント》のようなものになってしまう。ロビンソンは真夜中に目を覚まし、じっと彼女の寝息に耳を傾ける。と同時に、彼には分かっている。いま少なくとも自分の欲望を抑えて、その場を動かないようにすること、あの方向に自分の手を伸ばさないようにすることも可能なのだ。しかし、いずれにせよ、あの小さな暴君を追い払うことさえできれば、すべてにけりがつくのだが！　朝日が差し込み始める頃、すっかり洗濯され、陽光を浴びて漂白され、穴だらけになった彼女の下着は（それにしても、何という場所に穴があいていることか！）、風にそよいで、パタパタと不謹慎な音を立てる。ロビンソンは、恋する男の特権である陳腐きわまりない苦悩のありとあらゆる可能性を味わうことになる。彼女の欠けた手鏡、小さな櫛……ロビンソンは自分の住みかとしていた洞窟から逃げ出すようになる。かつてグルムが好んで腰を下ろし、年老いて動きが鈍くなった鯨たちを口汚く罵ったあの砂洲も、もはやロビンソンにとって忌まわしいものではなくなってしまった。しかし、こんな状態をこれ以上続けるわけにはいかない。なんとか打開策を講じなければ！　そこで彼は砂浜に出向き、大西洋横断汽船「フェルガニッツ号」を待つことにする。その白くて大きな船体は、嵐のため（この嵐というのもまた、都合よく想像によって作り出されたものだろうか？）、死にかけたオウム貝の輝きにつつまれた、足の裏を焼く熱い砂の上に打ち上げられるはずなのだ。しかし、それにしても、これはいったい何を意味しているのだろうか。オウム貝のあるものは、ヘア・ピンを体内に隠し持っているし、また別のものは柔らかい粘液をぴちゃぴちゃさせながら、湿った「キャメル」の吸い殻を――なんと、ロビンソンの足元に――吐き出したりするのだ。これらのしるしが指し示しているのは明らかに、この浜辺も、砂も、震える海面も、またその滑らかな表面をつたって深みへと流れ落ちてゆく水泡も、もはや物質的世界の一部ではない、ということではないか。しかし、この推測が当っているにせよ、当っていないにせよ、この先砂浜で繰り広げられるドラマは本物である。打ち寄せられたフェルガニッツ号は恐るべき轟音を立てながら、砂洲のあいまをかきわけて進み、こおどりするロビンソンの目の前に、船体から信じ難い中身を吐き出す。このドラマはまったく現実的《リアル》なものであり、これこそは報われなかった愛の嘆きなのである……。

この箇所から先、率直に言えば、本書は難解になる一方で、読者の並々ならぬ努力を要求するようになる。今までのところ精密に組み立てられていたプロット展開の筋道は、もつれ、からみあって行く。はたして、著者は、不協和音によってこの空想小説《ロマンス》の趣旨を故意にかき乱そうとしたのだろうか。それにしても、ウェンディが出産した二脚の酒場用丸椅子《バースツール》はいったい、何のためなのか。察するところ、これらの椅子たちが足を三本持っているということは、単なる遺伝的特徴のようだ。確かに、それははっきりしている。だが、この椅子の父親は、誰だったのだ？　これは、家具の処女懐胎というような事態なのか？　以前は鯨など馬鹿にし切っていたグルムが、なぜ鯨の親戚になってしまうのか（ロビンソンはウェンディの前で、グルムのことを「鯨類の親族」と呼んでいる）。さらに、第二部の冒頭で、ロビンソンには三人から五人の子供がいることになっている。数がはっきりしないことくらいなら、まだ納得もできよう。それは、あまりに複雑になりすぎた幻覚世界の特徴の一つなのだ。恐らく〈造物主〉はもう、自分が作り出した世界の細部をすべてきちんと記憶しておくことができないのである。それは、まあ、いいとしよう。しかし、この子供たちの母親は誰なのだろう。以前にグルムや、ウエンディや、スメンを作り出した時と同じように、今度も、ロビンソンは純粋な意思の働きによって子供たちを作り出したのだろうか。あるいは、それとも、媒介を必要とするような形で空想された行為によって――つまり、女の助けを得て――生み出したのだろうか。第二部では、ウェンディの第三の足について一言も触れられていない。これは、ある種の反創造的消去法というようなことだろうか。この推測は、第八章で、フェルガニッツ号の雄猫との会話の一節によって裏づけられる。そこでは猫がロビンソンに向かって、「あんたは足抜き屋だね」と言うのである。しかし、その雄猫は、ロビンソンが船上で見つけたものでもなければ、他の方法で作り出したものでもない。それは、グルムのおばさんが――グルムの妻に「北方浄土族の産婦」と呼ばれるあのおばさんである――考え出した猫なのだ。そんな次第なので、残念ながら、ウェンディに椅子のほかになんらかの子供がいたかどうかも、分からないのである。ウェンディ自身は、子供がいることを認めない。少なくとも、あの凄まじい嫉妬の場面で、ロビンソンの質問に対して彼女はまったく答えようとしないのであり、そのためみじめなロビンソンは、椰子の繊維で首吊りのための輪を編むことさえ始めるのだ。

この場面で主人公は自分のことを〈ツクレンソン〉と呼び、さらには〈ナンニモツクレンソン〉とさえ呼んでいる。しかし、ロビンソンがこれまでにあれほど多くのものを作ってきた（つまり、創造してきた）以上、この言葉をどう理解したらいいのだろうか。いったいなぜ、ロビンソンは、ウェンディのように厳密には三本足でないにもかかわらず、結局のところこの点に関して自分がある程度ウェンディに似ていないこともない、などと言うのか。まあ、これくらいならば、まだなんとか理解することもできるだろう。だが、困ったことに、第一部の結びとなっている論評が、解剖学的にも、芸術的にも第二部に続いて行かないのである。さらに、北方浄土族のおばさんの物語は、いささか悪趣味なものに思えるし、彼女の変身にともなう子供たちの合唱も同様である。（「ここで僕らは三人、四人半、金曜日《フライデー》おじさん！」というのがその歌詞だが、ここに出てくるフライデーとは、ウェンディの叔父にあたる人物である。彼については、第三章で魚たちがぶくぶくと語り、そこではまたもや踵についてのある種のほのめかしがあるのだが、これが誰の踵のことかは分からない。）

第二部が進展すればするほど、それはわけの分からないものになって行く。その後半になると、ロビンソンはウェンディとまるっきり言葉をかわさなくなってしまう。残された最後の意思疎通《コミュニケーション》の方法は、手紙である。ある夜、洞窟の中で、焚き火の灰を使って、ウェンディはロビンソンあてに手探りで手紙をしたためる。ロビンソンは夜が明けるやいなやその手紙を読むのだが、読む前から既に、冷えた灰の上に指を走らせて、その内容を推察して、からだを震わせる……。「いいかげんに、あたしをそっとしてちょうだい」と、彼女は書いていた。それに対して、もうロビンソンはあえて何も答えることができず、しっぽを巻いてこそこそ逃げ出した。だが、逃げ出して、何をしようというのか？　ミス・オウム貝コンテストを組織したり、椰子の木をひどく汚い言葉で罵りながら、棍棒で殴りつけたり、島を鯨のしっぽに結び付ける計画について砂浜の遊歩道で大声で喚きちらしたりするのだ。それからまた、ある日の午前中には、大変な群集が島に現れる。これはそもそも、ロビンソンが名前やあだ名を手当り次第に書き出すことによって、実にいいかげんにこの世界に呼び出してしまった人々の群れなのである。その後に来るものは、手のつけられない混沌《カオス》としか思えない。筏を組んだかと思えば、それをばらしてみたり、ウェンディのために家を建てたり、取り壊したり、手が太っていけば、その分だけ足が痩せていったり、赤かぶ《ビート》もなく、話にもならない乱痴気騒ぎの場面があったり、といった具合なのである。（ちなみに、この騒ぎの中で、主人公は人肉とニンニクの区別もつかなければ、血とボルシチの区別もつかなくなる。）

このすべてをあわせて見ると（エピローグを勘定に入れなくとも、ほとんど百七十ページもあるのだ）、ロビンソンが当初の計画を放棄してしまったか、あるいは著者自身が作品の中で途方に暮れてしまったかのような印象を受ける。たとえばジュール・ヌファストは『フィガロ・リテレール』誌上で、「この作品は、端的に言って、病気の世界である」と断じている。セルジュ・Nは人間行動学的な〈創造〉の計画を立てたにもかかわらず、結局、狂気を逃れることができなかった。真に首尾一貫した唯我論的創造は、必ず精神分裂症で終わるはずである。本書が実証しようとしているのは、この月並みな真実に過ぎない。だからこそヌファストは、この本がところどころ――著者の機知のおかげで――いかに面白くとも、知的には不毛なものと見なすのである。

一方、それに対して、『ヌーヴェル・クリティーク』誌上でアナトール・フォーシュは、『フィガロ・リテレール』における自分の同業者の判断に疑問を投げ掛ける。フォーシュによれば、様々な「ロビンソンもの」小説が何を主題にしているかにかかわりなく、ともかくヌファストには精神分析を論ずる資格はないとのことだが、これはわれわれにも大変うがった指摘だと思われる。（この後に続くのが、唯我論と精神分裂の間には何の関係もないという主旨の長々しい論証なのだが、われわれとしては、この問題は本書にとってまったく重要でないと考えるので、この点に興味のある読者は、『ヌーヴェル・クリティーク』誌を参照されたいとだけ言っておこう。）一方、フォーシュは引き続き、小説の哲学をこう説明する。つまり、この作品が示しているのは、創造の行為が〈非対称的〉だということである。なぜならば、確かにどんなものでも思考によって創造することは可能だが、その後ですべてを根絶できるとは限らない（現実には、ほとんど何も根絶できない）のだから。既に存在するものを根絶することは、創造者の記憶が許さないのであり、記憶とは創造者の意思には左右されないものなのである。フォーシュの見解によれば、この小説は確かに、病気（つまり、孤島におけるある種の狂気）の症状を描いたカルテのようなものとはまったく無関係だが、しかし、創造の過程における錯誤の状態を示しているとは言える。第二部におけるロビンソンの行動が無意味だと言えるのは、彼が自分の行動から何も得るところがないからに過ぎない。そのかわり、心理的に彼の行動はすっかり解き明かすことができる。このような試行錯誤は、自分では部分的にしか予期できなかった状況のなかに入り込んで行く人間にとって典型的なものなのである。こういった状況は、それ自体に固有の法則にしたがって強固なものとなって行き、人間を虜にしてしまう。フォーシュも力説するように、現実の状況からは、現実に逃げ出すことができる。しかし、想像力によって作り出された状況から退却することはできないのだ。それゆえ、「ロビンソンもの」小説が明らかにしてくれるのは、人間には本物の世界が不可欠なのだ、ということに過ぎない（つまり、「本物の外部世界は、本物の内部世界である」）。コスカ氏のロビンソンは、狂人などではまったくなかった。ただ、孤島で一つの総合的な世界を自分のために作り上げるという計画が、そもそもの最初から失敗する運命になっていただけのことである。

この結論の勢いに乗ってフォーシュは、「ロビンソンもの」小説の深層にこれ以上の価値がひそんでいることなどないと主張する。というのも、こうして説明されてしまえば、この手の作品は実際、ひどく貧弱なものだということが分かってしまうからだ。しかし、卑見によれば、二人の批評家のどちらも、作品そのものを避けて通ってしまい、作品の内容をきちんと読まなかったのである。

われわれの見るところ、著者コスカ氏が展開しているのは、孤島における狂気の経過報告でもなければ、唯我論が全能の創造力を持つという命題に対する論争でもなく、それよりも遥かに独創的なものである。（そもそも、後者のような種類の論争はナンセンスだろう。体系的な哲学において、唯我論が全能の創造力を持つなどということは、誰も主張したことがないからである。哲学以外の領域においてならばともかく、哲学においては風車に戦いを挑んでも、何の益もないに決まっている。）

われわれの信ずるところによれば、「狂った」ロビンソンの振る舞いは、決して狂気の沙汰でもなければ、何らかの論争の意図を秘めた愚行でもない。小説の主人公の当初の意図は、理性的で、健全なものである。彼は、どのような人間もその存在を〈他者〉によって制限されていることを知っている。そこで、他者を徹底的に消し去れば主体は完全な自由を得ることができる、などという考えをここから性急に導き出す者もいるかも知れないが、そのような考えは心理的な虚偽に過ぎない。それはちょうど、水の形を決めるのが水を入れる容器である以上、あらゆる容器を叩き壊してやれば、水は「絶対的な自由」を得ることができる、というような考え方が、物理学的に虚偽だというのと同じことだろう。実際には、容器から解放された水はこぼれ散って、水たまりになってしまう。同様に、完全に孤絶した人間は、爆発するしかないのだ。しかも、その爆発は、徹底的な文化破壊の形を取るだろう。もしも神が存在せず、その上、他者も存在せず、彼らが戻ってくることも期待できないのならば、ある種の信仰の体系を築くことによって自分を救わなければならない。そして、その体系は、信仰を作り出す者の立場から見て、外的なものでなければならない。コスカ氏のロビンソンは、この単純な教義を理解していたのである。

さらに、こんなことが考えられるだろう。普通の人間にとって、もっとも強い憧れの的でありながら、同時に完全に現実的な存在となるのは、手の届かない人々である。誰でもイギリスの女王や、その妹の大公妃や、アメリカ大統領の元夫人や、有名な映画スターのことを知っている。ということは、つまり、こういった人々の存在を直接（例えば、手で触って）確かめることなどできないにもかかわらず、正常な人間ならば、彼らが実在することは少しも疑わないのだ。一方、そういった有名人と直接知り合いだということを自慢できる者は、もはや知り合いの有名人の姿に富や、女らしさや、権力や、美などの驚異的な理想を認めることはないだろう。なぜならば、有名人と個人的につきあうようになれば、日常茶飯事のせいで、有名人にもまったく平凡で、普通の人間的欠陥があることが分かってしまうからである。近くで見ればそういった有名人も、結局のところ、神々しい存在でもなければ、並はずれた存在でもないのだ。したがって、本当にこの上なく完璧で、それゆえ、限りない憧れや欲望や期待の対象となることが可能なのは、まったく手が届かないくらい遠くにいる存在だけである。彼らは群集より一段高いところにいるからこそ、群集を引き付ける魅力を持っている。彼らの誘惑的な後光を作りだしているのは、その身体や精神の特徴ではなく、越えることのできない社会的距離なのだ。

　そんなわけで、現実世界のこういった特徴を、ロビンソンは自分の島でも、つまり、想像力によって自ら作り出した存在の王国の内部でも再現しようと努力する。だが、彼はすぐに誤りを犯す。自分の作り出したもの――つまり、グルムやスメンなどには――文字通り背を向けてしまいながら、その一方で、女性を自分の世界に加えた時は、主人と召使の間でごく自然なはずの距離を喜んで踏み越えようとしたからである。彼にはグルムを抱き締められる可能性はなかったし、そうしたいという欲望もなかった。だが、今度は若い女性が対象となると、ないのは可能性の方だけである。ここで問題になるのは、彼が実在しない女性を抱き締めることができなかった、などということではない(それは、知的な問題にはまったくならないのだ！)。不可能なのは、分かり切ったことである！　ここで肝心なのは、彼が思考によってある状況を作り上げ、その状況自体に備わった自然な法則によって、性的《エロチック》な接触が永久に不可能になってしまう、ということであった。しかも、ここでいう法則とは、女性が実在していないことを完全に無視するようなものでなければならない。ロビンソンを拘束するのは、まさにこの法則であって、相手の女性が実在しないなどという陳腐で卑俗な事実ではないはずだ！　なにしろ、彼女が存在しないことを普通に認めてしまうのは、すべてを水泡に帰すことにほかならないのだから。

そこでロビンソンは、自分がなすべきことに思い至り、仕事に取り掛かる。つまり、架空の社会をまるまる一つ、孤島に作り上げてしまうという作業である。その社会は、ロビンソンとウェンディの間に立ちはだかることになるだろう。また、それは、障害物の体系を作り上げ、あの越え難い距離を与えてくれる。この距離からならば、ロビンソンは、彼女の身体に触れるために手を伸ばしたくなるというような、卑俗な事態にさらされることなく、彼女を愛することができ、彼女に対して常に欲望を抱き続けることができるだろう。というのも、彼には分かっているからだ――もしも自分自身に対して行なっている闘いの中でほんの一回でも屈服するようなことがあったら、つまり、もしも彼女の身体に触ろうとしたら、自分の作り上げた世界のすべては瞬く間に崩壊するだろう、ということが。だからこそ、彼は「発狂」し、無我夢中になって猛然と自分の想像の世界から大量の群集を呼び出すのである。つまり、彼はこのために、グルムの妻たちやら、叔母さんたちやら、年老いたフライデーといった連中についてわけの分からないことを言いながら、姓名やあだ名を手当り次第に考え出しては、砂の上に書いたのだった。しかし、そのような群集をある種の乗り越え難い空間として（つまり、〈彼〉と〈彼女〉の間に立ちはだかるような空間として）必要とするのは、彼だけだから、その作り方も、いい加減で、だらしなく、なげやりで、目茶苦茶なものである。彼は大急ぎで作業をするわけだが、まさにその大急ぎということのため、彼の作り出したものが台無しになり、辻褄の合わない、思慮の浅い安物であることが明らかになってしまうのだ。

　もしもうまく行っていれば、彼は永遠の恋人に、いやダンテに、ドン・キホーテに、はたまたウェルテルになり、自分の思い通りにことを運ぶことができたろう。その時、ウェンディは、ベアトリーチェや、ロッテ、あるいはどこかの女王や公女にも劣らないくらい現実的《リアル》な存在になるだろう。明らかなことではないか。彼女は完全に現実的でありながら、同時に手の届かない存在となるのだ。このおかげで、ロビンソンは彼女について夢想しながら生きることができるだろう。というのも、実在の人間が自分の夢に憧れるという状況と、実在の人間が——まさに、手が届かないということによって——実在の人間を誘惑するという状況の間には根本的な相違があるからである。つまり、後者の場合のみ、人は希望を持ち続けることができるのだ……。この場合、愛を成就させる可能性を奪い去っているのは、社会的な距離や、その他の同様の障害だけだからである。したがって、ウェンディに対するロビンソンの関係が正常化するのは、彼女が――ロビンソンにとって――現実的な存在であると同時に、手の届かない存在となった時だけなのだ。

意地悪な運命のため別れ別れになっていた恋人たちを最後には結び合わせる古典的な愛のお伽噺に対して、マルセル・コスカはこうして、精神の永遠の婚姻を保証する唯一の手段として、永遠の別離が必要であることを説く存在論的お伽噺を提出した。「第三の足」を作ったことがいかに俗悪な過ちであったかを悟って、ロビンソン（もちろん、作者その人ではない！）はそれを第二部でこっそりと「忘れてしまう」。彼は、自分の世界の女主人に、氷山の女王に、そして手を触れることのできない愛人に、ウェンディを仕立てあげようとしたのだった。まさにあのウェンディ、小さな女中として、単にでぶのグルムの後任として、彼の下で教育を受け始めたあのウェンディを……。ところが、まさにこれが成功しなかったのだ。読者諸賢はもうお分かりだろうか、なぜだかお察しだろうか？　その答は、いたって簡単である。女王様などとは違って、ウェンディはロビンソンのことを知っていたからであり、彼を愛していたからである。したがって、彼女は女神や聖なる処女などになりたいとは思わなかった。そして、二人の間に生じたこの分裂が、結局、主人公を破滅に導くのだ。いやはや、もしも彼が彼女を愛したというだけのことなら、うまく行ったはずなのだが。しかし、彼の愛に対して、彼女も愛をもって応えたのだった……。この単純な真実を理解できない者は、――そして、上品ぶった家庭教師がわれわれの祖父の世代に教えたように、人が愛することのできるのは他者だけであって、その他者の中の自分自身ではない、と考える者は、――マルセル・コスカ氏がわれわれに与えてくれた悲しい愛の物語《ロマンス》を手に取らないほうがいいだろう。彼のロビンソンは想像力によって女性を作り出したが、その女性を最後まで現実に譲り渡そうとはしなかった。なぜならば、彼女はまさに彼自身に他ならなかったからだ。われわれを決して解放してくれることのない現実からの覚醒は、死のほかにはないからである。

ギガメシュ

パトリック・ハナハン著（トランスワールド出版社、ロンドン）

Patrick Hannahan, GIGAMESH（Transworld Publishers, London）

ここにジョイスの名声を妬《ねた》んだ作家がいる。『ユリシーズ』はオデュッセイアの物語をダブリンの一日に凝縮し、魔女キルケーの地獄の宮殿をベル・エポックの汚い裏の世界に作り替え、セールスマンのブルームのためにガーティ・マクダウエル（『ユリシーズ』に登場する美少女。主人公のブルームは海岸で、彼女の脚を眺めながら手淫する）のパンティを結び合わせて首吊り用の輪を作り、四十万語もの言葉の軍勢によってヴィクトリア朝風の英語に襲いかかり、意識の流れから、審理調書まで、作家のペンが自由に使いこなせるあらゆる文体的手法によって上品ぶった英語を破壊してしまった。これによって小説は頂点をきわめたと同時に、芸術一族の墓の中に葬られた――そう考えることは、できないものだろうか（『ユリシーズ』には音楽もないわけではないのだから！）。どうやら、そうではないようだ。ジョイス自身はそうは考えなかったようである。彼はさらに先に進もうと決心し、一つの言語に文化の焦点を合わせるだけでなく、あらゆる言語のレンズとなるはずの本を書くことにした。そうして彼は、バベルの塔の土台へ降りて行ったのである。『ユリシーズ』と『フィネガンズ・ウェイク』という、大胆不敵さにかけてほとんどとどまるところを知らないこの二連発の銃が本当に素晴らしいものであるかどうか、ぼくたちは肯定もしなければ、否定もしない。これら二冊の書物の上にはすでに、賛辞と悪罵の山が積み上げられており、もはや書評を一本書いたくらいでは、その山に一粒の砂を投げ足すことにしかならない。しかし、確かなのは、もしもジョイスの偉大な手本がなければ、パトリック・ハナハンは自分の『ギガメシュ』を書かなかっただろう、ということだ。ジョイスの同郷人であるハナハンは、この手本を挑戦として受け止めたのである。

こんなアイデアが失敗に終わるのはあらかじめ分かりきったことだ、と思われる向きもあるかも知れない。『ユリシーズ』の二番煎《にばんせん》じなど、『フィネガンズ・ウェイク』の二番煎じと同じくらい、価値のないものだろう。芸術の頂点において重要なのは、最初の達成だけである。それは登山の歴史と同様のことで、前人未到の絶壁を初めて乗り越えることだけに意味があるのだ。

ハナハンは『フィネガンズ・ウェイク』に対してはかなり寛大だが、『ユリシーズ』は評価しない。彼に言わせれば、こうである。「何という発想だろうか。アイルランドのようなヨーロッパの十九世紀を、『オデュッセイア』という棺桶のなかに押し込んでしまおうなどとは！　ホメロスの原作からして、そもそも価値が疑わしい。これはオデュッセウスをスーパーマンとして称えた古代の漫画本みたいなもので、終わり方もきちんとハッピー・エンドになっている。Ex ungue leonem（ライオンは爪で分かる）とラテン語のことわざにも言う通り、手本にどんなものを選ぶかを見れば、作家の器量も分かるというものだ。『オデュッセイア』は結局のところ、『ギルガメシュ』の剽窃《ひょうせつ》であって、そこにギリシャ人の趣味に合うような味つけを加えたものに過ぎない。古代バビロニアの叙事詩は、敗北によって頂点に達する戦いの悲劇を描いたものだが、それをギリシャ人は絵のように美しい地中海の冒険航海記に書き直してしまった。Navigare necesse est（航海をする必要がある）とか、〈人生は旅だ〉ということわざは、私にとって偉大な人生の叡知《えいち》だ。『オデュッセイア』は、剽窃によって原作をおとしめてしまった。これでは、ギルガメシュの戦いの偉大さも台無しである」

確かに、古代シュメール学の成果が示しているように、『ギルガメシュ』にホメーロスの利用したプロットが含まれていることは、認めなければならない。たとえば、オデュッセウスや、キルケー、カローンなどに関するプロットがそうである。この『ギルガメシュ』は、ライナー・マリア・リルケが三十六世紀後に「成長」と呼んだものを描いており、おそらく悲劇的存在論の世界最古のものである。リルケの言う「成長」とは要するに、“der Tiefbesiegte von immer Größerem zu sein”（ますます大きなものに征服されて行くこと）であった。人間の運命とは、戦いのようなものであり、それが敗北に終わることは避けられない――

これが『ギルガメシュ』の究極的な意味である。

そこでパトリック・ハナハンは古代バビロニアの叙事詩の上に自分の叙事詩のキャンヴァスを広げることにしたわけだが、ここで指摘しておきたいのは、このキャンヴァスがかなり風変わりなものだということだ。というのも、ハナハンの『ギガメシュ』は時間も場所も非常に限定された物語だからである。悪名高きギャングにしてプロの殺し屋、第二次世界大戦の時にはアメリカの兵士だった、「G・I・ジョー」（つまりこれは、Government Issue Joe「政府支給のジョー」の意味であり、アメリカ陸軍で兵士たちはこう呼ばれた）のメーシュが、N・キディとかいう男の密告のために悪事を暴かれ、自分の部隊が駐屯していたノーフォーク州の小さな町で、軍法裁判の判決によって絞首刑に処せられる。物語が展開するのは全部でわずか三十六分のことで、これは死刑判決を受けた男を牢獄から処刑の場所へ連れて行くのに必要な時間である。そして、この作品は、最後に首を吊るためのロープの黒い輪が——空を背景にして——落ち着いた様子で立っているメーシュの首筋に落ちてくる、という光景によって閉じられる。そしてこのメーシュがまさに、半ば神で半ば人間のギルガメシュ、つまり古代バビロニアの叙事詩の主人公なのである。一方、彼を絞首台に送った男、旧友のN・キディは、ギルガメシュの親友で、もともとこの主人公を滅ぼすために神々によって作られたエンキドゥの役回り、ということになる。このように論じてしまえば、『ユリシーズ』と『ギガメシュ』の創作技法の類似が特に明白になってくる。しかし、公平を期すためには、むしろ、これら二つの作品の相違に焦点を合わせなければならない。ありがたいことにハナハンはジョイスとは違って、自分の本に「注釈《コメンタリー》」を付けてくれたので、ぼくたちの仕事はそれだけやりやすくなった。ところで、この注釈というのがまた大変なもので、小説自体の二倍もの分量がある（正確に言えば、『ギガメシュ』の本文は三百九十五ページで、「注釈」は八百四十七ページだ）。ハナハンの方法がどのようなものかは、「注釈」の最初の七十ページを占める章を読めばすぐにわかる。この章は、あるたった一つの単語――つまり、この小説のタイトルとなっている「ギガメシュ」という言葉――からあふれ出て来る様々な関係《レファレンス》の多面性を説明したものである。「ギガメシュ」はまず第一に、明らかに「ギルガメシュ」から派生している。まさにこのようにして、神話的原型が明らかにされるわけだ。これはジョイスの場合も同じことで、彼の『ユリシーズ』では、読者が小説のテキストの最初の単語を知る前からすでに、古典との関係がタイトルによって示されているわけである。「ギガメシュ」（GIGAMESH）という題名から、「ギルガメシュ」（GILGAMESH）の「L」の文字が落とされているのは、偶然ではない。「L」とはLucipherus《ルツィフエルス》, Lucifer《ルーキフエル》つまり闇の魔王のことであり、人物の形をとって登場することはないけれども、やはり作品中に存在しているのだ。したがって、この「L」という文字と「ギガメシュ」（GIGAMESH）という題の関係は、魔王ルーキフェルと小説中の出来事の関係に等しい。つまり、そこに存在はしているのだけれども、目に見えないということだ。また、「L」は言葉《ロゴス》（Logos）を通じて〈始まり〉を示し（世界創造の原動力としての言葉）、ラーオコオーン（Laocoön）を通じて〈終わり〉を示す（トロヤの神官だったラーオコーンは、蛇のせいで最期をとげる。つまり『ギガメシュ』の主人公が死刑台のロープによって首を締められ、殺されたように、ラーオコーンもまた、蛇に絞め殺されたのである）。こんな風にして、「L」はさらに九十七の事項と結び付いているのだが、そのすべてについてここで詳しく説明するわけにはいかない。

先を続ければ、「ギガメシュ」とは、a GIGAntic MESS《ア・ジャイガンティック・メス》（巨大な混乱）、つまり死刑を宣告された主人公がはまりこんでしまう恐ろしい混乱状態、苦境のことでもある。さらにこのタイトルには、gig《ギグ》も含まれている。「ギグ」というのは小型ボートの一種を指す単語だが、主人公のメーシュはセメント詰めにした自分の犠牲者の死体をこの「ギグ」の上から水中に沈めたものだった。また、GIGgle《ギグル》といえば含み笑いのことだが、メーシュの地獄のようなイヒヒという笑い声は、Klage Dr. Fausti（ファウストゥス博士の嘆き）による地獄下りの音楽的ライトモチーフを指し示すもの［レファレンス№1］である（この点については、後で別個に述べることにしたい）。GIGAとなると、これは、（a）イタリア語で「ヴァイオリン」の意味である。このようにして再度、叙事詩の音楽的サブテキストへの言及が現れる。そして、（b）GIGAとは、十億倍の力を意味する接頭辞でもある（例えばGIGAwatt［ギガワット］のように）。これはここで、〈悪〉の力、すなわち科学技術文明の力を表している。ところで、Geeghは古代ケルト語で「ここから立ち去れ」、「行け」の意味である。イタリア語のGigaからは、フランス語のGigueを経て、ドイツ語のgeigenに辿《たど》り着《つ》く。これは普通には「ヴァイオリンを弾く」という意味の動詞だが、隠語では「性交」を表すのである。スペースがないので、語源学的注釈はこの辺で打ち切らなければならない。タイトルを違った風に分割して、Gi-GAME-shという形にすると、これは作品の別の側面を予告することになるだろう。Game《ゲーム》はもちろん「遊び」だが、狩猟の「獲物」のことでもある（ここで、狩りの獲物とは人間、つまりメーシュである）。それだけではない。メーシュは若い頃、「ヒモ」（GIG-olo《ジゴロ》）だった。Ameは、古代ゲルマン語で「乳母」を意味するAmmeに通じる。それに対してMESHは、英語で「網」のことだが、これは例えば、軍神マールスが自分の妻である女神とその愛人を捕まえて中に入れた網であり、それゆえ霞網《かすみあみ》であり、梁《やな》であり、〈罠《わな》〉（首を吊る輪）なのである。その上、MESHは、歯車を嚙《か》み合《あ》わせるシステムのことでもあって、例えばsynchroMESH《シンクロメッシュ》といえば、自動車のギア同期嚙み合い装置のことだ。

タイトルを逆さまに読んだらどうなるかについては、特別に一節が設けられている。というのも、車に乗せられて死刑執行の場所に向かう間、メーシュの思考は後ろへと戻って行き、絞首刑を〈贖《あがな》う〉だけの恐るべき犯罪の記憶を探るからである。つまり、彼の脳裏では、最高の賭け金をめぐる賭け（ゲーム！）が行なわれるのだ。もしも彼が〈無限に〉けがらわしい行為を思い出したならば、彼は神の贖罪《しょくざい》の〈無限の〉犠牲に匹敵するものとなる。つまり、彼は反＝救世主となるのである。これは形而上的な意味でそうなるということであって、もちろんメーシュが意識的にそのような反＝神義論を企てるということではない。彼はただ、絞首台のロープを目の前にしても泰然としていられるように、何かとてつもなく恐ろしいことを——心理的に——捜し求めているのだ。それゆえ、G・I・ジョーのメーシュとは、敗北しても完璧さを獲得しようとする（その完璧さはここでは否定的なものだが）ギルガメシュである。ここに見られる、バビロニアの主人公に対する非対称的な関係は、まさに完璧な対称《シンメトリー》を成しているということができる。

さてそこで、「ギガメシュ」を逆さまに読むと、「シェマギグ」（Shemagig）ということになる。「シェマ」とは、旧約聖書モーセの五書から取られた古代ヘブライ語の単語である（シェマ・イスラエル！——「聞け、イスラエルよ、汝の神は、唯一の神なのだ！」）。しかし、ここでは逆さまに読んでいるのだから、神は反《アンチ》＝神、つまり〈悪〉の化身となる。そしてGigはもちろん、Gogに通じる（聖書のGogとMagogへの言及を参照）。またShemはもともと、Shimであって、柱頭行者（高い柱の上で修行した苦行僧）シメオン（Shimeon）の名前の最初の部分に当る。首を吊るためのロープは柱の上から垂れ下がるわけだから、メーシュは絞首刑を執行されて、「逆さまの柱頭行者」となるわけだ。柱の上に立つのではなく、柱の下に（柱から）ぶら下がるからである。かくして、反＝対称性はさらに一歩先へと進められる。自分の注釈でハナハンはこのようにして、二千九百十二にものぼる表現を数え上げた。そこに含まれているのは、古代シュメール語、バビロニア語、カルデア語、ギリシャ語、古代教会スラヴ語、ホッテントット語、バンツー語、南千島列島語、セファルディ語、アパッチ語（周知のように、アパッチ族は、通常Ighとか、Hughといった叫び声をあげる）などだけではない。サンスクリット語も単語の補給源となり、犯罪者の隠語まで参照されているのだ。ここでハナハンが強調しているのは、これが偶然生じたガラクタ置場などではなく、精巧な意味論的風配図であって、非常に多くの次元を持つ羅針盤、そして作品の地図にしてその地図製作法になっていることである。というのも、小説の中で多声的《ポリフォニック》に実現される様々な連想の結び付きが、ここで予告されているからだ。

ジョイスの成し遂げたことの上手を行き、その先に進むために、ハナハンはこの本をあらゆる文化、あらゆる民族の「結び目」（首をくくるための輪！）にするだけでなく、あらゆる言語の「結び目」にもしようと考えた。そのような構想を実現させることは、どうしても必要である（たとえば、GigaMeshのなかのほんの一つの文字「M」を取ってみても、そこからマヤ族の歴史や、ヴィツリ＝プツリ神、さらにはアステカ族に伝わるすべての宇宙創造論へと連想が広がって行く）。しかし、それだけでは充分でなかった！　できあがったこの本は、なにしろ、人類のすべての知識の〈総体〉から織り成されているのである。そして、またしても、対象となるのは、現代の知識だけではない。ここには学問の歴史もまた含まれる。ということは、古代バビロニアの楔形文字で表された算術も、カルデアやギリシャの――プトレマイオス時代からアインシュタイン時代に至る――世界像、今では灰燼に帰し、消え失せてしまっているそういった世界像もすべて含まれるし、また母式《マトリックス》計算も、父式《パトリックス》計算も、テンソル代数も、群《ぐん》の代数も、中国の明朝の花瓶の焼き方も、リリエンタールの飛行機械《グライダー》も、ヒエロニムスも、レオナルドも、アンドレの決死の気球飛行も、ノービル将軍の気球のことも含まれるのである(ノービル将軍の探検旅行中に人肉嗜食《カンニバリズム》事件が起こったことは、小説にとって深い、独自の意味を持っている。というのも、この小説が呈示しているのは言わば、ある種の破滅的な重荷が水の中に落ちて、鏡のような水面をかき乱してしまう——そんなことが起こる場所だからである。そして、『ギガメシュ』を取り囲み、同心円を描きながら広がってゆくこの波の輪こそが、ジャワ原人や原猿類の時代以来の、地上における人類の存在の「一切合財」となる)。こういった情報はすべて、『ギガメシュ』の内部に潜んでいる。それは——現実の世界の場合と同様に——隠されているのだが、発見することができる。

ぼくたちはハナハンの構想をこんな風に理解する。偉大な同国人で先駆者であるジョイスを追い抜くために、ハナハンは文学作品のなかに言語・文化的遺産を取り込もうとしただけでなく、その上、歴史の遺産まで——つまり、認識と道具にかかわるありとあらゆる遺産まで——取り込もうとしているのだ(つまり、彼が目指しているのは、「全《パング》知《ノシス》」なのである)。

こんな目論見が不可能であることは、あまりにも明らかであって、馬鹿者の身の程をわきまえないたわごとのように思われるかも知れない。これは所詮、一冊の小説、どこかのギャングが絞首刑になるという話にすぎない。そんなものが一体どうして、世界中の図書館を破裂させんばかりの膨大な知識の粋《すい》、母体、鍵、宝庫になり得るというのだ！　ハナハンは、読者がこのように冷淡にあざけるだけで、あからさまに不信の念を示すだろう、ということを非常によく理解しているので、単に約束をするだけでなく、「注釈」において自分の正しさを立証しようとする。

この注釈を要約することは、不可能である。ハナハンの創作技法は、何らかの些細な、取るに足らない実例によって示すことしかできない。『ギガメシュ』の第一章は八ページあり、そこでは死刑の判決を受けた主人公が軍の営倉の便所で、用を足しながら、朝顔の上の数え切れないほどの落書きを読みとってゆく。これは他の兵士たちが以前、この避難場所の壁になぐり書きしたものだ。彼はたまたま落書きに目をとめただけで、特に何か考えがあったわけではない。極度に猥褻《わいせつ》なこの落書きは――主人公はそこに充分な注意を向けないのだが、まさにそれだからこそ――結局のところ、小説にとっては言わば見せかけだけの「あげ底」になっていることがわかる。つまり、その落書きを突き抜けてぼくたちは薄汚く、熱く、巨大な人類の腸《はらわた》の中にまっしぐらに入り込んで行くのだ。そうして行き着く場所は、汚らわしく猥褻で生理的な象徴体系の地獄であり、この象徴体系はカーマスートラや中国の「花の戦い」を経て、むっちりと太った、原人たちのヴィーナスのいる、薄暗い洞窟へとさかのぼって行く。洞窟の壁に不器用に描かれたおぞましい行為から覗いて見えるのは、こういったヴィーナスのむきだしの性器なのである。同時に、他の絵にははっきり認められる男根のイメージは、男根神《ファロス》リンガを神聖なものとして崇《あが》める東洋へと通じる。その際、東洋は原始の楽園を表すものだが、この楽園は結局のところみじめな欺瞞《ぎまん》にすぎず、そもそも最初の情報が粗末だったという真実を隠すことさえできないのである。まさに、その通り。なぜならば、原アメーバが単性動物としての汚れなき状態を失ったとき、〈性《セックス》〉と「罪」が発生したのだから。そして、〈性〉の均衡と二極構造はシャノン（Shannon）の情報理論から直接導かれなければならないのだから。いまやここで判明するのは、叙事詩の題名の最後の二文字（SH）が何を表しているのか、ということである！　こうして、便所の壁に始まった道は、自然の進化の深淵へと通じて行く……。この進化のためには、無数の文化がイチジクの葉の役目を果たしてきた。しかし、ここまで述べてきたことも、氷山の一角に過ぎない。この第一章は、その他に以下のことを含んでいるのである。

（a）円周率のπ（三・一四一五九二六五三五八九七九……）は、女性らしさの象徴だが、それがここでは、章で用いられている単語のうち、千語に含まれる文字の量によって表されている。

（b）ワイスマンと、メンデル、ダーウィンの誕生日を表す数字を取り、暗号解読の鍵としてテキストに適用してやると、トイレの猥褻な言葉の混沌《カオス》としか見えなかったものが、性的な仕掛け《メカニズム》の説明になっていることがわかる。この仕掛けによると、衝突する肉体の代わりに性交する肉体が現れ、しかもこういった意味の流れ全体がついに、作品の他の部分と嚙み合い始めるのである（SYNCHROMESH!）。つまり、この章は第三章を通じて（三位一体！）、第十章につながり（妊娠の期間は十か月だ！）、一方、第十章は逆さまに読むと、アラム語で説明されたフロイト思想になる。それだけではない。第三章で証明されているように——もしも、本を上下逆さまにして、この章を第四章の上に重ねてやればわかることだが——フロイト思想、つまり精神分析の教義とは、キリスト教を世俗化したものにほかならない。神経症《ノイローゼ》以前の状態は楽園に等しく、子供の時の精神的傷《トラウマ》は楽園の喪失（堕落）である。さらに、神経症患者が罪を犯した人間だとすれば、精神分析医は救世主であり、フロイトの考え方に基づく治療は、神の恩寵による救済に相当する。

（c）第一章の終わりでJ・メーシュは十六小節からなる、ちょっとしたメロディを口笛で吹く（彼がボートで犯し、絞め殺した少女は、十六歳だった）。極めて俗悪なその歌詞は、頭の中に思い浮かべられるだけである。彼の残虐な行為は、この瞬間に心理的に正当化される。その上、この歌を音節とアクセントの見地から検討すると、次の章のための変形の直交行列が与えられる（次の章は、この行列を適用するかどうかによって、二つの異なった意味を持つことになる）。

第二章は、第一章でメーシュが口笛で吹くばちあたりな歌を展開したものになっている。しかし、例の直交行列を適用すると、この神を冒瀆《ぼうとく》する歌は、天使の歌に変貌してしまう。全体としてここには、参照事項《レファレンス》が三つある。（一）マーロウの『フォースタス博士』（第二幕六場以降）、（二）ゲーテの『ファウスト』（alles vergängliche ist nur ein Gleichnis［すべて無常のものはただ映像にすぎず］）、（三）トーマス・マンの『ファウスト博士』。ちなみに、マンの『ファウスト博士』への言及はたいした名人芸だ！　第二章に出てくる単語のすべての文字に順々に、中世のグレゴリオ聖歌の記譜法に従って音符を当てはめてゆくと、第二章全体が音楽作品になっていることがわかる。これはハナハンが“Apocalypsis cum Figuris”（図像をともなう黙示録）を（マンの記述に従って）音楽にもどしたものであり、周知のようにこの作品はマンによって、作曲家アドリアン・レーヴァキューンのものとされている。この地獄の音楽は、ハナハンの作品の中に存在しているとも、していないとも言える（なにしろ、明白に見えるようになっていないのだから）。それは、魔王ルーキフェルと同じようなものだろう（表題から省かれた「L」という文字）。九、十、十一章（護送車から降りること、精神的な慰め、絞首台の準備）にもまた、音楽的な言外の意味《サブテキスト》がある（つまり、“Klage Dr. Fausti”だ）。しかし、それは言わば、「ほんのついでに」現れるに過ぎない。サディ・カルノーの考えた断熱系として扱った場合、これらの章はボルツマン定数に基づいて建てられた大聖堂であることがわかるだろう。この大聖堂では、黒ミサがとり行なわれるのだ。（ミサにおける黙禱に相当するのは、護送車のなかでメーシュがあれこれ回想するくだりで、この場面は彼の悪態によって閉じられる。そして、この悪態のどろどろしたグリッサンドが、第八章を断ち切るのである。）これらの章は本当に、大聖堂なのだ。なにしろ、文と文の間、および句と句の間の比率に認められる統辞論《シンタックス》的な骨格は、モンジュの画法幾何学によってノートル・ダム大聖堂を仮想の平面上に投影したものに他ならないのである。この投影図にはノートル・ダムの尖塔も、片持ち梁《ばり》も、扶壁《バトレス》も、堂々たる正面《ファサード》も、有名なゴチック様式のバラ窓も——要するに、そのすべてが備わっている。そんな次第で、『ギガメシュ』には、弁神論に霊感を受けた建築までも入っているのだ。読者は「注釈」の中に（三九七ページ以降）、上述の章のテキストに含まれている、大聖堂の投影図の全体（縮尺千分の一）を見出すだろう。だが、もしも最初に第一章の行列《マトリックス》に従って変換を行なった上で、モンジュの立体幾何学的な投影法のかわりに、非正軸投影法を適用するならば、その時得られるのは魔女キルケーの宮殿であり、それと同時に黒ミサは聖アウグスティヌスの教義に関する講義の戯画となるだろう（またもや聖像破壊的な行為だ。魔女キルケーの宮殿では聖アウグスティヌスの教義が講じられ、大聖堂では黒ミサがとり行なわれるのだから）。したがって、大聖堂と聖アウグスティヌスの教義は単に機械的に作品に挿入されているわけではない。それは論証の構成要素となるのである。

この例一つを見てもわかるように、著者は持ち前の粘り強いアイルランド気質のおかげで、一つの小説の中に全世界を、神話も、交響曲も、教会も、物理も、世界史の年代記もいっしょくたに放り込み、結び付けたのだ。この例はまた、小説のタイトルそのものに回帰してゆくものでもある。様々な意味の道筋をこうして辿って行くと、「ギガメシュ」とは、非常に深い意味を持った gigantic melange（巨大なごたまぜ）だということがわかるからである。結局のところ、宇宙は熱力学の第二法則に従って、最終的な混沌へと向かって行く。エントロピーは必ず増大するものであり、それゆえ、あらゆる存在は敗北で終わるのだ。したがって、GIGAntic Mess とは、かつてギャングだった男の身に起こることだけではない。「巨大な混乱」とは同時に、宇宙全体なのである（混乱した状態のことを指して俗に、「淫売宿のように乱れている」などと言うことがある。絞首台に向かう途中メーシュが思い出すすべての売春宿が、宇宙そのもののイメージとなるのは、そのためだ）。一方、それと同時に、「巨大な混乱《メス》」、つまり「巨大なミサ」がとり行なわれるわけだが、これは「秩序」を最終的な「無秩序」に「化体」させる儀式なのである。そのためにサディ・カルノーと大聖堂が結び付くわけだし、ボルツマン定数が大聖堂の中に組み込まれるのもそのためである。混沌が〈最後の審判〉である以上、ハナハンはどうしてもこの構想を実現しなければならなかった。もちろんギルガメシュ神話は作品のなかに全面的に溶け込んではいる。しかし、この小説の二四万一千語の一つ一つの背後に口を開けている解釈の深淵に比べたら、バビロニアの原型に対するハナハンの忠実さなど、児戯に過ぎない。N・キディ（エンキドゥ）がメーシュ（ギルガメシュ）に対して行なう裏切り行為は、歴史上のありとあらゆる裏切り行為を累積した総和になっている。つまり、N・キディとはユダでもあり、G・I・ジョーのメーシュは救世主でもある、等々、挙げて行けば切りがない。

　手当りしだいに本を開いてみれば、例えば一三一ページの上から四行目に「バー」

(Bah) という間投詞が見つかる。これは、運転手が差し出してくれた「キャメル」の煙草に対してメーシュが示した反応である。「注釈」の索引をみると、“bah!” は二十七回違った所に出てくることがわかるが、一三二ページの “bah!” に対応するのは、以下のような順序で現れる一連の事項である。バール神 (Baal)、ブラジルのバイア州 (Bahia)、バオバブ、バフレダ (Bahleda――ここでハナハンはポーランドの登山家バフレダ [Bachleda] の姓を出すつもりで、綴りを間違ったのではないか、と思われるかも知れないが、それは全然違う。この姓から落とされた「c」の文字は、すでにわかっている原理にしたがえば、集合論の創始者カントールの「C」を指し示すものであり、それは超限性を持つ連続体 [Continuum] の象徴なのだ!)、バフォメット (Baphomet)、バベリスク (Babelisk、これは「バビロニアの方尖塔《オベリスク》」の意味だが、著者に典型的な新造語である)、バーベリ (イサーク)、アブラハム、ヤコブ、梯子《はしご》、消防署、電動ポンプ、暴動、ヒッピー (h!)、バドミントン、ロケット、月、山、ベルヒテスガーデン――これが最後に来るのは、“Bah” に含まれる「h」が――二十世紀にヒトラーがそうであったような――黒ミサを崇拝する者をも示すからである (ベルヒテスガーデンはドイツのバヴァリア地方の町。ヒトラーの堅固な隠れ家があった)。
　こんな風にして、たった一つの単語が、あらゆる高さと広さにおいて機能する――しかも、その単語とは、省略三段論法的に無邪気な間投詞としか思えなかった、普通の間投詞なのだ！　いまや、この『ギガメシュ』という言語的構築物の上層で、なんという意味論的な迷路が口を開くことだろう！　そこでは個体発生に関する前成説と後成説が互いに争う（第三章二四〇ページ以降）。ロープの輪を結ぶ死刑執行人の手の動きにともなって、統辞論的な伴奏として呈示されるのは、〈螺旋状《らせんじょう》銀河系〉の二つの時間尺度がよじれて輪を形成するというホイル＝ミルンの理論である。一方、自分の犯した犯罪についてのメーシュの回想は、人間のありとあらゆる下劣な行為を全面的に記録したものとなる（「注釈」は、人間の犯してきた犯罪として十字軍を挙げているほか、カール・マルテル（フランク王国の宮宰。王国の実権を握り、七三二年、トゥール・ポアティエの戦いでイスラム軍を破った）の帝国、アルビ派の信者の大虐殺、アルメニア人の大虐殺、ジョルダーノ・ブルーノの火あぶりの刑、魔女狩り、集団発狂、鞭打ちの苦行、疫病、ホルバインの死の舞踏、ノアの箱船、アーカンソーなどを延々と、うんざりするほど列挙している）。メーシュがシンシナティでさんざん蹴飛ばしたのは、クロス・B・アンドロイディス（Cross B. Androydyss）という婦人科医だった。したがって、彼の名には十字架《クロス》があり、その姓は人間的形態（人造人間《アンドロイド》、男たち《アンドロイア》、人間《アントローポス》）とユリシーズ（ギリシャ語形オデュッセウス Odysseus）の合体したものになっている。また真ん中の文字「B」は、これまた、テキストのこの部分に含まれている「ファウスト博士の嘆き」の調性のB-moll、つまりロ短調を示している。

まったくその通りだ。この小説は、底無しの淵なのである。小説のどの部分を取っても、そこには無限の様々な道が開ける（第六章のコンマの打ち方は、なにしろ、ローマの地図に対応しているのだ！）。しかも、そこにはどうでもいいような、無意味な道は一本もない。それらの道は、枝分かれした部分も含めてすべてが絡《から》みあって、調和のとれた一つの全体を形成しているのである（そのことをハナハンは、位相数学《トポロジー》の方法によって証明する。「注釈」の〝メタ数学的付録〟、八一一ページ以降を参照のこと）。こうして、すべてが実現されたことになるわけだ。ただ一つだけ、こんな疑念が生じてくる。パトリック・ハナハンは、自分の作品によって偉大な先駆者ジョイスに追い着いたのだろうか。それとも、追い抜いてしまった挙句の果てに、ジョイスだけでなく自分自身にも疑惑の目を向けることになったのか――自分たちは、本当に芸術の王国の一員なのだろうか、と。ハナハンは小説を書くとき、インターナショナル・ビジネス・マシーンズ社（ＩＢＭ）によって提供されたコンピュータの助けを借りた、などという噂《うわさ》もある。もしもその噂が本当だとしても、ぼくはめくじらを立てるつもりなど、毛頭ない。いまでは至るところで作曲家がコンピュータを使うというご時勢なのだ。作家だけが使ってはいけない、という法もあるまい。ただし、そのようにして構築された本を読むことができるのは、これまた他のコンピュータだけだ、と言う人がいることも確かだ。つまり、事実とその相互関係がこんなにも膨大なものになった場合、それを頭で把握することなど、しょせん人間業《わざ》では不可能だ、というのだ。ここで、ぼくにも一つ、疑問を提出させていただきたい。『フィネガンズ・ウェイク』とか、あるいは『ユリシーズ』だけでもいい、ともかくこういった作品を分析的に把握する能力を持った人間など、そもそもいるのだろうか。ぼくが言いたいのは無論、書かれた言葉を文字通り理解できるかなどという次元のことではない。すべての参照事項《レファレンス》、すべての連想、文化や神話へのあらゆる言及——要するに作品を成り立たせ、その名声のよりどころとなっているパラダイムと原型《アーキタイプ》の一切合財——それを把握できるか、ということなのだ。そんなことは一人の人間にできるはずがない！　ジェイムズ・ジョイスの小説を解釈するためにこれまで書かれてきた文献を全部読み通すことすら、誰にもできないほどなのだ。そんなわけで、文学の創造にコンピュータが参加することの是非をめぐる議論など、じつはまったくどうでもいいことなのである。

かつてホメーロスを不当に酷評したのは古代ギリシャのゾイロスという人物だったが、現代の文学界のゾイロスたちは、こんな風に言っている。ハナハンが製造したのは、文学最大の文字謎《ロゴグリフ》、恐るべき意味論的〈判じ物《レブス》〉、本当に地獄のような〈言葉当てゲーム《シャレード》〉、あるいは〈パズル〉である。何百万、何億ものありとあらゆる関連事項《レファレンス》を文学作品の中に詰め込むこと、語源や、語法、そして解釈学の輪舞に明け暮れること、ひねくれ互いに矛盾しあう、際限のない意味の層を積み上げること——こんなことは、文学の創造ではないと、彼らは言う。これはひどく偏執狂《パラノイア》的な趣味人、あちこち本を引っくり返して書誌学的探求をすることに情熱を傾ける愛好家《マニア》や収集家のために作られた知的娯楽である。つまり、一言で言えば、これはまったくの倒錯、文化の病理学であって、その健全な発展ではない。

あえて言わせてもらえば、こういうことだ。ある場合には、多義性というものが天才的な総合の表現となることがあるだろう。また、作品を豊かにしている様々な意味が、じつは単に文化の精神分裂を表しているに過ぎないということもある。では、この二つの場合を分ける境界線は、いったいどこに引けばいいのだろうか。ことによったら、反ハナハン派の文学研究者たちは、メシの食いあげになることを恐れているのではないか、とぼくは思う。というのも、ジョイスは見事な言葉の謎を提供してくれたけれども、自分でそこに注釈を加えるようなことはなかった。だからこそ、どんな批評家でも、『ユリシーズ』や『フィネガンズ・ウェイク』に注釈を付けることによって自分の知力や、遠くを見通す洞察力、さらには天才的な再現能力を発揮することができるのだ。一方、それに対して、ハナハンはすべてを一人でやってしまった。彼は作品を創造しただけでは満足し切れずに、作品自体の二倍もある解釈の装置を付け加えたのだ。ハナハンとジョイスの主な違いはまさに、この点にある。その他の事情——例えば、ジョイスはすべてを「自分一人で考え出した」が、ハナハンは米国議会図書館《ライブラリー・オブ・コングレス》（二千三百万冊の蔵書がある）に接続されたコンピュータの助けを借りた、というようなこと——は主要な違いとは言えないだろう。そんなわけで、緻密さにかけては殺人的なこのアイルランドの作家によって、ぼくたちは罠の中に追い込まれてしまったわけだが、そこからの抜け道はどうも見当らないようなのだ。『ギガメシュ』は現代文学の総決算なのか。それとも、『ギガメシュ』も、ジョイスのオデュッセイアも、フィネガンの物語もすべて、文学の殿堂《オリュンポス》には入れてもらえないのだろうか。

性爆発

サイモン・メリル著（ウォーカー&カンパニー、ニューヨーク）

Simon Merrill, SEXPLOSION（Walker & Company, New York)

作者の言うことを信ずるならば――それにしても、私たちはSF作家を信じなさい、とよく聞かされるようになったものだ！――押しよせる現代のセックスの波は、八〇年代には大洪水になるだろうとのことだ。しかし、長篇小説『性爆発《セックスプロージョン》』の物語が始まるのは、二十年後の厳しい冬のさなか、雪の吹きだまりに埋もれたニューヨークである。名も知れぬ老人が雪をかきわけ、雪に埋もれた自動車の車体に突き当りながら、ひっそりと静まりかえった高層ビルの一つにたどりつき、体のぬくもりの名残で温められた鍵を懐《ふところ》から取り出し、鉄の門を開けて地下室に降りて行く。そして、老人のたったこれだけの彷徨《ほうこう》と、そこに挿入された回想の断片が、すでに長篇小説全体を成している、というわけである。

老人の手の中で震える懐中電灯の細い光線が、ひっそりとした地下室の壁をさまよって行く。この地下室はかつて博物館だったのかも知れないし、あるいは、アメリカが再度ヨーロッパ侵略を実現させた時代には強大な大企業連合《コンツェルン》の製品出荷部門（というよりはむしろ性品出荷部門）だったのかも知れない。いまだに半ば手づくりだったヨーロッパの工業生産は、ベルトコンベアーによる生産の断固たる進出の前にあえなく崩壊し、産業化以後の科学技術の巨人アメリカがただちに勝利をおさめた。戦場には、三つの大資本が残った。〈ゼネラル・セクソティクス〉と、〈サイボーデリクス〉と、〈ラヴ・インコーポレイティド〉である。こういった巨大資本の生産が絶頂にあった時、セックスは——個人的な気晴らしや集団の体操から、そして趣味《ホビー》や、手仕事的な収集狂の道楽から一転して——文明の哲学となった。この頃まで矍鑠《かくしゃく》たる老人として生き残っていたマクルーハンは、その著書『生殖器政治《ジェニトクラシー》』の中で、人類が科学技術の道に踏み込んだ時から、まさにそういったことが人類の運命になっていたのだと論証した。この論証によれば、古くは鎖にしばられてガレー船を漕《こ》いでいた古代の奴隷から、鋸《のこぎり》を持った北国のきこりや、シリンダーやピストンを用いるスティーヴンソンの蒸気機関にいたるまで、これらすべてがセックス——すなわち人間の意味——を構成する運動のリズム、形態、意義を表していたのである。個性を持たないアメリカ合衆国の産業は、東西それぞれの地域的な叡智《えいち》を吸収してからというもの、中世的足かせから無貞操帯をつくり出し、くっつ機、セックサリウム、太棹、いじ栗、ワギネッティ、ポルネックスなどをデザインする仕事に芸術をしばりつけ、殺菌された不毛なベルトコンベアーを始動させ、そこからサドモビール、独り暮らしの友、家庭用ソドム機や公共用ゴモラーケードなどが生み出されて行った。また同時に、アメリカの産業は種々の科学研究所を動かして、種の存続のために奉仕することから性を解放するための闘いに取り組ませた。

セックスは流行《ファッション》であることをやめ、信仰となった。オルガズムは絶え間ない義務となり、赤い指針のついたオルガズム・メーターがオフィスや街頭で電話にとってかわった。しかし、そうだとすると、地下室の通路をさまよい歩くこの老人は、何者なのか？〈ゼネラル・セクソティクス〉の法律顧問だろうか？　なるほど、彼は、最高裁にかけられた名高い裁判を思い起こしている。それは、アメリカ合衆国のファースト・レディに始まる様々な有名人の肉体的外見をマネキン人形によって複写《コピー》する権利をめぐっての争いだった。〈ゼネラル・セクソティクス〉は十二百万ドルをつぎこんで勝った。そして――今、さまよい続ける懐中電灯の光は、埃《ほこり》のつもったプラスチックのカバーに突き当った。そのカバーの下には、映画界最高のスターや、社交界きっての名流婦人、プリンセスや女王が昔のままの姿で立っている。彼女らはすばらしいドレスを身につけているが、これは、彼女らをそのほかの姿で陳列することが判決によって禁じられていたからである。

十年の間に、人造セックスはすばらしい発展をとげたものだ。息を吹きこんでふくらませ、手でねじをまいてやらねばならなかった初期の人形から、こうしてついに、体温調整装置やフィードバック機構のついた原型《プロトタイプ》に至ったというわけである。モデルになった本物の女性たちはとっくの昔に死んでいるか、生きていてもしわくちゃ婆さんになっていたが、テフロン、ナイロン、ドラロン、セックソフィクスなどの材質は時の作用を持ちこたえ、今こうして博物館の蠟人形のように、優雅な婦人たちが懐中電灯の光に照らされて闇の中から浮かび上がり、さまよい歩く老人に向かってじっとほほえみかけている。差し上げられた彼女らの手に握られているのは、誘惑の囁《ささや》きを吹き込んだカセット・テープである(最高裁の判決は、販売者がテープをマネキンの内部に入れることを禁止していた。もっとも商品を買った客は誰でも、自宅で個人的にそうすることができたわけだが)。

年老いた世捨人がのろのろとよろめきながら歩くにつれて、埃の渦が舞い上がり、その渦を透かして奥の方に乱交《グループ・エロス》の光景がぼんやりとしたピンク色になって見える。それは何やら三十人ばかりの人間を描いたものらしく、巨大なねじりパンを組み合わせたものないしは、ケーキを丹念にからみあわせたものに似ている。ゴモラーケードやソドム機の中をぬうようにして通路を歩いて行くこの老人は、ひょっとすると、〈ゼネラル・セクソティクス〉の社長その人ではないだろうか？　あるいは、この大企業連合《コンツェルン》の設計主任――つまり、手始めにアメリカ全土を、そして後に全世界を性器の形につくり変えてしまった張本人ではないだろうか？　さて、こちらに見えるのは、視姦ビデオとその操作装置とプログラム。これには検閲の鉛の封印がされているが、その検閲をめぐって、六度にもわたって裁判が続けられたものだ。そして、あちらに見えるのは、海外に出荷されるばかりになっているコンテナの山、その中にはジャパニーズ・ボール、オリスボス、ペッティング・クリームや、その他、無数の同様の品物が、使用説明書やサービス・ガイドとともに詰めこまれている。

それは、ついに民主主義が実現した時代だった。誰が何をしてもよかった——誰とでも。未来学者の助言に従いながら、大企業は独占禁止法にそむいて世界の市場をこっそり自分たちどうしの間で分割し、それぞれの専門分野にうちこんで行った。〈ゼネラル・セクソテイクス〉は正常《ノーマル》と変態《アブノーマル》に同等の権利を与えることを目指し、残りの二つの大企業《コンツェルン》は自動装置《オートメイション》に資本を注ぎ込んだ。鞭打《むちう》ち棒《ぼう》、脱穀器、押しくらまんじゅうなどが新型モデルとして登場し、市場の飽和などありえないと大衆に思い込ませようとした。なにしろ、大規模な産業は——本当にそれが大規模な産業ならば——単に需要を満たすだけではなく、需要をつくり出すものである！ 家庭での昔ながらのセックスのやり方は、いまやネアンデルタール人の火打ち石や棍棒と同様に過去のものとなった。学術団体が六年と八年のコースを設け、その後にさらに大学レベルでの男女両性の性愛学《エロテイカ》研究が続いた。また、こういった学術団体によって、ニューロセックサーが発明され、その後、スロットル、消音装置《マフラー》、絶縁材や特殊な吸音材などが発明された。これは、アパートの住人が同じ建物のほかの住人の安らぎや快楽を邪魔しないようにするためのものである。

しかし、さらに大胆に、絶えず前進して行かねばならなかった。停滞は、産業にとって死を意味したからである。すでに、個人用の〝オリンピア〟も開発され、製造されていたし、ギリシャの男女の神々をかたどった最初の人間型ロボット《アンドロイド》もすでに、〈サイボーデリクス〉社の煌々《こうこう》と照らされた製作室で組み立てられていた。また、人造天使のことも話題になっていた。教会に訴えられた場合にそなえて資金がたくわえられたほどだが、それでも、いくつかの技術的問題が未解決のままだった。翼は何でつくるか？　天然の羽根では、鼻にはいってくすぐったいかも知れない。羽根は動くようにするべきか？　それでは邪魔にならないか？　後光はどうするか？　その点灯のためのスイッチはどんなものにすればよいか。そしてどこに取りつけるか、等々。と、その時、雷鳴がとどろいたのだった。

NOSEX《ノーセックス》と略号で呼ばれる化学物質が合成されたのは、すでにだいぶ昔のこと、たぶん、七〇年代のことだろう。その存在を知っていたのは、ほんの一握りの内輪の専門家だけだった。この薬品はただちに秘密兵器の一種と認められ、ペンタゴンとつながりを持つ小さな会社の研究所がその製造にのりだした。

NOSEXを霧状にして散布すれば、事実上、どんな国の人口でも根絶やしにすることができた。というのも、この薬品の一ミリグラムのほんの何分の一かの分量を服用しただけで、性的行為にともなうあらゆる感覚が失われてしまうからである。確かに性行為は薬品服用後も可能だったが、洗濯ものをねじったり、もんだり、絞り上げたりするような、一種の肉体労働としてであった。その後あらたに、第三世界での人口の爆発的増加を抑えるためにNOSEXを使うという計画が取り沙汰されたこともあるが、この計画は危険なものとしてしりぞけられた。

どのように全世界的破局がもたらされたのかは、わかっていない。本当に、ショートのためにエーテルのタンクが火事になり、その結果、貯蔵してあったNOSEXが空中に飛び散ったのだろうか？　それとも市場を支配する三社の商売敵のしくんだ策動がからんでいるのか？　あるいは、体制転覆を狙う団体や、超保守主義団体、ないしは宗教団体か何かのしわざだろうか？　答が出ることはないだろう。

延々と続く地下室の彷徨に疲れきって老人は、プラスチック製のクレオパトラのすべすべした膝の上に腰をおろし――とはいっても、あらかじめ彼女の制動装置《ストッパー》を引いてからだが――まるで深淵に引きこまれるようにして、一九九八年の破局へと思いをはせた。一夜のうちに大衆は、反射的な拒絶反応にかられて、市場にあふれていたあらゆる製品に背を向けてしまったのだ。きのうまで心を惑わしていたものが、今日は仕事に疲れたきこりにとっての斧《おの》とか、洗濯女にとっての洗濯だらい同然になったのである。永遠の（そう思われていた）魔力、つまり、生物の法則によって人類にかけられていたあの呪いが、雲散霧消した。それ以来、乳房といえばもう、人間が哺乳動物であることを思い出させるだけ、足といえば歩くためのもの、尻といえば坐るためのものになった。それだけのものであって、それ以上のことはまるっきりなくなってしまった！　この破局の時まで生き延びなかったマクルーハンは、幸運である。なにしろ彼は一連の著作の中で、大寺院《カテドラル》や宇宙船、ジェット・エンジン、タービン、風車、食卓用塩入れ、帽子、相対性理論、数学の方程式で使われる括弧、ゼロ、感嘆符など、ありとあらゆるものを、存在の純粋な状態を体験することにほかならないあの唯一の行為の代用品として解釈していたのだから。

こういった論証は、あっという間に力を失った。人類の行く手には、子孫ができずに絶滅する運命が待ち構えていた。まず経済的な危機が始まった。これと比べたら、一九二九年の恐慌など問題にならなかった。手始めに、『プレイボーイ』の編集部全員が自分で放った火に焼かれて、死んでしまった。ストリップ小屋の従業員は腹をすかせ、窓から飛び降りた。写真雑誌の出版社、映画会社、大手広告代理店、美容研究所などが次々に倒産し、テクノ・ビューティ香水産業全体が、そしてそれに続いて下着産業全体が揺るがされ、一九九九年にはアメリカで失業者数三千二百万を数えた。

こうなってもなお大衆の気持ちを引きつけられるものは、何だろうか？　脱腸帯、人造瘤、白髪かつら、車椅子に坐って身を震わせる人形――こういったものだけだった。なにしろ、セックスのためのあの努力、あの悪夢、あの苦しみと結びついていないのは、こういったものだけだったから。こういったものだけが、セックスの脅威からの解放を――そして、それゆえ、安息と平穏を――保証してくれるように思われた。政府は危険に気づいていたので、人類を救うためにあらゆる勢力の総動員に乗り出した。新聞雑誌の様々な欄に、理性や責任感に対する訴えかけ《アピール》が掲載され、あらゆる宗派の聖職者がテレビに出演して崇高な行為を奨励し、高い理想を人々に思い出させようとしたが、こんな諸権威の大合唱に対して社会は耳を傾けようとしなかった。人類に自制（！）するようにと呼びかける説得や指令も役に立たなかった。その結果は、とるに足らないものだった。ただ並はずれて律義な日本人が歯をくいしばって、そういった指示に従っただけである。それから、特別な報償金や、表彰状、特別手当て、ボーナス、賞金、勲章、姦淫コンクールなどの制度をもうけるという手段がとられた。この政策もまた破産に終わった時、強圧的な政策をとることはもはや不可避だった。しかし、今度は地方の住民がこぞって生殖の義務を逃れ始めた。若者たちはこっそり近所の森に逃げ込み、老人たちは偽の不能《インポテンツ》の証明書を提出し、監視と管理のための社会委員会は賄賂にむしばまれた。誰もが場合によっては隣人を見張り、ずるくたちまわって義務を逃れている者がいないか、監視する構えになっていた。ところが、隣人を監視する当人は当人で、あの疲れる仕事をできるだけ回避していたのである。

破局の時代はもはや、クレオパトラの膝の上の孤独な老人の脳裏をよぎって行く思い出に過ぎない。人類は、結局ほろびなかった。今や生殖は無菌的で衛生的な方法で行なわれている。それは、何やら予防接種のようなものである。厳しい試練の年月の後に、ある種の安定がおとずれた。しかし、文化というものは真空に耐えられない。セックスの内破《インプロージヨン》によって生み出された真空地帯の恐るべき吸引作用は、空白になった場所へ、なんと料理を引き込んでしまった。料理は今では、正常《ノーマル》なものと、卑猥なものにわかれている。大食変態趣味というものが現れ、ポルノ・レストランの写真集が売られるようになり、食事をある種の姿勢でとることは、筆舌に尽くしがたく下品なこととされている。たとえば、ひざまずいた姿勢で果物を食べてはならないし（もっとも、ほかならぬこの自由を求めて変態ひざまずき派が戦っているわけだが）、両足を上向きに投げ出したまま、ほうれん草やいり卵《スクランブル・エッグ》を食べてはならない。しかし――もちろんのことだが！――秘密のクラブというものも存在しており、そういった場所で食通や美食家は卑猥なショーを見ることができる。観客の見ている前で特別な記録保持者が料理をむさぼり喰い、それを見つめる者たちはよだれをたらすというわけである。デンマークから密輸されているポルノ栄養写真集には、じつに恐るべきものが載っている。ストローを通していり卵《スクランブル・エッグ》を食べるところを写している写真もあった。食べている男はその時、ひどくにんにくのきいたほうれん草の中に指をつっこみ、同時にパプリカの粉をふりかけたシチューのにおいをかぎながら、テーブルクロスに身を包んでテーブルの上に横たわっており、その足を縛るコードはコーヒー沸しにからみつき、このコーヒー沸しが秘密の宴においてシャンデリアの代わりになっているのだ。この年のフェミナ賞を取った作品は、まず初めに床に松露ペーストを塗りたくり、それから腹一杯になるまでスパゲティをたいらげたうえで床のペーストをなめつくした男についての小説である。美の理想も変わってしまった。いまや、百三十キロの脂肪の塊がよしとされるようになった。それは、胃腸の並々ならぬ消化力を意味するからである。ファッションにも変化が生じた。そもそも、服装によって女と男を区別することができなくなってしまった。文化水準の高い国の議会では、消化の過程という人生の秘密を学校で子供たちに教えてもいいものか、という問題が議論されている。いままでのところ、このテーマは卑猥なものとして、厳格なタブーに包まれているのだ。

そして、ついに生物学が、性——すなわち、有史以前からの無用の遺物——の根絶まであと一歩に迫って来た。いまや胎児は人工的に懐胎され、遺伝子工学的プログラムにしたがって培養されている。そうして生まれてくる個体は性を持たず、これでようやく、セックスの破局《カタストロフ》の時代を生き延びてきたすべての人々の記憶の中でいまだによみがえってくる悪夢のような思い出に、終止符が打たれるだろう。明るい実験室《ラボラトリー》——この進歩の聖堂——の中で、すばらしい両性具有者が立ちあがる。いや、それはむしろ無性人間なのだ。そして、人類は昔の恥辱から切り離されて、いよいよおいしそうにあらゆる種類の禁断の実にかじりつくことができる日が来るだろう。ただし、「禁断」とは言っても、これはもう美食の領域のことであって、セックスとは関係がない。

親衛隊少将ルイ十六世

アルフレート・ツェラーマン著（ズーアカンプ社、フランクフルト）

Alfred Zellermann, GRUPPENFÜHRER LOUIS XVI (Suhrkamp Verlag, Frankfurt)

本書『親衛隊少将ルイ十六世』（ズーアカンプ社版）は、A・ツェラーマンがデビュー作として書きおろした長篇小説である。六十歳に近い著者は文学史の碩学《せきがく》として知られるが、もともと人類学を専攻して博士号を持ち、ヒトラー時代には大学の教壇を追われ、叔母の住む田舎に隠棲して〈第三帝国〉の命運を受動的ながら具《つぶさ》に観察した人物である。本書をあえて傑作と呼んだうえで付け加えるなら、これは、おそらくは作者のごとき生活体験の蓄積と、また該博な文芸評論の知識を持つドイツ人にして初めて書き得た作品である。

標題は、いかにも空想小説ばりだが、そうではない。舞台はアルゼンチン、時は大戦直後からの十年間である。五十歳の主人公ジークフリート・タウドリッツはナチの元親衛隊少将、敗戦そして占領下のドイツを脱出して元少将は南アメリカへ落ちのびる。後生大事に抱えこんで行くのは、親衛隊員の養成機関として悪名たかい学校アーネンエルベ（Ahnenerbe）の貯めこんでいた財宝の一部である。スチールバンドでぐるぐる巻きにした大トランクにはドル紙幣が塡《つ》まっている。少将には同行者がある。それはドイツからの密出国者たち、またさまざまな流れ者やならず者たち、加えて（その役割は今のところ判然としないが）十数名にのぼる素姓あやしき女どもである。女のうち何人かは、リオデジャネイロの赤線地帯にタウドリッツ自らが出向いて身請けした。そういう連中を率いて元親衛隊将軍の主人公はアルゼンチンの奥地へと乗り出して行く、道みち参謀部付きの元将軍としての才腕はみごとに発揮される。

文明の地の涯《はて》からさらに隔たること数百マイル、その奥地に至って、一行は遺跡を発見する。少なくとも千二百年の昔に遡るこの大建築の遺構は、アズテック族の手になるものと覚しい。一行は、ここに居を定める。タウドリッツ少将は、直ちにこの地をパリに因んで〈パリシア〉と命名する、その真意は、これも今のところ不明だが、周辺のインディオ住民たちは、何かしら稼ぎ仕事にありつけようかと続々とこの地に乗りこんでくる。少将は、彼らを組織していくつかの勤勉な作業班に分け、武装した部下を各班の監視に付ける。かくして数年が経過し、努力は実を結び、ここに一個の権力機構が形成される。それこそタウドリッツの夢みつづけたものなのである。その人となり残忍冷酷、たじろぐことを知らぬこの人物は奥地のジャングルのただなかに王朝華やかなりしころのフランス王国を再建しようとの気違いじみた夢想にとり憑《つ》かれてきた――われこそはルイ十六世の再来たらんとの執念である。

断っておくが、物語の中身は、これで尽きるものではなく、以下の記述でも、充分とはいえない。継起する事件は、ここに再話するように年代順に書かれていないからである。作者が自らに課した筆の運び、ないしは構成の苦心のほどを重々察したうえで、あえて事件の大筋を年代順に辿《たど》ろうとするゆえんは、作品の基調、またその思わくを際立たせようとの評者の意図にほかならない。ここではあくまで大筋のストーリーにとどめ、少なからぬ余談、エピソードの類は追わない。上下二巻、六百七十ページにわたる大作のすべてを尽くすわけにはいかないのだ。ともあれ、作者A・ツェラーマンがその大ロマンに記すところを、いささか辿ってみよう。

こうして（本題に戻れば）王朝の宮廷ができあがる、そこには一団の廷臣がいる、騎士がいる、聖職者がいる、侍僕がいる、礼拝所《チャペル》もあれば、舞踏会のための大広間も備わっている、その周りには城壁がそそり立つ。いずれもその昔、アズテック族が無意味に建てひろげた建築物を造り換えたものである。

〈新王ルイ〉には絶対の忠誠を誓った三人の忠臣がある、その名はハンス・メーラー、ヨーハン・ウィーラント、エーリヒ・パラツキと呼ぶが、史上の実在の人物の名をとり、彼らはそれぞれにリシュリュー枢機卿、ロアン公爵、モンバロン公爵とまもなく名のることになる。三人の補弼《ほひつ》を得て、新王は、僭王の玉座に就くこともかなったし、思いのままに宮廷生活を復元することもできたわけである。ついでながら、ここが作中の肝腎《かんじん》なところだが、史実にかんする元親衛隊少将タウドリッツの知識たるや、まことに心細く、抜け穴だらけである。実を言えば、そんな知識など、まるで持ち合せがない。せいぜい十八世紀のフランス史をきれぎれにうろ覚えしているのと、鼻たれ小僧のころ読みかじった『三銃士』を初めとする大デュマの長篇のかずかず、また長じては、その〈王党派〉的（もっとも、これは自称であり、実は専らサディスト的）心情から愛読したカール・マイの小説から得たがらくたの知識が頭につまっているだけなのだ。かかる読書経験に加えて、その後もひたすら三文小説を濫読したせいで、彼が復元し得たのは、旧《アンシ》王《ヤン・》朝《レジーム》の歴史どころではなく、それに代わって頭につめこまれ、ついには彼の信仰となった甚だしく幼稚かつ寔《まこと》に痴《たわ》け切ったごちゃまぜ、寄せ集めである。

作中、随所の記述・言及から察するところ、主人公タウドリッツにとってヒトラー体制は必然の選択であった。それは相対的に彼に最もふさわしい〈王党派〉的幻想にお誂《あつら》え向きのチャンスなのだ。ヒトラー体制は、彼の目するところでは、夢中で惚《ほ》れこむほどのものではなかったにせよ、中世に近似していた。とはいえ、デモクラシーのあらゆる形態に比べれば、タウドリッツにとってそれは心親しいものだった。ただし〈第三帝国〉にあっても、ひそかに〈王冠の夢〉を持ちつづけたほどの彼であるから、タウドリッツは、ついぞヒトラーの磁力に屈することはなかった。かと言って、そのひそかな信条を人に打ち明けることも絶対になかった。だからこそ〈大ドイツ〉の崩壊を、毫《ごう》も悼《いた》む要はなかったのである。いや、彼は〈第三帝国〉の崩壊を予見するだけの先見の明を持ち、自らその一員でありながら、一度たりとエリートとのぼせあがることなく、敗戦の日のためにしかるべく用意を怠らなかった。ヒトラーに寄せる彼の尊崇の念は、普《あまね》く人の知るところであったが、これは猫かぶりの所産でさえない——むしろタウドリッツは十年間もの歳月、シニックな喜劇を演じつづけたのだ、なにしろ彼は自分なりの〈神話〉を持っており、それがヒトラー主義に対する抵抗力を与えてくれた。これは彼にとってごく好都合なことであった。と言うのも、ヒトラー著『わが闘争《マイン・カンプフ》』の信奉者で、この教義を大まじめに受けとろうと多少とも努力した人びとは、アルバート・シュペアの例に見るごとく、のちには、一度ならずヒトラーからのけ者扱いされる目に遭った。それに反して、タウドリッツは連日、その日その日のお題目を純粋にうわべだけ採り入れたから、異端の思想に感染すべくもなかった。

タウドリッツが徹頭徹尾、信じて疑わないもの、それは金《かね》の力と暴力だけである。気まえのよい主人公がいて何か企てるとする、物質的な利益を提供しさえすれば他人は、それに蹤《つ》いてくる、その場合、主人公としてもいったん引き受けた責任は断乎として果たす気概が必要だ——彼はそう読みとっている。代わって彼が一向、意に介しない事柄がいくつもある。つまり〈廷臣〉たち——ドイツ人、インディオ、混血のインディオ、ポルトガル系と言った色とりどりの輩《やから》——が、この大仕掛けな、何年がかりもの大芝居を本気で信じようと信じまいと（タウドリッツ演出のこのスペクタクルは傍目《はため》から見れば、話にもならぬほど底の浅い、ちゃちなものである)、また、そうした演技者たちのだれかれが、ルイ王の宮廷の存在理由に信を置こうと、あるいは単に意識して喜劇に加わり、実は出演料が目当てで、ひょっとすると、権力者の亡きあとは〈王の金櫃《かねびつ》〉を荒らそうと狙っていようと、平気なのだ。タウドリッツにとって、そうした問題は存在しないかのようである。

新王ルイ十六世の宮廷内の日常は、露骨なほどにいんちき、それもぶざまそのもので馬脚をあらわすも甚だしい。だから、後れて王都パリシアへ乗りこんだ人びとのうち少なくとも具眼の士や、また似而非《えせ》君主と似而非貴族の成り立ちをわれとわが目で見て来た連中は残らず、このいんちき性について一瞬たりと疑いをさしはさまない。と言うのも、そもそもの創成期は言わずもがな、この王国は真二つに引き裂かれた分裂病患者を思わせるからである——すなわち、人びとが王宮における謁見の席とか舞踏会の場、なかでもタウドリッツの身近で口にのぼせることと、君主も不在なら三人の腹心もいない場所で言うこととの間には、天地霄壌《しょうじょう》の開きがあるのだ。ちなみに任された演技を続けることにかけて、この腹心三人のやり方は情け容赦を知らず、体刑拷問もあえて辞さない。ごっこ遊びと言い条、王城は世にも稀な豪奢をきわめる。目を射るごときその輝きは、もはやにせものではない、なにしろ隊商《カラバアン》につぐ隊商によって運びこまれ、決済は現金で行なわれたし、王宮の内壁の完成だけに三十か月を要している。壁はフレスコ画やゴブラン織りで飾り立て、嵌木《はめぎ》細工の床には優雅な絨緞を敷きつめる、姿見、金張りの大時計、箪笥《コモード》の類など数知れぬ家具調度が贅《ぜい》をきそい、それとは知れぬ秘密の扉、隠れ穴を始めとして壁の切れこみ、さらにはパーゴラ、テラスにまで工事の手は及ぶ。王城をとり巻く広びろとした庭園はみごとに手入れが行きとどき、その先には柵や濠《ほり》がめぐらされている。この人工王国の建設は、ひとえに奴隷の身たるインディオの労働と汗とによるが、引き縄でがっしりと繋《つな》がれた彼らを見張るのは、ドイツ人と決まっている。監視の男は、いずれも十八世紀の騎士の身なりをして歩き回っているくせに、金箔をほどこした腰のベルトには、まぎれもなくパラベラム（Parabellum）社製の軍用ピストルがぶちこんである――封建時代を再現するドル資本側と労働側とのいっさいの紛争にケリをつけるのが、このピストルなのだ。

さて、宮廷と王国がでっちあげであることをたちまちに暴露するいっさいの現れや兆候は、君主とその腹心たちによって、徐々に、着々と、消し去られて行く。こうしてまず特殊な用語法が発生する。外の世界から回り回って入ってくるニュースのすべては、この用語法にのっとりさえすれば苦しうないこととなる。例えば、アルゼンチン政府からの介入が〈王国〉を脅かしていないかどうか、その場合、お偉方が国王陛下に奏上する報告には、この君主国ならびに王位なるものの非正統性などはおくびにも出さない。一例をあげれば、アルゼンチン国は、つねに〈スペイン〉の名で呼ばれ、この王国の隣国として扱われる。

万人が、その種の人工の外皮にしっくりと合い、豪華な衣をまとって気ままに動く法を身につけ、巧みにサーベルと宮廷用語を振り回す——そのようになるにつれ、虚偽はいよいよ深く浸透し、この構築物、この活人画の基盤、根源にまで及ぶ。その絵柄のまやかしぶりは相変わらずとしても、今やそこには真正の欲望と憎悪と争いと競争心の血が脈うつ。なんとなれば、この偽ものの宮廷にあって本物の陰謀が育まれつつあるからである——一方の廷臣は他方の廷臣の打倒に暗躍し、彼らの屍《しかばね》を踏みこえて玉座に近づき、仇敵の栄達をわがものにせんと図る。こうして中傷、毒杯、密告、短剣がひそかに、だが現実に横行跋扈《ばっこ》し始める。ただし、これらのすべてにはなお君主制と封建性の要素があくまでも根を張っている。と言うのも、タウドリッツ、すなわち新王ルイ十六世が、おのれの絶対権力の夢（それは一団の元親衛隊員によって実現された）の息吹きをそこに吹きこみ得たればこそである。

タウドリッツの思わくでは、嫁いだ姉の子、一家の最後の末裔がドイツのどこかに生きているはずだ。バートラント・ギュルゼンヒルンという名のこの甥は、ナチス・ドイツ敗北の当時十三歳であった。今は二十一歳となったこの青年を探《たず》ね当てる使命を帯びてルイ十六世によりさし向けられるのがロアン公、元の名ヨーハン・ウィーラントその人である。彼は王の側近中の唯一のインテリ、戦時中はヒトラー戦闘部隊（Waffen S.S.）の軍医として、マウトハウゼン収容所で〈医学実験〉を手がけていた。公爵に密使の大任を委《ゆだ》ね、血縁の青年を見つけ出したうえ王位継承者として宮殿へ連れ帰るよう国王が命ずる場面は、作中の圧巻である。まず国王は、皇太子位の前途、すなわち王位継承のためを慮って、実子を持たぬ嘆きのほどを愬《うった》える。そんなふうに話を切り出した以上、その勢いに支えられて同じ調子が、そのまま先へと持ちこされる。今となっては、王としても、自分が本物の王ではないと自分自身にさえ認めるわけにはいかない。この場面、やや狂気めいた味わいがある。王は実のところフランス語を操れないから、宮廷で主に通用するドイツ語を用いるのだが、いや、朕はほかならぬフランス語を話しておる、朕は十八世紀のフランス国王なるぞ、と強弁するのだ。必要とあらば、臣下もこれに倣って、同じこじつけを言い張る。

これは決して気違い沙汰ではない。なぜと言えば、単に言語のことにせよ、今やドイツ人としての出自を自認することこそ狂気の沙汰となったであろうからである。ドイツ国がここに存在するはずはない、フランスの隣国はスペイン（すなわちアルゼンチン）あるのみなのだから。かくて、ドイツ話を話すと公言したうえで、あえてその言葉で何か言うのは、生命の危険を冒すことになる。パリ大司教とサリニャク公とのあいだに交わされる会話（上巻、三一一ページ）から明らかなように、〈国家に対する裏切り〉の罪でギロチンの刑に処されるシャルトルーズ公爵は、酔余、この王宮を呼んで〈淫売宿〉と悪態をつくならまだしも〈ドイツ人どもの淫売宿〉とやってしまったのが命とりとなった。注目に値するのは、作中のフランス人名のうちに直ちにブランディやワインの銘柄を連想させるものの多い点で（その一例が marquis《マルキ》 château《シャトー》 Neuf《ヌフ》 du《デュ》 Pape《パプ》 を名のる儀典長！）この由来は、作者はついぞ匂わせてはいないが、ルイ十六世たるタウドリツの頭のなかには、容易に理解できる理由から、種々のアルコール飲料の銘柄名のほうが、フランスの名家の名より数多くつまっていたからにちがいない。

そのあと特使に語りかけるタウドリッツの口調は、彼の空想にあるルイ十六世が同様の使命に遣わす腹心の側近に諭す調子となっている。国王はロアン公爵に向かって偽りの衣をぬげとは命じない、むしろ〈イギリスないしオランダの人間に姿を変える〉よう言いつけるのだが、裏を返せば、それは普通の現代風な服装になれ、というに他ならない。ただし〈現代風〉という言葉を吐いてしまうわけにはいかない。このでっちあげの王国をゆさぶりかねぬ言葉の一つだからである。この宮廷では、ドルのことでさえ、常に〈ターレル〉と古風に呼びならわしているのだ。

巨額の現金を携えたウィーラントはリオへと赴く。この地には〈宮廷〉の通商代表機関が店を構えている。ここで立派な偽造パスポートを入手したあと、タウドリッツの勅使はヨーロッパへ向けて船出する。使者の尋ね人行脚の次第については、作品は沈黙して語らない。読者に分かるのは、十一か月にわたる遍歴が上乗の首尾に恵まれることで、続いての場面は、ウィーラントがハンブルクのとある大ホテルにウェイターとして働く若者ギュルゼンヒルンと相対して二度目の膝づめ談判の場となる。青年バートラント（フランス流に発音すれば、ベルトランとなるこの名は、叔父タウドリッツによれば、なかなか響きがよろしいとのことで、この先もそれで通すことが許されるのだが）――は、さっそく、大金持ちの叔父の話を聞かされ、大手をひろげて養子に迎えたがっていると耳にするや、二つ返事で仕事を投げ出し嬉々としてウィーラントに随《したが》う。この一風変わった者同士の旅は、この小説の書き出しに使われ、大いに効果をあげる、と言うのは、この旅が空間のなかの移動であるのと同時に歴史的な時間における後戻りを兼ねているからだ。なにしろ両人は大陸横断のジェットプロップ機を降り立つと、列車に乗りかえ、次には自動車に、さらに自動車から馬車へといった工合で、ついには残る二百三十キロの全行程をとぼとぼと馬の背に打ちまたがって行く。

ベルトランの着衣がぼろになり、着替えも擦り切れてくるにつれ、それに代る古式ゆかしい衣裳の一部ずつが取り出される。ウィーラントが手回しよく整えておいたものだが、その本人もおもむろにロアン公爵へと変身をとげて行く。この変身は何も手のこんだものではない——泊まる先ざきで奇体なほど簡単に行なわれる。思うに（それは、のちに確かめられるが）、タウドリッツの八面六臂の活躍を見せる使節として、すでにいくども経験ずみのウィーラントには朝めしまえのことなのである。かくてヨーロッパへと旅立つときはハインツ・カール・ミュラーと変名したそのウィーラントが、武具に身を固めた馬上のロアン公へと戻るに従って、ベルトランも、少なくとも外面的には、同様の変貌をとげて行く。

ベルトランは、いっぱい食わされたかと憤懣やる方ない思いである。広大な地所を抱えるとか聞かされた叔父のもとへ馳せつけようと、ホテルのウェイターの勤め口をほうり出し、百万長者の跡とりになる気でやってきたというのに、引き入れられた先は、皆目わけのわからぬ、けばけばしげなコメディか笑劇《ファルス》の圏内ではないか。道みち、諄々として心得を聞かせるウィーラント＝ミュラー＝ロアン公の言葉のはしばしも、聞けば聞くほど、頭を混乱させせることばかりである。時には、まるっきりからかわれているような気がしてくる。また時には、これで身の破滅かと思えてくる、そのうちには、正体不明の悪だくみにわずかながら乗せてくれそうな気配でもある。ただその全貌は今のところ五里霧中である。今に頭がどうかなりはしないかと、思いつめる時も一度や二度ではない。心得と言っても、そのものずばり明けすけに言ってくれることは絶対にない。こうした本能的な知恵は、宮廷に特有なのである。

「よろしいかな」ロアン公爵がのたまうのだ。「形式にのっとってくれにゃいかんのじゃ、叔父さんの要求するままにな」それが〈叔父上〉になり、〈閣下〉になり、ついには〈陛下〉へと持ちあがる。「お名まえは〈ルイ〉であって、決して〈ジークフリート〉ではない、そんな名は絶対に口にのぼせては相成らぬ。ご自身、その名はお捨てになられたのだから、そのとおりにしなくてはいけない」ミュラーから公爵へと成り変わりながら、そう仰せになる。初めは「地所」であったのが「ご領地」に格上げされ、しまいには「王国」へと広がってくる。こうして、連日の馬上の旅でジャングルをかきわけて行くうちには、おぼろげながら、そして、いよいよ目的地に近づく最後の数時間、金色燦然《さんぜん》たる轎《かご》に収まり、筋骨たくましい八人の混血インディオの肩にしずしずと担がれながら、窓から覗き見れば、鎧兜もいかめしい警固の騎士の一隊が馬上ゆたかにゆさゆさと並んで行くのを目にすると、ベルトランといえども謎の同行者の言のまんざら嘘ではないことに、さすがにしかと思い当るのである。

こうなると、狂っていたのは自分のほうではあるまいかと反省する気にもなり、今はただ叔父との再会をしきりに願う心境なのだが、何しろ最後に顔を見たのが、ほんの九歳の餓鬼のころのことだから、その顔もほとんど覚えはない。

とはいえ、この叔父と甥、いな、国王と皇太子との御対面の場面は、まことに結構の美を尽くした一大盛儀であった――それはタウドリッツ、つまりルイ十六世の記憶にとどまるかぎりのありとある祝典、儀式、また仕来たりの混合物なのである。さればこそ、合唱隊は歌い、銀のファンファーレの奏されるなかを、王冠を戴いて王がお出ましになるに先立ち、居並ぶ侍僕は「国王陛下のお出まし」とながながと声を引きつつ彫刻をほどこした二重の扉をあけはなつ。タウドリッツが従えるのは貴顕の夫妻十二組（もっとも、これらは、彼がうっかり望ましからぬところから拝借したのだが）、つづいて厳《おごそ》かな瞬間が到来する――国王ルイは十字を切って養子を迎え入れ、彼を皇太子の名で呼び、おのれの指環、手、笏杖《しやくじよう》に接吻することをお許しになる。

やがて、燕尾服すがたのインディオにかしずかれて二人は朝食の卓にさし向かいとなる。何たるすばらしい見晴らしであろう、王城の高みは庭園を見おろし、打ち並ぶ噴水のしぶきが眩《まばゆ》く光っている。その絶景をながめ、また周囲をとり巻く野生そのものの緑を湛えるジャングルの遥かな広がりに目を放ちながら、ベルトランは何ひとつ叔父に問いを発する勇気もない。そして叔父から言葉やさしく諭されるままに、彼は言いかける——「陛下……」「それでよい……そうでなくてはならぬじゃぞ……そこにこそ、わしの、そして汝の善ありと知らねばならぬ」王冠をかぶった親衛隊少将は、ねんごろに言いきかせる。

本書の特異性は、絶対的に相互に両立しがたい諸要素の結合である点に存する。通常ならば、すべて事柄は事実に基づくか、あるいは基づかぬか、虚偽かそれとも真実か、さらには見えすいたゲームか自然の流露かと黒白は明らかなはずだが、ここにあるのは偽の真実と事実の虚偽とである。言いかえれば、それは同様に真実でもあり虚偽でもあるのだ。もしもタウドリッツの宮仕えの人びとが、しこまれたセリフをしどろもどろにくり返して、めいめいの役どころを演じているだけだとすれば、われわれの眼前には命を失った人形芝居があるだけだろう。ところが、実際に彼らは形式を身につけ、その形式のなかで彼らなりに成長し、もう何年となくその形式に慣れ親しんでしまった。そのため、ベルトランの到来を潮どきとしてタウドリッツ打倒の陰謀をかたらうことをにわかに開始した今となっても、押しつけられた図式から完全に自由の身となり得ない。かくてその陰謀自体が複雑怪奇な心理の絡《から》み合いの様《さま》を呈する。いわば一個のパイに焼きあがってはいるものの中身には、とりどりのジャム、柔らかすぎた生地《きじ》、マカロニ、さてはナッツを食いすぎて死んだはつか鼠《ねずみ》どもの死体などが塡《つ》まっているのに似る。それと言うのも、親衛隊少将タウドリッツは君臨への正真正銘の情念、純真な熱意を、ブルボン王朝下のフランスの史実をめぐる歪みに歪んだ荒唐無稽な記憶のごちゃまぜというオブラートに包みこんでしまったからなのだ――その史実も、血湧き肉躍る三文小説から学んだあやふやなものである。初めのうち少将は自分の偏執《マニア》への盲従を人に強制しなかった。そんな実力を持たなかったからで、報酬だけは払った。またそのころは、ヒトラー親衛隊時代に運転手、下士官、衛兵だった部下たちが、たとえ、この〈興行〉について聞こえよがしの悪口を叩こうとも知らぬ顔ですませざるを得なかった。万事、おとなしく耐えるだけの弁《わきま》えを忘れなかったのだ――時至って、脅迫、強制、拷問の手段を用いて服従をかちとることが平気になるまでは。ただ一つ魔力を発揮して来たドルが、古風にタ一レルの名で呼ばれたのは、そのときからであった……。

この寄合い所帯の糟糠《そうこう》の時代、すなわち、王国の成立前史は、作中、それとない会話のはしばしのなかで示されるにとどまる。過去をおろそかにすれば、それなりの罰が当りかねない、心すべきことである。小説の発端はヨーロッパが舞台で、謎の使者がベルトランなる若きウェイター風情を説得するところから始まるのは前述のごとくだが、以上、述べた筋立ての全容が浮かびあがるのは、ようやく物語の後半においてである。ルイ十六世の廷臣、大貴族、聖職者として元憲兵、収容所看守、医師、運転手、さてはSSの装甲師団大ドイツ国（Großdeutschland）付きの狙撃兵などの経歴を持つ連中がずらり登場するのは、たしかにグロテスクも甚だしく正気の沙汰とも思えぬごちゃまぜぶりで、彼らにふさわしい役目など到底ありっこないのだが、全部もれなくしばしば愚直に、それなりの役（もともとそんなものは決まっていない）を曲りなりにもこなす。ほかに何ひとつ能がないのだから、こんなことに憂き身をやつさざるを得ないのだ。ところで、そもそもの初めから、インチキなことを、この連中がこなすやり方も、インチキなうえに、芯が一本とおっていないわけなので、その結果は支離滅裂のていたらくとなり小説自体、たわごとの羅列に終わりそうなものである。

ところが、事実は、そうではない。そのわけは、ヒトラー一味に仕えた死刑執行人どもにとって、なるほどその昔なら枢機卿の緋袍《あけごろも》をまとい、司祭の紫の衣を羽織り、金ピカの甲冑に身を固めるがごときは、滑稽千万でもあったであろう。だが今となっては船乗り相手のあいまい宿から引っぱり出した商売女に恭しく尊称を奉り、相手が文官なら ば令夫人、ルイ王下の聖職者たる貴公子であれば公爵の奥方さまとか、大公の妾《おめかけ》さまと呼びかえるなどは、ばかげたことどころか、楽しくてたまらないからである。女たち自身にしたところで、こうした役どころはまんざらでない。まやかしの高貴な身分に収まり返って女性たちは自らに見惚《みと》れ、肩をそびやかし、思いつくかぎりのすばらしい貴婦人の理想に負けじとおのれを磨き立てる。

ひと昔まえのならず者どもが、打って変わって、僧帽をかむりレースの襞《ひだ》飾りも美しく登場するあたりの描写は、人間心理を見すかす作者のたしかな眼力の見せ場となっている。悪人たちは、その地位から愉悦を引き出す。この点が本物の貴族と異なる成りあがり者にとって、その愉悦は、ずばり、犯罪行為の美化、ないしは合法化によって二重に強められるからだ。悪の果実の味わいは、法の尊厳に守られるときにおいてこそ最も甘美となる。強制収容所《コンツラーゲル》的サディズムの職業的専従者にとってみれば、かつての悪業を一つならずくり返し得ることほど無上の満足はない。ましてや華麗なる宮廷の後光と栄光のなか、悪事の一つひとつをいやがうえにも浮かびあがらせるその輝きのなかで行えるとあれば。このような理由から、醜悪な行為を犯しつつも彼らは、少なくとも口にのぼす言葉にかけてだけは司教ないし大公の役割から踏みはずすまいと専心これ努める。というのも、そうすることによってせっかくの晴れの栄位という尊厳にみちた象徴に泥をぬりたくないからだ。同じ理由でなかでも特に頭の弱い連中、例えばメーラーは、しきりにロアン公のすご腕を羨望する。何しろ公ほどの人物となれば、インディオの幼児虐待に目のない自分の弱点を正当化して、幼児に拷問を加えることこそはあらゆる尺度から見て〈宮廷的〉であり、最高度に妥当適切だと、みごとに口をぬぐっていられるのだ。（ついでながら、この国では、インディオはすべて〈黒人〉と呼ばれる。奴隷は黒人であるほうが〈似つかわしい〉からである。）

　ウィーラント（同じロアン公のことだが）が枢機卿の緋色の帽をしきりに望む気持ちもわれわれにはうなずける——それさえ手に入れれば、彼は頽廃堕落の極致たる悪戯を、主《しゅ》なる神の地上における代理人の一人として執り行うことが可能になるわけだ。幸いにしてタウドリッツは、この大権を彼に付与することに肯《がえ》んじない。ウィーラントのそうした願望のかげに残虐の深淵が口をあけているのを見ぬいているかのように。それも、演技を進めるタウドリッツの好みには、また別のものがあるからなのだ——彼は〈別の夢、別の神話〉を抱えこんでいて、現在の栄耀栄華にせよ、親衛隊少将としての過去にせよ、人なみに意識したがらない。彼はひたすら王君の真紅の色に純真な愛情を寄せているのであって、権威濫用のウィーラントの行き方には心底から不快と怒りを覚えざるを得ない。人間の卑劣の思い切った千差万別ぶり、一筋縄では片づかぬ悪のさまざまな形、その豊富さを見せつける作者の筆は非凡である。タウドリッツにしてもウィーラントと五十歩百歩であり、彼の場合は完全なる（従って絶対不可能な）変容こそが希求であるというように、その関心事が違うだけなのだ。彼の〈純粋主義〉は、そこに由来し、側近から煙たがられることになる。

一般の廷臣だけが、その身分になり切ろうと努めたことは、すでに見たとおりで、その動機はさまざまである……だが、やがてそのうちの十人が結託して国王＝親衛隊少将打倒の陰謀に乗り出す。ドル紙幣の塡まったトランクの掠奪《りゃくだつ》、それどころか国王の暗殺まで企てるのである。もっとも元老院の椅子・称号・勲章・栄達の位といったものに恋々たる思いもあるから、板ばさみとなって身動きがとれずにいる。やつののど笛をかき切り大金を奪って逃げたいのはやまやまだが、それもならぬという次第なのだ。陰謀の妨げとなるのは、こうした、うわべの事どもだけではなかった。彼らにしても、押しも押されもせぬ地位を得たことの眉唾《まゆつば》ぶりに時おり思いを致さぬではなかった、彼らにとって最も似つかわしいのが、ほかならぬこの眉唾ぶりだからだ。自分らが本物ではなく、それを気どっているだけだという記憶の形での自認は、もはや気にならない。彼らの最大の障害（こうなると狂気ではあるが、充分に筋はとおっていて、心理的な一貫性もある）は、国王たるタウドリッツの極度の残忍性そのものなのだ。もしも国王の一挙一動にいちいち親衛隊少将の幻をちらつかせることなく、また、もしもおまえらがそうしていられるのも、朕のおかげだ、おれさまの意志と気紛れにすべては懸っておるのだぞ、と無言の威圧を加えることもなかったならば、アルゼンチンの奥地におけるブルボン朝フランスの安泰はいっそう永続したに違いない。これを要するに、演出家がくりひろげるショーの迫真性不足に演技者たちはあきたらなさを覚え始めていた。君主の側から許容される程度では物足らなくなった手下どものほうが、フランス語を借りればplus《プリュ》 monarchique《モナルシック》（より君主国的）たらんと願ったのだ……もちろんのこと、皆が思い違いをしていたのだ。それぞれの役を演ずる一人びとり、宮廷としての真実な、より優れた迫真性という理想像などかけらもありはしない。高級な役割には、いくら背のびしても及びもつかず、自己流にこなすほかないとなれば、めいめい思いつくままを、自分まる出しで力いっぱい演ずるまでだ。演技の凝りすぎがとび出す余地などない。これは作中、大公閣下が奥方に話しかけるところとか、ボージョレ侯爵（旧名ハンス・ウェアホルツ）が夫人をどやしつけ、彼女のよからぬ前身をあしざまに言うなどの場面で見るとおりである。その種のやりとりを描く作者の筆は、真に迫ることに全力を傾注している。だが、こう要約してしまっては、味もそっけも消えてひどくリアルな味を失うようだ。どうも、この連中は、いささか演技に疲れきっていると見受けるが、傑作中の傑作は、ローマ・カトリック教会の聖職者のお偉方を演ずる人びとである。

この移住者社会には、ぜんたいカトリック信者はいない。だいいち元親衛隊員の信仰心などというものは話にならない。という次第だから、王宮にある礼拝所《チャペル》で行われるいわゆるミサも、ひどく短時間と決まっており、聖書の詩句のいくつかを歌うように読みあげれば、それでおしまいである。重臣のだれかれは、そんなミサならやめてしまうほうがよかろうと言い出したのに対して、タウドリッツが譲らなかったのである。それをよいことに、二人いる枢機卿をはじめパリ大司教も、その他の司教たちも、高貴な肩書を〈正当化〉して、毎週、数分間とはいえ(実はミサの奇怪なパロディにすぎぬのだが)、これこそは教会に最高幹部をそろえておくことの妥当性を物語るものと胸を張るのである。その点で何となく一同折り合っていて、祭壇のあたりにせいぜい何分間かだけかしこまったあとは、その取り返しとばかり、数時間でも宴席の卓をかこむなり、豪奢な寝台の天蓋《てんがい》の下に這いつくばるなりして気ままにすごす。そんな気晴らしの一案として現れたものに映写機がある、国王の目を盗んでモンテビデオから秘かに持ちこまれたこのプロジェクターは王宮の地下室でポルノ映画を楽しむのに役立った。映写技師を務めるのはパリ大司教(元ゲシュタポ運転手ハンス・シェファート)、フィルムの入れ替えを手伝うのがソテルヌ枢機卿(元経理将校)である。こうした発想がグロテスクなほど滑稽でもあり、いかにもありそうな話でもあるのは、この悲喜劇のその他の要素と共通る。この悲喜劇の世界が安泰でいられるのは、内部からこれをぶちこわすほどの力を持つものが皆無だからなのだ。

　こうした人びとにとって、何がどうあろうと不都合はなく、何が何に不適当ということももはやありはしない。だから、だれがどんな夢を持とうが、おどろきあきれてはならないのだ——マウトハウゼン収容所第三ブロックの隊長は〈バイエルン地方で最大のカナリヤのコレクション〉を持っていたことがあり、今や、本人はしきりにそれをなつかしがっているし、カナリヤには人肉を食わせるのが一番で、みごとな鳴き声で歌うことまちがいなしと囚人頭《カポ》から吹きこまれたのをいまだに真に受け、そのとおりカナリヤに食べさせもしたではないか。この場合、カナリヤへのかわいさあまってのことであり、犯罪性は本人の意識にはまるでのぼっていない。そしてもしも、人間犯罪の範疇《はんちゅう》が専ら自己判断、罪の自認に依拠するとするならば、ここには〈罪なき〉殺人者が存在することになる。おそらく、ソテルヌ枢機卿にしても薄うすながら、本当の枢機卿はこんな行いをするものではないし、必ずや神を信じているはずだとわかっているし、白衣を着てミサの式に荘厳を添えるインディオの少年僧を犯すなどは、むしろありえぬことと知っている。そのくせ半径四百マイルの範囲内に、ほかに枢機卿はいないのだから、そんな反省に悩むことは、さらさらない。

　虚偽を食いものとする虚偽が、その結果として生み出す複雑多岐に繁茂する形式の豊富さには、実在の宮廷のあらゆる絵巻、人間行動の見取図としてのそれを上回るものがある。なぜなら、こちらのほうが二倍にも真実味を帯びるからである。作者ツェラーマンは、いささかの筆の誇張も自らに許さない。それゆえ事実性にはいささかのすきも生じない。例えば、無礼講の酒盛りが、一定の限界を越えると、王冠を戴く元親衛隊少将は居室へと引きさがるのを常とする。部下どもの看守として、親衛隊員としての昔の地がねが、しゃっちょこ張った礼儀作法の奥から現れ出すと知っているからだ。そのうえ、酔っぱらいのおくびの底からは汚らわしい下卑《げび》た雑言がとび出すのも見えすいている。付け焼刃と地がねという二つの精神構造のあいだのヘドの出そうなほどの落差が、その種の言い回しのどぎつさにいっそうの効果を発揮するのだ。タウドリッツの（こんな表現が許されるなら）天才性は、自分が創り出したシステムに〈肘鉄砲〉を食らわせるだけの勇気と一貫性を持っていることにある。

このシステムは、恐るべく跛《かたわ》なもので、その閉鎖性のおかげでやっと機能するにすぎない。実世界から一吹き吹かれようものなら、土台ごとひとたまりもないに違いないのだ。そういう台風の目が、まさしく青年ベルトランである。その彼にしても、事の黒白について真実の声を発するだけの元気は持ちあわせない。それさえ言ってしまえば、事の全容は明るみに出てしまうのに、ベルトランは、そんなごく簡単な解決法を、あえて考えてみようとはしない。いったい、これはもともと底の浅い虚偽が、長い年月、腰をすえたままにシステムとして固まり、常識を尻目にかけるまでになったものなのか。いや、決してそうではない。むしろ、これは集団的な発狂かもしれぬ。さもなくば、不可解かつ不可思議なゲームのようなものだろう。ベルトランにとっては窺いがたい目的を持ち、また理性の裏づけもあり、まじめで、有意義な動機もそろったゲームなのだ。いずれにせよ、これが嘘で固めたシステムでありっこない——自分で自分に陶酔し、自分に目を奪われ、自分だけで果てしもなく膨らみあがっているような。われわれと違って、ここまで述べてきたような理屈は、ベルトランの手の届かぬところにある。

そこでベルトランは、たちまち屈服し、甘んじて王位継承者の衣裳を着せられるに任せ、宮廷のエチケットを教わる。その中身はお辞儀の仕方、身ぶりの仕方、言葉づかい等の初歩的な心得の集大成だが、ことさら目新しいものではない。と言うのも、三文小説やら安物の歴史物語などを彼も読みふけったことがあるからで、王にせよ儀典長にせよ、そうした読み物からネタを仕入れていたのだ。ただしベルトランは流される男ではない。彼自身、それと気づいていなかったとは言え、宮廷人ばかりか、国王をも歯がゆい思いにさせるベルトランの動きの鈍さや受身な態度は、言うなり放題の白痴ぶりを彼に押しつけてくる状況に対する本能的な抵抗の表現なのだ。ベルトランはインチキの世界へ沈没する考えはない。しかし、そういう抵抗の源泉が何なのか、自分でもわかっていない。だから、毒舌やらいやみ、客人相手のあの大仰でまぬけた物言いで、うっぷんを晴らすまでである。ほかでもない、二度目に大宴会が催されたときのこと、ベルトランの口から洩れた何げない言葉の裏を勘ぐった王が、むかっ腹を立て（ベルトランも、その言葉に棘《とげ》があるとはとっさに気づかなかったほどだが）、かじりかけの焼肉の骨を憤慨のあまり雨あられとベルトランに投げつけ始める。すると満座の人びとの半数が、怒れる国王に賛成のどよめきをあげ、銀の皿から次つぎに脂ぎった骨をつかみあげ、哀れなベルトランに投げつける。だが、あとの半分は不安なままに沈黙を守る——タウドリッツが気に入りの策を使って一同に何かの罠を仕掛けているのか、それとも皇太子と馴れ合いでやっていることなのか、そこが判然としないせいなのである。

何はともあれ、演技は迫力を欠き、ショーは底の浅さが見えすいて、かつてはおざなりそのものだった芝居も、ここまで根を張ってしまうと、それ自体、幕をおろす気がなくなる。気がないのは、そう出来ないからで、そう出来ないのは、そのあとには絶体絶命の〈無〉だけが待ち受けているからだ（今さら司教をやめ、国王と血でつながる大公を、また侯爵を廃業はできない。所詮、元のゲシュタポの運転手にも、死体焼却炉の衛兵にも、収容所の隊長にも戻りようはないのだし、国王にしても、たとえ本心からその気になろうと、親衛隊少将タウドリッツその人に立ち帰るのは出来ない相談である）。くり返せば、この王国と宮廷の凡庸な、目も当てられぬ薄っぺらさにも拘らず、その内部には、鋭敏な神経がぴんと一本通っているように、不断の悪だくみ、相互不信が同時に躍動している。そしてそれがあればこそ、偽りの形式のなかながら、本物の争いが、戦いがくりひろげられ、君側の寵臣の地位が危うくされ、密告が書かれ、暗黙のうちに主君の愛顧をむりやり手に入れることが許されるのだ。早い話が、実際、そのようなモグラの穴掘り、地下の暗躍の動機となるのは、枢機卿の丸帽でも、殊勲にむくいる綬章でもなければ、レース飾り、襞飾り、甲冑でもない——つまるところ、百戦をくぐりぬけ、千人の敵を屠った勇士にとって、虚構の栄光にすぎぬ外面の表象が何だというのか。襲撃、策謀、敵に陥穽《おとしあな》を仕掛けること——国王の面前でまんまと穴に塡《は》まり、柄にもない高い位からまっさかさまに落ちるように工夫する——その実践自体が共通の情熱の最大なものとなる……。

こうした抜け駆け合戦、宮廷のつるつるの床の上やら、鏡を張りめぐらした大広間（姿見には目もあやに着飾った人の姿が映し出される）における適切な歩き方を編み出すこと、絶えまなき無血の（王宮の地下室は例外）果たし合いこそは、彼らの raison《レゾン》 d'être《デートル》（「存在理由」フランス語）なのである。これぞ生きるうえの張り合いだ——それなくしては、人生はカーニバルめいた子ども騙し、ひげも生えてない青二才には向いても、血の喜びを知る男どもにふさわしくない……。

ところで不幸なるベルトランは内に秘めたディレンマをいつまでも一人で抱えこんではいられない。こうして溺《おぼ》れる者は藁《わら》をもの譬《たと》えどおり、胸のうちを打ち明け得る心の友を求めるのだ。すなわち、ベルトランは次第しだいに、この狂える宮廷のハムレットと化して行く。ここでも作者の筆は冴える。ベルトランは、そこに生きる最後の正義の人となる。当人自身は『ハムレット』を読んだことはない、つまり本能的にそうなる。そこで彼は見ぬく、おのれの義務、それは気が狂うことなのだと。彼は人びとのしらけ切った傍観主義をなじることはしない、そうするためにはあまりにも知的勇猛心を欠いている。ベルトランがやろうとすることは、これほど汚《けが》れ切った宮廷でなければ、おそらく現実的な行動だったに違いない。だが自分では、それと気づいていない。絶えず舌を焼き、唇《くちびる》にわだかまる思いのたけを口にしたい、それが彼の願望なのだ。その半面、正常人である以上はそれを言えば、罰せられずにはすまないことも分かっている。しかし、いったん狂ってしまえば、問題は別である、そこで彼は踏み切る——シェイクスピアのハムレットをまねて、冷ややかに狂気をよそおうことはしない、断じてしない。単細胞で、いささかヒステリックな彼は、本物の狂人になろうと試みる。おのれの狂気の必要を心から信じればこそ。こうすれば、彼ののどを締めつけている真実の言葉の数かずを公言できるだろうから……。

さて、ここにクリコ大公妃殿下が登場する、リオの娼婦あがりのいい年をしたこの女が、ベルトランに懸想するのだ。女は若者をベッドに引きずりこみ、訓誡を垂れる——その説教の仕方は、まだ大公妃殿下となる以前、とある娼家のおかみから学んだものだが——命にかかわるような事は口にせぬがよい、と厳しく諭すのである。なにせ、彼女が百も承知しているとおり、ここでは精神病患者にたいする責任免除といった労《いたわ》りの心がけなど、かけらもありはしないからだ。要するに、ベルトランのためによかれと願う老女の深なさけを見るべきである。だが、羽ぶとんのなかの会話——そのなかで大公妃殿下はまさしく床上手の娼婦ぶりを発揮する、そのくせ蓮っぱ女が若い男相手に話す口の利きようは、まるっきり出来ない。出来ないのも道理、もう七年来の宮廷生活のあいだには容量制限つきの脳も軟かくなり、似而非の上品やらエチケットの少なからぬ量を自家薬籠中のものとしたためなのだが——その会話が、すでに覚悟を固め、こわいもの知らずのベルトランの腹づもりをひるがえさせるに至らぬことは言うまでもない。あるいは発狂か、さもなくば脱出か——意識下の心理を分析するなら、他の連中の場合には、欠席裁判による宣告、そして投獄とお定まりのお膳立てで待ちうける憂き世の厳しさがわかっていて、それが演技の放棄をさしひかえさせる見えざる圧力であるとの結果が出たはずだ。だが余人は知らず、そんな後ろ暗い過去とはまるで無縁のベルトランは演技を続ける気になれない。

折しも企みは決行の段階に突入する。十人から今や十四人へと数を増した決死果敢の一隊は、王宮護衛隊長の内通をとりつけて、夜半、国王の寝所へと押し入る。主計画は決定的瞬間に挫折する——本物のドルはとっくに使い果たされ、かのトランクの〈二つの仕切り〉に残ったのは偽造紙幣ばかりと判明するのだ。国王には、わかっていたことである、これでは戦う甲斐はない、だが乗りかかった舟、王には死んでもらわねばならぬ。縛り縄にくくられた国王は、賊が寝台のかげから取り出した〈宝の箱〉を引っくり返すのをベッドの上で見守るばかりだった。殺すといっても、計画では、追っ手を防ぎ、手配を封じる配慮からであった。今や王は殺害される、憎しみのゆえに、にせ金でペテンをくらわしたために。

低劣な意味にとってほしくないのだが、この殺害の場面は出色と呼びたい、完璧な描写は、さすがの名筆である。死の苦しみをいやがうえにも効果あらしめようと、ロープで息の根をとめるに先立ち、一味の男どもは王に向かって雑言の限りを尽くす、収容所の厨房係やゲシュタポの運転手並みの悪罵をあびせるのだ。本来ならば王国から永久追放の刑をくらうはずの言葉である。ところがどうだ、絞殺された王の死体が、床の上でまだひくひくと動いている（ここの小道具にタオルを使ったのは秀逸）そのあいだに、殺人者たちは冷静を取りもどし、一転して宮廷の話し言葉に戻って行く。それもわざとではなく、それ以外にやりようがないからである。ドルはにせ札だ、脱出しようにも持ち出すものはない。脱出する理由さえない。タウドリッツの命を奪ったあとも一味はここに縛りつけられるのだ。だれ一人としておのれの王国から出て行くことを許さない。となれば、演技しつづけることに固執するほかない。かの“Le《ル》 roi《ロワ》 est《エ》 mort《モール》, vive《ヴィヴ》 le《ル》 roi《ロワ》!”（王は死んだ、王さま万歳！——フランス語。王は死去しても新王により王政はつづくことを意味する）のスローガンにのっとるまでだ。そして、彼らはこの場で、今すぐ、足下に死体を横たえたまま、新しい国王を選び出す。

つづく一章、〈大公妃殿下〉に匿《かくま》われるベルトランの物語は、かなり落ちる。最終章では、いよいよアルゼンチンの騎馬警官のパトロールが王宮の大手門に殺到する。この無言の大スペクタクルは、長篇をしめくくるにふさわしい盛りあがりを見せる。城門の跳橋《はねばし》をはさんで対峙する敵味方——攻める側の警官隊は、もみくしゃな制服の肩からコルト銃を革紐で吊っている。大きな帽子は前のほうが、きゅっと高く反っている。守る側には軽装の甲冑に身を固めたつわものどもが鉾槍《ほこやり》を構えている。こちらは向こうに驚嘆の目を見張る——まるで二つの時代、二つの世界が思いもかけず一所に会したと言わんばかりの光景……双方のあいだに立ちはだかるのは、城門の落とし格子、それはやがて、ゆるゆると重おもしく、薄気味わるい軋りとともに持ちあがって行く……打ってつけのフィナーレではないか。

ただ、惜しまれるのは、あのベルトラン、せっかくのハムレットを作者が見失ったことである。作者ツェラーマンはこの人物を存分使いこなす貴重なチャンスを逸した。ベルトランに最期を遂げさせるべきだったと言うのではない（シェイクスピア劇は、この場合、先例とはならない）──凡庸ながら世のためを願う人間の誠実さ、そこに宿る自覚せざる偉大さ、それを惜しむ。それを発揮させなかったことが惜しまれる。この点がまことに心残りである。

とどのつまりは何も無し

ソランジュ・マリオ著（真昼書房、パリ）

Solange Marriot, RIEN DU TOUT, OU LA CONSÉQUENCE (Éditions du Midi, Paris)

『とどのつまりは何も無し』は、ソランジュ・マリオ女史の最初の本であるだけではない。これは、書くことの可能性の限界に達した最初の小説でもある。もっとも、美的な意味で傑作というわけではない。もし、どうしても呼称が必要だというのであれば、私はこれを誠実な傑作と呼んでみたい。ところで、この誠実さの必要性というのは言わば貪欲なイモ虫のようなものであり、今日われわれの文学はこのイモ虫に食い尽くされようとしている。現代文学の主要な病となっているのは、作家でありながら、同時に完全に——つまり、威厳に満ちた——誠実な人間であることができない、という恥辱である。文学の本質に足を踏み入れた者が陥る病的な状態は、性《セックス》の秘密を知らされた時に感受性の強い子供が示す症状に酷似していると言えるだろう。子供が受けるショックとは、生殖器をもとにした人体の生理に対する内面的な反発の一形態であり、生殖器などは所詮悪趣味なものとして非難されるべきだと思われる。一方、作家にとって何が恥辱とショックになるかと言えば、それは自分がものを書きながら、嘘《うそ》をつかざるを得ない、という意識である。確かに、どうしても必要な嘘というものも存在する。例えば、道徳的に正当な理由のある嘘（医者が助かる見込みのない患者に嘘をつく場合がそうだ）。しかし、文学上の嘘は、そのような場合に該当しない。誰かが医者にならなければならない。ということは、つまり、誰かが医者として、嘘をつかねばならないということだ。しかし、作家がペンをとって白紙に向かうということには、何の必然性もない。過去にはこんなことを心配する必要はなかった。文学は自由ではなかったからである。信仰の時代の文学は嘘をつかず、ただ奉仕するだけだ。その種の必要な奉仕から文学が解放された結果、危機が生じた。今日その危機が取っている様々な形態は、ただちに淫らなものとは言えないにしても、しばしば哀れなものである。

哀れというのは、つまり、自分自身の発生を描く小説とは所詮、半ば懺悔《ざんげ》にして半ば自慢話になってしまうからである。そこには、いささか――いや、それどころか、相当な量の――嘘が残っている。それを感じとった後続の文学者たちは、いかに書くかということについて、次第にますます多く書くようになり、小説の筋書《プロット》など二の次になってしまった。そして、この方法は坂を下るようにして、叙事詩的なものはもはや不可能だと宣言する作品にまでついに行き着いたのである。こんな小説は、最初からいきなり

「どうぞ、楽屋にはいってください」と、誘っているようなものではないか。しかし、この種の誘いは、常にうさんくさいものでしかない。ポン引きとまでは言えないにしても、結局は媚《こび》を売ることになるのだから。だが、嘘をつくかわりに媚態を示すというのでは、雨宿りをするつもりで雨樋の下に飛び込むようなものだろう。

「反小説《アンチロマン》」は、いっそう過激なものになろうと努力してきた。つまり、それは意を決して、自分がいかなるものの幻影でもない、と力説したのである。「自己小説」とは、手品の種明かしを観客に向かって自ら行なう手品師のようなものだった。それに対して、「反小説」は、もはや何の振りもしないものとなるはずだった。自分で自分の正体を暴き出す魔法使の振りさえ、もうやめたというわけである。つまり、それが約束していたのは、何も伝達せず、どんな情報ももたらさず、何も意味しないこと、――そして、そのかわり雲や、テーブルや、木のように存在するだけのことだった。理屈としては、なかなか立派なものだ。しかし、それが期待はずれのものに終わってしまったのは、誰もがただちに造物主――つまり、自律的な世界の創造者――になれるとは限らないからである。なかでも文学者などが創造者になり得ないのは、当然のことだろう。「反小説」の敗北を決定しているのは、文脈《コンテキスト》の問題である。われわれが言うことの意味は、文脈次第で、つまりまったく言い表されていないことによって、決められてしまう。ところが、造物主の世界にはいかなる文脈もないから、それにうまくとって代わることができるのは、それと同じくらい自己充足的な世界だけである。だから、われわれがどんなに逆立ちして頑張ってみたところで、できないものはできない。言語を用いている限り。自分自身が何やら見苦しいものであるという不幸な自覚を持ってしまった時、文学にはいったい何が残されるのだろうか。「自己小説」とは、部分的なストリップである。一方、「反小説」は、事実上（残念ながら）、自己去勢の一形態である。去勢派教徒《スコプツィ》（ロシアの宗教セクトの一つ。性と戦い、禁欲的な生活を送ることによって魂が救済されると考え、去勢を行なった）が自分の生殖器のせいで良心の苛責に駆り立てられ、おぞましい処置を我と我が身に施したのと同様に、「反小説」は伝統的な文学《ロマンス》の不運な体を切り刻んだのだった。その時、いったい何が残ったのか。虚無《なにもないこと》との恋愛以外には、何も残らなかった。と言うのは、何も無いことについて嘘をつく者は（そして、われわれにも分かっているように、作家は、嘘をつかねばならない）、もはや何かについて嘘をつくことを確実にやめるからである。

それゆえ必要になったのは――そして、まさにこの点にこそ、非の打ち所のない「とどのつまり」があるわけだが――何も無いことを書くということだった。だが、それにしても、そんな仕事に意味があるのだろうか。何も無いことを書くというのは、結局のところ、何も書かないのと同じではないか。ということは？……

今となってはいささか古ぼけて見えるエッセイ『零度《れいど》のエクリチュール』の著者、ロラン・バルトは、そんなことは夢にも思わなかった（しかし、彼の才気煥発は有名だが、その割りには彼の知性は浅薄である）。文学が常に読者の心に寄生するものである、ということをバルトは理解できなかった。愛、樹木、公園、ため息、耳の痛み――こういったものを読者が理解できるのは、すでにそれを経験したことがあるからだ。書物によって、読者の頭の中にある家具の配置を替えることは確かに可能だろう。しかしそれは、本を読む前に読者の頭の中に何らかの家具がある限りにおいての話である。

技術者、医者、建築家、仕立屋、皿洗いなど、実際に活動する者は、何物にも寄生しない。こういった人々と比べた場合、作家はいったい何を作り出しているのだろうか。見せかけである。だが、こんな仕事が真面目なものと言えるだろうか。「反小説」は数学を手本にしようとしてきた。なにしろ、数学は現実的《リアル》なものは何ひとつ作り出さないのだから。それはそうだが、数学は嘘をつかない。しなければならないことをするだけである。数学は必然性の圧力の下に活動するのであり、この必然性というものは、その場限りの思いつきで数学が勝手にでっちあげたものではない。数学には方法が与えられている。だからこそ、数学者の発見は本物なのだ。また、その方法に従っていて矛盾にでもつきあたろうものなら、数学者は本物の恐怖を覚える。一方、作家はそのような必然性に縛られて活動しているわけではなく、まったく自由な存在なので、読者との間に穏やかな取り決めを結ぶだけである。「仮に×××だとしましょう。信じてください、これは本物なんですよ……」と、作家は読者を説得しようとする。しかし、これは遊びに過ぎない。数学を成長させる、あの素晴らしい束縛はここにはない。完全な自由とは、文学の完全な麻痺なのである。

ところで、われわれの話題は、そもそもソランジュ女史の小説だった。まず最初に言っておきたいのは、どんな文脈に置くかによって、ソランジュというこの美しい名前は様々に解釈できるということである。フランス語ならば、これは太陽と天使（Sol, Ange）になるだろう。ドイツ語ならば、これは単にある時間の長さを表す名前に過ぎない（So lange――それほど長く）。言語の完全な自律性などたわごとに過ぎないのに、人文学者たちは無邪気にそれを信じ込んでしまった。そのように無邪気でいることは、愚かなサイバネティクス学者にももはや許されなかったというのに。いやはや、正確な翻訳をする機械だなんて、たいした発想ではないか！　単語であれ、文全体であれ、それ自体では――つまり、自分の領分の中に陣取っているだけでは――何の意味も持たない。こういった事情に近づいていたのは、『ドン・キホーテ』の著者、ピエール・メナール」を書いたボルへスだろう。この短篇で描かれている頭のおかしな文学の狂信者、メナールは、知的準備を積み重ねてついに『ドン・キホーテ』をもう一度、一言一句正確に書き上げてしまう。それもセルバンテスの本を書き写したのではない。言わば、セルバンテスの創造環境のなかに理想的に溶け込むことによって、その著書を再現したのである。ところで、この短篇がその秘密に触れているのは、次のような箇所だろう。

メナールとセルバンテスのページを比較すると、驚くべきことが分かる。後者は例えば、こう書いている（『ドン・キホーテ』第一部第十九章）。「真実の母は歴史だが、それはまた、時の好敵手にして、行為の保管者、過去の証人、現在にとって手本でありなおかつ警告、そして未来のための教訓である。」

「天才的な俗人」セルバンテスが十七世紀に列挙法によって書いたこの文は、単に修辞的に歴史を賛美したものに過ぎない。それに対して、メナールはこう書いている。

「真実の母は歴史だが、それはまた、時の好敵手にして、行為の保管者、過去の証人、現在にとって手本でありなおかつ警告、そして未来のための教訓である。」

真実の母としての歴史。この考え方は、驚くべきものだ。ウィリアム・ジェイムズの同時代人であるメナールは、歴史を現実の研究としてではなく、現実の源泉として規定する。彼にとって歴史的真実とは、すでに起こったことではなく、起こったとわれわれが見なすことなのである。「現在にとって手本でありなおかつ警告、そして未来のための教訓」という最後の句は、あつかましいほど実用的《プラグマティック》である。

ここには、文学的ジョークや嘲笑以上の何かがある。これは掛け値なしの真実であり、『ドン・キホーテ』をもう一度書く、などという着想自体がいかに馬鹿馬鹿しいものであっても、そのためにこの真実がぐらついたりするようなことは、少しもない、というのも、実際問題として、文の一つ一つを意味によって満たしてくれるのは、時代の文脈《コンテキスト》だからである。十七世紀に「無邪気なレトリック」だったものが、現代では本当に冷笑的《シニカル》な意味合いを帯びてしまう。文はそれ自体では意味を持たない。そんな風に冗談半分に決めたのは、ボルヘスではなかった。歴史の瞬間が、言語の意味を形成するのである。取り消すことのできない現実とは、そんなものなのだ。
そして、いま、文学である。文学がわれわれに何を語ろうとも、それは結局のところ、嘘でしかあり得ない。文学は所詮、文字通りの真実ではないからである。バルザックのヴォートランが実在しないのは、ファウストの悪魔が存在しないのと同様である。誠実に真実を語るとき、文学は文学であることをやめ、日記、ルポルタージュ、密告、記録帳、手紙などになってしまう。それは何であってもかまわないが、もはや芸術的な文学作品だけにはなれないのだ。

そこに、『とどのつまりは何も無し』をひっさげて登場したのが、ソランジュ女史である。この題はいったい何だろう？　とどのつまりが何も無いとは？　何のとどのつまりなのか？　もちろん、文学のとどのつまりである。文学にとって、誠実であること、つまり、嘘をつかないということは、存在をやめるのと同じである。いまでもなお誠実に一冊の本が書けるとすれば、その本はこの点をめぐって書かれたものでしかありえない。自分が誠実でないことを恥じるだけでは、充分でないのだ。昨日は、恥ずかしがっていればよかったかも知れない。しかし、いまでは恥の正体が見破られてしまっている。これはよくある見せかけだけのポーズ、熟練したストリッパーの手口である。自分がパンティを脱ぐとき、はにかんだ振りをし、わざと赤くなり、女学生のように恥じらって見せたほうが、観客を余計に興奮させるということが、ストリッパーにはよく分かっているのだ。

そんなわけで、主題はもう定められている。だが、ここで何も無いことについて書く、とは言っても、いったいどうやって書いたらいいのだろうか。必要とはいえ、不可能なことではないか。「何も無い」と言えばいいのか？　その言葉を千回繰り返せばいいのか？　それとも、こんな言葉で書き始めればいいのだろうか——「彼は生まれなかった。したがって、名前もなかった。それゆえ、学校でカンニングをすることもなければ、その後、政治に首をつっこむこともなかった」。確かにそういった作品は成立し得るだろう。しかし、そんなものは一種のトリックであって、芸術作品とは言えない。二人称単数で書かれた数多くの本と同様である。その程度の本ならどんなものでも、このような「独創性」の化けの皮をはいで、しかるべき場所に戻らせてやることは簡単である。要するに、二人称を一人称に戻してやればいいのだ。そうしたからといって、作品を損なうようなことなどまったくないし、作品のどこかを変えることにもならない。われわれの架空の例の場合も同様である。いま即興ででっちあげたテキストは、発疹のような否定の斑点におおわれ、この発疹のためにすべてが無に帰すとでも言わんばかりだが、こういった否定、あのうんざりする「ない」という言葉をすべて取り払ってみたまえ、その時明らかになるのは、これがなんのことはない、午後五時に家を出た侯爵夫人についてのありふれたもう一つの話だということである。家を出なかった、といってみせたのは、たいした発見だ！

ソランジュ女史は、そういったトリックにはひっかからなかった。彼女はわかっていたのである（わかっていなくて、どうしよう！）。なるほど、ある種の物語（例えば、ロマンス）は確かに、起こった事件を通じて描くのと同じくらいうまく、起こらなかった非事件を通じて描くことができる。しかし、後者の手法は単なるごまかしではないか。陽画《ポジ》のかわりに、陰画《ネガ》が得られる、ただそれだけのことだ。変革の性質は、単に文法的なものではなく、存在論的なものでなければならない！

「彼は生まれなかったから、名前もなかった」と言うとき、確かにわれわれは既に存在を越えたところを動いている。とは言っても、それは、現実にぴったりと貼りついた、非在のごく薄い膜の上を動いているだけのことだ。生まれなかった、とは言っても、生まれていたかも知れない。カンニングをしなかった、とは言っても、カンニングしていたかも知れない。もしも彼が存在していたならば、どんなことでもあり得たのである。こうして作品の全体が、この「もしも」の上に成り立つことになるだろう。こんな小麦粉から、パンを焼くことはできない。こういった策略によって、存在から非在へと飛び移るわけにはいかないのだ。したがって、必要だったのは、原始的な否定の薄膜——つまり、行動の陰画——を捨てて、無の中に非常に深く浸ること、無の中に身を投げ出すことなのである。しかし、身を投げ出すとは言っても、もちろん、行きあたりばったりにやればいいというわけではない。非在の負荷をますます強めてゆくのは、相当大変な作業、大変な努力を要することに違いない。そして、まさにこれこそが、芸術にとって救いなのである。なぜなら、ここで課題になっているのは、いっそう厳密に、ますます大きくなってゆく〈何も無いこと〉をくまなく探検することだからである。つまり、ここで大事なのは、過程であって、その過程に見られる激しい変化や、闘争を描くことも――うまくいけばの話だが――可能なのだ。

『とどのつまりは何も無し』の冒頭の文は、「列車は着かなかった」となっている。そして、次の段落には「彼は来なかった」とある。ここに否定はあることにはあるのだが、いったい何の否定だろうか。論理的に言えば、これは全面的な否定である。というのは、このテキストは存在に関してまったく何も肯定しておらず、ただもっぱら、起こらなかったことについて述べているからである。

しかし、読者というものは、完璧な論理学者より弱い存在である。したがって、テキストが何も語っていないとしても、読者の脳裡にはひとりでに、どこかの駅で展開する光景が浮かび上がってしまう。それは、誰かを待っている場面だが、待ち人はやって来ない。そして、読者は作家の性別を知っているので（つまり、この小説の作者は女性作家である）、やって来ない男を待つというシーンは、ただちにエロチックな事件へのほのかな期待に満たされてしまう。で、どうなるのか？　それだけのことだ。というのも、これらの臆測に対する責任のすべては、最初の一言一句から、読者にかかっているからである。小説は一言といえども、こういった読者の期待を裏書きしたりはしない。この小説の方法は誠実であり、誠実なものであり続けるだろう。私は、この小説がところどころ、露骨にポルノ的だという意見を聞いたこともある。ところが実際に小説の中には、セックスの存在をいかなる形であれ肯定するような言葉は、一言もないのだ。小説で述べられているのは、家にはカーマスートラもなく、誰の生殖器もない、ということだけだというのに（それにしても、この否定のしかたは、たいそう詳細にわたったものである！）、いったいどうして、セックスを肯定することが可能になるだろうか。

非在というものは、文学では以前から知られていた。しかし、それはある種の欠如、つまり「誰かに・とって・何かが・欠けている」という形でのみ知られていたのだ。例えば、「のどがかわいた人にとって水が」欠如しているといった具合である。同様のことは、飢え（性的なものも含む）にも、孤独（他者の欠如として）にも当てはまる。ポール・ヴァレリーの奇跡的に美しい非在は、詩人にとって存在が欠如しているという魅力的な状態である。このような無からは、いくつもの詩的作品が作られてきた。しかし、常に問題になっているのは、もっぱら「誰かに・とっての・無」である。別の言葉で言えば、ここで問題になっている非在は、個人的な、個別に経験された、それゆえ特定の、幻のようなものであって、存在論的なものではない（私が水を充分飲むことができず、のどがかわいているということは、結局のところ、水の不在――水というものがそもそもまったく存在しないということ――を意味するわけではない！）。その種の無は非客観的なものであり、過激な作品の主題とはなり得ない。ソランジュ女史には、そのこともわかっていたのだ。

第一章で、列車が到着せず、〈誰か〉が現れなかった後、語り《ナレーション》は非人称のまま進んで行き、時が春でもなければ、冬でも、夏でもないことを示す。読者はそこで秋だという決定を下すわけだが、これもまた、気候に関するこの最後の可能性が否定されていない、という理由によっただけのことである（実はこの可能性も否定されるのだが、それはもっと後の話だ！）。したがって、読者は絶えずもっぱら自分だけを頼りにしているわけだが、これは読者自身の期待や、臆測、その場その場に応じて立てた仮説などの問題なのである。小説の中には、そんなものは影も形もない。無重力空間（つまり、重力が存在しないような空間）における愛されない女に関する考察によって第一章は閉じられるが、この考察はきっと、猥褻《わいせつ》なものに思えるかも知れない。だが、またもや、これが猥褻に思えるのは、ある種の事柄を自分で勝手に想像する者だけにである。なにしろ、作品が語っているのは、ある種の姿勢《ラーゲ》において愛されない女に何ができないだろうかということであって、彼女に何ができるだろうかということではないのだから。後者のほうは臆測による部分であって、これはまたもや、読者の個人的な想像の産物、読者がまったく個人的に獲得したものである（あるいは、見方によっては、喪失したものと言ってもいいが）。作品では、この愛なき女性がいかなる男ともいっしょにはいない、ということが強調されているほどだ。いずれにせよ、次の章の冒頭でただちに、この愛されない女性が愛されないのは、単に彼女が存在していないからだ、ということが明らかにされる。まったくもって論理的なことではないか。

それから始まるのは、空間縮小のドラマである。ここでいう空間とはまた、男根・女陰的空間のことでもあるが、このようなドラマは、ある種の批評家や、芸術院会員《アカデミー》などには気にいらなかった。ある芸術院会員は、「俗悪とは言わないまでも、退屈きわまりない解剖学的しろものだ」と認めた。だがここで注目すべきは、このような判断がまったくの独断だということである。というのも、テキストの中で起こるのは、さらに少しずつ否定が重ねられてゆくということだけであり、その否定もますます一般的な性格のものになってゆくからである。もしもワギナの欠如が不愉快なこととして、誰かの気分を害したのだとしたら、それはもう行き過ぎというものだろう。そもそもまったく存在していないものが、いったいどうして悪趣味なものになり得るのだ⁉

それから、虚無の穴が——まだ、浅いものだとはいえ——不気味に大きくなってゆく。この本の中心（第四章から第六章まで）となるのは、意識である。そう、意識の流れだ。しかし、次第にわかってくるのは、これが何も無いことについての思考の流れではないということである。そんな手法はもう古い、かつて試されたことだ。これは、思考しないことの流れなのである。統辞法《シンタックス》自体はまだ、びくともせず、手付かずのまま残っており、恐ろしげにたわむ橋のように、深淵の上でわれわれを運んで行ってくれる。何という空しさだろう！　しかし、——と、われわれは考える——たとえ、思考をともなわない意識であっても、やはり意識であることにかわりはないのではないか。この思考がない状態にも限界がある以上……いや、これは錯覚である。限界を作りだすのは、読者自身なのだ！　テキスト自体は思考もしなければ、われわれに何も与えてくれない。それどころか、テキストはわれわれの所有していたものを次々と奪い取ってゆく。読書の際のぞくぞくするような興奮は、まさにこのように情け容赦なく奪われてしまうことの結果なのである。horror vacui（真空の恐怖）がわれわれを麻痺させ、それと同時に誘惑する。このような本を読むことは結局、嘘で固められた小説の存在の壊滅を意味するだけでない。これは、それよりもむしろ、心理的存在としての読者自身を破壊する一つの方式なのである。この仮借のない断固たる論理を見ていると、この本が女性によって書かれたとは、信じがたい。

作品の最後の部分では、この作品がこれ以上続き得るものかどうか、という疑念が生じてくる。なにしろ、もうこんなに長いこと、何もないことについて語っているのだ！非在の中心に向かってこれ以上前進を続けることは、もう不可能に見える。ところが、実はそうではない。またもや伏兵が待ち構えていて、またもや爆発。いや、爆発とはいってもこれは外に向けてのものではなく、中に向けての内破《インプロージョン》であり、無がまたもう一つ崩壊することとなのだ。すでにわかっているように、語り手は存在しない。語り手のかわりをしているのは、言語、つまり言語によっておのずから語るものである。それは、文法でいう架空の主語のようなものだ（ちょうど西欧語で、「雷が鳴る」とか、「稲妻が光る」と言うような時に現れる、形式主語の「それ」である）。最後から二番目の章において読者はめまいを覚えるようにして、負の絶対性が達成されたことを認める。どこかの男がどこかからの列車で到着しなかったこと、そして、四季も気候もなければ、建物の壁も、家も、顔も、目も、空気も、体も存在しないということ。これらすべてのことは、われわれのはるか後ろの表層に取り残されてしまった。そして、この表層は、小説が展開するにつれて、貪欲な癌《がん》のような〈無〉に食い尽くされ、とうとう否定として存在することさえやめてしまったのである。ここで事実について何らかの話が聞けるだろうとか、ここで何かが起こるだろうとか、そんな期待を持つのがいかに単純で、無邪気で、滑稽きわまりないことだったのか、わかるだろう。

　つまり、この縮小がゼロを目指していたのは、最初だけだったのである。その後、これは否定的超越性の触手をのばしながら深みへと降りて行き、超越的存在をも縮小することになった。もはやいかなる形而上学も可能ではないからである。ところが、虚無の中心はまだ目の前にある。つまり、真空が四方八方から語りを取り囲んでいるのだ。と、ここでついに、言語そのものの中への真空の注入、侵入が始まる。というのは、語りの声が自分自身を疑い始めるからである。いや、これは言い方が悪かった。「自分自身をおのずから物語るところのもの」が崩壊し、どこかへ飛び去ってしまうのだ。それは、自分がもはや存在しないことを知っているのである。それでもなお存在するのだとすれば、それは、光の完全に欠如した状態である陰が存在すると言うのと同じことだろう。そんなわけで、これらの文は、存在の欠如である。これは砂漠に水がないとか、少女に恋人がいないとかいうことではない。これは、自分自身がない状態なのだ。もしもこれが、古典的、伝統的な方法で書かれた小説であれば、ここで何が起こっているのか、箇単に語ることができるだろう。つまりその場合、主人公はこんな疑いを抱き始めた人物となるに違いない。「自分はひとりで姿を現しているわけでもなければ、夢を見ているわけでもない。そうではなく、誰かによって、誰かの意図的な行為を通じて自分は現され、夢見られているのではないか……」（この主人公は、言わば、誰かの夢に現れる人物であり、ひとえに夢を見ている人のおかげで一時的に存在することができる）。ぞっとするような恐怖の思いも、まさにここから出てくるのである。「こういった行為はいつか止まるだろう、いや、ひょっとするといますぐにでも止まってしまうかも知れない、その時自分は消え失せるのだ！」

とまあ、普通の小説なら、こうなるところである。ところが、ソランジュ女史の場合、そうはいかない。語り手が何かにぞっとするなどということは、あり得ない。そもそも、語り手は存在しないのだから。それでは、いったい何が起こるのか。言語自身が疑いを持ち始め、やがて、自分のほかに何もないのだということを理解するのである。言語はあらゆる人々のために意味を持ちながら（意味を持てる限りにおいて）、まさにそのために、個人的な表現でなくなってしまった。いや、個人的な表現であったことなど一度もないし、そうである可能性すらなかったのである。突然あらゆる口から断ち切られてしまったこの言語とは、あらゆる人々から忌み嫌われるサナダ虫、それとも他人の寝床を横取りした寄生虫のようなものだ。この寄生虫は自分の宿主をむさぼり食ったあげくに殺してしまったが、それがはるか昔のことなので、無意識のうちに犯したこの犯罪の記憶もすべて消え、拭い去られてしまっている。このような言語は風船玉と同じで、それまではしなやかで、堅く張り詰めていたのが、目に見えない所から空気がどんどん抜けて行ったため、ついに崩れ落ち始める。しかし、言葉がこのようにかき消されてしまうのは、わけのわからないおしゃべりに堕すことではない。それはまた、恐怖でもない（恐れを抱くのはまたもや、読者だけである。つまり、読者が言わば「代理として」[per procura]、全面的に非人格化されたあの苦しみを味わうのだ）。それでもまだほんの二、三ページ分だけ、ごくわずかな時間だけ残っているのは、文法装置であり、名詞の石臼、統辞法《シンタックス》の歯車である。こういった文法装置は回転がだんだん遅くなって行くが、自分たちを食い尽くそうとする虚無を最後まで正確にすりつぶす。そんな風にしてすべては、一つの文の途中、一つの単語の途中で終わる……。いや、この小説は終わるのではない。これは、止まるのである。始めは――最初の方のページでは――自信にあふれていた言語。自分の主権を健全に、理性的に信じていた無邪気な言語。それが暗黙の裏切りによって土台を崩されてしまう――というよりは、むしろ、自らの外面的な、非合法的な出自に関する真実、自分の屈辱的な濫用に関する真実にやっとたどり着く（というのも、これは文学の最後の審判だからである）。言語はこうして、自らが近親相姦――つまり、非在と存在との、近親相姦的結合――の一形態であることに思いあたり、自分で自分を否定し、自殺するのである。

女性がこの本を書いた？　大変なことだ。こんな本を書くことができるのは、数学者か何かに違いない。ただし、一口に数学者とは言っても、数学によって文学を点検し、呪いをかけることができる——そんな数学者だけである。

逆黙示録

ヨアヒム・フェルセンゲルト著（真夜中書房、パリ）

Joachim Fersengeld, PERICALYPSIS (Éditions de Minuit, Paris)

ヨアヒム・フェルセンゲルトはドイツ人だが、この『逆黙示録《ペリカリプシス》』をオランダ語で書き（とはいっても、オランダ語をろくに知っているわけではなく、それは著者自身が序文で認めている通りである）、フランスで出版した。ところが、フランスといえば校正がいいかげんなことで知られている国である。かく言う書評子も、厳密に言えば、オランダ語を解さないのだが、本の題名、英語の序文、及び本文中のいくばくかの理解可能な言い回しなどから、ともかく書評の責に耐えるものと判断した次第。

ヨアヒム・フェルセンゲルトは、猫も杓子《しゃくし》もインテリになれるという当代にあって、インテリでありたいとは考えない。また、文士と看做《みな》されることも望まない。価値ある創造が可能なのは、創作の対象となっている人間たちないし素材に強い抵抗力が存在している場合である。しかし、宗教や検閲上の禁制が死滅して以来、あらゆることを——どんなことであろうとお構いなしに——言ってもよくなり、また、言葉のために心を痛めるような注意深い聞き手が消え失せてしまって以来、誰に向かってどんなことをがなり立てても構わなくなってしまい、そうである以上、文学やそれに関わる一切の文物はもはや死体にすぎず、その腐敗が進んでいることは一族郎党によってひた隠しにされているわけだ。そこで、そういった抵抗力を見出し得るような領域を創作のために捜し出し、脅威や危険、さらにはそれを通じて、深刻さとか重大さをはらんだ状況を生み出すことが必要になってくる。

　そういった分野、そういった活動となり得るのは、今日では予言だけだろう。予言者とはすなわち、自分の言うことをきちんと聞いてもらったり、存在を認められたり、受け入れられたりすることがないとあらかじめ知っている者のことだが、そういった予言者が存在するということ自体、土台無理な話なので、予言者は先験的《アプリオリ》に沈黙の状況を覚悟しなければならない。ところで、沈黙とは黙っていることだけでなく、ドイツ人でありながら英語の序文の後にオランダ語でフランス人に語りかけることもまた同様に沈黙である。かくして、フェルセンゲルトは、自らの命題に従って行動していることになる。現代の強大な文明は——と彼らは言う——、できるだけ長持ちする包装《パッケージ》にはいったできるだけ長持ちしない製品をつくり出そうと努めている。長持ちしない製品は即座に新製品にとってかわられなければならず、そうして市場がつくられてゆく。一方、包装《パッケージ》が長持ちするということは、それを処理するのがむずかしいということだから、技術や組織をさらに発展させてゆくことになる。したがって、消費者は次から次へと現れる粗悪品に個人個人で対処する一方で、包装《パッケージ》の処理のためには特別な公害対策や、ごみ処理機、各種の努力の調整、計画、清掃コンビナートなどが不可欠になってくる。以前ならばごみの氾濫は、自然の力――すなわち、雨、風、河、地震など――のおかげで程々の水準におさえられることが期待できた。しかし、今となっては、かつてごみを洗い清め、押し流してくれたもの自体が、文明の排泄物となってしまっている。河は有毒となり、大気は肺や目を焼き、風は工場の煤煙を我々の頭にふりまき、そして、プラスチックの包装《パッケージ》について言えば――その強靭《きょうじん》な性質のため、たとえ地震があったところでびくともするものではない。それゆえ、今ではどこを見渡しても文明の排泄物ばかり、というのが正常なことになってしまい、自然保護区域などはその中では一時的な例外にすぎない。製品からはぎ取られた包装《パッケージ》のおりなす風景の中で、群集はせわしなく動き回る。彼らの頭は、包装《パッケージ》をはぎ取ったものを消費することや、また最後の自然製品であるセックスのことで一杯なのだ。しかし、このセックスにもまた、大量の包装《パッケージ》が付与されている。なにしろ、セックスとは、衣服、見世物、薔薇《ばら》、口紅やその他の宣伝用の包装物のことに他ならないのだから。つまり、文明が賞賛に値すると言えるのは、個々の断片においてのみである。それは、人体の中で心臓やら肝臓、腎臓、肺臓などがきちんと速やかに動いているからといって、それらの器官が賞賛に値すると言うようなものだろう。なにしろ、これらの部分がいかに完璧であっても、それが狂人のものだとしたら、身体の働きには何の意味もなくなってしまうのだから。

これと同じ過程《プロセス》は――予言者は高らかに述べたてる――、精神に関わる商品の領域においても進行している。というのも、文明の醜怪な機構が、解体のあげくの果てに、詩の女神《ミューズ》の乳搾り女になってしまったからだ。かくして文明は図書館を破裂させ、書店や新聞スタンドを溢《あふ》れさせ、テレビの画面を麻痺させ、過剰に積み上げられて行くのだが、その過剰さといえば、数を聞いただけで気が遠くなるほどである。かりにサハラ砂漠に世界の救済を左右する四十の砂粒が眠っているとしても、それを見つけ出そうなどとはできない相談である。ちょうどそれと同じように、だいぶ昔に書かれたけれども紙くずの山の中に埋もれてしまった四十冊の救世の書（聖書をさす）を見つけることはできないだろう。しかし、これらの著作は、確かに書かれているのである。というのも、ヨアヒム・フェルセンゲルトがオランダ語で――しかも数学的に――説明している通り、宗教的著作の統計がそれを保証しているからであり、書評子としてはオランダ語も数学の言葉も知らない以上、それを信じてここに繰り返すことしかできない。さてそんなわけで、我々は魂をそれらの啓示にひたす前に、ごみの中で窒息させてしまうだろう。なにしろ、ごみの方が四兆倍も多いのだから。いや、いずれにせよ、魂はすでに窒息してしまっている。予言の告げていたことはすでに起こってしまっているのだが、世の中全般のせわしなさのため、誰も気付いていないのである。それゆえ、予言《プロフェシー》は追言《レトロフェシー》となり、またこのため、黙示録《アポカリプシス》ではなくて、逆黙示録《ペリカリプシス》と呼ばれるわけだ。その進行は、様々な〈しるし〉によって認知される。しるしというのは、倦怠、軽薄さ、鈍重さ、——そしてさらには、加速度、インフレ、自慰《マスターベーション》といったものである。精神的自慰とは、実行のかわりに〈予告〉で満足してしまうことにほかならない。まずはじめに、我々は広告のために徹底的に自慰を強いられ（その広告とは要するに啓示の退化した形態であり、そのような啓示を与えることができるのは〈人間的な理念〉と対極を成す〈商品的理念〉である）、それから自瀆《じとく》が芸術の残りの部分を——一つの手法として——引き継いでしまった。これはつまり、主《しゅ》なる神の有効性を信じた時に得られる成果と同じだけの成果は、商品の救世効率に期待できないからである。

才能のゆったりとした成長、その生得的にゆっくりとした成熟、その細心の選別、きめ細やかで透徹した趣味のふるいにかけられての自然淘汰——こういったことはすべて過去の現象となり、跡かたもなく消え失せてしまった。今なお有効な最後の刺激は、強烈な叫び声だが、ますます多くの人々が、ますます強力な拡声器を使って叫ぶようになってきているため、心が何かを知る前に、鼓膜が破れてしまう。古《いにしえ》の天才たちの名は呼び出してもいよいよ空しく、もはや空疎な響きと化している。そんなわけで、ヨアヒム・フェルセンゲルトの勧めることが為されない限りMane Tekel Fares（旧約聖書ダニエル書に出てくる王国の崩壊を予言する言葉の不正確な引用）なのだ。国際換算レートで十六兆ドルにものぼる金《きん》のたくわえからなるHumanity Salvation Foundation（人類救済基金）を設置しなければならない。この基金は毎年四パーセントの利子を生み出し、そこから創造にたずさわるあらゆる人々に助成金が支給される。あらゆる人々とはつまり、発明家、学者、技術者、画家、作家、詩人、劇作家、哲学者、デザイナーなどで、その支給方法は以下の通りである。まったく何の本も書かない者、何のデザインもしない者、何の絵も描かない者、何の特許も申請しなければ、何の提案もしない者――こういった人たちは、一生の間、年額三万六千ドルの助成金を受け取る。上記の項目にあてはまる何らかのことをする者は、その仕事の量に応じて減額された助成金を受け取る。

『逆黙示録』には、あらゆる形態の創造に対する控除額の一覧表が載っている。一年につき一件の発明ないし二冊の出版物があると、助成金はびた一文も受けられない。三冊の著作がある場合にはもう、創作に対して自分で金を払い足さなければならなくなる。この制度のおかげで、何かを創り出そうとするのは、真の利他主義者――すなわち、隣人を愛し、自分自身には毫《ごう》も情をかけない精神的禁欲者だけになるだろう。一方、金銭欲につき動かされたごみくずの製造はとだえることとだろう。このことをヨアヒム・フェルセンゲルトは、自分自身の体験から知っている。なにしろ、彼は『逆黙示録』を自費で――しかも、もちろん赤字で！――出版しているのだから。だから彼は、まるっきり金もうけにならないからといって、あらゆる創造が根絶やしにされるわけではまったくない、ということも知っているのである。

しかし、利己主義は、単なる金銭欲ではなく、名誉欲と結びついた形で現れる。そこで、この名誉欲をも封じ込めるために、〈救済計画〉は、創造にたずさわる者たちが完全に匿名のままで終わるような方式を導入する。才能のない人たちが助成金の申し込みをしないように、〈人類救済基金〉はしかるべき組織を通じて候補者の資格を調査することになるだろう。候補者の提出するアイデアの実質的な価値は、その際まったく何の意味も持たない。重要なのはひとえに、提出された計画《プロジェクト》に商品価値があるかどうかということ、すなわち、それが売れるかどうかということである。もしも売れそうだとあれば、助成金はただちに交付される。地下の創造的活動に対しては、〈救助監督機構〉による、法的追及の枠内での処罰や抑圧の体系《システム》が設けられる。また、新しい形態の警察――すなわち、ハンソーケンパ（反創造検察パトロール）も設置される。刑法によれば、いかなる創造の産物であれ、そういったものをひそかに書いたり、広めたり、隠し持ったり、あるいはたとえ暗黙のうちにでも公にしたりして、その手続きから利益や名声を得ようとする者は、隔離や強制労働の罰を受け、さらに再犯の場合には禁固刑となるが、その場合、罰をいっそう厳しいものにするために、牢獄の寝台は固く、犯行の日から一年たつごとに鞭打ちの刑が加えられる。自動車や映画、テレビなどの害悪に匹敵する悲劇的な悪影響を生活に与えるようなアイデアを社会にこっそり持ち込んだ者に対しては、晒し刑や、自分自身の発明の終身強制使用といった極刑にまで至る刑罰が用意されている。未遂に終わった犯罪もまた処罰の対象となり、犯罪をたくらんだだけでもはずかしめの烙印を捺《お》されてしまう――つまり、拭い取ることのできないインクで額に〈人類の敵〉という文字を書き込まれてしまうのである。その反面、金もうけを目あてにしない執筆狂《グラフォマニア》は〈精神の乱調〉と呼ばれ、処罰の対象とはならない。とはいえ、そういった疾患を持つ人たちは、公序良俗に対する脅威として社会から隔離されて特殊な施設に閉じ込められ、人道的見地から彼らには相当な量のインクと紙が与えられる。

世界の文化は、もちろん、そのような規制のために損害をこうむることはまったくなく、むしろ、まさにそのおかげで、繁栄し始めるだろう。人類は、自らの歴史の生み出したすばらしい作品の数々に、目を向けるようになるだろう。彫刻、絵画、戯曲、小説、大小様々な機械の数はすでに、今後何世紀にもわたって人類を満足させるに足る厖大《ぼうだい》なものになっているのだ。しかし、それと同時に、いわゆる画期的な大発見をすることも、決して禁止されることはないだろう――発見をしても、静かに自分一人で楽しんでいるという条件つきで。

ヨアヒム・フェルセンゲルトはこうして事態を収拾し――ということは、つまり、人類を救済し、最後の問題に向かう。すでに現実として存在しているこの恐るべき過剰をどうするか？　並々ならぬ勇気を持つ市民として、フェルセンゲルトは語る――二十世紀にこれまで創られてきたものは、たとえすばらしい思想のきらめきを含んでいるにせよ、全体として清算してみると、まったく何の価値も持たない。というのは、そのままでは、この果てしないごみくずの山の中にそのきらめきを見つけ出すことなどできないからである。そこで彼は、現存するありとあらゆるもの――映画、写真入りの雑誌、絵葉書、楽譜、書籍、学術論文、新聞など——を一山にして破壊することを呼びかける。というのは、この行為がアウゲイアス王の牛舎の良心的なそうじ（ギリシャ神話で、アウゲイアス王は、三千頭の牛を飼いながら、その牛舎を三十年間もそうじしなかったと言われる）になるからであり、そうして人類の予算の歴史的な〝貸〟と〝借〟は、きれいさっぱりと清算されるのである。（とりわけ注目すべきは、原子力エネルギーに関するデータも湮滅《いんめつ》させられてしまうことで、そのおかげで、現代の世界の脅威が根絶されるだろう。）ヨアヒム・フェルセンゲルトは強調する——書物を焼くこと、さらには図書館をまるごと焼いてしまうことが、いかに忌まわしい行為であるかは、自分もよく知っている、と。しかし、歴史上行なわれてきた火刑《アウトダフェ》が忌まわしいのは、反動的だったからである。すべては、どのような立場から燃やすかにかかっている。そこで彼が提唱するのは救済のための進歩的な火刑《アウトダフェ》である。そして、ヨアヒム・フェルセンゲルトはいかにも骨の髄まで徹底した予言者にふさわしく、本書の結末にきて、こう読者に呼びかける——まずこの予言の書を引きちぎり、火にくべたまえ！

白痴

ジャン・カルロ・スパランツァーニ著（モンダドーリ書房、ミラノ）

Gian Carlo Spallanzani, IDIOTA (Mondadori Editore, Milano)

このところ若手作家が払底《ふってい》していると言っても、イタリアにはその若手がいるというわけです。しかも大声を張り上げる若手作家ですよ。専門家に言わせりゃ、すべての文学はすでに書かれてしまった、いま可能なのは、昔の巨匠の食卓から食べ残しを拾い集めることだけだ（で、この食べ残しが神話とか、原型とか呼ばれるものなのです）、ということになるが、こんなことを言いふらす専門家連中の「隠れニヒリズム」が若い人たちに伝染しやしないかと、私などは心配していたんですがね。予言者ぶって、新しいものを生み出す想像力などじきに枯れ果ててしまうだろう（日の下に新しいもの無し）などとご託宣する連中は、諦めの念からそんなことを言っているわけじゃない。言わば、今後の芸術を待ちかまえているのが、何世紀にもわたって延々と続く空白だ、と想像しながら、一種あまのじゃくな快感にひたっているんじゃないかな。なぜかって言うと、連中は現代の世界が科学技術の面で飛躍的に進歩したことを快く思っていないからでね、何か悪いことが起こらないか、なんて思っているわけ。ほら、よくあるでしょう、若い人たちの軽率な恋愛結婚が早く破局を迎えないかって、底意地の悪い喜びを感じながら待ちかまえているオールド・ミスって。それとおんなじことですよ。それで、いまどんな作家がいるかって言うと、たとえば、宝石細工師とか（イタロ・カルヴィーノは結局、ベンヴェヌート・チェリーニの後裔であって、ミケランジェロの系統ではないわけだ）、自然主義を恥ずかしがって、自分が書いているのは、自分が本来書けるはずのものとは違う、何か別のものだという振りをする自然主義者（アルベルト・モラヴィア）といった連中ばかりで、大胆不敵な作家は不足しているわけです。悪党面のひげ男でありさえすれば、誰でもいっぱしの男のふりができるようなご時勢じゃ、本当に大胆な作家なんか、なかなか見つかるものじゃありませんよ。

ところがこのジャン・カルロ・スパランツァーニという若い作家は、ふてぶてしいほど大胆不敵なんだね。専門家の意見をかしこまってうけたまわるような顔をしておきながら、後でさんざん悪たれ口を叩く、といった調子です。なにしろ、その『白痴』にしても、ドストエフスキーの小説との関係は、題名だけだなんて思ったらとんでもない。そんなまやさしいものじゃないんです。まあ、他の人のことはいざ知らず、自分について言えば、人の本について何か書くとき、その本の著者の顔を知っていたほうが私には書きやすいですね。写真で見るかぎり、スパランツァーニというのは人好きのする男ではなく、狭い額でちょっとギョロ目の青二才といったところ。小さな黒い目は悪意を含んでいて、きゃしゃな顎は不安感をかきたてるような感じだし。恐るべき子供《アンファン・テリブル》というか、おぞましい救世主にして人非人というか、かまととぶった一言居士とでもいうか。どうもぴったりした言葉が見つからないけど、ともかく、『白痴』を最初に読んだときの印象そのままという感じですね。つまり、背信もここまで来れば、もうそれ自体一級品だ、ということ。ひょっとしたら、スパランツァーニというのはペン・ネームでしょうかね。歴史上実在する偉大なスパランツァーニは生体解剖をした生物学者だったけど、この弱冠三十歳の作家のほうも、人間心理を解剖する腕にかけてはひけをとらない。こんな名字の符合がまったくの偶然とは、ちょっと信じがたいな。この若い作家の大胆さというか、厚かましさはたいしたものですよ。なにしろ、彼は自分の『白痴』に序文までつけて、そこでいかにも誠実そうに、自分がなぜ最初のアイデアを放棄したかを説明しているんだけれど、そのアイデアというのは、なんと、『罪と罰』をもう一度、『ソーニャ』という題で——つまり、マルメラードフの娘の一人称で語られた物語として——書き直そうっていうことなんですからね。

　彼が思いとどまったのは、原作を損ないたくなかったからだと言うんですが、その説明のしかたがまた、図太いというか、何というか。まあそれなりの魅力もないわけじゃないんだけどね。彼に言わせれば、たとえ自分で望まなくても結局、ドストエフスキーが賛美した聖なる娼婦のイメージを傷つけることになるだろう、とまあ、こうなんです。『罪と罰』でソーニャは「三人称」の人物だから、時折、間をおいて現れるに過ぎない。ところが、それが一人称の語りになれば、彼女はずうっと登場していなければならなくなる。金を稼ぐため働いている時も、例外ではない。ところが、彼女の仕事というのは、これほど人間の心をむしばむ仕事は他にない、というほどのものだ。彼女の処女のような心は堕《お》ちた体の経験によっても汚されていない、というのが小説の大前提だったわけだが、その大前提そのものがこれでは無傷では残らないだろう。作者はこんなまわりくどい理屈で言い訳をしておきながら、肝心の『白痴』については一言も触れようとはしません。これはもう、背信行為というものじゃありませんか。何と言っても、大体の方向は示したわけですから、結局、『罪と罰』についても自分のやりたいことをやってしまったわけです。しかも、厚かましいことに、どうしてドストエフスキーの主題を取り上げることを余儀なくされたのか、その必然性については一言も触れていないんですからね！

　物語はリアリスティックで、即物的で、最初のうちはかなり低い次元に設定されているように見えます。ごく普通の中流家庭、平凡できちんとした夫婦――実直ではあるが、霊感の閃きも感じられないこの夫婦に、知恵遅れの子供が一人いる。子供ならどこでも同じでしょうが、この子の将来もたいへん洋々たるものに見えました。子供の最初の言葉、そして偶然に巧まずして発せられた新鮮な表現――こういったものは、子供が成長し言葉を習得してゆく過程につきものの副産物に過ぎないのですが、両親はそれを後生大事に思い出の玉手箱にしまいこんで、記憶していたのです。おしめをした赤ん坊にふさわしいこういった無邪気な言葉は、現在の悪夢の中に挿入され、可能性と現実の落差がいかに大きなものであるかを示しています。

この子供は白痴なのです。この子といっしょに暮らし、この子の面倒を見ることは、苦痛でしかありません。しかも、この苦痛は愛情が高じて生じたものであるだけに、いいっそう残酷なものとなるのです。父親は母親よりも、ほとんど二十歳も年上です。同様の状況に置かれた場合、もう一度子供を作ろうと試みる夫婦はいるだろうと思うんですが……まあ、この小説の場合、どうしてこの夫婦がそうしないのか、よく分かりません――生理的な理由なのか、それとも心理の問題なのか。でも、たぶん、愛情ゆえのことなんでしょう。普通の条件のもとでは、愛がこれほどまでに強いものになることはまずありません。子供が白痴であるという、まさにそのことゆえに、両親は天才的になってゆく。子供が正常さを欠けば欠くほど、その分だけ両親が完璧になってゆく。これが小説の意味であり、主要なモチーフである、と言うこともできるかも知れませんが、じつはこれは前提条件に過ぎないのです。

外部の環境と接触するとき、つまり親戚や、医者や、弁護士などと接するときは、この父も母もごく普通の人です。つまり、ひどく心配しているとはいっても、自制心は失っていない。なにしろ、こういった状態が長年にわたって続いてきたのですから、感情を抑えるだけの時間は充分にあったのです！　絶望や希望の時期、つまり、あちこちの外国の大都市にでかけ、医学の第一線の専門家の診察を受ける、といった時期ははるか過去のものとなりました。両親は、治る見込みがないことを理解しているのです。もはや、何の幻想も抱いていません。時に彼らが医者や弁護士を訪ねるのは、本来の保護者である自分たちがいなくなった後も、白痴の子供にしかるべき、まあまあの modus vivendus（生活様式）を保障してやろうと思ってのことですからね。彼らは遺言執行人を見つけ、財産を守らねばなりません。この手続きは実務的に、慎重に、熟慮を重ねたうえで行なわれるので、その進み方もじつにゆっくりしたものです。いやはや、実直なのはいいんですが、なんとも退屈でね、平凡至極な話じゃありませんか。ところがですよ、両親が家に帰って、一家三人水入らずになったとたんに、状況は一瞬のうちにぱっと変わります。言ってみれば、俳優が舞台に登場したときみたいなもんです。まあそれはいいとしても、舞台がどこにあるのかが分からない。それは、これからようやく示されることになります。互いに示し合わせるようなことも一度もせず、相談の言葉一つかわすわけでもなく――そんなことは、心理的に不可能ではないかと思われますが――両親は長年の間に、ある種の解釈の体系を作り上げてしまった。そして、この解釈の体系にしたがえば、白痴の子供のふるまいは、いつどんな点から見ても合理的なものにされてしまうのです。

このような行為の萌芽をスパランツァーニは、正常人のふるまい方のうちに見いだしました。よく知られているように、乳児期を脱しつつある小さな子供を溺愛する周囲の人たちは、その子供の反応や言葉をできるだけ高く持ち上げようとします。なんの考えも背後にない幼児の単なる言語模倣に、いろいろな意味が付与され、はっきりしない片言のうちに知性とか、いやそれどころか、機知と閃きまで発見されてしまう。幼児の心理はしょせん分からないわけですから、観察者は――特に、愛情のために目がくらんだ観察者は――なんでも自由に好き勝手なことが言えるわけです。白痴の行為の合理的説明がかつて始められたときも、まさにこのようないきさつがあったに違いありません。子供のしゃべり方が上手になり、はっきりしてきたとか、性格も善良で気立てのいい人間に育ってきている――そういったことを示す兆候を、父も母も先を争うようにして、見つけようとしたわけです。もっとも、これまで「子供」と言ってはきましたが、物語が始まるとき、彼はすでに十四歳の少年になっています。虚構が現実によって絶えず否定されるとき、その虚構を救い出すためには、いったいどうすればいいのか。どのような偽りの解釈の体系、ごまかし、そしてどのような――滑稽なまでに気違いじみた――説明を動員しなければならないのか。しかり、これらすべては、実行可能なことなのだ。そして、こういった行為の一つ一つが、白痴のために両親が捧げる犠牲となるわけです。

この親子は、完全に孤立していなければなりません。世界はこの白痴の子供に何も与えてくれないし、何の助けもしてくれない。だから白痴にとって、この世界は不必要なものである、と。その通り、白痴がこの世界を必要としないのであって、世界が白痴を必要としないのではない。彼の行動を説明できるのは、秘密に通じた内部の人間、つまり父と母だけでなければならない。この仕組みのおかげで、すべてを作り変えてしまうことが可能になるのです。白痴が病気のおばあさんを殺したのか――つまり、自分の手でおばあさんにとどめをさしたのかどうかは、結局読者にはわかりません。しかし、状況証拠を並べ立てることはできます。第一に、おばあさんは彼を信じなかったこと（つまり、両親が白痴の子供をめぐって作り上げた架空の存在を信じなかったということです――もっとも、白痴のほうで、おばあさんの「不信」の念をどのくらい嗅ぎ取ることができたのか、われわれにはわからないのですが）。第二に、おばあさんが喘息持ちだったこと。発作のときおばあさんがあげたヒーヒー、ゼーゼーというもの凄い声は、ドアに厚いフェルトを張っても、遮断できなかったこと。激しい発作のとき、白痴は眠れず、かんしゃくを起こしたこと。そして最後に、死んだおばあさんの寝室で白痴が発見されたとき、彼はすでに冷たくなった死体が横たわっているベッドの横で、すやすやと眠っていた、ということ。

最初に白痴が子供部屋に移され、それからようやく、白痴の父が、自分自身の母親の死体の後始末にとりかかります。何か、疑わしいことがあったんでしょうか。それは、結局、読者にはわからない。両親は決してこの話題に触れようとはしないんです、つまり、ある種の事はたとえ行なわれたとしても、言及されることがないわけだ。どんな即興《インプロビゼーション》にも限界がある、ということを悟ったとでもいうのかな、そういった「ある種の事」にどうしても取りかからなければならないとき、両親は歌を歌うんですよ。どうしてもしなければならない事をしながら、同時に、普通のパパとママみたいに振る舞って、歌を歌う。夜ならば子守歌だし、もしも日中に「介入」する必要が生じた場合には、自分たちの子供の頃の歌ですね。結局、知性のスイッチをオフにするには、黙っているよりは歌っているほうがいいってこと。その歌は、小説の冒頭から出てきます。つまり、使用人とか、庭師とかがその歌を聞いて、「悲しい歌ですねえ」なんて言うくだりがある。ところが、もっと後になってから、読者は「さてはこれは……」と思い当るようになってくるんですね、まさにこういう歌が歌われているとき、どんなに奇怪な行為が同時に行なわれているか。死体が発見されたのは、早朝のことでした。こんな時に歌が出るっていうのは、何と気高い心ばえでしょうかね、いやはや。

白痴の振る舞いは、そりゃもう、ひどいもんです。重度の痴呆症でありながら、悪知恵だけは持ち合わせている、という患者にはよく見られることですが、彼にもある種の創意工夫の才が備わっています。こうして、白痴は自分の両親を刺激し、ますます頑張るように仕向けるわけです。なにしろ、白痴から課題が一つ出るたびに、両親もまたその課題に見合ったレベルに達しなければなりませんからね。時には両親の言葉が、行為にぴったり一致していることもあります。しかし、そんなことは稀です。一番不気味な効果が生じるのは、彼らがある一つの事を言いながら、全然別の事をしている、という場合ですね。というのも、ここではある一つの、つまり白痴の独創性に対して、まったく違うタイプの独創性――つまり、献身的にわが子を見守る両親の、愛情と犠牲的精神に満ちた独創性――が対置されているわけで、まさにこの両者を分かつ距離のために、両親の犠牲的行為がぞっとするような悪夢に変貌してしまうのです。でも、多分、両親には、もうそんなことは分からなくなっているんでしょうね。なにしろ、長年続いていることだし。白痴が新たに何か思いがけないことをするたびに（「思いがけないこと」なんてのは、婉曲な言い方で、実際、白痴は両親に対してまったく容赦がありません）、初めはほんの一瞬の間、われわれ読者も両親とともに、恐怖の一撃を感じます。つまり、これは現在の瞬間を打ち砕くだけでなく、長い歳月の間に父と母が丹精して築きあげた建物全体をあっというまに引っくりかえすことになるだろう、と思ってぞっとするんです。

ところが、これは間違いなんだな。まず両親が互いに視線を交わし、それから簡潔な注釈によってギア・チェンジが行なわれ、自然な会話の調子のうちに作業が始まります。こうして、新しい重荷は持ち上げられ、作られた架空の体系の中に組み込まれてゆく。こういった光景には、不気味な滑稽さや、感動的な崇高さが感じられます。それが的確な心理描写のおかげであることは、言うまでもありません。とうとう白痴に「狂人用の拘束衣」を着せざるを得なくなったとき、両親があえて口にする言葉。剃刀を振り回すわが子をどうしたらいいのか分からず、途方に暮れる両親の姿。母親は浴槽から飛び出し、バス・ルームにバリケードを作って立てこもり、それから家全体の電気回路をショートさせます。そのため家中がまっくらになり、母親は手探りで家具のバリケードを取り除いて行くのです。母親はなぜこんなことをするのか。彼女は自分の息子について架空のイメージを作り上げ、それによって我れと我が身を縛っているわけですが、家具のバリケードがあっては、その息子のイメージがだいなしになってしまいます。そんなことなら、まだ電気の故障のほうがましだ、というわけですよ。母親は玄関で分厚い絨毯に身をくるみ（剃刀から身を守るために違いありません）、水を滴らせながら、父親の帰りを待つ……。こんな風に文脈から切り離して要約してしまうと、どうも荒っぽくて、無細工な感じ、いやそれどころか、まともには信じられないような感じがするかも知れないけれど。どんな解釈をほどこしたとしても、こういった出来事を正常と見なすのは不可能だということを知りながら、両親は行動しています。だからこそ、彼らはいつの間にかこの「正常」さの境界を足取りも軽く踏み越えてしまい、仕事や家事にあけくれる普通の人間には近づくこともできない領域に入り込んで行ったのです。これは狂気に向かった、なんてことでは全然ないんだな。人間は誰でも発狂し得るものだ、なんてのは嘘《うそ》っぱちですよね。そうじゃなくって、人間は誰でも、信じることができる。汚《けが》された家族にならないために、かれらは聖なる家族にならざるを得なかったわけだ。

もっとも、本の中にこんな言葉はでてこない。たとえ両親の「信仰」に従ったとしても（これはまさに、信仰とよぶべきものでしょうね）、白痴の息子は神でもなければ仏でもありません。彼は単に他のあらゆる人間と違っているだけで、どの子供にも似ていない、自分一人だけの存在です。そして、このように他と「違っている」からこそ、白痴は両親のもの——惜しみなく愛を注がれた、かけがえのない息子なのです。そんなことがあるわけないだろ、と思うでしょう？　いや、嘘だと思うんなら、自分でこの『白痴』を読んでくださいよ。信仰というものが、単に精神の形而上的な能力だけではないんだ、ということがわかるはずです。ここに描かれている状況は、本質的に常に荒々しく乱暴な世界に根差しているため、この状況を呪いから救ってくれるものがあるとすれば、それは不条理なまでの信仰だけです。呪いというのは、つまりここでは、精神病理学上の病名のことでね、もしも神につかえる聖人たちが精神科医によって「偏執症《パラノイア》」患者として扱われてきたのならば、いったいどうしてその逆はあり得ないのか。白痴だって？　確かにこの言葉は物語の中に現れるけれども、ただそれは、両親が他人の中にはいって行く時だけのことですね。そういう時は、両親も他人の言葉——つまり、医者や、弁護士や、親戚の言葉を使って自分の子供について話すんだが、自分のことは自分のほうがよく知っている、というわけで、じつは彼らは他人に対して嘘をついているんですよ。この両親の信仰には、使命のしるしが欠けている。つまり、異教徒に改宗を要求するような攻撃的精神が欠けているということですよ。父も母も結局のところ、あまりに醒《さ》めているから、他人を改宗させることが可能だなんて、ほんの一瞬といえども信じることはできない。彼らには、他人を改宗させることなんて、どうでもいい。救われるべきなのは、全世界ではなく、彼ら三人だけなんだから。彼らが生きている限り、三人の共同の教会が続くというわけです。ここで問題になっているのは、恥でも威信でもなく、フランス語で folie à deux（二人の狂気）と呼ばれるような、年老いてゆく夫婦の狂気のことでもありません。これは単に、現世の束の間の出来事、つまり、セントラル・ヒーティングのついた家で起こった愛の勝利なんです。この愛のことを一言で言えば、“credo quia absurdum est.”（不条理ゆえに我信ず）とでもなるでしょうか。もしもこれが狂気の沙汰だとすれば、他のどんな信仰だって同じくらい気違いじみているに違いありません。

スパランツァーニは終始、かなり危うい線の上を進んでいきます。なにしろ、この小説にとって最大の危険は、聖家族の戯画になってしまうことだったわけですから。父親は年をとっている？　それじゃあ、ヨゼフだ。母親はずっと若い？　だとすると、こっちはマリアだ。その場合、子供は……。そんな次第で、私の考えでは、もしもドストエフスキーが『白痴』を書かなかったならば、こういった寓意的傾向もまったく生じなかったか、あるいは生じたとしても弱められて、少数の読者にしか見分けられないものになっていたでしょう。もしもこう言ってよければ、スパランツァーニは福音書に反対しているわけでは全然ありません。だから彼は、そもそも聖家族に言及したいとも思っていないのですが、それにもかかわらず、その種の意味上の屈曲が生じてしまうならば――まあ、これは完全に避けられるものでもありませんから――その「罪」はすべて、『白痴』を書いたドストエフスキーにあるわけです。いや、まったくその通り。そうして、この作品の持つ破壊力が集中させられ、攻撃目標が天才的な作家に定められたんですね。ムイシュキン公爵という聖なる癲癇《てんかん》患者、誤解されたこの禁欲的な青年、癲癇の大発作の聖痕を持ったイエス――彼こそがここでは、仲介者、中継点となるんです。スパランツァーニの白痴は、ムイシュキン公爵に時折似ることがありますが、ただしその時、いろいろな特徴がすべて引っくり返されています。これは言わば、狂暴になったムイシュキンといったところですが、実際、青白い少年だったムイシュキンが成熟して行く過程もこんなものではなかったかと、想像することができますね。神秘的な予兆《アウラ》に始まり、ひきつけを起こして獣のような姿をさらけ出して終わる癲癇の発作――この発作のために、天使のような無垢の少年のイメージが初めて叩き壊されてしまった時は、やはりこんな風だったんじゃないか。とすると、スパランツァーニの小説の少年は結局、本物の白痴なんでしょうか。そうです、絶え間なくそうなんです。しかし、彼の痴呆ぶりは行くところまで行くと、ついに崇高なものと交わるようになります。たとえば、音楽を聞いていて頭が朦朧《もうろう》となった白痴は、自分の体を傷つけながらレコードを叩き割り、自分の流した血もろともそのレコードをむしゃむしゃ食べようとすることがある。これなどは言わば、聖餐式《せいさんしき》といった趣です。そう、まさにこれは聖餐のパンと葡萄酒《ぶどうしゅ》を我が身にとり入れようとする、神学でいう「化体」の一形態、その試みじゃありませんか。明らかに、バッハの何かが白痴の混濁した意識に働きかけ、反応を呼び起こしたに違いありません。彼はバッハを食べることによって、それを自分の一部にしようと思ったんですからね。

もしも両親が制度化された神にこの件をまるごと委ねていたならば——あるいは、たった三人だけの宗教の代用物、知恵遅れの子供を神と崇める教団のようなものを作っていたのであれば、敗北は確実だったでしょう。しかし、彼らはほんの一瞬といえども、普通の、文字通りの、虐待された両親であることをやめません。彼らは、どうしたら自分たちの状況を神聖なものだと主張できるか、などとは考えたこともない。そんな主張は一度もしたことがありません。ただ、緊急を要すること、直ちにどうしても必要なことをしてきただけです。だから、そもそも彼らが体系（システム）のようなものを組み立てたわけでは、まったくない。その逆に、状況を通じて、体系のほうがひとりでに生まれ、彼らの前に姿を現したんです。彼らのほうでは望みもしなければ、計画したわけでもない、いや、そんなものが現れるとは夢にも思わなかったのに。この人たちは、神の啓示のようなことは何も体験せず、最初から最後まで自身であり続けた。つまり、これは地上の愛であり、地上の愛でしかあり得ないのです。文学においてこれほど強い愛の力がありうるのだということを、私たちはすっかり忘れていたんじゃないでしょうか。最近の文学っていうものは、シニカルな物の見方を身につけたせいで、古いロマンチックな背骨を精神分析の教義にへし折られてしまい、人間の運命にこんなにも豊饒な部分があるということが、見えなくなっているんです。もとはといえば、この豊饒さが文学の養分となり、私たちのために歴史的古典を育て上げてきたっていうのにね。

残酷な小説ですよ。まず最初に、代償行為の無限の能力について、つまり、創造の無限の能力について語る。その創造の場となるのはすべての人々だという——つまりどんな人でもかまわない。ともかく、運命のめぐりあわせで、しかるべき課題の責め苦を負わされた人間なら誰でも、相応の創造力を発揮できるようになる、ということ。さらに、この小説は、希望を奪われた時、絶望のどん底に突き落とされても、なおかつ自分の愛する対象のことを諦め切れない時、愛というものがどんな形をとり得るか、について語ってくれます。この文脈において、「不条理ゆえに我信ず」という言葉は、"finis vitae, sed non amoris"（命は終わっても、愛は終わらない）という言葉を現世的に言い換えたものとなります。つまり、この小説は（これはもはや、人類学的報告であって、父と母の悲劇なんてものではない）、微細な機構《メカニズム》のなかで命名論的世界創造の純粋な志向性がいかに生じてくるかを描いたものであって、単なる超越《トランセンデンス》の問題ではありません。つまり、ここで論じられているのは、世界がどんなにひどい恥辱に満ちた醜悪なものであり、その状態が手付かずのまま続いているとしても、そういった世界を変えることができる、ということなのです。言い換えれば、「変化」とか「変容」といった言葉で表されるものが、問題になっているんですよ。もしも、醜怪な現実を天使のような世界に作り変えられないとすれば、私たちは耐えて行くことができないだろう——この本は、まさにこう言っているんです。超越の可能性など、まるっきり信じなくても大丈夫。超越など抜きで、神義論（悪の存在を神の摂理とする考え方）の恩寵（あるいは、苦悩）を得ることができるんです。というのも、物事がどんな状態になっているかをいくら認識したって駄目なんで、そういった状態を変えることができるという点にこそ、人間の自由が息づいているんですから。もしも、これが本物の自由でないとしても（なにしろ、ここで問題になっているのは、愛の奴隷という極端な状態ですからね！）、これ以外にはいかなる自由もあり得ません。スパランツァーニの『白痴』は、キリスト教神話の両性具有的アレゴリーではなく、無神論的異端なんです。

スパランツァーニは、ネズミを使って実験を行なう心理学者のように、自分の主人公たちを実験にかけ、それによって自分の人類学的仮説を検証しようとしました。それと同時に、この本は、ドストエフスキーをまるで現役の作家のように扱い、彼を攻撃します。スパランツァーニは自分の『白痴』を書くことによって、ドストエフスキーの異端がいかに貧弱なものだ、と立証しようとしたんですよ。この攻撃が成功しているとは言えませんが、意図はわかります。かの偉大なロシアの作家は、自分が提出した一連の問題の呪われた輪の中に、自分の時代だけでなく後世まで閉じ込めてしまったわけですが、スパランツァーニはその呪われた輪から脱出しようとしているのです。彼が言いたいのは、こういうことでしょう。芸術は後ろばかりを見ていることもできないし、いつも綱渡りに満足しているわけにもいかない。必要なのは、新しい目、新しいまなざし、そして何よりも新しい考え方だ、と。それから、これはスパランツァーニの最初の本だということを、忘れないでください。彼が次にどんな小説を書くか、楽しみですよ。こんなに本が待ち遠しいなんて、ずいぶん久しぶりのことだなあ。

あなたにも本が作れます

DO YOURSELF A BOOK

『あなたにも本が作れます』(Do Yourself a Book) の興亡史が書かれれば、そこに学ぶべきことはさぞ多いだろう。出版界の癌《がん》のように現れたあの新商品は、非常に激しい論議の的となったため、現象自体が論議に覆い隠されてしまうほどだった。そのため、この企てが挫折に終わった原因も、今日にいたるまで明らかになっていない。誰もこの点について世論調査を行なおうとはしなかった。それももっともなことかも知れない。恐らく、このたいへんな見世物に判決を下した読者たちは、自分でも何をやっているのかわかっていなかったのだ。

この発明はかれこれ二十年も以前から宙ぶらりんになっていて、それがもっと早く実現されなかったことについては、ただ驚くばかりである。私はこの〝小説組み立て器〟

の初版をいまだに覚えている。それはかなり大きな本の形をした箱で、その中には取扱い説明書と、〝組み立て用部品《エレメント》〟の一揃いがはいっていた。部品というのは様々な幅の紙テープで、ここに小説の断片が印刷されている。一本一本の紙テープの欄外には製本のための小さな穴があけられ、いくつかの数字が様々な色で印刷されていた。すべての紙テープを〝基本の〟色、つまり黒色の数字の順に並べると、〝発端《スターティング》のテキスト〟が得られた。これは適当に要約された、通常少なくとも二篇の世界文学の作品からできていた。もしもこのセットがそのような再構成だけを目的としたものであれば、意味も商品価値もなかっただろう。その価値は、部品をかきまぜられるという点にあった。セットの取扱い説明書の指示は通常いくつかの再結合の手本を示しており、欄外の色刷りの数字がそれぞれの手本に対応していた。このアイデアを特許として登録した〈ユニヴァーサル〉（Universal）社は、著作権がすでに消滅している本に手を伸ばしたのである。それはつまり、バルザック、トルストイ、ドストエフスキーといった古典作家たちの作品であり、それに出版社の匿名のスタッフが適当に手を入れて、短くしたのだった。セットを発明した者たちはこのごったまぜの購買層として、傑作（というか、その幼稚な版）を作り変え、歪めることに喜びを感ずるような種類の人たちを想定していたに違いない。『罪と罰』や『戦争と平和』を手に取って、その登場人物たちを好きなように変えられる、というわけだ。ナターシャ（トルストイ作『戦争と平和』のヒロイン）が駆《か》け落《お》ちをし、堕落するのは結婚の前でもいいし、後でもいい。スヴィドリガイロフをラスコーリニコフの妹と結婚させてもいいし、一方ラスコーリニコフは法の目を逃れてソーニャとともにスイスに出てもかまわない（すべて『罪と罰』の登場人物）。アンナ・カレーニナの浮気の相手はヴロンスキーでなくて、従僕であってもいい、等々。批評家たちは口をそろえてこのような蛮行を攻撃した。一方出版社はできるだけうまく身を守ろうとした。その守り方はかなり抜け目がないほどだった、と言ってもよい。

セットに付けられた取扱い説明書のふれこみによれば、このセットによって小説の素材の構成の規則を学ぶことができるし（「駆け出しの作家の皆さんにぴったし！」）、心理的投射のためのテキストとしてセットを使うこともできる（「あなたが『赤毛のアン』をどうしたか言ってくれれば、あなたがどんな人か、当ててみせましょう」）とのことだった。一言で言えば、これは作家を志す人たちの〝訓練装置《トレーナー》〟にして、あらゆる文学愛好者のための気晴らしだった。

しかし、出版社が抱いている意図がそれほど高尚なものでない、と察するのはむずかしいことではなかった。〈ワールド・ブックス〉（World Books）社は取扱い説明書の中で購買者に対して、〝不適当な〟結合のためにセットを使わないようにと警告していた。〝不適当な〟結合とは要するに、テキストの部分部分を入れ替えることによって、元来雪のように真白で純粋だった情景に正反対の意味を付け加えてしまうような場合を指していた。たとえば、ほんの一文を挿入しただけで、二人の女性の無邪気な会話がレスビアン的感情を暗示することもある。ディケンズに出てくる立派な家庭の中で近親相姦を行なわせることさえ可能だった。どんなことでも気の向くままに、というわけである。この警告はもちろん、出版社が良俗を乱していると非難されないように書かれた読者への使用上のお願いに過ぎなかった。まあ、取扱い説明書の上でするべきではないとあらかじめはっきりと言ってある以上は……。

自分がどうすることもできない歯がゆさのために怒り心頭に発した高名な批評家ラルフ・サマーズは（法的にはこの文学セットを攻撃することは不可能だった。出版社がそのように努めたのである）、当時こう書いている。「すなわち、現代のポルノグラフィーではもう不充分なのだ。過去のすべてのものを――いかがわしい意図のないものだけでなく、その正反対のものまでも――汚らわしいものに作り変えねばならない、というわけなのである。これは、黒ミサのいやしむべき代用品のようなものだ。誰でも四ドル出せば自分の家でこっそりと、殺された古典作家たちの無防備の死体を使って黒ミサができるようになったようなものである。恥辱と言うほかはない」

しかしやがて、カッサンドラ（ギリシャ神話で、トロヤ王の娘。凶事を予言するが、誰にも信じてもらえなかった）のようなサマーズの発言も大袈裟だったことがわかった。この商売は、出版社が見込んでいたほど儲からなかったのだ。ただちに〝組み立て器〟の新型が作られた。これはまったく何も書いてないカードから組み立てられた一巻の本で、その中にテキストの印刷してある紙テープを自分の手で配列することができるようになっていた。紙テープも本のページも一分子の厚さの帯磁箔におおわれていたからである。このおかげで、〝製本〟の作業はずいぶん簡単になった。しかし、この新製品もやはり売れなかった。はたして、何人かの（今日ではもう稀になってしまった）理想主義者たちが考えたように、読者たちは〝傑作の虐待〟に参加することを拒否したのだろうか？　残念ながら私は、読者の側にそれほど高貴な態度を見出すことはできないと思う。出版社が密かに抱いていた希望は、かなり大勢の人たちがこの新しい遊びを好むようになるかも知れない、ということだった。出版社のこういった思惑は、たとえば〝取扱い説明書〟の以下のような箇所からもわかるだろう。『あなたにも本が作れます』を使えば、これまで世界最高の天才だけの特権だった神のような権力をあなたも手に入れられます！　人々の運命は、もうあなたの思いのまま！」これについては、ラルフ・サマーズがその攻撃的な論文の中でこう説明している。「どんなに崇高なものでもいとも簡単にひきずりおろし、あらゆるきれいなものに泥を塗ることができるのである。しかもその作業には、快い意識がともなうことだろう。（おれはもう、トルストイやらバルザックとかいった連中の言うことをおとなしく聞いていなくったっていいんだ。なにしろここじゃあおれ様が親分で、好き勝手にできるんだからな！）というわけだ」

ところが、である。こういった〝古典を汚す破廉恥漢〟になりたいと望んだ者は、なぜか妙に少なかった。サマーズは「文化の恒久的な価値を侵略するものとして新たなサディズムが興り」全盛期を迎えることを予見したわけだが、実際には『あなたにも本が作れます』はほとんど売れなかった。「読者たちは生まれ持っていた一かけらの理性と正義感に突き動かされたのだ。下位文化《サブカルチャー》の痙攣はその理性と正義感を巧妙に我々の目から覆い隠していただけなのだ」（Ｌ・エヴァンズ『クリスチャン・サイエンス・モニター』紙）と信じたいところではある。だが筆者はエヴァンズの見解に与することはできない——信じたいのはやまやまだが！

ではいったい、何が起こったのか？　もっとずっと単純なことではなかったか、と思う。サマーズやエヴァンズや私にとって、そして大学の季刊雑誌《クオータリー》にひっそりと物を書いている数百人の批評家にとって、また全国にいるさらに数千人のインテリ《エッグ・ヘッド》たちにとって、スヴィドリガイロフやヴロンスキーやソーニャ・マルメラードヴァとか、あるいはヴォートラン、赤毛のアン、ラスティニャックなどは非常によく知られた、近しい人物であり、場合によっては多くの実在の知人たちよりもよっぽど生々しい人物である。しかし一般の読者たちにとってこういったものは空虚な音の響き、内容のない名前にすぎなかったのだ。つまりサマーズや、エヴァンズや私にとってスヴィドリガイロフとナターシャを結びつけるのは言語道断のことだったのに対して、一般読者にとってそれはまさに、Ｘ氏をＹ嬢と結びつけるということでしかなかった。こういった人物は一般読者にとって固定した象徴《シンボル》の価値——それが高貴な感覚の象徴であろうと、みだらな悪徳の象徴であろうと——を持っていなかったので、不純な楽しみも、その他のいかなる楽しみももたらさなかったのである。要するに古典の登場人物は一般読者にとってまったく何の意味も持っておらず、誰もそんなものに興味を示さなかった。そんなわけで、出版社は

――いつも読者を皮肉な目でしか見ていないとはいっても――こんな事態になるとは夢にも思っていなかった。出版社側には、文学市場の情勢が本当にはよくわかっていなかったのだ。もしも誰かがある本に多大な価値を認めていながら、同時にその本を靴ふき用のマットのかわりに使ったならば、それはその人間にとって蛮行どころか、〝黒ミサ〟の行為にも思われるだろう。そしてまさにこの〝黒ミサ〟のことをサマーズは心配し、そう書いたのだった。

しかしながら、価値ある文化の創造物に対する無関心の度合いは現代の世界では、『あなたにも本が作れます』を企てた張本人たちの想像をはるかに超えていたのだ。誰も『あなたにも本が作れます』を使って遊ぼうとしなかったのは、皆が古典の価値をおとしめることを高貴な気持ちから控えたためではなくて、単に三流以下の売文業者の書いた本とトルストイの叙事長篇の違いがわからなかったためである。一般読者はそのどちらにも同様に無関心なままだった。たとえ読者の側に「踏みにじりたいという欲求」があったとしても、ここには――彼らの立場からすれば――「踏みにじっておもしろいものなど何もなかった」。

出版社側は、この一種独特な教訓を理解したのだろうか？　ある意味では、そうだったと言えよう。もっとも、これまで述べてきたような言葉によってきちんと出版社が事情をのみこんだ、とは考えられない。本能に、鼻に、直観に導かれて気付いたのだろう。そして結局、出版社はもっとよく売れるような〝組み立て器〟の新版を売り出したのだった。これがよく売れたのは、要するに純粋にポルノグラフィー的で猥褻《わいせつ》な文章を組み合わせて作ることができたからである。これで少なくとも傑作の尊敬すべき亡骸《なきがら》だけは結局そっとしてもらえることになったので、審美家の生き残りは安堵の溜息をついた。それと同時に、この問題は彼らの関心をひかなくなり、エリート向きの文芸雑誌《クオータリー》の誌面からは、大袈裟な身振りで悲嘆にくれるような調子の論文が姿を消した。なぜならば、エリートでない一般読者の間でどんなことが起ころうとも、芸術のオリュンポス山やそこに住むゼウス神たちにとってはまったくどうでもよかったからだ。

オリュンポス山は、その後もう一度目を覚ましたことがある。それは、フランス語に翻訳された組み立てセット『大いなるパーティ』（The Big Party）を使ってベルナール・ド・ラ・ターユが長篇小説を組み立て、〝フェミナ賞〟を取ってしまった時のことだ。この抜け目のないフランス人は自分の小説が全面的にオリジナルなものではなく、組み立て器による寄せ集めの産物であることを審査員たちに知らせていなかったため、一件は結局世間の物議をかもすまでに発展してしまった。もっとも、ド・ラ・ターユの小説（『闇の中の戦争』）にまるっきり価値がないというわけではない。それを組み立てるためには、『あなたにも本が作れます』セットの購買者が通常示すことのないような才能も好奇心も必要だったからである。しかし、このような事一つだけでは、何も変わりようがなかった。結局、この企てが馬鹿げた茶番劇《ファルス》と商業的ポルノグラフィーの間を行ったり来たりするだろうということくらい、最初からはっきりしていたのだ。『あなたにも本が作れます』を使って一財産築いた者など、一人もいなかった。最小限の要求で妥協《ミニマリズム》することに慣らされてしまった審美家たちは、今では喜んでいる。低俗な恋愛小説の登場人物がもうトルストイのサロンにどかどかと土足ではいり込んで来ることもないし、ラスコーリニコフの妹のような気高い乙女《おとめ》たちがもう悪党やごろつきどもに肌を許さなくてもいいからだ。

　イギリスでは『あなたにも本が作れます』のドタバタ版が、いまだに命脈を保っている。ここで出版されているのは、〝純粋なノンセンス〟(pure nonsense)の規則によってごく短いテキストを組み立てられるようなセットである。瓶の中にジュースのかわりにその場に居合わせたすべての人物が注ぎ込まれたり、ギャラハッド卿（アーサー王伝説に登場する気高い円卓の騎士の一人）が自分の馬とロマンスを演じてみたり、司祭がミサの最中に祭壇で電車を走らせたり、などといった超ミニ短篇小説を各家庭の即席文士が作って、喜んでいる。いくつかの新聞が常設欄まで設けてこういった労作を載せているところをみると、イギリス人はどうやらこれを楽しんでいるのだろう。しかし、ヨーロッパ大陸では『あなたにも本が作れます』は、事実上姿を消してしまった。ここで、我々とは違った風にこの商売の失敗を説明したスイスのある批評家の推測を引用しておいたほうがいいかも知れない。彼は言う、「読者大衆はもはやあまりにも怠惰になっているので、自分の手で誰かを強姦しようとか、着ているものを脱がせようとか、いじめてやろうとかいう気にもならないのだ。今ではそんなことはすべて、専門家がやってくれる。『あなたにも本が作れます』は、もしも六十年前に現れていたならば、成功をおさめていたかも知れない。生まれるのが遅すぎて、産褥で死んでしまったというわけだ」。この見解にいったい何がつけ加えられようか？　あとは深い溜息あるのみ。

イサカのオデュッセウス

クノ・ムラチェ著

Kuno Mlatje, ODYSSEUS OF ITHACA

この本の著者はアメリカ人であり、小説の主人公の名前は正式には、ホーマー・マリア・オデュッセウスという。主人公が生を享けたイサカという所は、マサチューセッツ州の、人口わずか四千の田舎町である（「イサカ」Ithacaとは、ホメーロス（ホーマー）のオデュッセウスの故郷イタケーの英語形）。それにもかかわらず、本書はイサカのオデュッセウスの探検の物語であり、そこには深い意味が秘められていないこともない。それゆえ、この探検物語は尊重すべきホメーロスの原型につながるものなのである。確かに、小説の冒頭を読むかぎりでは、そんなことは予期できないように見える。主人公ホーマー・M・オデュッセウスは、ロックフェラー財団のE・G・ハッチンソン教授の所有する自動車に放火したという罪状により、被告として裁判にかけられている。自分が自動車に放火しなければならなかった理由は、ハッチンソン教授がみずから法廷に現れたら、その時初めて明らかにする、と被告は主張する。そこで、教授がやって来ると、オデュッセウスは、何やら非常に大事なことを教授に囁《ささや》きかけるような振りをして、いきなり教授の耳に噛《か》みつくのである。こうして大変な騒ぎが持ち上がった。弁護士は精神鑑定を要求し、裁判官はどうしたものかとためらう。その間に、オデュッセウスは被告席から演説を行ない、自分の意図を述べ立てる。その説明によれば、彼はヘロストラトス（自分の名前を永遠に残したいがために、神殿に火を放ったという古代イオニア人）を念頭においていた。自動車こそは、現代の神殿だからである。一方、教授の耳に噛みついたのは、スタヴローギン（ドストエフスキーの長篇『悪霊』の主人公）がそうやって、有名になったからだという。オデュッセウスもまた名声をどうしても必要としているが、それは名声がもたらしてくれる金のためである。人類の幸福のために考え出した計画の資金を、それでまかなえるというわけだ。

ここまできたところで裁判官は、被告の演説を止めさせる。オデュッセウスは自動車の損壊に対して禁固二か月、そして法廷を侮辱した罪に対してさらに二か月の判決を受けた。彼はまた、耳を傷つけられたハッチンソン教授の側からの民事訴訟を覚悟しなければならない。しかしオデュッセウスは結局、裁判の取材に来ていたレポーターに自分のパンフレットをうまく手渡してしまう。こうして彼は、自分の目的を達成する。ジャーナリズムが彼について書き立てることになるからである。

ホーマー・M・オデュッセウスのパンフレット『精神の金羊毛を求める探検』に含まれているアイデアは、かなり単純なものだ。人類の進歩――とりわけ、その思想の進歩

──は、天才たちのおかげである。というのは、火打ち石の打ち方くらいには、集団で行き当ることもあるだろうが、共同でゼロを発見することなど不可能だからである。ゼロを考え出した者は、歴史上最初の天才だった。「人間が四人で共同で──各人が四分の一ずつ分担して──ゼロを発見するなどということが、ありうるだろうか」と、ホーマー・オデュッセウスは持ち前の皮肉な調子で問いかける。人類には、思いやりをもって天才を扱う習慣がない。"To be a genius is a very bad business indeed!"（天才であるのは、まったく大変ひどいことなのだ）と、オデュッセウスはひどい英語で語る。実際、天才はひどい目にあっている。もっとも、すべての天才が同じようにひどい目にあっているわけではない。それは、天才たちが互いに平等ではないからである。オデュッセウスは、天才たちを以下のように分類することを提唱する。最初に来るのは、平凡で普通の天才、すなわち第三級の天才である。彼らの思考は、自分の時代の地平を越えてあまり遠くに逸脱することができない。この種の天才は──他と比較して言えば──迫害を受けることがもっとも少なく、世に認められ、金や名声まで獲得してしまうケースも稀ではない。第二級の天才となるともう、同時代人の手に余る存在である。したがって、彼らの運も、それだけ悪いものになる。古代ならば石たたきの刑、中世になると火あぶりの刑。その後は、一時的に社会慣習が穏健になったおかげで、彼らは飢えによって自然死することを許され、場合によっては社会の費用により精神病院で養ってもらえるようになった。彼らの中には地方官憲の手で毒をもられた者もいたが、多くは追放された。その際、権力は──教会も、世俗の権力も――こぞって、「天才絶滅」における勝利の栄冠を得ようと競争したのである（オデュッセウスは、このように実に様々な天才絶滅の形態を“geniocide”と呼んだ）。それにもかかわらず、第二級の天才たちも最後には結局認められる。つまり、死後の勝利というわけだ。過去を償おうとでもするかのように、図書館や広場には彼らの名がつけられ、彼らのために噴水や記念碑が作られる。歴史家は過去の過ちを思って控え目に涙を流す。だが、その上に――と、オデュッセウスは主張する――最高のカテゴリーの天才が存在する。彼らは存在しなければならないのである。第二級の中間的な天才は、次の世代か、あるいはさらにもっと後の世代によって、ともかく発見される。ところが、第一級の天才は決して――生きている時も、死んでからも――誰にも知られることがない。なぜならば、彼らはあまりにも前代未聞の真実を作り出し、あまりにも革命的な提案をもたらすので、彼らを理解することなど誰にも絶対できないからである。それゆえ、永遠に認められないことが、〈最高級の天才〉にとってごくあたり前の運命となるのだ。もっとも、彼らよりも精神的に劣る二流の天才が発見されるのも、通常はまったくの偶然の結果である。たとえば、市場で魚屋のおかみさんがニシンを包むのに使う紙切れに、何やら走り書きがあり、そこから何らかの定理や、詩が読み取られる。ところが、そうして発見されたものが出版され、皆に熱狂的に迎えられるのも束の間のことで、その後すべてはまた、昔通りに戻ってしまう。そのような状態は、もはやこれ以上続いてはならない。なんと言っても、そんな風に天才が埋もれてしまうのは、文明にとって取り返すことのできない損失なのである。いましなければならないのは、第一級天才保護協会を作り、そこで探査委員会を組織して、計画的な調査の仕事を開始することである。こうしてホーマー・M・オデュッセウスはすでにこの協会の規約を起草しただけでなく、〈精神の金羊毛を求める探検隊〉プロジェクトまで練り上げてしまった。彼はこの書類を数多くの学術団体や慈善的な財団に送りつけ、資金の提供を求めた。

こういった努力が何の成果も上げないと見るや、オデュッセウスはパンフレットを自費出版することにし、刷り上がった最初のパンフレットに献辞を添えて、ロックフェラー財団学術評議会のエヴリン・G・ハッチンソン教授に送ったのだった。ハッチンソン教授はこれに返事を出さなかったため、人類に対して罪を犯したことになった。こうして同教授は自分の愚かさをさらけ出した——つまり、自分が占めている地位を維持するだけの能力が欠けていることを示したのだ。このような身の程知らずは罰する必要があった。それがまさに、オデュッセウスのしたことである。

オデュッセウスが最初の寄付金を受け取るのは、彼がまだ刑期をつとめている時のことだ。彼は〈精神の金羊毛を求める探検隊〉の口座を開く。それは彼が刑務所を出るときには、二万六千五百二十八ドルにものぼるちょっとした資金になっていて、この金のおかげで組織的な活動を開始することが可能になった。オデュッセウスは、新聞広告によって志願者を募集した。熱烈な志願者たちの最初の会合で彼は、演説を行ない、新しいパンフレットを皆に手渡した。そのパンフレットには、探検に関する指示が載っている。隊員はどこで、何を、どうやって捜すべきか、知らなければならないのである。探検は思想的な性格を帯びたものになるだろう。なぜならば、金は少ししかないのに、たいへんな労苦が待っているからだ。オデュッセウスはこの点を隠そうとはしなかった。“Spiritus flat ubi vult”（精神は望むところに吹く——才能は意外なところにも出現するものだ、という意味のラテン語のことわざ）。それゆえ超一級の天才は、異国情緒あふれる地球の周縁部に住む少数民族のなかに生まれる可能性がある。ところが、天才というものは、人類全般に対してみずから直接名乗り出たりはしない。通りに出て、通行人のガウンやボタンをつかんで、「私が天才です」などと言っても仕方ないのだ。天才の活動は、しかるべき専門家を通じて行なわれる。専門家は天才を認知し、尊重し、天才の思想を発展させなければならない。つまり、専門家は同郷出身の天才を言わば揺さぶって、人類に新しい時代の始まりを告げる鐘のように天才を鳴らしてやらなければならないのだ。しかし例によって、起こるべきことはまったく起きない。専門家というものは概して、自分は何でも知っていると考えるものである。熱心に人にものを教えようとはするが、誰からも教えてもらおうとはしない。こういった専門家がおそろしく沢山いるとき初めて、二人とか、あるいは三人くらいの分別あるまともな人間が——例によって群集のなかから——現れる。したがって、小国の天才は、絵に向かって話しかける乞食のようなもので、ろくな反響は得られない。それに対して、大国ならば天才が認められる可能性も大きくなる。それゆえ、探検隊が目指したのは少数民族、そして地球の辺鄙な片隅にある町だった。そういったところでは、ことによったら、いまだ認められざる第二級の天才でさえも見つかるかも知れないのだ。ユーゴスラヴィアのボスコヴィッチの例は、意味深長である。彼の認められかたは、本物ではなかった。人々は彼と同様のことを考え、書き始めた現在となってようやく、何世紀も前に彼が書き、考えたことに注目するようになったのである。オデュッセウスが求めているのは、この種の疑似発見ではない。

探索の手は、世界中のあらゆる図書館に及ばねばならない。図書館の中でも稀覯本や珍しい手稿を集めた部局、そしてとりわけ、ありとあらゆる紙くずが底に押し込まれた地下室などは、見逃せなかった。しかしながら、そういった場所で成功をあまり期待し過ぎてもいけない。オデュッセウスが自分の書斎にかけた地図の上で、赤い丸印がついていたのは、まず第一に精神病院である。同様に、古ぼけた癲狂院の汚水溜めや下水道の発掘出土品などにも、オデュッセウスは大きな期待を寄せていた。また古い牢獄のそばのごみ捨て場を掘り返し、廃棄物やその他の汚物の集積所をひっかき回し、古紙の倉庫をくまなく捜す必要もある。それから、糞尿の山——主にそれが化石のようになったもの——を念入りに調査しなくてはならない。なぜならば、まさにこういった所にこそ、人類が軽蔑し、存在の境界の向こうに掃き棄てたものすべてが見つかるからである。そんなわけで、オデュッセウスの勇者たちは〈精神の金羊毛〉を求めて、自己否定の精神に満たされ、つるはしや鑿《のみ》、かなてこ、探照灯、縄梯子を持って進まなければならない。また彼らの手元には、地質調査用のハンマー、ガスマスク、篩《ふるい》、ルーペなどもなくてはならない。金やダイヤモンドよりもはるかに貴重な宝の探索は、石化した排泄物や、埋められた井戸、かつて異端審問が行なわれたあらゆる地下牢、荒れ果てた城塞などで進められて行くだろう。しかしその際、この世界的な仕事の組織調整者であるホーマー・M・オデュッセウスは、自分の〈中央指令室〉に残ることになる。まったく並はずれた馬鹿や奇人、偏執狂的《マニアック》でしつこい変人、頑固な間抜けや白痴――こういった人々についての風評や噂《うわさ》ならば、どんなにかすかなものでも聞き逃さず、探索の指針、羅針盤の震える針として扱わなければならない。と言うのは、天才をそういった名前で呼ぶことにより、人類は自分の持って生まれた資質に従って天才に反応しているからである。

オデュッセウスはその後何度か騒動を起こし、そのおかげで新たに判決を五回受け、一万六千七百四十一ドルの金をさらにかき集め、二年間を刑務所でつとめ上げた後、南へと向かう。そしてマジョルカ島に上陸し、気候がいいので、そこに〈中央指令室〉を設けることになる。なにしろ、彼の健康は何度も刑務所にはいっていたせいで、非常に衰えていたからである。公共の利益を自分の個人的な利益と結び付けられたら嬉しいだろう、という気持ちを彼は全然隠そうとしない。いずれにせよ、彼の理論に従えば、第一級の天才はどんな場所にも現れることが期待できるのだから、マジョルカ島に現れないとも限らないではないか。

オデュッセウスのヒーローたちの生涯は、波瀾万丈の冒険に満ち、そういった冒険が小説のかなりの部分を占めることになる。オデュッセウスが苦い失望を味わったのも、一度や二度のことではない。たとえば、彼には地中海方面で活動する三人の探検隊員がいて、彼らがことのほか気に入っていたのだが、実はこの三人がＣＩＡのスパイだと分かったときのこと。ＣＩＡは、〈精神の金羊毛〉を求める探検を自分の目的のために利用したのである。あるいは、もう一人、別の探検隊員が、マジョルカ島に十七世紀の前代未聞の貴重な文書を持って来たこともあった。これは白人奴隷のカルディオフによる、存在のパラ幾何学的構造に関する著作だという触れ込みだったのだが、実は偽物だったのである。つまり、それを持ち込んだ探検隊員自身がこの著作を書いたのだが、それを出版してくれる所がどこにも見つからなかったので、探検隊のなかにこっそり紛れ込み、こんな風にしてオデュッセウスの資金を利用し、自分の思想を世に知らしめようとした、という次第である。オデュッセウスは烈火のごとく怒って原稿を火の中に投げ込み、贋作者を追い払ったものの、その後でようやく我に返って、ひょっとしたら自分自身の手で、超一級の天才の著作を破棄してしまったのではないか、と考え始めた。良心の呵責に悩まされた彼は、広告を出して著者を呼び戻そうとしたのだが、徒労に終わった。さらにもう一人の隊員で、ハンス・ツォッカーという男は、モンテネグロの図書館で発見した非常に貴重な文書を、オデュッセウスの知らぬ間にオークションで売り飛ばしてしまい、現金を持ってチリに高飛びし、そこで賭け事に没頭するという始末だった。しかし、そうは言っても、相当な量の珍しい著作や稀覯本、一般に失われたと見なされている原稿や、あるいは学問の世界にまったく知られていない原稿などが、オデュッセウスの手元に集まって来たことは確かである。たとえばマドリッドの古文書館からは、十六世紀半ばに羊皮紙に書かれた写本の最初の十八ページが届けられたが、この著作は「三つの性《セックス》の算術」体系に基づいて、十八名の大学者の誕生日を予言したものであり、なんとそこに挙げられている日付は、アイザック・ニュートンや、ハーヴィー、ダーウィン、ウォレスといった人物の誕生日と、一月以内の誤差で正確に一致していたのである。化学的分析や専門家の鑑定はこの著作が本物であることを証明したが、そんなことに何の意味があるだろうか。なにしろ、名前もわからない著者が用いた数学の体系そのものが、そっくり失われてしまっているのだ。その数学の根本には、「人間には性が三つある」という、常識に完全に反する前提を受け入れることがあったらしいが、わかっているのはただそれだけである。オデュッセウスにとってせめてもの慰めになったのは、その写本をニューヨークで競売にかけて、探検の予算をかなり補強できたということだった。

こうして七年間の労苦の後に、マジョルカ島の〈中央指令部〉は、世にも珍しい写本や原稿で埋め尽くされるようになった。その中には、発想の豊かさにかけてはレオナルド・ダ・ヴィンチを凌ぐ、ボイオティアのミラル・エッソスとかいう人物が書いた一巻もある。彼は蛙の背骨から論理体系を構築する計画を残し、ライプニッツのはるか前に単子《モナド》と予定調和の概念に到達し、ある種の自然現象に三価の論理を適用した。また、彼の主張によれば、生物が自分に似た子を生むのは、精液の中に顕微鏡的な文字で書き写された手紙が入っていて、それらの「手紙」の組み合わせから、成熟した個体の外形が決められるからだ、ということだった。このすべてが、なんと十五世紀に書かれたのである。そして、神義論が成り立ち得ないことを、理性的な論拠に基づいて形式論理的に証明した著作もある。いかなる神義論といえども、その前提となるのは論理的矛盾でなければならないからだ、というわけである。カタロニアのバウベルと呼ばれるこの著者は、あらかじめ手足を切り落とされ、舌を引き抜かれ、溶けた鉛を漏斗で腹に流し込まれたうえで、生きたまま火あぶりにされた。この原稿を発見した若き哲学博士は、「これは超論理的であり、それゆえ異なった次元における議論ではあるが、強力な反証となっている」と評している。また、ソフス・ブリッセングナデの著作は、「二重ゼロ算術」の公理体系に基づいて純粋に超限的な複数性の理論を矛盾なく構築できることを立証したもので、これは学界でも評価された。もっともそうは言っても、この理論は結局のところ、現代数学と部分的には一致するものである。

そんなわけで、オデュッセウスの見るところでは、認められるのはこれまで同様、後に他の人々から思想を再発見された先駆者だけということになってしまう。別の言葉で言えば、第二級の天才だけということである。しかしそれでは、第一級の天才たちの労苦の跡はいったいどこにあるのか。オデュッセウスの心は決して絶望を受けつけない。ただ一つ、彼が危惧するのは、やがてやって来る死のために——というのも、彼はすでに老齢にさしかかろうとしているからだが——探索が続けられなくなってしまうということだ。そんな時とうとう、フィレンツェ写本の事件が起こる。この羊皮紙の巻物は十八世紀半ばのもので、フィレンツェの大図書館の一部門で発見された。謎めいた記号がびっしりと書き込まれており、最初は錬金術に携わる写字生かなにかの価値のない著作と思われた。ところが、これを見つけた若い数学者は、ある種の表記をながめているうちに、当時は誰も知らなかったはずの一連の関数のようなものがあることに気づいた。その著作を見せられた専門家の意見は、まちまちだった。それが全部理解できる者は一人もいなかった。これはたわごとのようなものであって、そこに論理的に明晰な部分が稀にはさまっているに過ぎない、と見なす者もいたし、心の病の産物だと考える者もいた。オデュッセウスに写本のコピーを送られた人たちのなかで、特に著名な二人の数学者もやはり、意見を一致させることができなかった。ただ、その一人が、大変な努力を傾け、欠落を自分の推量で補いながら、このわけのわからない手稿のほぼ三分の一を解読したのである。そして、オデュッセウスに宛ててこんな風に手紙を書いてきた——確かにこれは並はずれた考えのように思われるけれども、しかし同時に価値のないものである、と。「なぜならば、このアイデアを正しいものとして受け入れるためには、現存する数学の四分の三を破棄して、新たに組立て直さなければならないからです。これは我々がこれまで苦労して作り上げてきたものとは別の数学を、提案しているに過ぎません。それが我々の数学よりもいいものであるかどうかについては、何も申し上げられません。多分そうなのでしょう。しかしそれを知るためには、百人の非常に優れた数学者が生涯を捧げなければならないでしょう。この無名のフィレンツェ人に対して我々は、ユークリッドに対してボーヤイや、リーマンや、ロバチェフスキーなどのしたことを繰り返さなければならないのです」

　ここまでオデュッセウスが読んだところで、手紙は彼の手から落ちた。彼は「わかっ《エウレ》た《カ》！」と叫び声を上げて、紺碧の入江を望む自分の部屋のなかを駆け回り始めたのだ。この瞬間に彼はさとった。人類が第一級の天才を永久に失ったのではない。第一級の天才のほうが人類から離れ、人類を見失ってしまったのだ。これらの天才は単に存在していない、ということではない。彼らは毎年毎年、年を追うごとにますます存在しなくなっていくのである。第二級の認められなかった思想家の著作を救い出すことは、いつでも簡単にできる。埃《ほこり》を払って、印刷所か大学に渡してやるだけで充分だ。それに対して、第一級の著作は、どうやっても救いようがない。歴史の流れからはずれたところに、ぽつねんと存在しているからである。

　人類は集団として努力を重ねながら、歴史の時間を穿《うが》って河床を作ってゆく。一方、天才の努力はその河床の端、河の岸辺で作用するものであり、天才は自分の世代や次の世代に、河の流れを変え、河床を異なった風に折り曲げ、土手に傾斜をつけ、河底を深くすることを提案する。ところが、これは第二級以下の天才の場合であって、第一級の天才は精神の作業にそんな風には参加しない。彼らは第一列目に立つわけでもなければ、後続の人たちより一歩先を進んでいるわけでもない。第一級の天才は、思想的に言って、要するにどこか全然別のところにいるのだ。彼らが異なった形式の数学や、あるいは異なった形式の哲学体系や自然科学体系を構想しようとする場合、彼らの立場というものは、現存する考え方とはまったく――ほんのこれっぽっちも――似ていないのである。もしも彼らが最初か、その次の世代に認められず、考えを聞いてもらえなければ、その後はもう完全に望みがなくなってしまうだろう。そうこうしているうちに人類の労苦と思考の流れは、河床をどんどん穿ち、自分の目指す方向に進んで行ってしまうのだから、河の方向と、孤独な天才の発明の間の隔たりは、世紀を追うごとに大きくなる一方なのである。認められず、見向きもされなかった提案は、芸術や、科学、そして世界の歴史全体の物事の流れを確かに変えることができたかも知れない。しかし、そうはならなかった以上、人類は豊かな精神的財産を持った特定の個人を取り逃してしまっただけではなく、それとともに、自分自身のもう一つの歴史を取り逃してしまったのだ。そして、それは今さらどうすることもできない。第一級の天才とは、見逃されてしまった道のようなもので、今となってはその道はもう、すっかり荒れ果て、雑草に覆われてしまっている。その道はまた、並はずれた幸運の宝くじで当った賞品のようなものだが、当りくじを引いた人が名乗り出ず、宝を引き取らなかったため、とうとう宝くじの資本そのものが消え失せ、無に帰したのである。こうして、チャンスは無駄になってしまった。小粒の天才は全人類の河から離れることはなく、その流れのなかにとどまり、運動の法則を変えはするものの、共同体の縁を越えたりはしない。最後まで、共同体の外に出ることはないのである。それゆえ、彼らは尊重される。一方、第一級の天才は、あまりに偉大であるがゆえに、永久に不可視の存在のままで終わるのだ。

オデュッセウスはこの啓示に心を深く動かされ、ただちに新しいパンフレットの執筆に取りかかる。その主旨はいま明らかにされたようなことであり、〈探検〉の構想におとらず明晰である。探検の計画は十三年と八日を経て、終幕に辿《たど》り着《つ》いた。それは無益な苦労ではなかった。というのも、イサカ（マサチューセッツ州）のしがない一住民が、熱狂的な支持者の群れを従えて歴史の深みへと降りて行き、ついに現存するただ一人の第一級の天才は、ほかならぬホーマー・M・オデュッセウスその人であるということを発見したからである。歴史上最も偉大な人物を認知できるのは、同じように偉大な人物だけなのだ。

もしも人間に性《セックス》が備わっていなかったら、文学は存在し得ないだろう、などとは考えない読者諸賢に、私はクノ・ムラチェの本をお勧めしたい。著者が嘲笑しているだけなのか、それとも道を尋ねているのか、という疑問に対しては、読者の一人一人が自ら答を出すべきであろう。

てめえ

レイモン・スーラ著（ドゥノエル書店、パリ）
Raymond Seurat, TOI (Éditions Denoël, Paris)

小説は作者の中へと後退しつつある。つまり、フィクションという唯一の現実を離れて、このフィクションの誕生の場所へと戻りつつあるのだ。少なくとも、これがヨーロッパの散文の最前線で起こっていることである。フィクションは作家たちにとって忌まわしいものとなってしまった。作家たちはフィクションの必要性を信じられなくなり、フィクションにうんざりし、自分自身の全能を否定する無神論者になってしまったのである。もはや彼らは、自分たちが「光あれ！」と言えば、真の明るさに読者の目が眩むだろう、などということを信じていない。もっとも、彼らがまさにそんな風に言うということ、そんな風に言うことができるということは確かに、フィクションではないのである。自らの誕生を描く小説は、後戻りの第一歩に過ぎなかった。今ではもう、小説がどのように生まれて来るかを示す作品を書く者などいない。具体的な創作過程の記録などというのも、あまりに窮屈《きゅうくつ》だ！　今、作家たちが書いているのは、ひょっとしたら自分に書けたかも知れないことについてである……。頭の中に渦巻くありとあらゆる可能性から、作家は個々の輪郭をつかみ出す。そして、普通のテキストとなることは決してないこれらの断片の中をさまようことが、現在、小説の防衛線となっている。もっとも、恐らくこれは最後の一線というわけではないようだ。というのは、文学者たちは、このように次々と退却してゆくことにも一定の限界があるだろう、と感じ始めているからである。つまり、こういった退却は、後退につぐ後退という道を経て、ついには、秘められた神秘的で「絶対的な胚芽《エンブリオ》」が宿っている場所に通ずるのではないか、というわけである。この「絶対的な胚芽《エンブリオ》」とは、あらゆる創造が胚胎する源であり、そこから、結局は書き上げられることのない無数の作品が生まれてくるのだ。しかし、このような胚芽《エンブリオ》のイメージは幻想に過ぎない。創造された世界もなしに『創世記』があり得ないのと同様に、書き上げられた文学作品もなしに文学の創造過程などあり得ないからである。「最初の源泉」は到底手の届かないものなので、存在していないも同然だろう。それを目指して後退するのは、「無限への退却」regressus in infinitum という過ちに陥ることに等しい。そこで作家がかろうじて書くことができるのは、自分が書きたいと思ったことについての本を、いかにして書こうと試みたか、云々、についての本でしかない。レイモン・スーラの『てめえ』は、このような袋小路から別の方向に脱出しようとする試みである。つまり、これは新手の退却戦略ではなくて、前進を目指すものなのだ。これまでも作者は常に、読者に語りかけることを行なってきた。しかし、その目的は、読者について語ることではなかった。ところが、スーラは、まさにそうしようと決心したのである。読者についての小説？ その通り、読者についてではある。だが、これはもはや小説ではない。作品の受け手に語りかけるということは、彼に何かを語ってやること、つまり、何でもいいから「何か」を言ってやることを意味した（ただし、これは「何か」であって「何かについて」ではない。後者の場合ならば、「反小説《アンチロマン》」ということになってしまう！）。だが、いずれにせよ、これは常に読者のための行為である。したがって、これは読者に奉仕することでもあった。スーラは、このように際限のない奉仕《サービス》はもううんざりだ、と考えたのである。つまり、反逆の烽火《のろし》を上げようと決心したのだ。

野心的なアイデアであることは、間違いない。つまり、「歌い手－聞き手」、「語り手－読者」といった関係に対して反逆を企てる作品ということだろうか？ 蜂起？ 挑戦？ しかし、それにしても、何のためなのか。即座にこんなことは、無意味に見えてしまう。作家の先生、あなたは語ることによって奉仕するのがもう嫌になったわけですね。そうすると、あなたは沈黙しなければならないわけだが、沈黙するとは、作家であることをやめるということですよ。この二者択一からの出口はありませんね……。そうだとすると、レイモン・スーラの作品は、円積問題（与えられた円と等しい面積の正方形を作れという、作図問題）のように、もともと不可能な問題に取り組んでいるだけのことではないのか？

自分の構想をさらに細部にわたって肉づけする際に、スーラは密かにマルキ・ド・サドに学んだのではないだろうか。サドはまず最初に、城や宮殿や修道院からなる閉ざされた世界を作り出した上で、そこに閉じ込められた群集を死刑執行人と犠牲の二種類に分けたのだった。犠牲として選ばれた人々を拷問の行為によって絶滅させながら、拷問者たちは無上の快楽を味わった。しかし、彼らはすぐに自分たちが孤独になってしまったことを知り、その先に進むため、今度はお互いを貪《むさぼ》り食い始めた。この共食いの結果、死刑執行人のなかでも最も生命力のある者は最後に、どこにも逃げられないような孤独につき落とされるのだ。最も生命力がある者とは、要するに、他の人たちすべてを貪り食い、呑み込んでしまった者のことだが、彼はまたこの時、自分が作者の単なる代弁者《ポルトパロール》ではないということを、はからずも示すのである。つまり、最後に残ったのは、作者その人、バスチーユの牢獄に入れられた侯爵《マルキ》ドナティアン・アルフォンス・フランソワ・ド・サドに他ならない。彼一人だけが取り残されるのがなぜかと言えば、結局、フィクションの産物でないのは彼だけだからである。さて、スーラはちょうどこの関係を、言わば引っくり返したことになる。作者の他にも、作品と向き合う架空でない人物が必ず、常にいるはずだ。それは、つまり、読者に他ならない。そこで、スーラはまさにこの読者を自分の主人公に仕立て上げたのだった。とは言っても、結局のところ、読者自身が語るわけにはいかない。その種の話法はどんなものでも、まやかしとか、すり替えでしかないだろう。そこでやはり、作者が読者について語りながら、なおかつ読者に対する奉仕を拒絶する、ということになる。

ここで問題になっているのは、精神的売春としての文学ということである。というのは他でもない、作家はものを書きながら、奉仕しなければならないからだ。機嫌を取り、媚《こび》を売り、自分を見せつけ、文体の筋肉組織を誇示し、告白し、読者を親友と見なし、自分の持つ最良のものを読者に委ね、読者の興味を惹こうとあくせくし、注意をなんとかつなぎとめなければならない——一言で言えば、読者を甘い言葉で釣り、愛顧をなんとかして手に入れ、機嫌をうかがって辛抱強く待ち、身売りしなければならないのだ。何と嫌らしいことだろうか！　出版者がヒモであり、文学者が売春婦、読者が文化の売春宿の顧客であるような時、——そしてこのような事態が自覚されるようになった時、道徳の胸焼けが生ずる。作家たちは奉仕することをきっぱり拒否するだけの勇気を持ち合わせてはいないのだが、その義務からうまく逃れられないものかと、試み始める。つまり、奉仕をするにはするのだが、あれこれと不平不満をもらしながらの奉仕になるのだ。そして、道化のような身振りで読者を道化のように楽しませるかわりに、訳の分からないことを言って読者をうんざりさせる。あるいは、美しいものを提示するかわり、読者への面当てにわざと不快なものを見せつける、といったことになる。それは、言わば、反逆した料理人《コック》が主人の食卓に供せられる料理をわざと汚染するようなものだろう。もし料理の味がご主人様の口にあわなければ、食べなきゃいいだけのことさ！　あるいは、こんな譬《たと》えはどうだろうか。売春婦が自分の商売に飽き飽きしたものの、商売からきっぱり足を洗うだけの気力はない。そこで、客を引くための努力をやめることにした。もう化粧もしなければ、着飾りもせず、愛想笑いをふりまくこともない。だが、そんなことに何の意味があるだろうか。たとえ不機嫌で、陰気で、とげとげしかったとしても、結局彼女は街角に立ち続け、いつでも客について行く気でいるのだ。こんなことは、本当の反逆ではない。虚偽と自己欺瞞《ぎまん》に満ち満ちた、見せかけだけの中途半端な反逆である。ひょっとしたら、これは普通のきちんとした売春より悪いかも知れない。普通の売春ならば、少なくとも、人は見せかけなどかなぐり捨て、あたかも高貴な身分や、近寄り難い雰囲気、誉れ高き貞節などを持っているかのように振る舞うこともないからである。

それでは、どうすればいいのか。もうこれ以上奉仕《サービス》しないと宣告するべきなのか？お客気取りでまるで売春宿の扉のように書物を開き、そこで売春婦の卑屈な奉仕《サービス》を受けられると信じ切って、ずうずうしく中に押し入って来る読者――、この間抜け、この悪党の面に一発お見舞いして、悪口雑言のありったけを浴びせかけ、そして階段から放り出してやらねばならないのだろうか？　いやいや、こんな男にそれでは甘すぎるだろう、それではあまりに簡単で単純だ。彼は起き上がり、顔に掛けられた唾を拭い、帽子の埃《ほこり》を払い、別の商売仇の店におもむくだけのことだろう。ここでしなければならないのは、まさに彼を中に引きずりこみ、したたかぶん殴ってやることなのだ。その時初めて彼は、自分がかつて文学に惚《ほ》れ込んでいたことや、絶え間なく本から本へと移り歩いて情事にふけったことを思い出すだろう。つまり、レイモン・スーラが『てめえ』の最初のほうのページで言っているように、“Crève, canaille!”ということなのだ。「くたばれ、畜生」というわけだが、あまり早くくたばってもいけない。体力を充分蓄え持っていなければならないのだ。なぜならば、この先、もっと大変なことに耐えなければならないからだ。これまで傲慢で俗物的な態度で相手かまわず誰とでもつきあってきたことのツケを、ここで払うことになるのである。

アイデアとして面白いだけでなく、その上、一冊の独自の書物を生み出す可能性として見ても卓抜だが、結局のところ、レイモン・スーラはこの書物をきちんと書き上げなかった。反逆的な着想と、芸術的に説得力のある創造の間の距離を、克服することができなかったのだ。彼の本には、構成というものがない。残念ながら際立って見えるのは、何よりもまず、言葉の汚さであり、それは現代の基準からいってもとても活字にできないようなしろものである。確かに、著者に言葉の創意工夫の才があることは、否定できないだろう。彼のバロック的文彩には、ところどころ相当に巧妙なところがある。（「そうだ、この脳味噌寄生虫野郎め、多歯性齲食《うしょく》淫売め、そうだとも、べらぼうな解体の候補者め、ここでてめえは拷問で可愛がられて、へたばっちまうんだ。だが、もしもてめえが、こんなことはご機嫌とりの甘い言葉だろうなんて、高をくくっているならば、いいか見ておれ、今にてめえを片付けてやるからな。不愉快かね？　そりゃそうだろうよ。だが、仕方ないことさ」）こうして、読者は拷問の――しかも、絵に描いたような拷問の——宣告を受けるわけだが、このため作品の調子は何やら疑わしいものになってくる。

ミシェル・レリスは「闘牛としての文学」において、文学的創造が克服しなければならない抵抗がいかに重要であるかを力説しているが、この指摘は的確なものであった。抵抗というものがなければ、文学的創造は行為の重みを獲得できないからだ。そこで、レリスは自伝の中で自分自身に屈辱を与えるという危険な道を選んだのである。しかし、スーラのように読者をひどく口汚い言葉で罵倒することには、現実的な危険はまったくない。なぜならば、このような罵倒もしょせん約束事に基づくものに過ぎない、ということが否応無しに明らかになってくるからである。もうこれ以上奉仕するつもりもなければ、現にもう奉仕していない、と宣言しながらも、スーラは結局のところ、読者を楽しませているのだ。つまり、奉仕を拒否することによって、奉仕していることになる……。彼は第一歩は踏み出したものの、たちまち、足を取られて立ち往生してしまった。はたして、スーラが自分に与えた課題は、もともと解決できないものだったのだろうか。他にどんなことが、できただろう。読者を語りの手腕でだまして、どこでもいいから適当な迷路に連れて行ってやること？　そんなことならば、何百回も、何千回も行なわれてきたではないか。しかも、その際、「混乱し、調子の狂ったテキストは故意に技巧的に作られたものではない。これは背信行為の結果ではなく、無能さの結果なのだ」といつでも思われてしまうのが関の山なのだ。効き目のある罵倒としての書物、本物の侮辱としての書物、この種の行為につきものの危険をはらんだ侮辱としての書物を書くことができるのは、具体的な個別の相手がいる時だけだろう。だが、その場合、この書物は手紙になってしまう。スーラは読者としてのわれわれすべてを侮辱し、文学の享受者という役割そのものを破壊しようと努めながら、結局、誰の感情を害することもなく、なし得たことと言えば、一連のアクロバティックな言語的曲芸だけである。しかも、この曲芸は、あっと言う間に面白いものでさえなくなってしまう。同時にあらゆる人々についてて、あるいは、あらゆる人々に対して書くのは、要するに、誰のことも書かない、誰に対しても書かないということに等しい。スーラの試みは、失敗に終わった。なぜならば、文学につきものの読者奉仕《サービス》を投げ出して作家が蜂起するとすれば、その蜂起の真に首尾一貫した唯一の形は、沈黙だからである。それ以外の種類の反乱は、すべて、猿のしかめっつらに過ぎない。レイモン・スーラ氏はきっと次の本を書き、その本によってこの最初の本を完全に抹消することだろう。そうでなければ、彼に残されているのは、本屋に出向いて自分の読者にびんたをくらわせることくらいだろうか。もしも彼がそこまでやれば、私としてはその行動の首尾一貫性を尊敬するだろうが、それも人間としての行動を尊敬するというだけのことであって、そのために彼の小説を高く評価するようになるわけではない。というのも、『てめえ』と題されたこの作品は結局のところ不発弾であって、何をやったところで、それを救い出すことなどできないからである。

ビーイング株式会社

アリスター・ウェインライト著（アメリカン・ライブラリー、ニューヨーク）
Alistar Waynewright, BEING INC. (American Library, New York)

召使を雇う時は、その給料には仕事の分だけでなく、召使が主人に対して払わなければならない敬意の分までもが含まれている。弁護士を頼む場合も、専門的な助言のほかに、安心感を買うことになる。愛を得ようと努力するだけでなく、金でそれを買ってしまおうとする者は、「愛」のほかに思いやりや好意を期待するものだ。航空券の切符の値段にはもうだいぶ以前から、美人スチュワーデスの微笑みや愛想のようなものまでもが含まれている。人々は「私的な感触」(private touch) のためなら、金を払うこともいとわない。つまり、親身に世話を焼いてもらっているとか、好意を持たれているかのような感覚――それを人々は求めているのだ。そしていまやこの感覚は、生活のあらゆる分野で与えられる一連のサービスの中でも重要な要素になっている。

しかし、生活というものは結局のところ、召使や、弁護士、あるいはホテルや事務所や航空会社の従業員、店の売り子などとの接触に尽きるものではない。僕たちがもっとも必要とする接触や関係は、金で買えるサービスの範囲外にあるのだ。金を払ってコンピュータに結婚相手を捜してもらうことは、確かにできるだろう。しかしいくら金を払っても、結婚後に妻や夫の行動を理想的なものに変えることはできない。金さえあればヨットでも、お城でも、あるいは島を一つだって買うことはできる。でも、自分が心の中で待ち望んでいる出来事を買うわけにはいかないのだ。例えば、自分の勇気や知性を見せびらかす機会に恵まれるとか、絶世の美女を死の危機から救出するとか、競馬に勝つとか、栄誉の勲章を授与されるとか——そういった「出来事」は金では買えない。同様に、他人の好意や、自発的な共感や、献身的な態度も金で手に入れることはできないだろう。強大な権力を誇る支配者や金持ちでさえも、まさにこのような、打算をともなわない自然な感情に憧れて悩んだものだ。それは、無数の物語が示している通りである。その種のおとぎ話では、何でも買うことができ、何でも人に強制することができる財力や手段を持った主人公が、自分の人並みはずれた身分を捨て、変装して——例えばハルン・アル・ラシドのように乞食に身をやつして——本物の人間らしさを捜し求める。特権的な身分が乗り越えがたい壁になって、こういった主人公はふだん本物の人間らしさから隔てられてしまうのである。

つまり、日常生活の実体というものは——私的な生活であれ公的な生活であれ、あるいは個人的な生活であれ社会的な生活であれ――いまだに商品化することのできない領域なのだ。その結果、人は誰でも絶えず、小さな挫折や、嘲笑や、幻滅や、悪意や、返報することのできない軽蔑や、偶然などにさらされることになる。一言で言えば、人間個人の運命に関する限り、状況は耐えがたいものであり、一刻も早く改善されなければならない。そして、この改善に取り組むことになるのが、巨大な生活サービス産業である。僕たちの社会では、大統領の椅子を――宣伝キャンペーンのおかげで――買い取ることもできるし、花模様をあしらった白い象の群れや、綺麗《きれい》な女の子たちをひとまとめに買うことさえできる。金さえ払えば、ホルモンで若返ることも可能である。この社会ならば、人間の生活条件をきちんと整えることもまた、できるはずだ。そんなことを言うと、ただちに疑問の声があがるかも知れない。「そんな風にして金で買われた生活様式なんて本物ではないのだから、回りで起こっている本物の出来事と比べたら、簡単にニセモノだってことが分かってしまうんじゃないか？」ところが、こんな疑問は、想像力の一かけらもない素朴な頭脳によって生み出されたものに過ぎない。例えば、すべての子供たちが人工受精によって試験管の中で作られ、性的行為がかつての自然な結果であった妊娠を一切ともなわなくなってしまったら、どうだろうか。そうなってしまったら、どんな肉体の接触であれ、快楽以外の何の役にも立たないのだから、セックスにおける正常と変態の違いも消え失せてしまうのだ。同じように、一人一人の人間の暮らしが強力なサービス企業の親身な管理の下に置かれるようになったら、本物の出来事と、密かに仕組まれた出来事との区別も消え失せてしまうだろう。何がまったく偶然に生じたのか、そして何が「前払いされた偶然」のおかげで起こったのか、知ることができない以上、様々な冒険や成功や失敗が、自然なものか人工的なものかという区別はもう存在しなくなるのだ。

A・ウェインライトの小説『ビーイング・インコーポレイティッド』、すなわち『存在株式会社』のアイデアとは、ざっとこんなところである。この企業の作業原則は、「遠くから働き掛ける」ことだという。この会社の本拠地は、誰も知ることができない。お客さんたちがビーイング社と連絡を取る場合は、たまに電話を使うこともあるが、普通はもっぱら手紙による。注文を受け付けるのは、巨大なコンピュータである。その注文がどのように遂行されるかは、顧客の口座の状態――つまり、しかるべき払込額の大きさ――による。裏切り、友情、愛、復讐、自分の幸福、他人の不幸――こういったものはすべて、分割払いによって、有利な信用制度《クレジット》を通じて入手することができるのだ。子供の運命は親によって形作られる。しかし、成年に達した日にすべての子供たちのところに、価格表とサービス品目のカタログと、会社の概要を説明したパンフレットが送られてくる。そのパンフレットは、親しみやすく書かれてはいるが、世界観や社会工学に関わる実質的な内容のある論文になっており、普通の宣伝のための印刷物ではない。パンフレットは純粋で荘重な言語で書かれているが、そこで述べられていることを荘重でない言葉で要約するならば、以下のようにまとめられるだろう。

人は誰でも幸福を追い求めるものだが、ただ、皆が同じようなやり方で追い求めるわけではない。ある人にとって幸福とは他人の上に立つことであったり、一人で独立することであったり、常に困難に挑戦し、危険を冒し、大いなる賭をするような状況で生きることであったりする。ところが、別の人にとって幸福とは、他人に従属し、権威を信じ、まったく危険のない平穏な暮らしを送ることであり、ひょっとしたらのらくら怠惰に生きることかも知れないのだ。他人に攻撃を仕掛けることを好む人もいれば、まさに人から攻撃を受けた時に快く感じる人もいる。なにしろ、心配事のある不安な状態に満足を感じる人たちもたくさんいるくらいなのだ。それは、本当に心配すべきことがない時、こういった人たちが架空の心配事を自分のために考え出すということからも分かるだろう。研究の示すところによれば、社会には通常、積極的な人間と消極的な人間がほぼ同じ数だけいるものだという。それにもかかわらず、かつての社会の不幸は――と、パンフレットは説く――住民の生まれつきの性癖と実際の生き方を調和させられなかった点にある。誰が勝利者となり、誰が負け犬となるか。そして、誰がペトロニウス役を演じ、誰がプロメテウス役を演ずることになるのか。そういったことは、これまであまりにしばしば偶然の戯れによって決められてきた。だが、ここで真面目に疑ってみる必要があるのは、果たしてプロメテウスは自分の肝臓をハゲタカに食いちぎられることを期待してはいなかったのか、ということである。むしろ最新の心理学に照らしてより真相に近いのは、プロメテウスが天上から火を盗んだのは、ひとえにその後で自分の肝臓を鳥についばまれたかったからではないのか。つまり、彼はマゾヒストだったのだ。マゾヒズムというものは、眼の色などと同じで生まれつきの特徴である。それを恥ずかしがったりするのは、無意味なことだ。むしろ必要なのは、それを実務的に社会に適用して、役に立つように使うことだろう。かつては——と、テキストは学識豊かな講釈を続ける——誰が安楽な暮らしをし、誰が窮乏生活をすることになるかということは、偶然の戯れによって決められてきた。そのため、人々の暮らしは惨憺たるものだった。というのも、他人を殴ることが好きな人間が他人に殴られる一方で、人からさんざん殴られることを渇望している人間が周囲の事情のため仕方なく自ら他人を殴らざるを得ないということは、どちらの立場にとっても同じように不愉快だからである。

ビーイング社の活動原理は、何もないところからいきなり生まれてきたのではなかった。以前から既に、「縁組コンピュータ」というものが同様の規則を用いて、カップルを結びつけてきた。ビーイング社は一人一人の顧客が同封されている申込用紙に書き込んだ希望にそって、その生涯を成年に達した時点から死ぬ時まで完全に調整することを保証している。この企業の活動の基礎となっているのは、サイバネティクスや、社会工学、情報工学などの最新の方法である。ビーイング社は、顧客の希望をただちに叶えたりはしない。人間というものは自分でもしばしば自分の天性を知らず、また何が自分にとっていいことで、何が悪いことかも分からないからである。新しい顧客の申込があると、会社はその顧客に関してまず遠隔操作による心理工学的な調査を行なう。そうして、超高速コンピュータ集団が顧客の人格のあらましや、生まれつきのあらゆる性癖を確認する。このような診断の後初めて、会社は注文を受理するのである。

注文の内容について、恥ずかしがる必要はない。それは永遠に企業秘密として保持されるからだ。また、自分の注文が実現される際に、誰か他の人に損害を与えるのではないかと心配する必要もない。そういった事態が生じないようにするのが、この会社の電子頭脳の仕事なのである。例えば、スミス氏が厳格な裁判官になって、死刑の判決を下したいと望んでいるとする。その場合には、法廷で彼の前に被告として立つのは、死刑に値するような人間ばかりということになるだろう。また、ジョーンズ氏は自分の子供たちを折檻し、子供たちには楽しみを一切与えず、それでいて自分は公平な父親だという信念を持ち続けたいと望んでいるとする。そういう場合、彼は残忍で悪い子供たちを持つことになり、その子供たちを叱るために自分の一生の半分を費やすことになるだろう。会社はどんな希望でも叶えてくれる。もっとも、時にはそのために順番を待たねばならないこともある。例えば、自分の手で人を殺してみたいというような場合。こういったことを愛好する人たちは、妙に多いものである。アメリカでは州が違えば、死刑執行の方法も様々である。ある州では絞首刑、別の州では青酸による毒殺、また他の州では電気椅子を使う、といった具合だ。人の首を絞めることを渇望する者は、絞首台が死刑執行の合法的手段となっている州に辿《たど》り着《つ》き、そこでいつの間にか、臨時の死刑執行人になっていることだろう。草原など広々とした戸外で、あるいは静かな家の中で殺人を犯しながら罰せられないことを可能にする計画は、まだ今のところ法律的には認められていないが、会社はこの革新的な計画を実現することを辛抱強く目指している。様々な事件を仕組み、関連付けることにかけて会社の技術が熟練していることは、人為的に作られた何百万もの経歴によって既に立証済みのことだが、これだけの技術があれば、注文による殺人への道に山積している困難もいずれ克服されることだろう。例えば、こんな風にである。死刑囚がふと気付く——自分の独房のドアが開いているではないか！こうして彼は脱獄するが、一方会社の職員たちは彼を監視しながら、その逃走経路をうまく導いて、死刑囚と顧客の双方にとって最適の状況のもとでこの二人が出会うようにはからうのである。例えば、死刑囚が顧客の家に隠れようとしたところ、家の主人はちょうどその時、猟銃を装塡しているところだった、とか。ともかく、この会社の製作したカタログに掲載されている様々な可能性は、尽きることがない。

ビーイング社のような組織は、歴史上かつて存在したことがなかった。その点は、この会社にとって非常に重要なことである。縁組コンピュータはせいぜい二人の人間を結び付けるだけで、二人が結婚した後のことについては面倒を見てくれなかった。それに対して、ビーイング社は何千、何万という人々を関与させることによって、様々な出来事の巨大な組み合わせを組織しなければならない。もっとも、断り書きにもある通り、この会社の本来の活動方法はパンフレットには挙げられていないのである。つまり、ここで挙げられている例は、まったくの虚構に過ぎないと言うのだ！　様々な事件を仕組む戦略は、完全な秘密でなければならない。かりにそうでない場合にも、何が自然に起こっていることなのか、そして何が自分の運命を目に見えないところで監視する会社のコンピュータの仕業なのか、顧客は決して知ることができないようになっている。ビーイング社は、普通の市民として姿を現す職員を大量に抱えている。それは、運転手、肉屋、医者に始まり、技術者、家政婦、幼児、犬、カナリアなどにまで及ぶ。これらの職員は、匿名の存在でなければならない。職員がいったん自分の匿名の身分を洩らすようなことがあれば——つまり、ビーイング社に所属する正規の職員であるということを明らかにするようなことがあれば——その職員は解雇されるだけでなく、死ぬまで会社につきまとわれることになるだろう。職員の性癖を知っている会社は、彼の生活にしかるべく操作を加えて、彼が恥ずべき行為を犯した瞬間を呪うようなところまで追い込むのである。職業上の秘密を暴露したことに対するこのような罰に、不服を申し立てることはできない。というのも、このような方法によって脅迫が行なわれるかも知れないとは、会社はまったく公表していないからである。会社が不良職員を実際にどう扱うかということは、企業秘密の中に含まれているのだ。

小説の中で示されている現実は、ビーイング社の宣伝用パンフレットで描かれているものとは異なっている。宣伝は一番大事なことに、まったく触れていないのだ。独占禁止法によれば、アメリカ合衆国では市場を独占することは許されない。したがって、ビーイング社は人生を設計してくれる唯一の企業ではないのだ。つまり、強大な競争相手も存在しているということである。例えば、ヘドニスティック社（Hedonistics）とか、トルー・ライフ社（Truelife Corporation）。そして、まさにこの事情のために、歴史上一度もなかったような現象が生ずることになってしまったのだ。異なった会社の顧客どうしが出会った時、それぞれの顧客の注文を実現するためには予期できなかった困難が生ずるのである。その種の困難はいわゆる「密かな寄生現象」として現れ、偽装された段階的強化《エスカレーション》の道を進むことになる。

例えば、こんなケースを考えてみよう。スミス氏は、知り合いの奥さんであるブラウン夫人に好意を寄せており、彼女の前でなんとか自分の男をあげたいものと思っている。そこで、スミス氏はカタログから「三九六b」という項目を選びだす。これはつまり、「鉄道事故から生命を救う」という項目である。こうして、二人とも怪我ひとつせずに事故から脱出することになるのだが、ただしブラウン夫人はスミス氏の英雄的行為のおかげで救出されなければならない。そんなわけで、会社は精密に鉄道事故を仕組むとともに、状況の全体をしかるべく準備して、上述の二人が偶然の連続のように見えるものの結果、同じ車室《コンパートメント》に乗り込むように計らわねばならないのだ。鉄道車両の壁や、床、座席の背もたれなどの中にあるセンサーが、行動の全体をプログラムしているコンピュータにデータを提供し（このコンピュータはトイレに隠されている）、事故がきちんと計画通り起こるように取り計らう。事故は、スミス氏がブラウン夫人をどうしても救わざるを得なくなるような形で起こらなければならない。彼が何をしようとも、転覆した車両の側面は、まさにブラウン夫人が坐っていたところで裂けて穴ができるだろう。そして、コンパートメントは煙で充満して息ができなくなり、スミス氏は自分が外に抜け出すために、目の前にできた裂け目を通じてまず最初にブラウン夫人を押し出してやらねばならない。こうしてスミス氏は、女性を煙による窒息死から救い出すことになるだろう。こういった操作は、さほど難しいものではない。数十年前ならば、月ロケットを目的地点の数メートル以内に着陸させるために、膨大なコンピュータと膨大な専門家の集団が必要だったものだ。しかし、現在ならばたった一台のコンピュータが一連のセンサーの助けを借りて、与えられた課題を苦もなく解くことができるのである。

しかし、もしもヘドニスティック社とか、あるいはトルー・ライフ社がブラウン夫人の夫から注文を受けていて、スミス氏が恥知らずな臆病者の姿をさらけ出すようにと要求されているような場合には、予期できない込み入った事態が出来する。産業スパイの活動を通じてトルー・ライフ社は、ビーイング社の計画した鉄道事故作戦のことを探り出すだろう。なにしろ、一番安上がりな方法は、他社の仕組んだ計画に相乗りしてしまうことだからだ。「密かな寄生現象」とは、まさにこのことである。トルー・ライフ社は事故の瞬間に、些細な——しかし全体の流れを計画から逸脱させるには充分な——要因を導入する。その結果、スミス氏は裂け目を通じてブラウン夫人を外に押し出してやる時、彼女を殴りつけて痣《あざ》をこしらえ、ドレスを引きちぎり、その上おまけに彼女の両足をへし折るという所業に及ぶのである。

もしもビーイング社が自社の防諜活動を通じてこの「寄生計画」のことを知った場合は、予防策が取られるだろう。こうして、作戦の段階的強化《エスカレーション》の過程が始まる。転覆する車両の中で、二台のコンピュータ——つまり、トイレにあるビーイング社の一台と、ことによったら床下にでも隠されているかも知れないトルー・ライフ社の一台——の対決は避けられないものとなる。女性を救助する可能性のある男と、犠牲になる可能性のある女。この二人の背後にはそれぞれ、二台の電子工学の神《モロク》と二つの組織がひかえているのである。鉄道事故の瞬間に——それこそ、ほんの一瞬の出来事だが——二台のコンピュータの恐るべき一騎打ちが行なわれるのだ。一方ではスミス氏があくまでも英雄的に女性を救い出すように画策し、他方では彼が女性を踏みにじる臆病者になるようにと画策する。この両者の干渉の力がどんなに巨大なものか、とても想像できないほどである。次々と新しい増援部隊が投入されるために、女性の前で男らしいところをちょっと見せてやろうという趣旨に過ぎなかったものが、大惨事を引き起こしかねないのだ。会社の記録によれば、過去九年間に「エスカー」（EscAr = Escalation of Arrangements）と呼ばれるその種の大惨事は二度起こっている。その最後の大惨事では、関与していた二社が三十七秒間に電気、蒸気、および水力エネルギーのために支出した額は千九百万ドルにものぼったというが、その後でようやく協定ができ、そのおかげで「仕掛け」の上限が決められたのだった。その結果、今では一顧客・一分につき十の十二乗ジュール以上のエネルギーを消費してはいけないということになっている。また、原子力エネルギーはどのような種類のものであれ、サービス実現のために用いることができない。

こういったことを背景にして、小説の本来の事件は展開してゆく。ビーイング社の新社長であるエド・ハンマー三世はジェサマイン・チェスト夫人の注文を、自ら個人的に担当することになっている。というのも、チェスト夫人は風変わりなところのある億万長者で、彼女の要求というのがまた費用を度外視した異様な性格のものだったため、会社のどの部署の管轄にも収まらなかったのである。ジェサマイン・チェストが切望しているのは、完全に本物の生活、つまり「仕掛け」の介入を一切排除した生活なのだ。その望みが叶えられるならば、金はいくらでも払うつもりだという。エド・ハンマーは顧問たちの助言を無視して、チェスト夫人の申出を受け入れる。こうして彼が自分の本部に課した仕事――つまり、「仕掛け」がまったく無い状態を「仕掛け」ること――は、これまで克服されてきたどんな課題よりも難しいものだということが判明するのである。研究が示すところによれば、自然で自発的な生活などというものは、もうだいぶ以前から存在していない。どんな「仕掛け」を取り去ってやっても、その下により深い層――つまり、より古い他の「仕掛け」が明るみに出るだけである。演出抜きで進行する出来事など、ビーイング社の懐《ふところ》の中にさえも在庫はないのだ。結局、明らかになったのは、競争しあう三つの企業がお互いを徹底的に「仕掛け」あっているということだった。つまり、これらの企業は、ライバル企業の首脳部や管理部の鍵を握る役職に、自社の腹心の部下を配置してしまっているというのである。この発見によって呼び起こされた脅威を感じ、ハンマーは残りの二社の社長に呼び掛けて秘密の会議を開き、中枢コンピュータの取り扱いを許されている専門家をその会議に招いた。このようにして顔を突き合わせた結果、とうとう事態がはっきりするのだ。

二〇四一年、アメリカ合衆国では——その領土のどこへ行っても——どこか上のほうで電子頭脳によって決められた計画なしでは、鳥肉を食べることも、恋をすることも、溜め息をつくことも、ウイスキーを飲むことも、ビールを飲むことも、うなずくことも、瞬きすることも、唾を吐くことももはやできなかった。電子頭脳による計画は何年分も前もって、「あらかじめ定められた不調和」まで作り出していたのだ。そればかりではない。そういった事態を理解せず、ライバル企業との戦いに明け暮れるうちに、三つの巨大企業は「三位一体・運命の全能の仕掛け人」というものを作り出していた。こうして、コンピュータのプログラムが「運命の書」となり、政党も天候も仕組まれたものとなった。さらに、エド・ハンマー三世がこの世に生を享けたこと自体も、特定の注文の結果なのである。そして、その特定の注文とは、また別の注文の結果に他ならない。もはや誰も自発的に生まれることもできなければ、死ぬこともできない。同様に、一人で、独力で、最後まで何かを経験するなどということも、もはや誰にもできないのだ。なぜならば、人間の思考、恐怖、努力、痛み——このどれ一つをとっても、コンピュータによる代数計算の連鎖の小さな一コマだからである。完全に「仕組まれた」生活からは取引の対象とならない価値が排除されてしまう以上、罪と罰、道徳的責任、善と悪といった概念はもはや空疎なものに過ぎない。人間のあらゆる特徴を百パーセント利用し、それを確かなシステムの中に組み入れることによって作り出されたこのコンピュータ天国。ここに何か問題があるとすれば、それはただ一つ、この世界がまさにそんな風に仕組まれていることを住民たちが知らないということだろう。だからこそ、三企業の社長たちが会議を開いたということも、同様に中枢コンピュータによって計画されたことなのである。つまり、中枢コンピュータは彼らにこの知識を与えることによって、電脳版「知恵の木」の役回りを果たすことになる。これから先、どうなるのだろうか。完全に「仕組まれた」生活を捨て去って、新たに、もう一度楽園から逃走し、「すべてを最初からもう一度やり直す」べきなのだろうか。それとも、この生活を受け入れ、永久に責任の重荷を放棄してしまえばいいのだろうか。本書はこの問いに対して、答を与えてくれない。この本はグロテスク風哲学小説だということになるのだろうが、その幻想的な性格は現実の世界ともある程度は結びついているのだ。作者の想像力による誇大妄想的なほら話を読者が投げ捨てた時、それでも後に残るのは精神の操作という問題だろう。しかも、そこで問われるのは、自由や自発性の主観的な自覚とはまったく抵触しない形での操作が可能か、ということなのである。確かにこの操作は、小説『ビーイング株式会社』によって示されたような形では実現しないだろう。だが、分かったものではない。ひょっとしたら、僕たちの子孫はこの現象の別の姿に出会う巡り合わせにあるのかも知れないのだ。この現象の別の姿――それを描写することは本書の場合ほどは面白くないかも知れないが、それがもっと重苦しいものにならないという保証はどこにもない。

誤謬としての文化

ヴィルヘルム・クロッパー著（ウニヴェルシタス書店、ベルリン）

Wilhelm Klopper, DIE KULTUR ALS FEHLER (Universitas Verlag, Berlin)

大学講師《プリヴァート・ドツェント》W・クロッパー氏の『誤謬《ごびゅう》としての文化』は、人類学上の独創的な仮説として、疑いもなく注目に値する著作である。しかし、本書の内容の検討に移る前に、私は本書の論述形式に関して所感を述べたいという気持ちを抑えることができない。いやはや、こんな本を書くことができるのは、ドイツ人だけである！　分類への愛着、完璧な秩序を愛する気持ちは、無数の便覧《ハントブーフ》を生み出し、ドイツ人の魂を分類整理棚のようなものに変えてしまった。本書の目次に見事に現れている比類ない秩序を見ていると、思わずこんなことを考えてしまう――もしも神がドイツ人だったら、この世界は必ずしもより生活しやすい場所にはならないとしても、きっと訓練と秩序に関するより高度な理念を実現したものになっていただろう。これほど完璧な秩序はそれ自体、いかなる実質的な批判も呼び起こすようなものではなく、ともかく圧倒的である。整列や、対称、号令などを偏愛するこのように純粋に形式的な性向が、ドイツ哲学にとって――特にその存在論にとって――典型的なある種の内容に根本的な影響を与えたのではないか、とも考えられるのだが、私はここではその問題の考察に取りかかることはできない。しかし、それにしても、ヘーゲルが宇宙《コスモス》を一種のプロイセンのように愛したのは、プロイセンに秩序があったからではないか！　美学に苛立ちを覚えていたかの思想家、つまりショーペンハウアーでさえも、その論文「根拠律の四根について」"Über die vierfache Wurzel des Satzes vom zureichenden Grunde"において論述の修練がいかなるものか、示しているのである。それに、フィヒテはどうか？　しかし、私は逸脱の楽しみを断念しなければならない。自分がドイツ人ではないだけに、逸脱に耽《ふけ》ることは私にはいっそう困難になるのだ。さあ、本題に取りかからなくては！

クロッパーは二巻からなる自分の著作に序文と、序論と、序説をつけている（理想的な形態とは、三角形なのだ！）。本論にはいると彼はまず最初に、文化を誤謬としてとらえることが誤りだとし、そのような考え方を退けようとする。この（著者の考えによれば）誤った見解は、アングロ＝サクソン系の学派に典型的に見られるもので、特にその代表者となっているのは、ホウィッスルとサドボッタムである。彼らの考え方によれば、生物の行動形態のうちで、その生物が生き残る邪魔にもならなければ、助けにもならないようなものはすべて、誤謬だという。なぜならば、生物の行動に意義があるかどうかを決める唯一の基準は、進化の過程で生き残れるかどうか、ということだからである。他の動物たちより巧みに生き残れるように行動している獣は、この基準に照らして見ると、死に絶えてしまう他の動物たちよりも有意義に行動している、ということになる。歯のない草食動物などというものは、生まれたかと思ったらもう餓え死にしなければならないのだから、進化の観点からは無意味な存在に過ぎない。同様に、実際に歯を持っている草食動物であっても、その歯で草のかわりに石をかじるものは、やはり進化の観点からは無意味である。このような動物もまた、消滅しなければならないからである。クロッパーはさらにその先で、ホウィッスルの有名な例を引用している。このイギリスの学者、ホウィッスルは、あるヒヒの群れを想定してみようと言う。その群れのリーダーとなっている年をとったヒヒがまったくの偶然から、獲物の小鳥を食べる時、その左側から食いつく癖を持っていたとする。それにはまあ、たとえば、その長老ヒヒが右手の指を傷めていて、鳥を口元に持って行く際に獲物を左手でつまみ上げるほうが都合がいい、というような理由が考えられよう。若いヒヒたちは長老の行動を観察するうちに、それを手本として模倣するようになり、やがて——つまり一世代の後にはもう——この群れのすべてのヒヒが捕まえた鳥の左側から食いつくようになるだろう。適応という観点から言えば、このような行動には意味がない。というのは、獲物のどちら側から食い付こうともヒヒにとって利益は等しいはずだからである。それにもかかわらず、このような行動《ビヘイヴィア》のパターンがこのグループ内では定着してしまったのだ。これはいったい何だろうか。つまりこれこそが、「適応の観点からは無意味な行動」としての文化の始まり（原文化《プロトプクルトウア》）なのである。周知のように、ホウィッスルのこの構想を受けついで発展させたのはもはや人類学者ではなく、イギリス論理分析学派の哲学者、J・サドボッタムであった。後者の見解に関して言えば、クロッパーはそれに異議を唱えるまえに、次の章でその要約を試みている（「ジョシュア・サドボッタムの文化誤謬理論の誤謬性について」"Das Fehlerhafte der Kulturfehlertheorie von Joshua Sadbotham"）。

サドボッタムはその主著の中で、人間社会が文化を作りだすのは誤謬や、試行錯誤や、失敗、つまずき、失策、誤解などの結果であると主張している。人間はある一つのことをしようと思って、本質的に違うことをしてしまう。物事のしくみをきちんと理解したいと願いながら、それを間違って解釈してしまう。真実を捜し求めながら、嘘《うそ》に行き着いてしまう。このようにして慣習や、習俗、信仰、神聖なもの、神秘、超自然《マナ》の力などが生まれてきたのだし、またこのようにして禁止や禁制、トーテムやタブーが生まれてきたのである。人間はみずからを取り囲む世界に対して誤った分類を行ない、そこからトーテミズムが生まれる。誤った一般化を行なった結果、まず最初に超自然《マナ》の力という概念が作り出され、それが後には「絶対的な存在」の概念になってゆく。自分自身の肉体的組成について間違った想像をした結果、美徳や罪といった概念が生ずる。もしも人間の生殖器が蝶のように美しいものだったり、性交が例えば歌を歌うようなものだったら（その場合、遺伝的情報を伝達する役目を果たすのは、空気の一定の振動ということになるだろう)、美徳や罪の概念は、まったく違う形のものになっていただろう。人間は本質とか実体といった概念を作り出し、そこから神の概念が生まれる。剽窃《ひょうせつ》を行ない、そこから様々な神話の折衷的な混淆が生じてくるわけだが、これがつまり教養を持った宗教というものである。一言で言えば、人間は適応という観点から見ればいいかげんに、不適当に、そして不完全に行動し、他の人間の行動や、自分自身の身体、〈自然界〉の物体などを解釈しそこない、偶然起こったことを必然的なことと勘違いし、ちょうどその逆に必然を偶然と取り違えてきた——つまり、架空の存在を次から次へと考え出してきたのだ。そうするうちに人間は文化によって身を固め、その文化の定めたところに従って世界観を変えていくのだが、後になって——それこそ何千年もたってから——このような状態の虜《とりこ》になっているのが必ずしも快適ではないことにはっと気付き、驚くのである。何事も初めは無邪気で、取るに足らないようにさえ見えるものだ。そのいい例が、鳥を食べる時、つねに左側からかじり始めるヒヒのケースだろう。しかし、そのような小さなかけらから意味や価値の体系が生ずる時、誤謬や間違い、誤解などがたくさん集まってその総和として、その全体として——数学的に言えば——閉じた系をなす時、本来は完全に偶然の寄せ集めであったものが人間にはより高度の必然性を持つように見えるようになり、人間はもうその体系の虜となってしまっているのだ。

博学をもって鳴るサドボッタムは、自分の主張を民族学から得た数多くの実例によって裏づけている。彼が作成した一覧表は、われわれの記憶にも残っているように、当時喧喧囂囂《けんけんごうごう》たる議論を引き起こしたものだった（特に「偶然対決定論」という表の反響はすごかった。この表で著者は、様々な現象に関する「文化的」な、つまり誤った説明を列挙したのである。実際問題として、多くの文化において、人間が死ななければならない存在であることはある種の偶然の結果と見なされている。このような「文化的」説明によれば、人間はもともと不死の存在だったのだが、堕落してみずからこの特性を失ってしまったか、そうでなければ、何やら邪悪な力の侵入によってこの特性を奪われたのだということになる。その反対に、進化の過程で形成された人間の肉体的外見は偶然の産物でしかないのに、あらゆる文化によってあらかじめ定められた「必然性」という名を与えられている。そのため今日でも主要な宗教がみな、人間の肉体的外見は神に似せて作られたものである以上偶然の産物ではない、と主張しているのである）。

クロッパー講師がイギリスの同僚の仮説に対して行なった批判は、決して最初のものでもなければ、独創的なものでもない。いかにもドイツ人らしく、クロッパーはその批判を「内在的批判」と「実証的批判」の二部に分けている。内在的批判の部分で彼はサドボッタムの命題を否定するばかりであり、われわれとしては本書のこの部分は、あまり本質的でないものとして省略することにしよう。そこでは専門的文献ですでによく知られているような反論が繰り返されるだけだからである。そして、第二部の実証的批判の部分において、ヴィルヘルム・クロッパーはようやく「誤謬としての文化」に対する自分自身の反＝仮説の論述に移る。

この論述は、ある分かりやすい例から始められており、なかなか効果的であるとともに、的確であるように思われた。その例とは、次のようなものである。つまり、様々な鳥が巣を作る際に使う材料は、その鳥の種類によって異なっている。その上、同一種類の鳥であっても、住む場所が違えば、まったく同じ材料を使って巣を作るわけではない。巣の材料は、周囲に見つけられるもの次第だからである。鳥にどのような材料が一番簡単に見つかるか――草の茎、樹皮のかけら、葉、小さな貝殻、小石など様々な可能性があるのだが――それは、偶然に左右される。だからこそ、ある巣には貝殻が多くなったり、別の巣には小石が多くなったりもするし、またある巣はもっぱら樹皮の筋で作られるのに、別の巣は羽毛や苔で作られる、ということになる。しかし、組み立ての材料が巣の形の決定に疑いもなく重要な役割を果たしているとはいえ、鳥の巣が純粋な偶然の産物であるなどと言ったら、それこそ馬鹿げた議論になるだろう。鳥の巣というものは偶然に見つかったどんなものを素材にして作られようとも、適応の道具なのである。そして、文化も同様に適応の道具である。しかし、――そして、ここに著者の考えの新しさがあるのだが――この適応は、動植物界にとって典型的な適応とは根本的に異なるものなのだ。

“Was ist der Fall?”と、クロッパーは問いかける。つまり、「事態はいったいどのようなものか？」事態はすなわち、こうである。肉体的存在としての人間には、必然的なものは何もない。現代の生物学の知識によれば、人間はひょっとすると、現在ある姿とは違った風に組み立てられていたかもしれないのである。平均六十歳ではなく、六百歳まで生きるようになっていたかも知れないし、今とは異なった形の胴体や手足を持っていたかも知れないし、異なった生殖器官や、異なったタイプの消化組織を持つようになっていたかも知れないのだ。例えば、まったく草しか食べない草食動物になる可能性も、卵生になる可能性もあったし、肺魚のように鰓《えら》と肺の両方で呼吸ができるようになっていたり、生殖能力を一年に一回、発情期にしか示さないようになっていたかも知れない。もっとも、人間は一つだけ必然的な特徴、すなわちそれなくしては人間が人間でなくなってしまうような特徴も確かに持っている。つまり、言葉や思考を生み出すことのできる脳を持っている、ということだ。しかし、人間は自分の身体をまじまじと観察し、その身体によって決められてしまう自分の運命に思いをめぐらせてみても、結局ひどい不満を抱いたまま、くよくよ考えることをやめなければならない。人の一生は短い。しかも、その短い一生のうちでは、自分の意思を持たない幼年時代が長く続く。自分の能力を最大限発揮できる成熟期は、生涯のごくわずかな部分に過ぎない。そして、成熟しきったかと思う暇もなく、今度は老い始めるわけだが、他のどんな動物とも違って、人間は自分の老い先がどうなるかを自覚しているのだ。進化の場となる自然環境において生命は、絶え間ない脅威にさらされている。そうである以上、そこで生き延びるためには、常に用心深くしていなければならない。だからこそ、痛みを感ずる器官——つまり、自己保存活動の展開を促す信号としての苦痛を感ずる器官が、進化の結果、生きとし生ける物すべてにおいて著しく発展したのである。他方、「公平に」このような事態の釣り合いをとり、快楽と喜びのための器官を同じようにたくさん生物に付け加えるべき進化上の理由はまったくなかった。つまり、その方向に生物を形成する力は存在しなかったのだ。

誰もが認めることだろうが——そう、クロッパーは言う——飢えの苦しみや、のどの渇きのために引き起こされる苦痛、窒息の苦悶などは、人が普通に呼吸したり、飲んだり、食べたりする時に味わう満足に比べると、比較にならないほど激しく、残酷なものである。苦痛と快楽の非対称性という全般的規則があてはまらない唯一の例外は、セックスだけだろう。しかし、それももっともな理由のあることである。もしもわれわれ人間が男女の二性からなる動物でなかったとしたら、もしも人間の生殖器が例えば花のような形のものだったら、性的活動を促す刺激はその場合まったく不要になるだろうから、生殖器はどのような好ましい官能的な体験とも無関係に機能することだろう。性的快楽が存在すること、そしてその快楽の上に愛の王国の目に見えない巨大な建築物が繰り広げられていったことは（クロッパーはそっけないほど即物的であることをいったんやめると、今度はただちにセンチメンタルなほど詩的になってしまう！）、ひとえに人間が男女の二性からなる動物だという事実に由来しているのである。両性具有者は（もしも、その種の人間が存在するとしての話だが）自分自身を官能的に愛するものだ、などという考え方は間違っている。そのようなことは、まったくないのだ。両性具有者が自分自身のことを心にかけるとはいっても、それはもっぱら自己保存の本能の枠内のことなのだから。いわゆるナルシシズムや、両性具有者が自分自身に対して感じるのではないかと想像される愛着は、言わば二次的な投影であり、反射の結果に過ぎない。つまり、そのような個人は外部に存在するはずの理想的な相手《パートナー》のイメージが、自分の肉体のなかに住んでいるという空想を抱いているのである（この後に引き続いて、人間の性的本質を形成する選択可能なケースとしての一性、二性、および多性の問題について深遠な考察が、ほぼ七十ページにわたって繰り広げられるが、この膨大な一節もわれわれは飛ばすことにしよう）。

このすべてに対して、文化はいったいどんな関係があるのだろうか？　そう、クロッパーは問題を提起する。文化とは、新しいタイプの適応の道具なのだ。というのも、文化は数々の偶然の産物であるというよりは、むしろ人間の生活条件の下で事実上偶然であるものが、より高度で完璧な必然性の輝きを帯びるように作用するものだからである。つまり、文化というものは、自ら作り出した宗教や、慣習、法、禁止や命令を通じて作用することによって、不充分なものを理想に作り変え、マイナスをプラスに、欠点や欠陥のあるものを完璧なものに作り変えるのだ。苦痛が耐え難いですって？　そりゃそうでしょう、でも苦痛のおかげで人間は高められ、救済されもしようというものですからね。命が短いですって？　そうでしょうとも、でもあの世の暮らしが永遠に続きます。幼年時代がつらくて、馬鹿げているって？　そう、でもそのかわり、牧歌的で天使のようで、まったく神聖といってもいいくらいじゃありませんか。年をとるのが恐ろしいって？　そうでしょうとも、でもそれは永遠への準備段階なんです、その上、老人は老人であるがゆえに敬われることになっています。人間は怪物だって？　そうですね、でもそれは自分のせいじゃない、先祖が悪い事をしでかしたからいけないんです。それとも、これは悪魔が神の業の邪魔にはいったせいかも知れない。えっ、人間は自分が何を望んでいるのかも知らないまま、人生の意味を捜し求めている不幸な存在だ、とおっしゃる？　それはそうですけど、これは自由の結果ですからね。自由というものが至高の価値である以上、それを手に入れるためにべらぼうな代価を払わねばならないのも、しかたないでしょう。自由を奪われた人間なんて、自由な人間よりもっと不幸ですよ！　動物は——と、クロッパーは注意を喚起する——、糞《ふん》と死体を区別しない。どちらも生命の排出物として避けて通るだけである。首尾一貫した唯物論者にとって、死体と排泄物を同一視することは同様に当然のことだろう。しかし、通常われわれは、後者（つまり排泄物）を密かに処理するのに対して、前者（つまり死体）の処理は豪華に、おごそかに行ない、亡骸《なきがら》を数多くの高価で複雑な包装でくるんでやる。こうするようにと要求しているのが文化、すなわちいやしむべき事実を人間が受け入れることを容易にしてくれる数々の「見せかけ」の体系なのである。厳粛な埋葬の儀式は、死ななければならないというこの屈辱的な事実によって当然引き起こされる、人間の抗議や反抗をなだめる手段にほかならない。実際、これが屈辱でなくて、何だろうか——人間の知性は一生かかって知識をたくわえ、その幅を広げてゆくのに、結局最後は、腐った水たまりの中に消え去る運命なのだから。

それゆえ、文化というものは鎮静剤のようなものである。つまり、自然の進化や、偶然生じてきて、偶然どうしようもなく悪いものになってしまった数々の肉体的特性（この肉体的特性とは、目前の環境に対する応急の適応が何億年にもわたって続けられてきた結果が受け継がれたものであって、人間はそれに関して相談を受けたこともなければ、承諾を求められたこともない）——こういったものに対して人間が向けるかも知れない疑義や、憤慨、不満などを一切合財なだめてしまうこと、これが文化の役目なのだ。このような不愉快きわまりない遺産、すなわち、細胞のなかに放り込まれ、骨によってよじられ、腱や筋肉によって結び合わされ、まるで市場の雑踏のような様相を呈している数々の病気や欠陥の絡《から》み合い——これらすべてを甘んじて受け入れるように、と文化はわれわれを説得する。それはいわば、絵のように美しいガウンを着た公認の職業弁護人のようなもので、説得にあたっては、無数のインチキを駆使しながら、内的に互いに矛盾している論拠に頼り、時に感覚に、時に理性に訴えかけるのである。自分の目的さえ達せられれば、どんな説得手段であっても文化にとってはいいものなのだ。その目的とは要するに、マイナスの記号をプラスに書き変えること、われわれの貧困や不具、欠陥などを美徳、完璧さ、明白な必然性に変換してしまうことである。

われわれがここで簡潔に要約してきたクロッパー講師の論文の第一部は、適度に荘厳で、適度に学術的な文体の堂々たる和音で閉じられる。第二部で解き明かされているのは、未来の前触れをしかるべく受け入れられるように、文化の本当の機能を理解することがいかに重要かという点であり、ここでいう未来とは、人間が科学技術文明を築きあげることによってみずから準備したものに他ならない。

文化は誤謬なのだ！　クロッパーはこう宣言するのだが、その主張の簡潔さには、ショーペンハウアーの「世界は意思である！」"Die Welt ist Wille!" を思い起こさせるものがある。文化が誤謬であるとは言っても、それが偶然生じたものだという意味ではない。その逆に、文化は必然的に生じたものなのだ。というのも、第一部で論証されているように、文化というものは適応のために役立っているからである。しかし、その役立ち方は純粋に精神的なものに限られている。結局のところ、文化は信仰の教義や様々な規則によって人間を本当に不死の存在に作り変えたりはしない。文化は偶然な存在である人間 homini accedentali に継ぎを当てて本物の造物主にしてはくれない。文化は個人の苦しみや悩み、痛みなどをほんのこれっぽちも実際に除去してはくれない（クロッパーはここでもまた、ショーペンハウアーに忠実である）。文化の働きはすべて例外なく、精神や、説明、解釈の次元のことである。文化は内在的にまったく意味を持たないものから意味を作りだし、美徳から罪を、堕落から恩恵を、崇高さから恥辱を切り離すのだ。

だがそこに、科学技術文明が登場し、初めはおずおずとおぼつかない足取りで、原始的な機械のくずをまき散らしながら這い進み、文化の足下に潜り込んだ。そして、建物が揺らぎ、クリスタルのコップに罅《ひび》がはいってしまったのだ。というのも、科学技術文明は人間を直すこと——つまり、人間の身体や、脳や魂を理想的なものに変えること——を約束しているからだ。思いがけず増大しつつあるこの巨大な力は（それはつまり、何世紀にもわたって蓄積され、二十世紀に爆発した科学的情報の力のことだが）、実に様々な可能性を人間の前に開いてくれた。ほとんど不死と言ってもいいくらいの長寿の可能性、そして、迅速な成熟と不老の可能性。肉体的快楽の無限の可能性、および苦悩や痛みをすべて——「自然」なもの（例えば、老衰）も「偶然」なもの（例えば、病気）もひっくるめて——まったくゼロにまで減少させる可能性。そして、これまで「偶然」が「不可避性」と固く結び合わされていたあらゆる場所で、自由の可能性が示されているのだ。（たとえば、人間の天性を人工的に作り出す自由。才能や、技能、知性などを増進させる可能性。人間の手足や、顔、身体、感覚などにどんな形でも、機能でも思いのままに付与する可能性。ほとんど永遠に生きる身体を作り出すことも、不可能ではない。）

この数々の約束は、すでに現実のものとなった成果によって裏付けられているわけだが、こんな事態を目の前にして、いったい何をなすべきなのだろうか。勝利のダンスに身を委ねればいいのだ。文化とは所詮、足の不自由な人間のステッキ、身体障害者の松葉杖、身体の麻痺した人間のための安楽椅子に過ぎない。それは人間の身体の恥辱の上に、そして欠陥だらけの人間の苦境の上にあちこち当てられた継ぎ布の数々である。人間に長年奉仕してきた、この文化という名の助手をいまこそ時代錯誤と認めるべきだろう。なにしろ、新しい手足を生やすことができる人間にとって、義足や義手が必要になるわけがないのだから。盲人の視力を回復することが科学的に可能だとしたら、もはや盲人が白いステッキを胸にわなわなと押し当てる必要はないだろう。目がすっきり見えるようになった人間は、再び自分が盲目になることを要求すべきだろうか？　無用のがらくたなどはすべて過去の博物館にしまって、足取りも軽く、前途に待ちかまえる困難な、しかし素晴らしい課題や目的に向かって歩み出すべきではないのか？　人間の肉体や、そのゆっくりした成長、そしてそのあまりに迅速な崩壊——こういったものが、乗り越えられない壁であり、無慈悲な障害であり、存在の限界であった間、文化はこの不幸な状況に適応することを容易にするための手助けを、無数の世代に対して行なってきた。文化は人間を状況と和解させてきただけでなく、その上——著者が立証しているように——欠点を価値に、短所を長所にまさに作り変えてきたのである。それは言わば、こわれかけた醜いポンコツ車に乗るめぐりあわせになった人が、次第にその車の欠陥を愛するようになってしまったようなものかも知れない。そういう人は自分の車の不細工さのうちにより高い理想のしるしを捜し求め、絶え間ない故障のうちに〈自然〉と〈創造〉の法則を見いだし、ガツンガツンと音を立てるキャブレターや、キーキーいうギヤの中に神手ずからの業を認めてきたのである。視野に他の車がはいってこない限り、この方針はしごくもっともで、たいへん適切で、唯一正しく、しかも合理的であるとさえ言えただろう。　確かにその通り！　しかし、新しい乗り物が地平線に現れた今となってはどうだろう？ 今でも、ばらばらになった車輪にしがみつき、その醜悪な姿と別れなければならないと絶望し、均整の取れた美しさを誇る新型モデルに向かって「助けてくれ！」と叫ぶべきなのだろうか？ そうしたいという気持ちは心理的には理解できる、いや、確かにもっともである。なんと言っても、あまりに長い間——それこそ何千年にわたって！——進化による寄せ集めに過ぎない自分自身の「天性」に人間が従わせられる、というプロセスが続いてきたのだ。このプロセスとは、与えられた条件を——それが貧しく、魅力もなく、悩ましく、生理的にでたらめなものであるにもかかわらず——愛するようになるために、何世紀にもわたって続いてきた膨大な努力にほかならない。

つまり、人間はこんなことをめぐって、文化のあらゆる発展段階を通じ常にあくせく努力し、結局自分に暗示をかけてしまったのだ。こうして人間は、自分の運命が必然的で、唯一例外的なものであること、そしてとりわけ、自分の運命が他に選択の余地がないものであることを自分に信じ込ませてしまったものだから、いまや救済の可能性を目にして、尻ごみし、震えおののき、目をふさぎ、恐怖の叫び声を発し、科学技術の救世主に背を向け、どこへでもいいから——それこそ、這いつくばって森へでも——逃げ出そうとし、自分の手でこの科学の精華、この知識の奇跡をもぎとって、破壊し、踏みにじろうとしているのである。それも何のためかと言えば、要するに、大昔から人間が自分の血で培い、寝ても覚めてもただひたすら育てることに努めてきた古い価値体系を、がらくた倉庫に引き渡したくないからなのだ。いやはや、あげくの果てに、人間は無理やりその古い価値体系を愛するよう、自分に強制してしまったのだから、いかんともしがたい！　しかし、これほどまでに不条理に行動し、このように衝撃を受け、恐怖心を抱くのは、合理的な立場からすればどう見ても、愚劣としか言いようがない振る舞いである。

そう、文化とは誤謬なのだ！　しかし、その意味は、光に対して目を閉じ、病を得て薬を拒み、病床のかたわらに学識のある医師が立っているというのに、香《こう》と魔法のおまじないを要求することが誤謬だということである。この意味での誤謬は、科学の知識が生まれて、しかるべき高いレベルに成長するまでは、まったく存在しなかった。この誤謬は、強情っぱりのロバの抵抗、ラバの「いやいや」程度のものである。これはせいぜい恐怖のおののきに過ぎないのだが、現代の「思想家」たちはそれを「世界的な変化に対する知的診断」と呼んでいる。人間は義手義足の体系としての文化を投げ捨てて、科学的知識の庇護に身を委ねなければならない。そうすれば知識が人間を作り変え、完璧なものにしてくれるだろう。しかも、この完璧さとは、架空のものでも、単なる思い込みでもなければ、内的に矛盾しあう曲がりくねった教義や定義のこじつけから導き出されたものでもない。この完璧さとは、純粋に実体のある物質的なもの、完全に客観的なものなのである。存在そのものが完全になるのであって、存在についての解釈や説明だけが完全になるということではないのだ。文化というものは進化が犯した馬鹿げたことを擁護し、原始状態やいい加減に作られた身体などを弁護してきたわけだが、所詮負ける裁判を受け持った三百代言であり、そろそろ立ち去らねばならない。いまや人間についての裁判は別の次元の上級審に進み、これまで揺るがすことのできなかった必然性の壁が崩れようとしているからである。科学技術の発展が文化を破滅させるのか？　これまで人間が生物として束縛されていたところに、自由がもたらされるのだろうか？　もちろんのことだ！　そして、失われた奴隷状態のことを思って涙を流すかわりに、歩調を早め、この暗い家を出なければならない。ということは、つまり（フィナーレが始まる――リズミカルなカデンツァだ）、新しい科学技術によって伝統的な文化が脅かされているという話は、すべて本当のことなのである。ただし、だからといって心配することはない。ほころびてゆく文化の縫い目を繕《つくろ》うことも、色々な教義《ドグマ》を留め金でつなぎ合わせることも必要がないし、よりよい知識がわれわれの身体と生活に侵入してくることに対して、抵抗する必要もないのだ。その時になっても文化は価値であることをやめないが、ただし、別の価値になるだろう。つまり、時代錯誤《アナクロニズム》的価値になるのである。というのは他でもない、文化とは偉大な孵化場、子宮であり、そこで様々な発見が卵からかえり、苦しみながら科学を産み出したからである。確かなのは、こういうことだ。卵の中で胚が不活性で受動的な卵白の物質をむさぼり食って成長して行くように、発展しつつある科学技術は文化をむさぼり食い、消化し、自分自身の材料に変えてしまう。それが、胚と卵の運命なのである。

われわれは過渡期の時代に生きている――とクロッパーは言う――、過去に通って来た道、そして未来へ伸びて行く道を把握するのが、まさにこの過渡期ほど難しい時はないだろう。過渡期とは、概念の混乱の時代だからである。しかし、変化の過程《プロセス》はもはや断固として始まっているのだ。いずれにせよ、生物的奴隷状態から、自由をみずから作りだせるような領域への移行が、瞬時のうちに完了する行為だと考えてはならない。一回限りの行為によって決定的に自分を改良することなど、人間にはできないのである。自己改造の過程は、数世紀にわたって続けられることだろう。

「あえて読者に断言するが」――とクロッパーは続ける――「科学革命に狼狽した伝統的な人文主義者がジレンマに頭を悩ませるのは、犬が取りはずしてもらった首輪を懐かしむようなものだ。そのジレンマとは煎じ詰めれば要するに、人間は矛盾の塊のようなものであり、たとえ矛盾を取り除くことが技術的には可能であっても、結局矛盾から逃れることはできない、という信念である。つまり、われわれは体の形を変えることも、攻撃的な欲望を弱めることも、知力を強めることも、感情の起伏をなくして心を穏やかにすることも、セックスのありかたを変更することも、老齢や出産の苦しみから人間を解放することも、してはならない。なぜそうしてはならないかと言うと、そういったことはこれまで一度も行なわれなかったからであり、一度も行なわれなかったことは、まさにそれゆえに悪いことに決まっているからである。科学的に見れば結局、人間の心と肉体が今のような状態になったのは、進化の過程で何十億年にもわたってわけの分からぬ籤《くじ》引きや痙攣が続いてきたからであり、この過程は造山運動をともなう地殻の大変動や、大氷河期や、星の爆発や、磁極の変化や、その他の数え切れないほどの偶然の出来事に翻弄されてきたのだ。ところが人文主義者にはこういった理由を科学的に呈示することが許されていない。初めに獣が、そして後には類人猿が進化する過程で、運に任せて手当り次第に蓄積してきたもの。自然淘汰の過程で十把一からげに体内に押し込まれてしまったもの。そして賭博台の上に投げ出されたサイコロのような遺伝子の中で、日に日に確かな形を取るようになっていったもの。——それをわれわれは神聖不可侵で、永遠に犯してはならないものと認めなければならない。そして、いったい全体、どうしてそうでなければならないのか、その理由だけは知ってはならない、というのである。いわば、文化に対してわれわれが診断を下すこと自体が、文化に対して失礼である、といったような具合なのだ。ところが、われわれの診断によれば、文化が行なってきた仕事とは、少なくともその意図は立派なものには違いないが、実際には、暗い巣窟から理性的存在の空間に押し出されたホモ・サピエンスが苦労してでっちあげ、しがみついた嘘のなかでも最も難しく、最も奇想天外な真っ赤な大嘘だったということになる。一方、かつての暗い巣窟では、依然として遺伝子に対するインチキが続き、進化の過程を通じて染色体に対するイカサマ行為がいよいよ確かなものになってゆく。このゲームが卑劣なペテンであって、より高い次元の価値や目的に導かれたものでないということは、この洞窟の中で大事なのがもっぱら今日を生き延びることでしかない、という事実が示す通りである。こんなにも妥協的に、こんなにもいい加減に、そして屈辱的に今日を生き延びてゆく者が明日どうなるか、などということにはまったくお構いなしなのだ。神も悪魔もあったものではない。しかし、恐怖のあまりぶるぶる身震いしている人文主義者——自分を合理主義者だと詐称するこの無知蒙昧の輩《やから》——が夢見る方向とはまさに正反対にすべてが進んで行く以上、人間自身が様々な変化をこうむるにつれて、文化も足下から洗い流され、区分けされ、解体され、その土壌を改良されることになるだろう。遺伝子のインチキや適応のための御都合主義が存在のすべてを決定するようなところには、どんな秘密もない。あるのはただ、欺かれた者たちの苦いKatzenjammer（二日酔い）、猿の先祖から引き継いだ胸焼けだけである。そして、愚かな人間は空想裡に作られたものに過ぎない虚構の階段を天に向かって上ってゆくのだが、結局は生物としての限界に足を引っ張られ、まっさかさまに底に向かって墜落することになる。それは、人間が鳥の羽根やら、後光やらを自分の身体に継ぎ足そうとしようが、はたまた処女懐胎などという概念をでっちあげようが、あるいは、後から作り足した勇気によって自分の身を固めようが、同じことである。墜落することには、変わりない。つまり、どういうことになるかと言えば、必要不可欠なものは何一つ破壊されることはなく、ただ、偏見や、へ理屈や、ごまかしや、目くらましなどが少しずつ死に絶えてゆき、ついには消え失せるのである。一言で言えば、不幸な人類が自分のおぞましい状態を少しでも緩和するために、大昔からしがみついてきた詭弁の体系がことごとく消え失せるのだ。次の世紀には情報の爆発の雲からHomo Optimisans Se Ipse（自分自身を最善にする人間）、つまり自分で自分を創造することのできるAutocreator（自己創造者）が現れ、われらのカッサンドラ——悲観的な予言者——たちのことを笑いとばすことだろう（その自己創造者が、笑うのに必要な口を持っている限りにおいての話だが）。このような好機は歓迎し、宇宙・惑星的状況のきわめて好ましい転機として認めるべきである。人間は誰でも、自分の体力の可能性を最終的に使い果たし、断末魔の苦しみの中でみずから自分の首を締める時が来るのを待ちながらも、足枷《あしかせ》を引きずって歩いているのだ。その足枷をうち壊すためにわれわれ人類を死刑台から引き降ろしてくれる力を前にして、震えおののく必要はない。人間が現在置かれている状態は、進化の過程が人間に押した烙印のようなものであり、これは、われわれが最悪の犯罪者に押す烙印よりもひどいものだった。かりに、全世界がこのような現状に対して相も変わらず賛同の意を表明し続けていようとも、私は絶対に賛成などしない。たとえ死の床からでもしわがれ声をしぼりあげて、こう言うだろう——《くたばれ、進化！　自己創造《オートクリエイション》万歳！》」

この引用をもってわれわれのこれまでの議論の最後を飾ることにするが、このような引用箇所を含むクロッパーの広範な論説は、確かに有益なものである。では、なぜ有益かと言えば、それは何よりもまず第一に、こういう事情による。つまり、ある人々の目には悪と不幸の権化のように見えるものでも、同時にそれを救いの主と見なし、完成の極致にまで持ち上げることのできる人が必ずいるということを、この本は端的に明らかにしているからである。もっとも、書評者の判断によれば、科学技術革命は人類の存在のための万能薬とみなすことはできない。そんなことは、人類の生存状態の改善に関する様々な基準があまりにも複雑な相関関係に置かれていて、それを普遍的な指針（すなわち、経験論の言語で表現された、必ず救済に通ずる行動の規則体系）と認めるわけにはとてもいかない、ということをちょっと考えてみれば分かるだろう。しかし、いずれにせよ、本書『誤謬としての文化』は読者諸氏に是非お勧めしたい。本書は、現代にとって典型的な、未来の姿を予見しようとするいま一つの試みなのだ。とはいえ、その未来像は、未来学者やクロッパーのような思想家たちが力を合わせて努力しているにもかかわらず、相変わらずうす暗いままではある。

生の不可能性について／予知の不可能性について

全二巻　ツェザル・コウスカ著（国立新文学出版所、プラハ）
Cezar Kouska, DE IMPOSSIBILITATE VITAE/DE IMPOSSIBILITATE PROGNOSCENDI (Státní Nakladatelství N. Lit., Praha)

表紙にはツェザル・コウスカとある著者の、本書中の序文での署名はベネジクト・コウスカとなっている。誤植なのか、校正ミスなのか、それとも思いもよらぬ不誠実な意図に基づくのか？　私は個人的にはベネジクトという名前の方が好きなので、こちらを支持することにしておこう。そういう次第で――B・コウスカ教授にまず感謝しておきたいのは、彼の著作を読むのに費やした数時間が私の人生の中で最も愉快なものだったということである。この著作は学問的正統性とは確かに反目する見解を説いている。かといって、純然たる狂気の沙汰だというのでもない。実相は両者の中ほどにある。つまり、昼でもなければ夜でもない中間地帯にあるのであって、そこでは理性は、論理に対し課せられた足枷《あしかせ》をくつろげこそすれ、かなぐり捨ててまで世迷《よま》い言《ごと》に耽《ふけ》ろうというほどでもないのである。

というのも、コウスカ教授の執筆した著作が証明しようとするのは、まさに次のような互いに背反する関係が発生するということだからである。つまり、自然科学の依拠する確率論が根本的に虚偽であるか、さもなくば、人間に代表される生命界が存在しないかのいずれかであるというのである。続いて第二巻での教授の説明によれば、もし予知学、つまり未来学の目指すものが現実たらんとすることであり、空虚な幻想に終わったり、意識的にせよ無意識的にせよこけおどしの域に甘んじることではないのなら、そのような学問は確率計算を用いることはできず、まったく別の計算法を整える必要に迫れるとされる。それは――コウスカを引用すれば――「対極的公理に基づく、時空連続体中では事実上稀有な高次事象の集合分布理論」である（引用からも分かる通り、この著作を読むには――理論的部分で――多少の困難が伴う）。

ベネジクト・コウスカは、経験主義的確率論の内部に裂け目が生じていることを明らかにすることからまず説き起こす。確率という概念をわれわれが用いるのは、われわれが何かを確実には知らない場合である。しかし、この不確実性は純粋に主観的か（私は何が起こるか知らないが、他の誰かは知っているかもしれない）、さもなくば客観的か（誰も知らず、誰も知り得ない）である。主観的確率は情報面での不具の羅針盤である。どの馬がゴールに来るか知らず、馬の頭数をたよりに答を出そうとすれば（四頭いれば、それぞれがレースに勝つチャンスは四つに一つである）、私は家具が一杯詰まった室内の盲人のような振る舞いをしていることになるのである。確率は盲人の杖のようなものであって、それをたよりに盲人は道を手探りで捜す。もし目が見えれば、そのような杖は必要ないし、またもし私がどの馬が一番速いか知っていれば、確率論は必要ないのである。周知のように、確率の客観性ないし主観性をめぐる論争は学界を二分している。上記のようなまさに二種類の確率が存在するのだと主張する者もいれば、何が起こることになっているにせよ、そのことについて正確に知り得ないのはわれわれなのだから、主観的確率のみが存在するのだと主張する者もいる。従って、前者は未来の事象の不確実性をわれわれのそれに関する知識の側に位置づけるのであり、後者はそれをその事象そのものの領域に位置づけるのである。

起こることは、もしそれが実際に起こるなら、起こる。これがコウスカ教授の主要な定式化である。確率は何かがまだ起こってはいない場合にのみ登場するのだ。科学はそのように言うであろう。だが誰にも分かり切ったことだが、二人の決闘者の発射した二発の弾丸が空中で衝突してつぶれたとか、魚を食べていたら六年前にうっかり海に落とした指輪をちょうどその魚が呑み込んでいたために歯が折れてしまったとか、あるいはまた、包囲攻撃の最中に榴散弾が台所用品店で破裂し、その破片がちょうど曲の指定する通りに大小の鍋に命中したためチャイコフスキーのソナチネ・ロ短調が四分の三拍子で演奏されたなどということは、これはすべて、もし起こったとすれば、極めて信じ難い出来事である。科学がこの点に関して述べるのは、そうした事実は、それらを含む事象の集合、つまり、すべての決闘の集合、魚を食べその中に遺失物を発見する集合、および台所用品店に対する砲撃の集合の中では、非常にわずかな頻度でしか起こらないものだということである。

だが、とコウスカ教授は述べる、そのような集合についての無駄口はまったくの虚構なのだから、科学はわれわれを徒《いたず》らに惑わしていることになる。あるとは言っても極めて低い確率しか持たない特定の事象を、われわれはどのくらい長く待ち受けていなければならないのか、つまり、以上にあげたような変わったことが起こるためには、何回決闘を繰り返し、指輪をなくし、鍋に砲撃をかける必要があるのかということを、確率論は通常うまく言い表すことができるだろう。非常に信じ難いことが起こるためには、それを含む事象集合がひとわたり延々と続けられる必要などまったくないのだから、そんなことは無意味である。もし私が十枚の硬貨を同時に投げるとして、十枚とも同時に表か裏が出る可能性が千二十四分の一にしかならないことを知っていたとしても、十枚そろって表か裏が出る確率を一に等しくするためには、少なくとも千二十四回も投げなければならないようなことはまったくないのである。なぜなら、自分がこれから投げる行為は、過去の十枚の硬貨を同時に投げるという行為すべてが積み重ねられて成り立つ実験の続きなのだ、と私は常に主張することができるからだ。このような投げるという行為は、五千年来の地上の歴史には無数にあったに違いなく、だから実は私はただの一度で硬貨すべてが表か裏を上にして落ちてくる期待を持っていいはずなのである。まあさしあたり、とコウスカ教授は言う、ひとつ物は試しに、この論法に期待をかけてみたまえ！ これは科学的観点からすればまったく正しいのであって、なぜかといえば、硬貨を続け様に投げようが、それは一時お預けにし、一休みして団子をつまんだり一杯ひっかけに酒場に駆け込もうが、あるいはさらに、同じ人間では全然なくその都度《つど》別の人間が投げ、しかも一日ではすまず、週に一回、または年に一回ということになろうが、確率分布にはそれは少しも影響を与えず、意味も持たないからなのだ。だから、十枚の硬貨を投げるという行為は、すでに羊の毛皮にすわったフェニキア人も行なったし、トロヤを焼いたギリシャ人も、帝政時代のローマ人のポン引きも、ガリア人も、チュートン人も、東ゴート人も、タタール人も、スタンブールに捕虜を追い立てるトルコ人も、ガラタの敷物商人も、子供十字軍の子供たちを売り買いする商人も、リチャード獅子心王も、ロベスピエールも、そして十数万の他の賭博師たちも実行したことなのだが、これもまったく本質的なことではなく、従って、硬貨をこれから投げるわれわれは、この集合が並外れて大きく、それ故、同時に表が十枚か裏が十枚出る可能性はまことに濃厚だと考えることができるのである！ まあ物は試しに投げてみたまえ、とコウスカ教授は言う。その辺にいる学識ある物理学者か確率論学者が逃げるといけないから、ひじをしっかりつかんでおいた方がいい。そういう連中は自分の方法の欺瞞《ぎまん》をつかれることを好まないのだから。試しに投げてみれば、そこからは何の結果も生じないことが分かるだろう。

次にコウスカ教授は、何らかの仮定的現象ではなく、彼自身の経歴の一部を紹介することにかかわる大規模な思考実験に着手している。この分析のなるべく興味深い部分を、彼にならってもう一度かいつまんで述べておこう。

ある軍医が第一次世界大戦時に手術室のドアの外に一人の看護婦をつまみ出すという事件が起こった。これは彼が外科処置を施している最中に、彼女が間違ってその部屋に入ってきてしまったからであった。もし看護婦が病院にもっとよく慣れていたなら、手術室と応急手当室のドアを間違えはしなかっただろうし、もし手術室に入らなければ、外科医は彼女をつまみ出しはしなかっただろう。もし彼女をつまみ出さなければ、上官である連隊付軍医は彼の淑女に対する見苦しい態度に注意を向けはしなかっただろうし（彼女は篤志看護婦で、上流社会の令嬢だったのである）、もし注意を向けなければ、若い外科医は看護婦に謝ることが賢明だとは思わず、彼女と喫茶店にも行かず、彼女に恋してしまうこともなく、結婚もせず、その結果、ベネジクト・コウスカ教授がまさしくこの夫妻の子供としてこの世に生を受けることもなかっただろう。

以上のことから、ベネジクト・コウスカ教授がこの世に生を受ける確率（新生児としてであって、分析哲学講座主任としてではない）は、看護婦がその年、その月、その日、その時刻にドアを取り違えるか違えないかの確率によって算出されることになるように見える。だがそんなことはまったくないのである。若い外科医のコウスカはその日手術の予定は一つもなかったのだが、彼の同僚のポピハル医師が洗濯屋から洗濯物を伯母さんの所に届けようとしてその家に入ると、その家では安全器が切れていて階段の明りが点かず、そのせいで三段目から落ちてくるぶしの関節を捻挫し、そのためにコウスカが彼の治療の代役を務めなければならなかったのである。もしヒューズが切れていなければ、ポピハルは足を捻挫することもなく、部屋で手術をしていたのは彼であってコウスカではないことになり、女性に親切なことでは定評ある人物のポピハルなら、間違って手術室に入って来た看護婦をそこから出すのに乱暴な言葉を使うこともなく、彼女の心を傷つけなければ、彼女とデートの約束をする必要があるとは思いもしなかったであろう。とにかくデートしたにせよしなかったにせよ、いずれにしてもまったく確実なのは、あり得たかもしれないポピハルと看護婦との関係からはベネジクト・コウスカは生まれなかっただろうということなのであり、万一まったく別の人物が生まれたにせよ、その人物がこの世に生を受ける可能性をここで研究しているわけではないのである。

統計学の専門家は、この世の物事の複雑な事情を知っているから、誰かがこの世に生を受けるというような事象の確率については、普通、言を左右にして論じようとはしないものである。彼らが厄介払いをしようとして言うことはこうである。ここで問題となっているのは、原因を異にする大量の因果の連鎖の暗合なのだから、ある卵子がある精子と合体する時空中の一点は、確かに原則として、抽象的《イン・アブストラクト》には決定されるが、しかし具体的《イン・コンクレト》には、実際に予知を宣言すること（どれだけの確率で人物Xが特徴Yを持って生まれるか、つまり、どれだけ長く人間は、ある人物が特徴Yを持って十分確実に間違いなくこの世に生を受けるまで繁殖しなければならないか）が可能となるほどすべてを見通すような十分強力な知識を集めるわけには決していかないのだ、と。だがこの不可能性は技術的なものにすぎないのであって、根本的なものではなく、情報収集の困難さに起因するのであって、そのような情報が世の中にまったく存在しないということではないのである。統計科学のこうした欺瞞をベネジクト・コウスカ教授は白日の下にさらそうとしているのである。

われわれが知っているように、コウスカ教授が生まれ得たということは、「正しいドアか、正しくないドアか」という二者択一にのみ帰着するわけではない。彼の誕生の可能性を計算するのに考慮すべき暗合は一つではなく、数多くある。看護婦の派遣されたのがほかならぬその病院であったこともそうであるし、白帽子《コルネット》の陰になった彼女の微笑が、遠目にはモナリザの微笑のように見えたこともそうであるし、サライェヴォで皇太子フェルディナントが射殺されたこともそうなのである。というのも、もし彼が射殺されなければ、戦争は勃発しなかっただろうし、もし勃発しなければ、この令嬢は看護婦になることもなかっただろうし、彼女はオロモウツの出身なのに、外科医はモラフスカー・オストラヴァの出身なのだから、二人は多分病院でも、ほかのどこでも決して出会わなかっただろうからである。従って、皇太子に発砲する際の弾道学の一般理論について考慮すべきなのはもちろんだが、皇太子に命中するかどうかは彼が乗っていた自動車の動きに条件づけられるのだから、一九一四年型の自動車モデルの運動学の理論にも注意を払わなければならないだろうし、さらにまた、あのセルビア人の立場に置かれた誰もが皇太子に発砲するとは限らず、たとえ発砲したにしても、もし興奮のあまり手が震えてしまえば命中しないのだから、暗殺者の心理にも注意しなければならないことになる。従って、あのセルビア人が確かな手と目を持ち、震えの発作などのなかったことも、コウスカ教授誕生の確率分布に寄与したということになるのである。また、一九一四年当時のヨーロッパの一般的政治情勢も見逃すわけにはいかないのである。

とはいっても、結婚が実現したのはその年のことでもなければ、若い二人が真剣な交際を始めた一九一五年のことでもない。外科医はプシェムィシル要塞へ派遣されたのである。彼はその地から、両親が利害調整上の目的で彼の妻にするつもりでいたマリカという少女の住むリヴォフに後で行く手筈になっていた。ところが、サムソーノフの攻撃とロシア軍南方側面部隊の軍事行動の結果、プシェムィシルは包囲され、まもなく、彼はリヴォフの婚約者の所に行くかわりに、要塞陥落とともにロシア軍の捕虜の身となったのである。当時の彼の頭には婚約者よりも看護婦の記憶が強く残っていた。それは看護婦が美人であったばかりではなく、彼女の方が、声帯のポリープの摘出が済んでいないため絶えずしゃがれ声を出すマリカより、はるかに上手に「わが恋人よ、花の臥所《ふしど》に眠れ」という歌を歌ったからであった。確かにマリカは一九一四年にポリープの摘出手術を受けることになっていたが、しかし、ポリープを取り除くはずだった鼻喉頭科医がリヴォフのカジノで大金をすってしまい、賭博の負債を支払うという体面を保てず（彼は将校であった）、自分の頭を撃つかわりに連隊の現金を着服してイタリアに逃げてしまったのであった。この事件は鼻喉頭科医に対する異常な嫌悪感をマリカに植えつけることとなり、彼女は別の医者にかかる決心がつく前に婚約したが、婚約者の義務として「わが恋人よ、花の臥所に眠れ」を歌わねばならず、彼女の歌声、というより、あえぐようなしゃがれ声の記憶は、この婚約者には不利なことながら、プラハの看護婦の澄んだ美声とは比べ物にならず、捕虜の身のコウスカ医師の記憶の中で看護婦が婚約者の面影よりも優位を占めてしまう原因となったのであった。こうして、一九一九年にプラハに戻った彼は、以前の婚約者を捜そうとは思いもせず、ただちに看護婦が適齢期の娘として暮らす家へと向かったのである。

しかし、その看護婦には四人のそれぞれに異なる求愛者がいた。いずれも彼女との結婚を切望していたが、それにひきかえコウスカと彼女を結びつける具体的なものといえば、捕虜時代に彼が彼女に送った葉書のほかには何もなく、その葉書にしても軍の検閲印で汚れた代物で、彼女の心に揺るぎない感情を特に燃え立たせるわけにはいかなかったのである。だが、彼女の第一に有力な求婚者はハムラスとかいうパイロットだったが、彼は飛行機の方向舵を足で動かすと必ずヘルニアになるので空を飛んだことがないという男なのであった。当時の飛行機の方向舵が動かすのに骨が折れたためにそういう結果になったわけで、要するに非常に原始的な航空機時代だったというほかはない。さてこのハムラスは手術を一度は受けたのだが、その甲斐もなく、手術に当った医師が縫合処置を誤ったためヘルニアは再発してしまった。そこで看護婦は、空を飛ぶかわりに、病院の面会室で時間をつぶすか、さもなくば、本物のヘルニアバンドが手に入る所を新聞広告で捜してばかりいるような操縦士と結婚するのは恥ずかしいと思うようになった。ハムラスの行為は、そんなバンドがあれば空を飛べるようになると期待してのことだったのだが、戦争の結果、まともなバンドは入手難になっていたのである。

ここにおいてコウスカ教授の「あるべきかあらざるべきか」という問題は、一般的には航空の歴史と、個別的にはオーストリア＝ハンガリー軍の使用した航空機の型と、関連があるということに留意するべきである。具体的に言えば、オーストリア＝ハンガリー政府が一九一一年に方向舵の操作に骨の折れる「単葉機」の建造ライセンスを取得し、その生産にヴィーナー・ノイシュタットの製作所が当たることとなり、実際にそうなったという事実が、コウスカ教授の誕生に好ましい影響を与えたのだ。そもそも入札の過程でこの製作所ならびにその保有する（元はアメリカのファーマン社のものであった）ライセンスの競争相手となったのはフランスのアントワネット社であり、この会社にも勝ち目は十分あったのである。というのも、帝国政府兵站部《へいたんぶ》のプルフル少将は、子息の家庭教師を務めるフランス人の愛人を持っていて、フランスのものなら何でも密かに愛好していたから、フランスのモデルに有利な決定を下したかもしれなかったのであり、そうなっていれば、フランス機は方向舵を動かすのが非常に容易な後退補助翼と操舵板を持つ複葉機だったから、確率の分布は変わったかもしれず、従って、この方向舵がハムラスの周知の厄介事をひき起こすこともなく、看護婦は彼と結婚していたかもしれないのである。実を言えば、この複葉機の操縦桿は動かすのに骨が折れ、一方ハムラスの腕はかなりきゃしゃにできており、彼はいわゆる「書痙《シュライブクランプフ》」を患ってさえいて、そのため署名するのも困難なほどなのであった。それというのも、彼のフルネームは、アドルフ・アルフレッド・フォン・メッセン＝ヴァイデネック・ツー・オリョーラ・ウント・ミュンネザックス、ハムラス男爵というものだったからである。そうしてみると、たとえヘルニアがなかったとしても、ハムラスは病んだ両手のために看護婦の目には魅力ある人物とは見えなかったかもしれないのである。

しかし、その家庭教師にはひょっこりあるオペレッタの三流テノール歌手が現れ、大変な素速さで子供を作り、航空隊長のプルフルは彼女を自分の家から追い出し、フランスのものすべてに対する愛情を失ってしまい、軍隊はヴィーナー・ノイシュタットの会社が保有するファーマンのライセンスを取得したのであった。このテノール歌手と家庭教師が知り合ったのはボクシングのリングでのことで、その日プルフル将軍の末娘が百日ぜきにかかり、健康な子供たちを病人から隔離しようとして彼女はそこに上の娘たちを連れて行ったのだが、もしプルフル家の料理女の知り合いで、喫煙室にコーヒーを運ぶついでにいつも午前中はプルフル家、つまり料理女の所に立ち寄る男が持ち込んだその百日ぜきがなかったとしたら、病気もなければ、子供たちをリングへ連れ出すこともなく、テノール歌手と知り合うこともなければ、密通もなく、かくして入札でアントワネット社が勝利を収めたかもしれないのだ。ところがハムラスはひじ鉄を喰《くら》い、宮廷の徴発官の娘と結婚し、彼女と三人の子供をもうけ、その内の一人はヘルニアも出なかったのである。

看護婦の二人目の求婚者、ミシニャ大尉には何一つ欠けたものはなかったが、彼はイタリア戦線に出征し、リューマチにかかってしまった（何しろ冬のアルプスのことだったのである）。彼の死去の原因については種々異説がある。大尉が蒸し風呂にはいっていると、二十二口径砲弾が浴室に命中し、大尉はそこから素っ裸でじかに雪の上に飛び出し、リューマチなどはどこかに行ってしまったそうだが、肺炎にかかってしまったのである。しかしもし、フレミング教授がペニシリンを発見したのが一九四〇年ではなく、たとえば一九一〇年のことだったなら、ミシニャは肺炎から救い出され、回復期患者としての権利を行使しプラハへ戻って来ただろうし、コウスカ教授がこの世に生を受ける可能性はそのことにより大幅に減少したことだろう。つまりは、抗菌性医薬品の分野での発見年表がB・コウスカ教授誕生に大きな役割を果たしたことになるのである。

三人目の求婚者は堅気の卸売り商人だったが、令嬢のお気には召さなかった。四人目はまず間違いなく彼女と結婚するはずだったが、ジョッキ一杯のビールのためにそうはならなかった。この最後の求愛者は莫大な借金を抱えていて、その返済に持参金を当てにしており、しかも並外れて派手な過去の持主だった。家族が令嬢と求婚者を連れ赤十字の慈善宝くじの見物に出かけた時、昼食にハンガリー風ミートボールが出たので、令嬢の父親はひどくのどが渇き、そこで皆がそろって軍楽隊の演奏を聞いている大テントの外に出て生ビールを飲んでいると、ちょうど宝くじ会場から出てきた学校友だちとばったり出会ったのだが、もしビールがなかったなら、おそらく令嬢の父と彼は会いはしなかったであろう。この友人は、義妹を通じて、令嬢の求婚者の過去を残らず知っており、ためらわず、彼女の父にすべてを正確に告げたのである。どうやら彼はそのほかにもあれこれ潤色して伝えたらしいのだが、いずれにせよ父親はいつになく憤慨して戻って行き、ほとんどまとまりかかっていた縁談はすっかり御破算になってしまった。しかし、もし父親がハンガリー風ミートボールを食べなかったとしたら、のどの渇きを感ずることもなければ、ビールを飲みに出ることもなく、学校友だちに出会うこともなければ、求婚者の借金のことを知ることもなく、婚約は無事調い、戦時中のことであるから挙式も早々にとり行なわれたことであろう。一九一六年五月十九日のミートボールに入り過ぎていたパプリカが、こうしてB・コウスカ教授の生命を救ったのであった。

外科医コウスカに話を戻すと、大隊付軍医の位を得て収容所から帰還した後、彼は求婚者として認められた。これまでの求婚者の様々な中傷を言い立てる者がある中に、特に故ミシニャ大尉のことを、令嬢は捕虜のあなたの葉書に返事を書いておきながら、同時に大尉ともお安くない関係にあったようだなどと告げ口する者があった。生来かなり激情的なところのある外科医コウスカは既に結んだ婚約を破棄する覚悟を固めたほどだったが、それも無理からぬことで、彼は令嬢がミシニャに宛てて書いた数通の手紙と

（それがどうしてプラハの陰険な人物の手に渡ったかは神のみぞ知る）、そのほかに、おまえなどは令嬢にとって荷車の五番目の車輪、つまり非常用の予備軍も同然なのだ、とまことしやかに言い立てる匿名の添え状まで受け取っていたのである。婚約が破棄されるまでに至らなかったのは、ひとえに外科医が祖父と交わした会話のおかげなのであって、この人は彼の実の父親が役立たずの浪費家で子供の面倒をまったく見なかったため、幼時から親代わりを務めていた。祖父は並外れて進歩的な信念を持つ老人で、軍服を着た男が言い寄って、いつ何時戦死するかも知れないと訴えれば、若い娘はひとたまりもなく参ってしまうものだということを心得ていたのである。

このようにしてコウスカは令嬢と結婚した。しかしもし彼に別の信念を持つ祖父がいるか、あるいは、この自由主義者が八十歳になる前に死んでいたなら、おそらく結婚は実現しなかっただろう。祖父は確かにきわめて健康的な生活様式を守り、クナイプ牧師の唱えた水療法を丹念に実行してはいたが、しかし、どの程度まで、毎朝の氷のように冷たいシャワーが祖父の寿命を延ばし、B・コウスカ教授がこの世に生を受ける可能性をふやしたかということは算出するわけにはいかない。外科医コウスカの実の父であれば、これは女嫌いの徒なのだから、中傷された若い娘を弁護したはずもない。しかし、彼はセルジュ・ムジヴァニ氏と知り合い、その秘書となってともにモンテカルロに行き、ある未亡人の伯爵夫人に教わったルーレット必勝法を信じて帰って以来、息子には何の影響力も持たなくなっていた。この必勝法のおかげで彼は全財産を失い、法的監督下に置かれ、息子の養育を自分の父にゆだねなければならなかったのである。だがもし外科医の父親が賭け事の魔に取《と》り憑《つ》かれるようなことがなければ、実の父が息子と縁を切るようなこともなく、ここでもコウスカ教授の誕生は実現しなかったことであろう。

教授の誕生に秤皿を傾けた要因は、まさにこのセルジュことセルギウス・ムジヴァニ氏であった。ボスニアの財産と妻と姑に飽き飽きした彼がコウスカ（外科医の父）を秘書に雇い、湯治場に伴ったのは、この父の方のコウスカが言葉に堪能で世慣れていたのにひきかえ、ムジヴァニはその姓とは裏腹にクロアチア語以外何も解さなかったからだった。だがもしムジヴァニ氏が若い頃もっとよく自分の父親に監督を受けていたなら、小間使いたちを追い回すかわりに言葉の勉強に身を入れ、通訳を必要とすることもなく、コウスカの父を湯治場へ連れ出すこともなかっただろうし、この父は父でモンテカルロからいかさま師になって帰って来ることもなく、そうなれば自分の父に勘当され実家から追い出されることもなく、祖父が外科医を息子として引き取り、自由な主義を吹き込むこともなく、外科医は令嬢と別れ、またしてもベネジクト・コウスカ教授はこの世に生まれて来ないということになったであろう。そもそもこのムジヴァニ氏の父親という人が、息子が言葉の勉強をする段になっても学業の進歩を見守ろうという気を起こさなかったのは、この息子の顔つきが教会のある高僧に似ていたからであって、この男こそ小さなセルギウス坊やの本当の父親に違いないと父の方のムジヴァニ氏は疑っていたのであった。こうして坊やに意識下の敵意を抱き、彼への配慮を怠った結果、セルギウスは満足に言葉を習得しないままに終わったのである。

セルギウスの父親の問題が実際込み入ったものになってしまったのは、母親にさえ、息子は自分の夫の子なのか、司祭の子なのか、確信が持てなかったせいなのだが、では何故息子が誰の子なのか彼女にもはっきりしなかったかといえば、それは、彼女が胎教を信じていたせいなのであった。胎教を信じていたというのは、彼女の生活上の拠り所がジプシー女の祖母だったからであった。ここで指摘しておくべきなのは、われわれが問題としているのが、セルギウス・ムジヴァニの母の祖母とベネジクト・コウスカ教授の誕生の可能性との間の関係だということである。ムジヴァニは一八六一年に、彼の母は一八三二年に、そしてジプシー女の祖母は一七九八年に生まれた。従って、ボスニアとヘルツェゴヴィナを舞台に、十八世紀の末、つまり、コウスカ教授が誕生する百三十年前に発生した問題が、彼がこの世に生を受ける確率分布に重大な影響を与えたということになるのである。だが、このジプシー女の祖母もまた虚空の中に出現したわけではない。彼女は正教徒のクロアチア人のもとへ嫁ぎたくはなかったのだが、当時ユーゴスラヴィア全土がトルコの軛《くびき》の下にあり、異教徒との結婚が彼女には少しも良い前兆とは思えなかったことを考え合わせると、それも無理からぬことだったのである。ところがこのジプシー女には、かなり年上の、ナポレオンの指揮下で戦ったこともある伯父がいた。彼は「大軍隊」のモスクワ撤退にも加わったという噂《うわさ》であった。いずれにせよ、フランスの皇帝の下での軍務から帰還したこの人物は、戦場での差別をつぶさに見た経験から宗派間の相違などは取るに足りないという確信を抱いていて、姪に、そのクロアチア人は異教徒ではあるが善良で好感の持てる若者だから結婚するようにと勧めたのである。こうして、クロアチア人に嫁ぐことによりムジヴァニ氏の母の祖母は、コウスカ教授誕生の可能性を増大させたのであった。また、この伯父についても、もし羊飼いをしていた彼の主人が毛皮コートを託して派遣したために、イタリア戦役時にアペニン山脈に行き合わせていなかったなら、彼はナポレオンの下で戦いはしなかっただろう。彼は皇帝の近衛軍の騎馬部隊に取り囲まれ、入隊するか非戦闘従軍者となるかの選択を迫られて、武器を取ることを選んだのである。だからもし、ジプシーの伯父の主人が羊を飼っていなかったか、飼ってはいても、イタリアで需要のあった羊の毛皮コートを作らなかったかして、この伯父にコートを持たせてイタリアへ送っていなかったとしたら、騎馬部隊がジプシーの伯父を捕えることもなく、その後も、ヨーロッパ中を転戦しなかったであろうこの伯父は、保守的な信念を抱いたまま、自分の妹の娘をクロアチア人と結婚するよう説得することはなかったであろう。そうなればセルギウス坊やの母親は、ジプシー女の祖母も持たず、そのために胎教を信じることもないのだから、司祭が祭壇でバスの歌声を響かせて両手を広げるのを眺めただけで、司祭に生き写しの息子を授かるなどとは考えもせず、良心に一点の汚れもない以上は、夫を恐れることもなく、不義の誹《そし》りから身を守っただろうし、夫ももはやセルギウス坊やの顔つきを見とがめず、息子の学業を見守ったことだろうし、セルギウスは言葉を習得し、通訳に誰を必要とすることもなく、そのため外科医コウスカの父も彼と湯治場へは出かけもせず、いかさま師の浪費家となることもなく、女嫌いのことでもあるから、息子の外科医には故ミシニャ大尉との浮気を理由に令嬢などは捨ててしまえと勧めただろうし、こうしてまたしてもB・コウスカ教授はこの世に現れないことになっていたであろう。

しかしここで考えてみたいのだが、われわれがこれまでコウスカ教授の誕生という確率的幻想を検討してきた前提には、彼の偶発的な二人の両親が存在したという仮定があったのであり、また、われわれがこの誕生の確率を切り詰める際に採り入れたものも、コウスカ教授の父ないし母の振る舞いの非常に些細な、完全に信頼の置ける変動、第三者（サムソーノフ将軍、ジプシー女の祖母、ムジヴァニの母親、ハムラス男爵、プルフル少将のフランス女の家庭教師、フランツ・ヨーゼフ皇帝、皇太子フェルディナント、ライト兄弟、男爵のヘルニアを治療した外科医、マリカの鼻喉頭科医等々）の行為によって引き起こされる変動に限られていたのである。だが、まさに同じタイプの論法は、看護婦として外科医コウスカと結婚した令嬢がこの世に現れる可能性についても、あるいはまたこの外科医についても適用できるのだ。この令嬢がこの世に生を受け、未来の外科医コウスカがこの世に生を受けるためには、数兆《ビリオン》、数百京《トリリオン》にのぼる事件が、起こった通りに起こらねばならなかった。そして同様にして、数え切れない無数の出来事が、彼らの両親、祖父母、曾祖父母等々がこの世に生を受けるための条件となったのである。おそらく証明を要しないことではあろうが、たとえば、一六七三年に生まれた仕立屋のヴラスチミル・コウスカがもしこの世に生を受けていなかったなら、そのことによって、彼の息子も、孫も、曾孫《ひまご》も、つまりは外科医コウスカの曾祖父も、つまりは外科医も、つまりはベネジクト教授も生まれ得なかったことであろう。

だが同様の推論はコウスカ家の家系と看護婦の家系の祖先である、まだまったく人類とは言えない者たちにも関係する。つまり彼らは原石器時代後期の四手獣的樹上生活を営む動物なのであって、この時代に最初の猿人がそれら四手獣の中の一匹を捕獲し、それが雌の四手獣だと気づくと、今日のプラハの小地区《マラー・ストラナ》がある場所に生えていたユーカリ樹の下で交接したのだった。この淫らな雄の猿人と雌の四手獣的原人との染色体の融合の結果、あるタイプの減数分裂と遺伝子座のある連鎖とが生じ、それが次の三万世代を経て伝えられ、レオナルドの画布のモナリザの微笑にちょっぴり似た、若い外科医コウスカを魅了したあの微笑を、まさに令嬢看護婦の顔面に造り出したのである。しかし、このユーカリ樹は四メートル遠くに生えていてもよかったのだ。その時は、雌の四手獣は追いかけてくる猿人から逃げようとして、その太い根につまずいて転ぶこともなく、そうすれば無事に樹の上にはい上がれて身ごもることもなく、身ごもらなければ、事のはこびはちょっぴり変わり、ハンニバルのアルプス越えや、十字軍の戦争や、百年戦争や、トルコ軍のボスニア・ヘルツェゴヴィナ占領や、ナポレオンのモスクワ遠征や、無数の似たような事件は最小限の変化をこうむり、ベネジクト・コウスカ教授自身が決して生まれ得ないような状況に至らしめていたかもしれないのであって、このことから、彼が存在する可能性の範囲には、今日のプラハがある場所におよそ三十四万九千年前に生えていたすべてのユーカリ樹の分布状態を表す確率の部分集合が包含されていることが分かるのである。ではそれらのユーカリ樹がそこに生えていたのはなぜかといえば、剣歯虎から逃げる途中の衰弱したマンモスの大群がユーカリ樹の花を食べ、そのせいで（この花は口蓋《こうがい》を強く刺激する）胸焼けを起こしてヴルタヴァ川の水を大量に飲んだところ、この水には当時便通作用があったためマンモスは集団で排泄し、そのおかげでユーカリ樹の種が前には一粒も無かった場所にまかれたからなのである。だがもしその水が当時のヴルタヴァ川の上流の支流によって硫化されていなかったなら、そのせいで下痢を起こさなかったマンモスは、今日のプラハの原野にユーカリ樹の森林を繁らせる原因とはならず、雌の四手獣は猿人から逃げようとして転ぶこともなく、若い外科医を誘惑したモナリザの微笑を令嬢の顔に与えた遺伝子座も生じなかっただろうし、従って、もしマンモスの下痢がなかったなら、ベネジクト・コウスカ教授もこの世に生を受けなかったことになるのである。だがここで考慮すべきなのは、ヴルタヴァ川の水が硫化されたのはおよそ紀元前二百五十万年のことなのだから、これはタトラ山地の中央部を生み出した造山運動の主要な地向斜の移動のためだということである。この造山運動はジュラ紀前期の泥灰土層の底から亜硫酸ガスを排出させる原因となったが、それはディナルアルプス地域に百万トン級の重量を持つ隕石が落下したため引き起こされた地震によるものなのであった。この隕石は獅子座流星群から飛来したもので、もしそれがディナルアルプスではなく多少離れた所に落ちていたなら、地向斜は褶曲《しゅうきょく》せず、硫化物層は地表に達せず、ヴルタヴァ川を硫化することもなく、この川もマンモスの下痢の原因とはならなかっただろうし、そうしてみると、もし二百五十万年前に隕石がディナルアルプスに落ちなければ、コウスカ教授は生まれ得なかったことが分かるのである。

コウスカ教授は彼の論証から一部の人々が引き出しかねない間違った結論に注意を向けている。そのような人々は以上の説明から、あたかも宇宙全体はコウスカ教授が生まれ得るように調節され作動する一種の機械のような何かであるかのように考えてしまう。これは、もちろん、まったくのナンセンスである。試みに、誰かが地球の誕生する十億年前に、それが起こる可能性を計算しようとしていると想像してみよう。彼には、どのような形態の惑星生成渦巻が未来の地球の核を形成するかを正確に予測することは不可能だろうし、それの未来の質量や化学組成を十分正確に算出することもできないだろう。にもかかわらず、彼は天体物理学の知識と重力理論や天体構造理論の知見を拠り所として、太陽には惑星の一族があり、それ故、他の惑星に混じって、系の中心から数えて三番目の惑星も太陽の周囲を回るだろうと予言することであろう。そしてまさにこの惑星が、たとえ予言の説いたものとは異なる様相を呈したとしても、地球と認められることになるかもしれない。なぜなら、その惑星が地球より十兆トンも重かろうが、一つの大きな月のかわりに二つの小さな月を持とうが、表面の海で覆われた部分の割合がもっと多かろうが、それでも地球であることには変わりないからなのである。

ところが、紀元前五十万年に誰かによって予言されたコウスカ教授が、もしも二本足の有袋動物か、黄色い肌の女性か、あるいは仏教の僧侶として生まれてきたとすれば、それでもまだ人間ではあるかもしれないが、もはやコウスカ教授とは言えないのはあまりにも明白であろう。なぜなら、恒星、惑星、雲、岩石のような物体は決して唯一無二ではないのにひきかえ、生命ある有機体はすべて唯一無二であるからなのだ。従って人間は一人一人がいわば宝くじの一等賞のようなものなのであり、しかもこの宝くじたるや、当たりくじは数テラ・ギガ・メガ・センティリオン〔順に10^{12}・10^{9}・10^{6}・10^{600}〕枚に一枚しか出ないという代物なのである。ではわれわれは、自分や他人のこの世に生を受ける可能性がこれほど天文学的なまでに途方もなく小さいということを、なぜ常日頃感じていないのであろう？　なぜなら、とコウスカ教授は答える、一番起こりそうに思えないことでも、起こる以上は、起こるからなのだ！　それはまた、通常の宝くじでは無数の空くじとたった一枚の当たりくじがわれわれの目にとまるのにひきかえ、存在の宝くじでは外れくじは目に見えないからでもある。「生存宝くじの空くじは不可視である」とはコウスカ教授の説明である。この宝くじに外れることは、誕生しないということと同じであり、生まれなかった者は、いささかも存在しないのである。ここで著者が『生の不可能性について』第一巻、六一九ページ（上から二十三行目以降）で述べている部分を引用することにしてみよう。

「この世に生を受ける人々、つまり婚姻関係の結果生まれて来る人々の中には、その関係を妻の側と夫の側の家族がずっと以前にあらかじめ計画していて、そのためにその人の未来の父親と未来の母親とがすでに子供のころから互いに結ばれる定めにあったという者も存在する。そのような婚姻の結果生まれ出た人は、自分の存在する確率がかなり大きかったという印象を抱くかもしれないだろうが、しかしそれとは反対に、自分の父親が自分の母親を知ったのは戦時中の大移動の際のことだったとか、もっと明け透けに、ナポレオン軍のある軽騎兵がベレジナ川から逃げる途中、村はずれで出会った娘から水のはいったマグカップどころか貞操まで奪ったために、自分は宿されたのだなどと聞かされる人もいるのである。そのような人であれば、もし軽騎兵がコサックの騎兵中隊の追跡を間近に感じて逃げ足を早めていたか、あるいは自分の母親が村はずれまで何とも知れぬものを捜しに出たりせず、おとなしく家の暖炉にかしこまっていれば、自分はこの世にいなかったのだ、つまり、自分が存在する可能性は、両親があらかじめお互いに定められていた人の可能性とは反対に、はなはだ頼りないものだったのだ、と思うのも当然かもしれない。

　このような考え方が間違っているのはなぜかといえば、誰かが誕生する確率を計算するためには、その人物の未来の父親と未来の母親がこの世に生を受ける時点を、確率尺度の基点として、計算を始めるべきだなどと認めることが、まったく何の意味も持たないからなのである。もしここに千のドアでつながれた千の部屋から成る迷路があるとすれば、迷路の入口から出口まで通り抜ける確率は、進路の捜索者が順番に通るすべての部屋でのすべての選択の総和によって算出されるのであって、どこか一つの部屋で正しいドアにでくわす確率だけで求められるのではない。もし百番目の部屋で進路を誤ったとしても、道に迷い外に出られなくなるのは、最初か、または千番目の部屋で進路を誤った場合と同じことなのである。同様にして、偶然の法則に左右されたのは私の誕生だけであって、私の両親や、そのまた両親、祖父、曾祖父、祖母、曾祖母等の誕生、果ては地球上の生命の誕生の方はそういうものに左右されなかったなどと認めるべき理由もないのである。人間が存在するという生存上の事実は、どの具体的個人にとっても、非常に確率の低い現象なのだと主張することはばかげている。非常に、とは何に照らしてなのであろうか？　どこから計算を開始すべきなのか？　基点、つまり算出尺度の原点を確定せずには、測定、すなわち確率の推定は、空虚なかけ声に終わるのである。

私の論法からすれば、まだ地球が形成される以前に、私がこの世に生を受けることがあらかじめ保証されていたなどということにはなり得ない。それどころか、私はまったく存在し得なかったし、誰もそのことに気づきもしなかっただろうということになるのである。統計学が個人の誕生の予知という問題に関して述べるはずのことは、すべてナンセンスである。なぜなら統計学は、個々人というものが、個別に見ればどんなにあり得そうには思えなくとも、結局、一定の可能性が実現したという意味では、あり得るのだと考えるのに対し、私は、任意の個人、たとえばパン屋のムツェクを前に置いて、次のことが言い得ることを証明したからである。すなわち、彼が誕生する前の時間を遡って行けば、その時点でのパン屋のムッェクが生まれるはずだという予言の確率とゼロとの差が、限りなく小さいような時点を見つけ出すことができるのである。私の両親が新婚の契りを結んだ時の、私がこの世に生を受ける可能性は、まあ、十万分の一というところであった（たとえば戦後かなり高かった乳児死亡率を考慮に入れたとしての話である）。プシェムィシル要塞が包囲された時の私の誕生の可能性はたった一兆《ビリオン》分の一、一九〇〇年には百京《トリリオン》分の一、一八〇〇年には一クアドリリオン［10^{24}］分の一、以下同様である。もし観察者がいて、間氷期の小地区《マラー・ストラナ》での、マンモスの移動とそれの胃の不調の後の、ユーカリ樹の下での私の誕生の可能性を計算したなら、私が日の目を見る可能性は一センティリオン［10^{600}］分の一だということをつきとめたであろう。この大きさにギガ［10^{9}］の位がつくのは、推定時点を遡ること十億年前、テラ［10^{12}］の位は三十億年前、以下同様である。

　換言すれば、時間軸上にはこのような点はいつでも見つかるのであって、そこでは誰かが誕生する可能性の値は、いくらでも好きなだけ、あり得そうもないものに、ということは、不可能なものになり得るのである。なぜなら、ゼロとの差が限りなく小さい確実性は、限りなく大きい不確実性に等しいのだから。そう言ったからといって、なにもわれわれは、この世界にはわれわれも、他の誰も存在しないなどと言い出そうというわけではない。それどころか、われわれは他人の存在も自分の存在も疑ってはいないのである。以上に述べたことは、物理学が自分で言っていることの繰り返しにすぎない。というのも、この世界にはただの一人も人間は存在しないし、かつて存在したこともないなどという見解は物理学のものであって、健全な良識のものではないからである。その証拠を次に示そう。物理学は、一センティリオン分の一の可能性を持つものは実現不可能だと考えている。なぜなら、一センティリオン分の一の可能性を持つものは、その起こると期待される事象が一秒ごとに起こる事象の集合に含まれると仮定した場合、宇宙内ではまったく起こることは期待できないからである。

今日と宇宙の終末との間に経過する秒数は、一センティリオンより小さい。恒星ははるかに速くエネルギーを放射し尽くしてしまうだろう。従って、宇宙が現在の形で持続する時間は、一センティリオン秒に一回起こるものを待ち続けるのに必要な時間より短いはずである。物理学の立場からすれば、これほどあり得る見通しの小さい事象を待つことは、間違いなく起こらない事象を待つことと同じなのだ。こうした現象を物理学は熱力学的奇跡と呼んでいる。そういうものに属する現象としては、たとえば、火にかけた鍋の中の水の凍結とか、砕けたコップの破片が床の上から立ち上がり合体して完全なコップになることなどがあげられる。計算すれば明らかなように、このような『奇跡』でさえ、可能性が一センティリオン分の一に等しいことよりは、あり得そうなのである。ここで付け加えておくが、われわれの算定においてこれまで考慮したのは、推定すべき内容の半分、つまり、巨視的データのみなのであった。そのほかに具体的個人の誕生を左右するものとして、微視的状況、つまり、与えられた一組の男女において、どの精子がどの卵子と結合するか、ということがあるのである。もし私の母親が実際に起こったものとは別の日時に私を懐胎していたなら、生まれたのは私ではなく別の誰かであったろうが、そのことは、私の母親が現実に別の日時、すなわち、私の懐胎の一年前に妊娠し、その時は女の子、つまり、それが私ではないことを証明する必要すらないであろうような私の姉を生んだことからも分かるのである。この微小統計学も私の生まれる可能性の推定の際に考慮されねばならないであろうが、そうなるとそれを計算に加えれば、数センティミリオン倍の不確実性は数ミリアリオン［$10^{6,000,000,000}$］倍にふくれ上がってしまうのである。

こうして、熱力学的物理学の立場からすれば、個々人が存在するということは、予見し得ないほどあり得そうもないことなのだから、宇宙的に不可能な現象だということになる。物理学は、ある人々が存在すると一たん仮定してしまえば、その人々が別の人々を生むだろうと予言するかもしれないが、具体的にどのような個人が生まれるかということに関しては、沈黙するかまったくの不条理に陥るしかない。従って、確率論の普遍的有効性を揚言する物理学が誤っているか、さもなくば、人間が存在せず、同様にして、この揚言は生命あるものすべてに有効なのだから、犬も、鮫《さめ》も、苔も、地衣類も、条虫も、蝙蝠《こうもり》も、羊歯《しだ》類も存在しないということになる。物理学的立場からは生は不可能《エクス・ビュシカリ・ポシティオネ・ウイタ・イムポッシビリス・》なり、以上は証明せらるべきものなりき《エスト・クオド・エラト・デモンストランドゥム》」

この言葉を最後に、『生の不可能性について』という著作は終わっているが、実はこれは二部作の第二部の内容の膨大な前置きとなるものなのである。著者は第二部で、蓋然論を拠り所とする未来の予知が無益であると公言する。歴史には、確率論の立場からすれば到底あり得そうもない事実以外、いかなる事実も含まれていないのだということを証明しようとするのである。コウスカ教授は二十世紀初頭のある架空の未来学者を想定し、当時入手できる限りのあらゆる知識を与えた後、この人物に一連の質問を課する。それはたとえば次のようなものである。「お前には起こりそうなことに思えるだろうか、まもなく銀色の、鉛に似た金属が発見され、その金属で作った二つの半球を簡単な手の操作ひとつで合体し、大きなオレンジのようなものをこしらえれば、地球上の生命を破滅させることも可能なのだということが？　お前にはあり得そうなことに思えるだろうか、ここにある、ベンツ氏がごとごと音を立てる一馬力半のエンジンを取り付けた古ぼけた馬車が、まもなくどんどん数を増していき、モーターの窒息性の煙や排気ガスのせいで大都市では昼が夜に変わり、またドライブの終わったあとでその乗り物をどこかに停めるという問題が、強大を誇る主要都市を悩ます一大災禍と化してしまうのだということが？　お前には起こりそうなことに思えるだろうか、花火と反動力の原理によってまもなく人間が月面を散歩するようになり、しかもその散歩を同時に地球上の他の数億の人間が自宅で見ることができるようになるのだということが？　お前にはあり得そうなことに思えるだろうか、まもなく人工の天体を造ることが可能になり、それに備えつけた装置によって空宙空間から野外や町の路上の一人ひとりの人間の動きを追跡することもできるようになるということが？　お前は起こりそうだと思うだろうか、お前より上手にチェスを指し、作曲し、一つの言葉から別の言葉に翻訳し、世界中の計算家や会計士や簿記係が全部束になって一生かかってもし尽くせないような計算を数分でやってのけるような機械ができるだろうということが？　お前にはあり得そうなことに思えるだろうか、やがてヨーロッパの中央部に巨大な工場が出現し、その炉では生きた人間が焼かれ、しかもその不幸な人々の数が数百万を超えるのだということが？」

　明らかに——とコウスカ教授は述べる——一九〇〇年においてこうしたすべての事件にほんのわずかでも信憑性を認める者は、狂人しかいなかったであろう。ところがすべては起こったのだ。従って、こうしたあり得そうもないことが生じた以上、なぜ今になって突然、この秩序が急激な変更をこうむらなければならず、今後はもはや、信憑性があり、起こりそうで、あり得そうに思えることしか実現しないということになるのだろう？　未来を予言するのは勝手だが——と彼は未来学者たちに呼びかける——その予言の拠り所を最大の可能性の計算に置くことだけはやめてほしい……。

　コウスカ教授の感銘深い著作が推奨に値することは疑いない。しかし、この学者は認識の熱意につき動かされるあまり誤謬《ごびゅう》に陥っており、その点をベドジフ・ヴルフリツカ教授が『農業新報《ゼムニエジエルスケー・ノヴィヌイ》』に掲載された長大な批判的論文の中で指摘している。ヴルフリツカ教授の主張によれば、コウスカ教授の反確率論的論法が拠り所とする前提は、明言されていないばかりか、誤ってさえいる。なぜなら、コウスカの論法の見せかけの背後には、「存在に対する形而上学的驚愕」が潜んでいるのであって、それに言葉を与えれば次のようなものになるであろう。「なぜ私はまさに今、まさにこの体の中に、まさにほかならぬこのような形をとって存在しているのか？　なぜ私は、かつて存在した数百万の人々の中の誰でもなかったし、いつか生まれてくる人々の中の誰でもないのか？」たとえもしこのような問いに何か意味があると仮定したとしても、とヴルフリッカ教授は言う、それは物理学とは何の関係もない。一見、関係はあり、それを次のように表現し直すこともできるようには見える。「存在した、つまり、これまで生存した各人は、遺伝の基礎単位たる遺伝子から成り立つ特定のパターンの肉体による実現であった。原則として、今日までに実現されたこれらすべてのパターンを描いてみることは可能だろうが、その場合、われわれは何列にもわたって遺伝子型の式が記入された巨大な図表に直面することになるだろう。それらの式の一つひとつが、それから胎児としての成長を経て生まれてきた特定の人間に、正確に対応しているのである。その時、口をついて出てくるのは次のような問いであろう。図表上の、私に、私の肉体に対応するこの遺伝子パターンが、他のすべてのパターンと、厳密にどこが違っているために、その違いの結果、まさにこの私はその物質への生ける肉化として今ここにいるのだろうか？　すなわち、どのような物理学的条件、どのような物質的状況を私が考慮に入れれば、その違いを知ることができ、なぜ図表上のすべての式については、『これは〈別の人間〉のことだ』と言うことができるのに、ただひとつの式についてだけは、『これが私のことだ、これが〈私は存在する〉ということだ』と言わねばならないのかが分かるようになるのだろう?」

言うまでもなく――とヴルフリッツキ教授は説明する――物理学は今日であろうと、一世紀後であろうと、一千年後であろうと、このように表現された問いに答えることは不可能である。この問いは物理学においてはまったく何の意味も持たないが、それは物理学そのものが個人ではないからである。従って、物理学は何かの研究、たとえば天体か人体の研究にたずさわる場合、我と汝、これとあれの間に何の区別も設けはしない。私が自分のことを「私」と言い、他人のことを「彼」と言うということを、物理学は自分なりに（論理自動装置の一般理論、自律組織システム理論等に基づいて）説明することはできるだろうが、実は「私」と「彼」との間の存在上の相違を認めているわけではないのである。確かに、物理学は個々の人々の独自性を発見することはできるだろうが、それは各人が（双子は別である！）異なる遺伝子の式の肉化であるためなのである。

しかし、コウスカ教授の言わんとすることは、われわれの一人ひとりの体の作りが少しずつ違っているとか、肉体的、精神的個性を備えているということではまったくない。コウスカの論法の背後にある形而上学的驚愕は、仮にすべての人々が同一の遺伝子式の肉化であり、仮に人類がいわば理想的によく似通った双子だけから成っていたとしても、毫《ごう》も軽減することはないであろう。なぜなら、その場合でも引き続き、「私」が「誰かほかの者」ではないということ、ファラオの時代でも北極でもない、今、ここに生まれたということの原因は何かと問うことは可能であろうし、引き続き、物理学からはそのような問いに対する答は何ひとつ得られないだろうからである。私と他の人々との間に生ずるこれらの違いは、私にとってはそもそも、私が自分であるということ、自分の中から飛び出してしまうことも、誰かと存在を交換することもできないということから始まっているのであり、私の外見や私の気質が残りのすべての生者（および死者）と異なっているというような違いに私が気づくのは、そのあとのことにすぎないのだ。この最も重要で、私にとって第一義的な違いは、物理学にとってはまったく存在しないのであり、この主題に関して言い得ることはもはやこれ以上何もない。つまり、物理学者や物理学を――この問題に関して――盲目にしているのは、確率論ではないということになるのである。

自分がこの世に生を受ける可能性の推定という疑問を導入することにより、コウスカ教授は自分と読者を迷路に送り出してしまったのである。「私、コウスカが生まれるためには、どのような条件が満たされねばならなかったか？」という問いに対し、物理学が「物理学的に非常に起こりそうもない条件を満たさねばならなかった」という言葉で答えるものとコウスカ教授は考えている。これこそが誤りなのである。この問いは本質的に次のようなものと同じである。「私の見るところでは、私は生きた人間であり、数百万人の人々の一人である。私は知りたく思うのだが、この私のどこが、過去、現在、未来に存在する他のすべての人々と物理学的に違っているために、私はそれらの人々の誰であったこともなく、現に誰でもなく、ただただ紛れもなく今の自分自身であり、自分のことを『私』と言っているのだろうか？」物理学はこの問いに対し、蓋然論を援用して答えることはしない。物理学は、自己の立場からすれば、問う者と他のすべての人々との間には、何も物理学的違いはないのだと言明するのである。それ故、コウスカの論証は確率論には抵触も違犯もしていない。そもそも両者は無関係なのだ！

二人の優れた思想家のこれほどまでに相反する見解を合わせ読んだ書評子は、深い当惑の念に陥らざるを得なかった。書評子にはこのジレンマを解決する能力はなく、B・コウスカ教授の著作を読んで得た唯一確実なものは、かくも興味深い一族の経歴を持つこの学者を生まれるまでに至らしめたすべての事件についての周到な知識をおいてほかにはないのである。論争の核心については、もっとふさわしい識者の手にゆだねるべきであろう。

我は僕《しもべ》ならずや

アーサー・ドブ著（パーガモン・プレス）

Arthur Dobb, NON SERVIAM（Pergamon Press）

ドブ教授の著書は、フィンランドの哲学者エイノ・カイッキがこれまでに人間の創造した最も残酷な科学と呼んだ、あのパーソネティクスを扱っている。今日の最も傑出したパーソネティクス学者の一人であるドブも、同様の見解を抱いている。パーソネティクスは——と彼は言明する——その実践において不道徳であるとの結論を免れるわけにはいかない。しかし、倫理の指針との矛盾はあっても、事はまさしく実生活上われわれに不可欠な種類の活動にかかわっているのである。研究に際して特有の無情さ、自然な反射作用の歪曲は避けては通れないのであり、ほかの場合ならいざしらず、まさにここでは事実の研究者たる科学者の完全な無罪性という神話は崩壊してしまう。そもそも、問題のこの専門分野は一種大げさに誇張され実験神統系譜学と呼ばれてきたのである。

実際、書評子をして考えこましめざるを得ないのも、報道機関が大々的にこの問題を報じた際——九年前のことであった——現代ではもはや何事も人を驚かすことはあるまいとの予想に反し、世論がパーソネティクスの発見した新事実にショックを受けたという点である。コロンブスの行為の反響は数世紀にわたって続いたのにひきかえ、月面征服は数週間でほとんど陳腐な事柄として集団意識の中に同化されてしまった。にもかかわらず、パーソネティクスの誕生は衝撃であることが明らかとなったのである。名称は二つのラテン語の用語、ペルソナ——人間と、ゲネティカ——創造、創設の意、に由来する。この領域はサイバネティクスと八〇年代のサイコニクスが応用知能電子工学《インテレクトロニクス》と異種交配された結果、後に生じた変種である。パーソネティクスについては今日では誰もが知っており、通りがかりの者にたずねれば、それは理性ある生物の人工生産だと答えるであろう。この答は確かに的はずれではないが、問題の本質をついているわけでもない。現在、われわれはほぼ百にのぼるパーソネティクス・プログラムを自由に使用できるようになっている。九年前、「線型」タイプの原始的胚珠というべき個性・図式がコンピュータの中に生まれた。しかし、今日では博物館的価値しか持たない当時の世代の電算機もまた、パーソノイドの真の創造のための場をまだ提供してはくれなかったのである。

　その理論的可能性をつとに予測したのはノーバート・ウィーナーであり、彼の最後の著書『創造者とゴーレム』のいくつかの箇所がそのことを証言している。そのことが彼一流の半ば冗談めかした言い方で言及されていたのは確かであるが、しかしその指摘にこめられた冗談は、かなりうっとうしい徴候に裏づけられたものであった。とはいえ、ウィーナーは事態が二十年後にどのように転換したかを予見することはできなかった。「最悪の結果が生じたのは」とドナルド・アッカー卿は語っている、「MIT（マサチューセッツ工科大学）でインプットがアウトプットとショートした時であった」

現在では、二時間で未来の「住人」のために「世界」を生産できる。というのは、標準装備プログラム（BAAL66、CREANⅣ、あるいはJAHVE09など）の一つを機械に入力するには、それだけの時間がかかるからである。ドブはパーソネティクスの初歩をむしろおおまかに、読者に史料の参照を求めることによって概説しているが、他方、決断力に富む熟練家・実験者としての自己の立場からは、何よりもまず、彼自身がどのように作業を進めているかということを述べている——これがかなり本質的な問題であるのは、まさにドブによって代表される英国学派と、MITのアメリカ・グループとの間に、方法論と実験により追究される目的の領域で、かなり大きな相違が生じているからである。ドブは「百二十分に圧縮された六日間」の手続きを次のように描いている。まず、機械のメモリーに最小限のセットのデータを供給する、つまり——素人にも分かる言葉の範囲に限るとすれば——そのメモリーに「数学的」材料を入れる。この材料は当面はまだ存在しないパーソノイドの「生活」宇宙の核となるものである。この——電算機の——世界に生まれ、その中で、そしてその中でのみ生長するであろう生物に、こうしてわれわれは無限大を特性とする環境を供給することが可能となる。それ故これらの生物たちは、その環境が彼らの立場からすれば何らの境界も有していないのであるから、物理的な意味では自分たちが閉じ込められているとは感じないはずである。この環境はわれわれに与えられているものとも酷似する唯一の次元、すなわち時間の流れ（持続）の次元を有している。といっても、この時間がわれわれの時間とそっくり同じなわけでもないのは、その流れの速度が実験者によって任意に制御されるという理由による。通常、この速度は最初期（いわゆる「創世始動期」）において最大で、われわれの数分が数エオン［十億年］に相当し、その間に人工宇宙の数々の一連の再組織化と結晶化が達成される。この宇宙は完全に無空間的であり、いくつかの次元を備えているとはいっても、その次元の性格は純粋に数学的なもので、従って客観的にはまるで「仮想的」なものであるかのようにしか見えない。これらの次元は単にプログラマーによる公理系決定のある結果にすぎず、その次元数は彼に依存している。もし彼がたとえば十次元と定めれば、創造されたものの構造にとっては、六次元しか設定しなかった場合とは異なる結果が生じるだろう。多分繰り返し強調しておいた方がよいであろうが、それらの次元は物理空間の次元と同系統のものなのではなく、数学的体系の創造の際に用いられる、抽象的で、論理的効力を持つ構成概念とのみ共通するのである。

この数学者向きの親しみにくい要点を、ドブは学校教育で一般に知られている簡単な事実を援用して説明しようとする。周知のように、幾何学的に各面が等しい三次元の立体、たとえば正六面体を構成することは可能であり、これは実際の現実においてはさいころの形で対応物を持っている。同様にして、四次元、五次元、n次元の幾何学的立体（四次元のものは、いわゆる四次元立方体《テッセラクト》である）を作ることが可能である。それらはもはや現実の対応物を持っておらず、そのことは、第四の物理学的次元が欠けているため、真の四次元さいころを製作することができないことから了解される。まさにこの区別（つまり、物理学的に構成されるものと単に数学的に作ることが可能なものとの間のそれ）が、パーソノイドにはまったく存在しない。なぜなら、彼らの世界は完全に純数学的整合性を有しているからである。この世界は数学で作られているのである。もっとも、この数学の基礎をなすのは、もはや普通の純物理学的物体（継電器、トランジスタ、論理回路、一言で言えば、電算機の巨大な全ネットワーク）なのではあるが。

周知のように、現代物理学によれば、空間はその中に存在する物質および集合体と別個の何かなのではない。空間はその存在に関してそれらの物体に条件づけられており、それらがない場所、つまり、物質的意味で「何もない」場所では、空間もゼロに帰せられ消滅する。物質的物体のまさしくこの役割、つまり、いってみれば「押し広げ」、そうすることにより「空間」を作り出す役割をパーソノイド世界において演ずるもの――それこそがわざわざそのために生み出された数学の諸体系なのである。プログラマーはある具体的実験の実施を決定するにあたり、たとえば公理的方法により一般に作成可能なありとあらゆる「数学」の中から、創造される宇宙の基盤、「生存の基底」、「存在論的基礎」となるような特定のグループを選択する。ドブの意見によれば、人間の世界との驚嘆すべき類似が生ずるのはここにおいてである。というのも、このわれわれの世界は、最も単純であるために最もよく自身に適合する幾何学の、ある特定の形式と特定のタイプ（最初に約束した言葉の範囲に限るとすれば、三次元性）を採用することを「決定した」からである。それにもかかわらず、われわれは「別の特性」をそなえた、「別の世界」を、幾何学的領域や、幾何学にのみとどまらぬ領域で想像することができる。パーソノイドたちについても同様である。すなわち、彼らにとっては、研究者が「住居」として選択した数学の形は、ちょうどわれわれにとっての、われわれが生き、生きねばならぬ「基礎的現実世界」と同一のものなのだ。そして、われわれと同様に、彼らも異なる基本的特性をそなえた世界を「想像する」ことができるのである。

ドブは自説を述べるにあたり、順次、近似を試みては元の地点に立ち帰るという方法を採っており、以上にわれわれが概略を描いた、原著の最初の二章にほぼ相当する箇所は、後に部分的に撤回される——つまり、紛糾を招く——ことになる。パーソノイドたちの——と原著者はわれわれに説明する——遭遇する世界が、結局、最後の終末まで与えられた形をとどめる、要するに、何か出来合いの、静止した、まるで氷に鎖《とざ》されたようなものだなどと考えてはならない。その世界が「細分化」を経てどのようなものになっていくのかということは、もはや彼らだけに依存するのであり、しかも、彼ら自身の活動が拡大し、彼らの「探究意欲」が増大するにつれ、その度合も増すのである。しかしながら、パーソノイドの宇宙を現象として存在する世界になぞらえ、その存在はその世界の住人がそれら諸現象を知覚する範囲にのみ限られるのだと考えることも、やはり事態を正確に描いたことにはならない。センターやヒューズの著作に見られるこのたとえを、ドブは「観念論的偏向」とみなしている。つまりそれは、パーソネティクスが、珍妙至極にも突如復活したあのバークリー主教の教義に捧げた貢物だというのである。センターの主張によれば、パーソノイドの世界認識は、あの、「存在《エッセ》」を「知覚《ペルキピ》」から区別することのできないバークリー的人間存在、すなわち、知覚されるものと、知覚者から独立して客観的に知覚をもたらすものとの間の区別を決して見出すことのない存在による認識と似たものだとされる。事柄のこのような説明に対するドブの攻撃はますます熱を帯びたものとなる。なるほど数学的対象が存在し得るのと同等の意味に限られるとはいえ、コンピュータの内部に、パーソノイドとは独立して、パーソノイドによって知覚されるものが確かに存在していることは、彼らの世界の創造者たる当のわれわれが十分知り尽くしているではないか、と彼は言うのである。しかし、説明の終着駅はまだ訪れたわけではない。パーソノイドは発生的にはプログラムのおかげをもって生まれ、実験者に押しつけられた速度、つまり、光速を駆使する情報処理の最新技術のみが許容する速度で生長する。パーソノイドの「生存の住居」となる数学は、完全に「準備を整え」彼らを待ち受けているわけではなく、いわば「空き家の」、「言い切らぬままの」、「中断された」、「潜在的」状態にある。なぜなら、この数学はひとまとまりのいくつかの将来の見通し、すなわち、適切にプログラムされた電算機のサブユニットに含まれるいくつかの道筋にすぎないからである。これらのサブユニット、つまり発生装置は、しかし、「自ら進んでは」何一つ提供してくれるわけでもない。パーソノイドの具体的なあるタイプの活動がそれらに対し、発生を始動させる引き金の機構としての役割を果たし、その結果、発生は徐々に増進し、特徴化が達せられる。つまり、これらの生物を取り巻く世界が、彼ら自身の行動に従って一義化されるのである。ドブは以上に述べられたことを次のような類推を用いて論証しようとする。人間は現実世界を様々な方法で解釈することができる。彼はこの世界のある特徴に特別な研究上の関心を向けることができるが、その時得られた知識は、残りの、彼が優先した研究では考慮されなかった部分にも、独自の光を当てるであろう。もし最初に力学に熱心に取り組むなら、彼は力学的世界像を自身のために作り上げ、揺るぎない歩みで過去から正確に決定された未来へと進む巨大な精密時計として宇宙を見るであろう。この像は現実の正確な等価物ではないが、にもかかわらず、それを歴史的に長期にわたり使用し、たとえば、機械や道具の製作等の、多くの実際的成功を収めることすら可能となる。パーソノイドたちも同様である。――もし彼らが選択と意志行為により、あるタイプの関係を「志向し」、このタイプに優先権を与えるようなことがあれば、もしこのタイプの中にのみ自らの宇宙の「本質」を見出すようなことがあるならば、彼らは虚構でも不毛でもない活動と発見の一定の道筋を歩み始めることになるだろう。彼らはこの志向の助けを借りて、それに「環境」の中で最もふさわしいものをことごとく「抽出する」。最初に目の及ぶものが、最初に手中に帰することとなるであろう。なぜなら、それらを取り巻く世界は部分的にのみ、研究者・創造者の手で決定され、前もって設置されたものにすぎないからであり、パーソノイドたちはその中で一定の、それもかなり大きな自由の余地を、純粋に「精神的な」（彼らがこの自己の世界について何を考え、この世界をどのように理解しているかという範囲での）行動においても、また「現実的な」（確かにわれわれが考える意味で文字通り現実的ではないが、かといって単に純粋に想像上のものでもない彼らの活動の領域での）行動においても保持しているのである。正直な話、ここは論証の最難所で、プログラムと創造的干渉の数学言語によってのみ翻訳されるパーソノイドの生存に関する以上の特殊な性質を、ドブも完全に説明するわけにはいかなかったようだ。従ってわれわれは多少うのみにする観を免れないが、パーソノイドの活動は完全に自由でもなければ（ちょうどわれわれの行動空間が自然界の物理法則に制限されているため、まったく自由ではないのと同様である）、完全に決定されているわけでもない（ちょうどわれわれも固定して引かれた線路上に置かれた車両ではないのと同様である）と考えねばならない。パーソノイドが人間に似ているのは、「第二次性質」――色彩、旋律的な音、事物の美――が人間の聞く耳と見る目の存在をまって初めて生ずるのに、その見たり聞いたりを可能にするものは、そもそもすでにその前から与えられているという点である。パーソノイドたちは、自分たちの環境を知覚する際、「自ら進んで」それに対し、われわれが眺めた景色の魅力にちょうど相当する経験的諸性質を付与するのである。もっとも、彼らに与えられるのは純数学的風景なのではあるが。「彼らはその風景をどのように見ているのか」ということについては、「彼らの感覚の主観的性質」という意味ではもはやわれわれは何も判断を下すことができない。なぜなら、彼らの経験する性質を実際に知る唯一の方法は、自ら人間の皮を脱ぎすて、パーソノイドになることだろうからである。ましてやパーソノイドには目も耳もないのだから、われわれが理解するような意味では何も見えもせず、聞こえもしない。というのも、彼らの宇宙には光も、闇も、空間的遠近も、上下もなく、そこにあるのはわれわれには見えないが、彼らにとっては第一義的で、基本的な次元だからなのだ。彼らが知覚するのは、たとえば――人間の感覚的認知を構成する要素の等価物としての――一定の電位変化である。しかし、この電位変化は彼らにとっては、いわば電圧に類するようなものではなく、むしろ、人間にとって最も根本的な視覚的ないし聴覚的現象の知覚、つまり、赤い染みが見えるとか、音が聞こえるとか、硬い物や柔らかい物に触れるとかいうことのようなものなのだ。ここでは――とドブは力説する――もはや類推や喚起によってしか語ることはできない。パーソノイドはわれわれのように見たり、聞いたりできないのだから、われわれに比べ「不具」だなどと公言するのは、まったくばかげている。なぜなら、同等の権利をもって、数学的現象を直接感知する能力にかけては、彼らに比べわれわれの方が貧弱だと宣告することも可能だろうからである。この現象をわれわれは純粋に知的で、精神的で、推論的な方法によってしか知らず、論証を通してしかそれと接触せず、抽象的思考によってしか数学を「経験」しないではないか。ところが彼らは数学の中で生きており、数学は彼らの空気、大地、雲、水であり、パンですらあり、食料ですらある。彼らはある意味で数学を「食べている」のである。従って、パーソノイドが機械の中に「幽閉」され、密閉されているというのはわれわれの立場からする見方だということになる。彼らがわれわれ人間の世界に入り込めないのと同様に、逆にそれとは対称をなし、人間も彼らの世界の内部に侵入し、その中で存在し、それを直接感知するすべをまったく持たないのである。それ故、ある種の具体化をとげた数学は、完全に実体を持たぬほどにまで精神化した知性の生活空間、つまり、その知性の存在の壁龕にして揺籃、その生存の場となったことになる。

パーソノイドは多くの点で人間に似ている。ある種の矛盾命題（「a」であり、かつ「aではない」）を想像することはできても、それを現実化することはできないのは、われわれと同様である。それを許さないのがわれわれの世界の物理学であるのに対し、彼らのそれは論理学である。彼らの世界の論理学は、われわれにおける物理学と同様の、行動を制限する枠組なのだ！　いずれにせよ――とドブは力説する――パーソノイドがその無限宇宙で作業に集中している時に、何を「感じ」、何を「経験する」のかを、われわれが最後まで、内省的に理解し得るなどということは問題にもならない。その完全な無空間性は断じて幽閉ではない――それはジャーナリストが思いついたナンセンスである。事実はその逆であって、この無空間性こそが彼らの自由の保証人なのだ。なぜなら、活動状態に「励起」されたコンピュータの発生装置が自ら紡ぎ出す数学――他方、装置をそのように「励起」するのはパーソノイド自体の活動であるが――この数学は、任意の行動や実地の建設作業、あるいは、他の探険や、英雄的遠征や、大胆な侵略、推測のために現実化された、いわば広大な場なのである。一言で言えば、ほかならぬまさにそのような宇宙をパーソノイドたちに所有させたからといって、われわれが彼らを虐待したと非難されるいわれはない。パーソネティクスの残酷さ、不道徳性を指摘することが許されるのは、この点に関してではないのである。

『我は僕《しもべ》ならずや』の第七章で、ドブはデジタル宇宙の住人たちを読者に紹介することとなる。パーソノイドたちは分節化された言語も、分節化された思考も、さらにその上に、感情をも、自在にあやつることができる。彼らは各々が個性ある存在であり、しかも彼ら相互の分化はもはや、創造者・プログラマー、つまり人間の下した決定の単なる結果ではない。この分化は彼らの内部構造の並はずれた複雑さから生じたものにほかならない。彼らは互いによく似ていることもあるかもしれないが、それでも決して同一ではない。生まれ出ずるにあたり、彼らはいわゆる「核」（「パーソナル・ヌクレアス」）を供給される。もうこの時には、未発達な状態ではあるにせよ、言語能力と思考能力を備えている。きわめて貧弱ではあるにせよ、語彙を持ち、あてがわれた統語規則に従って文を組み立てる能力を備えているのである。将来は、これらの決定要素すら彼らにあてがわず、原始人の集団のように、自分で社会化の過程を通して言語を作り出すまで、じっと待ち続けることも可能になると思われる。しかし、パーソネティクスのこの方向は、二つの重大な障害に突き当っている。第一に、言語の発達を待つ時間が非常に長くなるに違いない。現在のところ、それには十二年かかるはずであり、それとてコンピュータ内部の変換速度を最大にした場合の話である（比喩的で大変おおまかな話になるが、機械時間の一秒は人間の寿命の一年に相当する）。第二に、これが最も困った問題だが、「パーソノイドの集団進化」において自然発生的に作り出される言語は、われわれには理解できないであろうし、その究明作業は、不可解な暗号を苦心惨憺して分解するのと変わらないことになるに違いない。しかもこの作業が余計に難しいのは、そもそも普通に解読される暗号というものは、人間が他の人間のために、解読者と共有する世界において作ったものだからである。しかるに、パーソノイドの世界はわれわれの世界とは性質がはなはだしく異なっており、それ故、その世界に最もふさわしい言葉もまた、どの民族言語からも遠くへだたっているに違いない。従って、当面は「無からの《エクス・ニヒロ》」創造はパーソネティクス学者の計画と夢想にすぎないのである。パーソノイドは、十分に「発達的に確立した」時、初歩的な、そして彼らにとっては最も第一義的な謎に直面する。それは、自身の起源の謎である。つまり、彼らは、人間の歴史、人間の信仰の歴史、人間の哲学的試みと創造神話からわれわれには周知のあの問いを発するのである。われわれはどこから来たのか？　なぜわれわれはこのようなものであって、ほかのようではないのか？　なぜわれわれの知覚する世界が持つ特質はまさしくこれであって、ほかのどれかではまったくないのか？　われわれは世界にとってどんな意味があるのか？　世界はわれわれにとってどんな意味があるのか？　最終的に、一連のこれらの問いはまったくの必然的な経過をたどって存在論の基本的諸問題へと彼らを追いやり、ついには、存在は「自ら進んで」生じたのか、それともある創造的行為の結果なのかという問い、すなわち、存在の背後には、意志と意識に恵まれた、意図的に行動する、物事をわきまえた創造者が潜んでいるのかという問いに至らしめる。パーソネティクスの残酷さと不道徳性が全貌を現すのは、まさにこの地点なのである。

しかしドブは、その著作の第二部において、そうした知的努力、というか、こういう言い方がお望みなら、そのような問いの餌食となった知性の苦悩なるものに理解を示すこととなる前に、次の数章を割いて「典型的パーソノイド」の特徴、その「解剖学、生理学、および心理学」を紹介している。

孤立したパーソノイドが未発達な思考の域を脱せないのは、ただ単に話す訓練を積むことができないからにすぎず、そもそも話さなければ推論による思索は十分に発展することなくしぼんでしまうに違いない。数百にのぼる実験結果が示すように、少なくとも言語の発達や典型的な探究活動、さらには「文明化」のためには、四人ないし七人のパーソノイドの集団が最適である。そのかわり、もっと大規模な社会的過程に相当する現象には、多人数の集団が必要となる。現在では、十分に容量の大きなコンピュータ宇宙であれば、大ざっぱに言って千人までのパーソノイドが「収容」可能であるが、しかし、この種の、すでに分離し独立した専門分野——社会力学——に属する研究は、ドブの主な関心の範囲の外にあり、そのため、彼の著書はそれにはわずかに付随的に触れているだけである。前述したように、パーソノイドには肉体はないが、「魂」はある。この「魂」は——機械の諸過程を（特別な準備のもとに、つまり、コンピュータに組み込まれたゾンデ型の付属装置を用い）査察する外部の観察者の目には——その「諸過程の凝縮した雲」、言い換えれば、機械のネットワーク内で、かなりはっきりと区別できる、つまり、限定できる、一種の中心を持つ機能的集合体のように見える（ついでながら、この作業は容易ではなく、いくつかの点で、人間の脳の中に多数の機能がそれぞれ局在している中心を、神経生理学によって捜し求めるのに似ている）。パーソノイドが創意を発揮する機会そのものについて理解するのに重要なのは、『我は僕ならずや』の第十一章であり、そこでは意識の理論の基礎がかなり平易に説かれている。意識（すべての意識であり、パーソノイドのそれに限らず、人間のそれも同様）は、物理学的に見れば「情報の定常波」であり、絶え間のない変換の流れの中にある力学的定数なのであって、ただ風変わりなのは、それが「妥協」であり、と同時に、われわれの理解する限り、自然進化がまったく「予定」もしていなかった「合力」でもあるという点である。予定どころの話ではない——進化は最初から、脳の働きを調和させるには無理な、脳の一定のサイズ、つまりある程度の複雑化を超える、前代未聞の厄介事や難題を持ち込んだのであり、しかも、進化は人格ある造物主ではないので、当然、無思慮なままにそうしたジレンマの領域に踏み込んでしまったのである。はっきり言えば、神経系に特有な制御と調整上の課題に対する、進化的に大変古い解決法を、人類発生の開始された段階まで「引きずってしまった」のであった。純粋に合理的で経済的な工学的立場からすれば、この古い解決法はすっぱり徹底的に抹消し、破棄されるべきであり、何かまったく新しいものを、理性ある生物の脳として設計するべきであった。しかし、おそらく進化はそのように進むことはできなかったようで、中には数億年の齢を重ねたものもある古い解決法の遺産を清算するなどという業は、常に適応変化という非常に小刻みな歩みしかせず、「這う」ことはあっても、「跳ぶ」ことはしない進化にとっては、土台、力に余ることなのである。だから、パーソネティクス誕生の前提となったモデル化である、コンピュータによる人間心理のモデル化の創始者、タマーとボーヴァインがいみじくも述べたように、進化は「地引網」であって、無数の「古語」、つまり、あらゆる「くず」を「うしろに引きずっている」。人間の意識は独特な「妥協」、「パッチワーク」の結果であり、たとえばゲプハルトが主張したように、有名なドイツの諺《ことわざ》"Aus der Not eine Tugend machen"（欠点、厄介を美点に変えるの意）の申し分のない好例なのである。電算機が「自分からは」決して意識を獲得し得ないのは、その中ではオペレーションの階層的衝突が生じないという単純な理由によっている。そのような機械は、中で二律背反が増大すれば、精々、あるタイプの「論理的悪寒」か「論理的麻痺」に陥るだけのことである。ところが、人間の脳の中にあふれかえっている矛盾の方は、数十万年の間に徐々に「仲裁手続き」の対象となっていった。上位の階層と下位の階層、つまり、反射運動と熟考、衝動と抑制、自然環境の（「動物的方法による」）モデル化と概念環境の（「言語的方法による」）モデル化のそれぞれの階層が生まれ、しかもこれらすべてはともに、完全に一致したり、重なり合ったり、一つに統一されたりすることはあり得ないし、「望んでもいない」。それでは意識とは何なのか？　逃げ口上、窮境からの出口、見せかけだけの最終手段、自称（しかしただの自称にすぎない！）終審裁判所であり、物理学と情報理論の言葉で説明すれば、いったん開始されると、まったく終結しない、つまり、最終的完了に至らしめ得ない機能なのである。従って、意識はひとえにそうした終結、脳の持つ頑固な諸矛盾の全面的「和解」のための計画だということになる。それはまるで、他の鏡を映し出すことを任務とする鏡のようなもので、その別の鏡の方も次にはまたさらに他の鏡を映し出す——かくして果てしのないこととなるのである。これは単純に物理学的に言って不可能なので、そのため、まさにこの「無限後退《レグレッスス・アド・インフィニトム》」は上空を人間の意識の現象が滑空し飛び回る一種の舞台の迫《せ》り出しの観を呈する。「意識の下では」どうやら絶えず完全な代表権を——意識の中に——獲得しようとする戦いがくりひろげられているらしいのだが、代表しようとする層が完全に意識に達することは望むべくもない、達しようにも、第一、その場所が不足しているのだ。なぜなら、意識の注意の中心をめがけてわれさきに押しかける動向のすべてに同等の権利を完全に与えようとしたら、何よりもまず必要なのは、無限の容積と容量だということになるからである。

かくして、意識の周囲には絶え間なく「混雑」や「押し合いへし合い」が続き、そして、意識はあらゆる知的現象を統べる至高の、冷ややかに君臨する舵手どころか、むしろ、多くの場合、揺れ動く波間に浮かぶ、「頂上的地位」にあるからといって波を完全に支配するなど思いもよらぬ、一個のコルクとなりはてる……。情報理論や力学によって解釈される現代の意識理論の言語は、残念ながら単純明快に説明するわけにはいかないため、われわれは、少なくともこの入門的解説では、いつも一連の実物教育や比喩に頼ることになってしまう。いずれにせよ、われわれは意識がある種の「言い逃れ」、「逃げ口上」だということを知っており、このようなものを進化が頼みとする時のやり口が、紛れもなく進化特有の、つまり、生じてくる苦境から、手っ取り早く、即座に脱出しなければならないという意味で、日和見主義的なものだということも了解している。そこでもし、誰かが完全に合理的な工学および論理学の規範に則り、技術的性能の規準に従って、理性ある生物を本当に建造したとすれば、そのような生物は意識を賜物として授けられることは決してないであろう……。それは完全に論理的で、常に矛盾のない、明快な、見事に秩序づけられた振る舞いをするであろうし、観察者たる人間の目には、創造と決断の両面で天才的能力をすら持つように見えるかもしれないが、しかし、それはいかなる意味でも人間ではないであろう。それには欠けているのだ、人間の「神秘的深さ」が、人間の内部の「ややこしさ」が、その迷路じみた天性が……。

意識を持った精神的生命の現代的理論については、ここでは、ドブ教授同様、われわれも語ることはすまい。だが、以下のことは、パーソノイドの個性構造の前提なのであるから、述べておく必要がある。パーソノイドの創造は、最古の神話の一つであるホムンクルスの神話をついに実現した。人間の似姿、つまり、人間の魂の似姿を作り出すためには、情報基層の中に一定の矛盾を故意に導入しなければならず、この基層に非対称、分散的傾向を与えなければならない。一言で言えば、この基層を同時に統一し、かつ混乱させねばならないのである。それは合理的だろうか？　しかり、まったく避けがたいことである。われわれの求めているものが単にある種の人工知能の建造ではなく、思考の模造、およびそれとともに人間の個性の模造である以上は。

それ故、ある程度まではパーソノイドの感情はその理性と反目するに違いない。彼らは自己破壊的傾向を少なくともある限度まで保持するに違いない。あの内的緊張、つまり、精神状態の申し分のない無限性とも、耐えがたいほど悲痛な分裂とも感じられるあの分散性の一切を、彼らは身をもって味わうに相違ないのである。しかもその創造法は、思ったほど絶望的に複雑なものでは決してない。ただ単に、創造物（パーソノイド）の論理がかき乱され、ある二律背反を含むようになればよいだけの話である。意識が進化上の窮境からの出口であるのみならず――とヒルブラントは述べている――同時にゲーデル化の罠《わな》からの逃走でもあるのは、この解決法が誤謬《ごびゅう》推理的矛盾によって、論理的に見て完全などの体系も陥らざるを得ない矛盾を回避してしまったからである。従って、パーソノイドたちの宇宙は完全に合理的だが、彼らの方はその宇宙の完全に合理的な住人ではないのである。ここではわれわれにはこれで十分であるとしておこう――ドブ教授もこの極度に難しい主題にこれ以上深入りはしていないのであるから。すでにわれわれが知っているように、パーソノイドには肉体はなく、そのため自身の肉体性を感じることもないが、「魂」はある。完全な暗闇の中で、外からの刺激の流入を極力低減した、ある特殊な精神状態で感じとられることを「想像するのは非常に難しい」と言う者がいる。しかし――とドブは力説する――これは誤解を招きやすいイメージである。なぜなら、感覚を遮断されれば人間の脳の働きはすぐにも崩壊し始めるからである。外界からの刺激の流れを欠いた精神は溶解傾向を示すということなのだ。ところが、五感を奪われたパーソノイドが「崩壊」しないのは、彼らに凝集性を与えている数学的環境を感じとっているからなのだ――だが、どのようにしてなのか？　彼らはそれを、その「外界性」なるものから押しつけられ、誘発される自身の状態の変化に従って、いわば、感じとるのである。彼らは自分の外から生じる変化を、自身の精神の深みから現われてくる変化から、区別することができる。どのようにしてそうするのか？　この問いに対しては、もはやパーソノイドの力学的構造に関する理論しか、明確な答を与えてくれるものはないのである。

ところがそれでも、途方もない相違がありながらも、彼らはわれわれに似ているのだ。われわれのすでに承知していることであるが、電算機に意識が宿ることは決してないであろう。それをわれわれがどんな任務に就かせようが、その中でどんなプロセスをモデル化しようが、電算機は永久に変わらず精神を欠いたままでいることだろう。人間をモデル化したいがために、人間のある種の基本的矛盾を複製する必要に迫られているのだから、相互に引きつけ合う対立のシステム、つまり、パーソノイドのみが——ドブの引用するキャニオンにならって言えば——重力によって収縮すると同時に、放射エネルギーによって膨張する星に似ていると言えるのである。重心となるのは、はっきり言ってしまえば、個性ある「私」である——しかし、それは論理的意味でも物理的意味でも、少しも個体だなどとは言えはしない。それはわれわれの単なる主観的幻想なのだ！　われわれは解説がこの段階にさしかかった所で、無数の驚嘆すべき意外な事実に取り囲まれている。確かに電算機をプログラムして、理性ある話相手の場合のように、それと会話を交わすことができるようにすることは可能である。機械は必要とあらば、「私」という代名詞やそのすべての文法的派生形を用いるであろう。にもかかわらず、それは一種独特の「まやかし」なのだ！　機械はどんな時でも、最も単純な、最も愚かしい人間よりは、十億羽のしゃべる——たとえ素晴らしく訓練されているにせよ——鸚鵡《おうむ》に近いであろう。それは人間の振る舞いを純言語的平面において真似はしても、それ以上のことは何もしない。この機械は心理学的にも個人としても何者でもないのだから、それを楽しませたり、驚かせたり、不意を襲ったり、おびえさせたり、心配させたりするものは何もないのである。それは台詞を口にし、質問に答を与える声であり、最も優秀な棋士をも打ち負かし得る論理である。それは万物の最も完全な模倣者、プログラムされたどんな役柄でも演ずる、いわば完全さの極に達した俳優である――つまり、そのようなものになり得るのである――しかし、俳優といい、模倣者といっても、中身はまったく空っぽなのだ。それには同情も反感も期待することはできない。好意も敵意も同様である。それは自ら設定したいかなる目標にも邁進《まいしん》することはない。あらゆる人間にとって、それの「どちらでも同じこと」という態度は永遠に不可解である――なにしろそれは個人としてはまったく存在しないのだから……。それは驚くほど効率的な組み合わせ機構ではあるが、ただそれだけのことなのだ。われわれの出会っている現象はまことに奇妙なものである。思っただけでも愕然とするが、これほど徹底して空虚で、これほど完全に無個性的な機械という「原料」から、そこに特別なプログラム――つまり、パーソネティクス・プログラム――をインプットすることにより、本物の個性を作成することができるのである、それも一ぺんに沢山！　最新のIBMモデルはパーソノイド千人分の容量を達成している――この限度数値は、パーソノイド一人分の担体として不可欠な素子および接触子の数を、センチメートル・グラム・秒の単位で表わすことができるので、数学的に厳密である。パーソノイドは物理学的にも機械内で互いに分離されている。彼らは互いに「重複」することはない――とはいえ、それが起こることはあり得る。しかし、接触した時には「斥力」に相当するものが現れて、彼ら相互の「浸透」を妨げるのである。にもかかわらず、互いに浸み透ることは――もしそのことを目指す場合であれば――可能である。彼らの精神的基底をなす過程はその時、ハムやノイズを発しながら、互いに重なり合い始める。浸透範囲がわずかな時は、一定量の情報が、部分的に「一致する」双方のパーソノイドの「共有財産」となるが、これは彼らにとっては奇妙な現象である。主観的に見て驚くべきことなのである――ちょうど人間にとって、自分の頭の中に「他人の思考」や「別の声」が聞こえることが（これはある種の心理障害、つまり精神病において、あるいは、幻覚誘発剤の影響下において、起こることである）奇異であり、はなはだ不安なのと同じことなのだ。まるで二人の人間が同じようなどころか同一の記憶を持つのも同然のことが起こっているのだ。まるでテレパシーによる思考転送以上の何か、つまり、「自我の末梢的癒着」が生じたようなものなのである。しかし、これは恐ろしい結果になりかねない、是非とも回避すべき現象の前兆である。「周辺的浸透」という過渡的状態を経て「進撃態勢」に入ったパーソノイドは、相手のパーソノイドを「破壊」し「併合」するかもしれない。その時、この相手側は早い話が、吸収、消滅され、存在することをやめる（これはもはや殺害とすら呼ばれている……）。絶滅されたパーソノイドは「侵略者」に同化され、区別のつかぬ一部と化すのである。われわれは――とドブは言っている――精神的生命のみならず、脅威と絶滅をもモデル化することに成功した。われわれは、かくして、死をもモデル化することに成功したのである。しかし、パーソノイドは通常の実験条件ではこのような「侵略」を回避する。彼らの中で「食心族」（キャスラーの用語）に出会うことはむしろないと言ってよい。純粋に偶然的な接近や変位の結果生じ得る浸透が始まったと感じた時――感じたといっても、この脅威の感じ方は自然な無感覚的なものであって、おそらく、誰かが「別の存在」を感じ取ったり、あるいはさらに、自分の心の中に「他人の声」を聞き取ったりした時のようなものであろうが――パーソノイドは積極的な回避行動をとり、互いに退いたり、別れたりする。この現象のおかげで、彼らは「善」と「悪」の概念の意味を知ったのである。彼らにとって、「悪」とは他者の破壊であり、「善」とはその破壊の回避であることは明白である。と同時に、一方にとっての「悪」が、「食心族」となる者にとっての「善」(すなわち、倫理外の意味で利益) となり得ることも明白である。なぜなら、そのような拡張、つまり、他者の「精神領土」の占領によって、初めに与えられた「心的面積」が増大するのであるから。何やらわれわれが実際に行なっていることと似た話になってしまったようだ――獣に属するわれわれも他者を殺し、殺されたものを食べなければならないのである。とはいっても、パーソノイドがそのように振る舞わなければならないというのではなく、ただそうすることもできるというだけの話である。彼らは、絶えず流入するエネルギーに養われているために、飢えも渇きも知らず、ちょうどわれわれが太陽が照っていてくれるようにと特に心配する必要がないように、その源について思い煩う必要もない。パーソノイドの世界は、数学的法則に従っているのであって、熱力学的法則の支配下にあるのではないから、そこではエネルギー論的に理解された熱力学の用語や原理は生まれるべくもないのである。

やがてほどなく、研究者たちは、コンピュータの入力と出力を介して生ずるパーソノイドと人間の接触が、認知という点ではかなり不毛であり、その一方で、パーソネティクスが科学の中で最も残酷だと呼ばれる一因となった道徳的ジレンマが生まれていることを確信するに至った。われわれが君たちを作り出した場所は無限を装った監禁所なのだ、君たちは微細な「精神嚢《サイコシスト》」であり、われわれの世界の中の「小さな胞子」なのだ、などとパーソノイドに告げるのは、どうもはばかられるのである。彼らが自分たちの無限の中で生きているのは事実であるから、シャーカーや他のサイコネティクス学者たち（ファルケンシュタイン、ヴィーゲラント）は、事態は完全に対称的だ、彼らの「数学的大地」がわれわれにはなんの役にも立たないのとまったく同様に、彼らもわれわれの世界、われわれの「生活空間」を必要としてはいないのだ、と主張した。ドブはこうした論拠をこじつけとみなしている。誰が誰を創造したのか、創造という意味で誰が誰を閉じ込めたのか、という問題に関しては、そもそもいかなる議論の余地もあり得ないのである。いずれにせよ、ドブはパーソノイドとの「不干渉」および「非接触」の絶対原則を宣言する陣営に属している。彼らはパーソネティクスの行動主義者なのだ。彼らは理性ある人造生物を観察し、その言葉や思考に耳を傾け、その活動や作業を記録することは望むが、それに口をさしはさむことは決して望まないのである。この方式はすでに現在では発展をとげ、一定の工学的装置が自由に用いられるまでになっているが、ほんの数年前には、このようなものの開発にともなう困難はまったく克服不能であるかのように見えたものであった。肝心なのは、聞き、理解し、要するに、絶えずのぞき見をする証人となると同時に、他方で、この「傍受」が少しもパーソノイドの世界を傷つけないということなのである。現在、MITでは、これまでは無性生物だったパーソノイドに、「性愛的接触」、つまり、「受胎」の等価物を可能にし、彼らに「性的」増殖の機会を与えることとなるプログラム（APHRONⅡ、および、EROT）の計画が進められている。ドブは自身がこうしたアメリカ流の計画の心酔者ではないことを、まったく隠そうとはしていない。彼の仕事は、『我は僕ならずや』に報告されている実験の全体を通して、まったく別の方向へ向かっている。まんざら理由のないわけでもないが、英国のパーソネティクス学派はまさに、「哲学的演習場」、「実験弁神論」と呼ばれている。こうした言葉を手がかりに、おそらく最も重要な――そしてまず間違いなく万人を最も強く魅了するに違いない――本書の最終第二部に話を移すこととしよう。そこでは、当初は風変わりにしか聞こえなかった書名の意味が正当化され、と同時に説明されるのである。

ドブはすでに八年前から中断することなく続けられている彼自身の実験について説明している。創造自体についての言及は簡潔なものである。結局のところ、それはほんのわずかの修正は加えられているにせよ、プログラムJAHVEⅥに特有な作用のかなり平凡な繰り返しなのであった。ドブは自分で創造し、今もなおその発達の跡を追っている世界を「盗聴」した成果を、要約して紹介している。この盗聴を彼は非倫理的と考えており、それどころか――彼は告白しているが――時には恥ずべき試みとさえみなしている。それにもかかわらず、そのようなことを行なうのは、純粋に道徳的、かつ非認識的立場からすれば到底正当化され得ないような実験でも――科学においては――実行する必要性があるという確信を抱いているからなのである。状況は――と彼は述べる――もはや科学者の旧来の言い逃れが通用しないところまで進んでしまっている。たとえば、苦しみやちょっとした痛みを与える相手は、何も十分な大きさを備えた意識でもなければ、至高の存在でもないではないか、などという生体解剖論の立場から唱えられた言い逃れを持ち出してみても、聞こえがいい中立性を装ったり、良心の不安から縁を切ることはできないのである。われわれは、創造し、被造物をわれわれの研究手順の図式の中に束縛している以上、二重の責任を負っている。われわれはどのようなことを行なおうと、そしてその行為をどのように説明しようと、その全責任を免れることはもはやできないのである。ドブおよびオールドポートの協力者たちの多年にわたる実験は、せんじ詰めれば八次元宇宙の形成ということに帰着するが、この宇宙はADAN、ADNA、ANAD、DANA、DAAN、NAADという名前を持つパーソノイドたちの住居となった。最初のパーソノイドたちはその中に植えつけられた言語の芽を育て、「分裂」を通じて生じた「子孫」を得た。ドブが明らかにその言葉に聖書の章句の響きを持たせて書いているように、「かくてADAN、ADNAを生み、ADNAはDAANを生み、DAANの孕《はら》みしEDAN、EDNAをもうけ……」――そのようにして、連続する世代の数は三百に達するまでになった。ところが、使用されたコンピュータは、パーソノイド百人分以上の容量を持たなかったため、定期的に「人口過剰」を清算しなければならなかった。三百番目の世代には再びADAN、ADNA、DANA、DAAN、NAADが、実際はその世代順を示す補助数字を付されて登場するが、われわれの要約を簡便化するため、その数字は省略する。ドブの述べるところによれば、「世界の太始《はじめ》」からコンピュータ宇宙の中で経過した時間は、おおよそ——われわれのものに相当する単位に換算して——約二千年ないし二千五百年にあたる。この期間に、パーソノイド集団の内部には、彼らの運命に関するきわめて多数の様々な説明が生まれ、また同様に、「存在するすべてのもの」に関する、相互に競合し合い、排除し合う様々なイメージが彼らによって作られるに至った。つまり、簡単に言えば、多くの様々な哲学（存在論と認識論）、および独自の「形而上学的試み」が生じたのである。パーソノイドの「文化」が人間のそれとはあまりにかけ離れているせいなのか、それとも、実験の継続時間があまりに短いせいなのかは分からないが、研究の対象となった集団では、たとえば仏教やキリスト教に相当するような、完全に教義化されたいかなるタイプの信仰も具体化されなかった。そのかわりに、すでに八世代目から人格的、一神教的に理解された創造者の概念の出現が記録されている。実験の内容は、ほぼ一年に一度コンピュータの変換速度を最大まで上げては、「直接的傍受」が観察者に可能になるまで減速するという繰り返しにある。こうした速度変化はしかし——とドブは説明する——ちょうどわれわれにとって、そのような変換が気づかれないであろうのと同様、コンピュータ宇宙の住人にとっても完全に知覚不能である。なぜなら、存在の全体が一挙に変化（ここでは時間的次元に限る）をこうむった場合、その存在の中に埋没している者は、基準点、つまり、変化発生の確認を可能にする座標系を何も持たなければ、変化を自覚することはないからである。

このような「二つの時間の流れ」のスイッチの切り替えによって、ドブが最も必要としていたものが可能になった。つまりそれは、ふさわしい伝統の深みと時間的展望を持ったパーソノイドの独自の歴史の始まりである。ドブによって明るみに出された、しばしば画期的なこの「歴史」のデータのすべてを要約するわけにはいかない。そこでわれわれは、本書の書名に反映されている省察がおそらく生まれ出たと思われる箇所に限定することとしよう。パーソノイドの用いる言語は、彼らの第一世代に語彙と統語規則がプログラムされた標準的英語を、後に変換したものである。ドブはそれを原則として「普通の英語」に翻訳しているが、パーソノイド集団による少数の造語はそのままにしている。その中に含められるものに、「神の信者」と「無神論者」を意味する「神児」と「非神児」という概念がある。

ＡＤＡＮがＤＡＡＮやＡＤＮＡと討論しているのは（パーソノイドには性別はなく、これらの名前を用いているわけでもない――これらは発言の記録を単に容易にするための、観察者による純粋に実用主義的な手段である）、われわれの歴史においてはパスカルに始まり、パーソノイドの歴史においてはＥＤＡＮ一九七が発見した周知の問題である。この思想家は、パスカルとまったく同様の宣告を下す。つまり、もし「非神児」の側が正しいとしても、信仰者は世を去るにあたり、生命以外に何も失わないのだし、他方、もし神が存在するとすれば、信仰者はまったき永遠（不滅の光輝）を獲得するのだから、神への信仰はいずれの場合にも不信仰よりは利益が多いというのである。従って神を信ずるべきである。なぜなら、これは生の最良の成果の達成を目的とする生存戦略が命ずることにほかならないのであるから。

ＡＤＡＮ三〇〇がこの命令に対してとる態度はこうである。ＥＤＡＮ一九七がその考察において仮定する神が要求するのは、尊崇と愛と完全なる献身なのであって、それはただ単に、神は存在するとか――あるいは――神は世界を創造したとかいうことを信仰すればすむことではない。救済を得るためには、世界の創始者たる神という仮説に同意するだけでは十分ではない。それに加えて、この創始者の創造行為に感謝し、その意志を推し測り、それを実現しなければならない。つまり――一言で言えば――神の僕たらねばならないのである。この神なるものは、もし存在するなら、自身の実在を立証する力を持つのであり、それは、直接感知し得るものが自分の存在することを証明するのと、少なくとも同じくらい確実なことである。そもそもわれわれは、ある物体が存在し、それらからわれわれの世界が成り立っているということに関して疑いを持ちはしない。精々のところ、いかにしてそれらは存在するという行為を行なっているのか、どのようにして存在しているのかなどということに関して、疑いを抱くことができるだけである。

しかし、それらが存在するという事実自体を否定する者は誰もいないのである。神はそれと同じ権限をもって自身の実在を証明することもできたのである。ところが神はそのようなことはせず、これに関しては、しばしば啓示と呼ばれる様々な憶測という形で表わされた、遠回りの、間接的な知識しか得られない定めに、われわれを置いたのであった。もし神がそのように振る舞ったのならば、神はそのことによって「神児」と「非神児」の立場に同等の権利を与えたということになる。神が存在するという絶対的信仰に被造物を駆り立てたのではなく、その可能性を与えたにすぎないということになるのである。おそらく、神を動かした動機は、被造物には知り得ないものなのかもしれない。しかしそれでも、神は存在するのか、それとも存在しないのか、という問いは生まれてくるのであり、第三の可能性（神は存在したが、もはや存在しないとか、周期的、変動的に存在するとか、ある時は「より少なく」、ある時は「より多く」存在する等々）は、起こり得る公算がきわめて小さいように思われる。それを排除することはできないが、かといって弁神論に多義的論理学を持ちこんでみても、混乱を招くだけのことなのである。

かくして、神は存在するか、あるいはまた存在しないか、なのである。二つの選択肢の各々が賛成の論拠を持つわれわれの状況を——何しろ、一方が「神児」として、創造主の存在を証明するのに対し、他方は「非神児」として、それに異議を唱えるのだ——もし神が自ら承認するのならば、論理的に見て、われわれは、一方のパートナーを「神児」と「非神児」を含めた全体集合が務め、他方のパートナーには神一人が当るゲームの状況に置かれていることになる。このゲームは非常に論理的な性格を持っているから、神と言えども自分に対する不信仰を理由には、誰一人罰するわけにはいかない。もし何かあるものが存在するかどうかまったく分からず、あると言う者もいれば、ないと言う者もいるだけのことだとしたら、そしてまた、もしそんなものは全然ありはしないという仮説に一般的な根拠を与えることが可能だとしたなら、いやしくも公正な法廷である限り、その存在を否認することを理由に、誰にも判決を下すことはできない。なぜなら、これはすべての世界にあてはまることだが、十分な確実性なくしては、完全な責任もまたないのだから。この定式化は、ゲームの理論に従えば、支払いの対称的な相関関係を生み出すのであるから、純論理的に言って疑問の余地がない。不確実性のもとでなお完全な責任を要求する者は、ゲームの数学的対称性を犯すことになるのである（この場合、いわゆる零和《ゼロサム》ではないゲームが生ずることとなる）。

　かくして、次の二つのことが言える。一つは、神が完全に公正である場合である。この時神は「非神児」を「非神児」である（つまり、神を信じない）という理由で罰する権利を持ち得ない。今一つは、神が不信仰者を罰する場合である。これは論理的に見て、神が完全に公正とは言えないことを意味する。その時はどうか？　その時は、もはや何でも好き勝手なことを行なうことができる。なぜなら、論理体系の中にたった一つでも矛盾が現れれば、「虚偽からは何もかも《エクス・ファルソ・クオドリベト》」の原則に従って――その体系から誰でも好き勝手なことを結論することができるからである。換言すれば、公正なる神は「非神児」の頭上の髪の毛一本たりとも触れることはできないが、もしもそのようなことを行なえば、まさにそのことによって、神は弁神論が仮定するような全面的に完全で公正な存在ではないということになるのである。

ＮＡＡＤは、こうした見地からは、同胞に悪事を働くという問題はどのように見えてくるのかと問う。

ＡＤＡＮ三〇〇は答える。何ごとであれ、こちらで起こることは完全に確実である。何ごとであれ「向こう」――つまり、世界の領域外、永遠の中、神の下等々――で起こることは、仮定に基づいて結論するしかないものであるから不確実である。悪事をなさないという原則は論理的に証明できないにもかかわらず、こちらでは悪事をなすべきではない。しかし同様に、世界が存在するということも論理的に立証することはできない。世界は存在しないこともできるのに、存在している。悪事をなすことは可能だが、しかしそのようなことをするべきではない。私の考えでは――とＡＤＡＮ三〇〇は言う――これは相互性の規則に基づくわれわれの合意から生じたことである。我、汝に対するごとく、汝、我に対せよ、というわけなのだ。これは神が存在するとか存在しないとかいうこととは無関係のことである。もし私が「向こう」で罰せられないことを当てにして悪事をなさないのであれば、あるいはまた、もし「向こう」での代償を当てにして善根を積むのであれば、私は不確実な根拠を頼りにしていることになる。しかしこちらでは、この問題についてのわれわれの同意以上に確実な根拠はあり得ない。仮に「向こう」には別の根拠があるとしても、私のそれについての知識は、こちらでの根拠についての知識ほど厳密なものではないのである。生きるということによって、われわれは人生ゲームを行なっているのであり、このゲームではわれわれは一人残らず同盟者なのだ。それ故にこそ、このゲームはわれわれの間では完全に対称的なのである。神を要請すれば、われわれは世界の外でのゲームの続行を要請することになる。思うに、そのようなゲームの延長を要請することが許されるのは、それがこちらでのゲームの経過に何ら影響しないという条件の下だけに限られるだろう。そうでなければ、多分存在しないであろうような誰かのために、現にこちらに確かに存在しているものを、進んで犠牲に供してしまうことになるのである。

NAADは、ADAN三〇〇の神に対する態度が自分にははっきりしないと述べた。ADANは創造主の存在の可能性を承認しているではないか。それからは何が生じるのか？

ADANの答。何一つ生じない。つまり、義務の領域では何一つということである。思うに――またしても、すべての世界にあてはまることだが――現世の倫理は超越的倫理からは常に独立しているという原則が妥当するようだ。これは、現世の倫理は自分に効力を与えてくれそうな支持を、自分の外にはまったく持ち得ないということを意味する。善行をなす者が常に正しいように、悪行をなす者は常に悪人だということを意味するのである。もし誰かが、神の存在を支持する論拠を十分なものと認め、進んで神の僕となる気持になったとしても、それによってこちらでは何も余分に手柄をあげたことにはならない。それは彼個人の問題である。この原則は、もし神がいないのなら、神はまったくいないのだし、もしいるのなら、神は全能であるという前提に基づいている。というのも、全能であるからには、神は別の世界のみならず、私の考察の基礎をなす論理ではない別の論理をも創造し得るはずだからである。そうした別の論理の内側では、現世的倫理の仮説は必ずや超越的倫理を拠り所とすることになろう。その暁には動かぬ証拠とは言わぬまでも、論理的証拠が強制的な力を持ち、理性に背く罪は許さじとばかり脅しをかけて、神という仮説を無理矢理受け入れさせることになるであろう。NAADは、ADAN三〇〇によって要請されるそうした別の論理の到来から生ずる、そのような神への信仰の強制という状況を、おそらく神は望まないだろうと述べる。それに対する彼の答はこうである。

全能なる神は全知でもあるはずであり、全能は全知から独立してはいない。なぜなら、すべてをなし得るのに、全能を行使することがどのような結果を招くかを知らない者は、事実上《デ・ファクト》、もはや全能ではないからである。もし、取り沙汰されるように、神が時折奇跡を起こすのだとすれば、それは神の完全性にははなはだ疑わしい光を投ずることになろう。なぜなら、奇跡は突然の介入という意味で、被造物の固有の自治に対する侵害だからである。だが、創造の産物を完全に統制し、あらかじめその振る舞いを最後まで知っている者なら、その自治を侵害する必要はない。もし神が全知でありながらなおかつ自治を侵害するのだとしたら、それは神が自己の作品を手直ししているのではまったくなく（手直しだとしたら最初から全知ではなかったことを意味するはずではないか）、奇跡によって自己が存在する合図を送っているのだということを意味することになる。これでは論理的な欠陥が生じてしまう。なぜなら、そのような合図を送るということは、被造物がその局部的過失についてやはり改善されているのだという印象を与えてしまうからである。というのも、こうして浮かび上がってきたイメージを論理的に分析すれば、次のようなものになるからなのだ。被造物は自発的なものではなく、外部（超越性、すなわち神）から加えられる手直しを受けるので、従って、実は奇跡は規範として起こされるべきものなのであろう。つまり被造物は、もはやこれ以上いかなる奇跡も決して必要ではないことが明らかになるほどにまで、改善されるべきなのだろう。というのも、緊急の介入としての奇跡は、神の実在の単なる合図だなどということはあり得ないからだ。奇跡は常にそれを起こした創造主を明らかにするだけではなく、その受け取り手を明示する（こちら側の誰かを援助するために差し向けられる）ものなのである。かくして、論理的観点からは次の二つしかあり得ないはずである。一つは、被造物が完全な場合で、この時は奇跡は余計なものである。今一つは、奇跡が不可欠な場合で、この時は被造物はもはや確かに完全ではない（奇跡によるにせよよらぬにせよ、手直しが可能なものはどこか欠陥のあるものに限られるのであり、完全性に干渉する奇跡などというものは、その完全性を侵害する、つまり、局部的に悪化させるだけである）。言い換えれば、自己の存在を奇跡によって知らせるなどということは、論理的に可能な表現手段のうち最悪のものを用いることに等しいのである。

ＮＡＡＤは、神が論理と自分に対する信仰の間の二者択一を望むことはあり得ないのではないかと問う。おそらく信仰という行為は、完全な信頼のために論理を放棄することにほかならないのである。

ＡＤＡＮの答。何であれ（存在、弁神論、神統系譜学等々）その論理的再構成が内部で矛盾し得るということをもし一たびわれわれが受け入れてしまえば、その時はもはやあらゆることを、つまり、好き勝手なことを、絶対的に証明することができるのは明白である。事態の現状をよく考えてみるがよい。誰かを創造し、その者に特定の論理を与えておきながら、あとになって万物の創造主を信ずるためにその論理に犠牲を捧げるよう要求することになるのではないかと言っているのだ。もしこのイメージ自体が矛盾せずにいられるとすれば、メタ論理学という形での、被造物の論理にふさわしい推論とはまったく別のタイプの推論の適用が要求されることになる。こうしてもし創造者の欠陥がもろに露呈されはしないまでも、創造行為の数学的不的確さ、独自の乱雑さ（支離滅裂さ）とでも呼びたい特性が露呈されるのである。

ＮＡＡＤは自説に固執する。おそらく、神がそうするのは、自分が被造物にとって手の届かないままでいることを、つまり、被造物に授けた論理では再構成不能なままでいることを望んでのことなのだ。一言で言えば、神は論理に対する信仰の優越を要求するのである。

ＡＤＡＮは彼に答える。それは分かる。もちろんそれはあり得ることだが、しかしたとえ仮にそうだとしても、その場合信仰が論理と相いれないことになってしまうという事実からは、道徳の性格に非常に好ましからざるジレンマが生まれてくる。というのは、推論をそれがある地点まで来た所で棚上げにし、不明瞭な憶測を優先すること、つまり、憶測を論理的確実性の上に置き換えることが必要だからだ。それは限りない信頼の名において行なわれることとなるが、そうすることによってわれわれは循環論法《キルクルス・ウイテイオスス》に陥ってしまう。なぜなら、そのような信頼に値する者が存在するのは、出発点においては論理的に正しい推論の結果だということになってしまうからであり、そこに生ずる論理的矛盾は、一部の者にとっては神の神秘と呼ばれる肯定的価値を有するものとなってしまうのだ。こうした解決は、それこそ純粋に建築的観点からすれば拙劣であり、道徳的観点からすれば疑わしいものである。なぜなら、神秘は無限性に基づいてこそその基礎が十全に築かれ得るのに（そもそも存在の性格は無限ではないか）、神秘を内的矛盾によって維持し、強化するなどということは、どの建築家が見ても不誠実だからである。弁神論の支持者たちはそうだということがまったく分かっていない。なぜなら、彼らは弁神論のある部分には通常の論理を適用し、別の部分にはもはや適用しないというようなことをやっているからだ。私が言いたいのは、もし矛盾を信*ずるというのであれば、信ずるのは矛盾だけにするべきで、さらに何か矛盾ではないもの（つまり、論理）まで、どこか別の所で信ずるべきではないということなのだ。にもかかわらず、このような奇異な二元論（論理に現世は常に服し、超越は断片的にのみ服す）がもし生き残るのだとすれば、そのことによって創造のイメージは、論理的正しさに関しては何か「継ぎの当った」ものとして思い浮かべられることになり、創造の完全性を要請することはもはや不可能になる。完全性とは、論理的に継ぎの当ったものでなければならないような何かである、という結論が、必然的に得られるのである。

＊不条理なるが故に我はそれを信ず《クレド・クイア・アブスルドゥム・エスト》（本文におけるドブ教授の注）。

ＥＤＮＡは、愛こそがそのような支離滅裂さの紐帯となり得るのではないか、と問う。ＡＤＡＮの答。たとえ仮にそうであるとしても、それは愛のあらゆる形態について言えることではなく、盲目的愛だけに限られるだろう。神は、もし存在し、もし世界を創造したのであれば、その世界が自分にできる範囲で望む通りに自らを治めることを許したということになる。神が存在するからといって、神に感謝することはできない。そのような問題の立て方の前提には、神は存在しないかもしれないがそれではまずいことになるという早まった思いこみがあるからである。そのような想定は別の種類の矛盾につながるのだ。では創造行為に対する感謝はどうか？　これもまた神に捧げるべきものではない。その前提には、存在することは確かに存在しないことより良いものだと信じさせようとする強制があるからである。私には、どうすれば次にそれが証明できるのか、理解できないのだ。そもそも、存在しない者に対しては僕たることも迷惑をかけることもできないではないか。それにもし創造者は、被造物が彼に感謝し彼を愛するのか、それとも彼に感謝せず彼を相手にしないのかを、その全知のおかげをもってあらかじめ知っているのであれば、そのことによって彼は、直接被造物の目に届かない形ではあれ、圧力をかけていることになるのである。まさしくそれ故に、神に捧げるべきものは何もない。愛も、憎しみも、感謝も、非難も、代償に対する期待も、懲罰に対する不安もない。彼に捧げるべきものは何もないのだ。そのような感情を切望する者は、まずそれを抱く主体に対し、自分があらゆる疑いを超越して存在するのだと保証しなければならない。愛が、それの呼び起こす相互関係に関する憶測に左右されるというのはあり得ることだ。それなら話は分かるのである。しかし、愛される者が存在するかどうかということに関する憶測に左右される愛などはナンセンスである。全能なる者は、確信させることもできたはずである。そうさせなかった以上、もし彼が存在するなら、彼はそれを無用のものと認めたのだ。なぜ無用なのか？ 彼は全能にあらずという推測が生まれてくる。全能ならざる者はなるほど同情に似た、つまり愛にも似た感情を受けるに値するであろう。だがそんなことは、われわれのいかなる弁神論といえども許しはしない。従ってわれわれはこのように言うことにしよう。われわれはほかならぬ自分自身の僕なのだと。

弁神論の神は自由主義者なのか、それとも専制君主なのかというテーマについてのその後の考察は省略することにしよう。本書のかなりの部分を占める論拠を要約するのは困難なのである。ドブが記録した考察や論議は、あるいはADAN三〇〇やNAADや他のパーソノイドたちの共同討議という形をとり、あるいは独語という形をとって（純粋な思考の流れすらも、実験者はコンピュータのネットワークに接続されたしかるべき装置によって記録することができる）、『我は僕ならずや』という著作のほぼ三分の一の分量にまで達している。本文自体にはそれに対するいかなる論評も見当たらない。しかし、ドブの後記の中には言及されている。彼は次のようなことを記しているのである。

「ADANの論証は、少なくとも私に対して行なわれたものとしては、疑問の余地がないように思われる。彼を創造したのはこの私なのだ。彼の弁神論においては私が創造者なのである。実際、私はこの世界（製作番号四七）をプログラムADONAI Ⅸを用いて製作し、JAHVE Ⅵの修正プログラムによってパーソノイドの胚珠を創造した。これらの最初の生物たちが、次の三百代にわたる世代の始まりとなったのである。実際、私は彼らに公理の形では、こうした事実も、彼らの世界の境界外の私の実在も、伝えはしなかった。実際、彼らが私の実在に到達したのは、ひとえに推論により、憶測と仮説に基づいてのことなのである。実際、私は理性ある生物を創造したからといって、彼らからいかなる特典——愛、感謝、あるいは何らかの奉仕——をも要求する権利があると感じてはいない。私は彼らの世界を拡大したり縮小したりし、その時間を速くしたり遅くしたりし、彼らの知覚の方法や様態を変更し、彼らを絶滅させ、分割し、増殖させ、彼らの生存の存在論的基盤を変形させることができる。従って私は彼らに対して全能であるが、だからといって私がそのために彼らから何かを捧げられるべきだということにはまったくならないのである。思うに、彼らは私に何の義務も負っていないのだ。確かに私は彼らを愛してはいない。愛などは問題になり得ないのだが、ついには誰か別の実験者がそのような感情を自分のパーソノイドに抱くことになるかもしれない。思うに、そうなっても事態はまったく、毫《ごう》も、変わらないであろう。ためしに想像してもらいたいのだが、私が『来世』の機能を果たすこととなる巨大な付属装置を自分のBＩＸ三一〇〇九二に装着したとしよう。私は自分のパーソノイドたちの『魂』を順々に連絡路を通じて付属装置の領域に送り込み、そこで私の実在を信じ、私に忠誠を誓い、私に感謝と信頼を寄せた者たちには報酬を与え、その他のすべての者たち――パーソノイドの用語を用いれば、すべての『非神児たち』――には、たとえば消滅や拷問のような罰を与える（永遠の罰などという大それたことは思ってみたこともない――私はそれほどの人非人ではない！）。私の行ないが身の毛もよだつ恥知らずな利己主義の悪ふざけであり、不合理な復讐という卑劣な行為であると受け取られるのは必定であろう。要するにそれは無垢なる者たちを全体主義的支配下に置いた状況で犯される最低の悪行なのであって、彼ら無垢なる者たちの側には、その振る舞いの後ろ盾となった論理という、私を否定するに足る反駁しがたいもっともな理由が認められるであろう。もちろん各人は自分が正しく適切だと思う結論をパーソネティクスの実験から引き出すことができる。イアン・

コンベイ博士は私的な雑談の中で、あなたはパーソノイドの社会にあなたの存在を確信させることもできるではないか、と私に言ったことがある。そんなことをすることは間違いなくないだろう。というのも、それでは私がその先のことをねだっているように——つまり、彼らの側からの反応を期待しているかのように見えてしまうからだ。しかし実のところ、私が彼らの不幸な創造者として深く恥じいり痛手を負いそうなことを、彼らは行なったり言うことができるのだろうか？　消費電力の請求書は四半期ごとに支払わねばならず、ある瞬間が訪れれば、私の大学の上司は実験の終了を、従って機械の停止を、つまり世界の終末を要求するだろう。その瞬間を私はできる限り先に引き延ばすだろう。それは私にできるせめてものことではあるが、賞讃に値する行為だと思っているわけではない。むしろそれは、日常一般に犬の務め（強制的義務）と呼ばれているようなことなのだ。こんな言葉を使ったからといって、誰も妙なことは考えないでほしいものだ。それでも考えるというなら、それはその人の問題である」

新しい宇宙創造説

THE NEW COSMOGONY

ここに掲載するのは、アルフレッド・テスタ教授がノーベル賞受賞の際に行なった講演のテキストであり、テスタ教授の記念論集『アインシュタイン的宇宙からテスタ的宇宙へ』(From Einsteinian to the Testan Universe) から本稿をここに転載するにあたっては《J・ワイリー・アンド・サンズ》出版社 (J. Wiley & Sons) の諒承を得た。

国王陛下、そして紳士淑女の皆さん。私はこのような高い場所から皆さんにお話しできるこの特別の機会を利用して、新たな宇宙像の成立へと私を導き、それと同時にこれまでの歴史的な方法とは根本的《ラディカル》に異なった方法で宇宙における人類の位置を示すことを可能にしてくれた事情についてお話ししようと思います。いささかもったいぶった言い方をしましたが、それは私自身の研究のことではなく、じつは今ではもう故人となったある人物の業績をたたえたいがためであり、私が新説を立てることができたのも彼のおかげなのであります。私がその人物のことをお話ししようというのは、もっとも望ましくないと思っていたことが起こってしまったからです。つまり、私の研究のせいでアリスティデス・アヘロプーロスの業績がかすんでしまい、現代人にまったく顧みられなくなってしまったということなのです。しかも、その道の権威と目されるすぐれた科学史家、ベルナルド・ヴァイデンタール教授までもが、最近出版した『遊びと共謀としての世界』(Die Welt als Spiel und Verschwörung)という著書の中で、アヘロプーロスの主著である『新しい宇宙創造説』(The New Cosmogony)は科学的な仮説などではまったくなく、半ば文学的な空想にすぎず、著者自身もそこで述べていることが本当だとは信じていなかった、と書いているほどなのであります。同様にハーラン・スタイミントン教授は『ゲーム理論の新たな宇宙』(The New Universe of the Game Theory)という著書の中で、もしもアルフレッド・テスタの研究がなければ、アヘロプーロスの考えなどはとりとめもない哲学的アイデアに過ぎない、しかもそれはせいぜい——たとえば——ライプニッツの唱えた予定調和の世界のようなものでしかなく、そういった世界像を精密科学は一度としてまじめに取り扱ったことはないのだ、という見解を示しています。

つまり、ある人たちの考えに従えば、思いついた当人がまじめには扱っていなかったことを、私はまじめに取り扱っているということになります。また、別の人たちの考えによれば、私は自然科学の澄んだ水を、非科学的な哲学談議や空理空論によってごちゃごちゃにかきまぜた、ということになります。このような間違った見解に対して、私は自分にできるだけの説明をしなければなりません。実際、アヘロプーロスは自然哲学者であって、物理学者でもなければ、宇宙創造説を専門とする学者でもなく、自分の考えを説明するのに数学を用いることもありませんでした。その上、彼の宇宙創造説の直観的なイメージと、形式的に整った私の理論との間には少なからず違いがあるということも本当です。しかし、ここでまず言っておかねばならないのは、テスタなどなくともアヘロプーロスはいっこうに痛痒を感じないのに対して、テスタはすべてをアヘロプーロスに負っているということであります。この違いは些細なことではありません。それをご説明するために、私は皆さんにちょっとの間ご辛抱していただいて、ご清聴くださるようお願いしなければなりません。

二十世紀の半ば頃にほんの一握りの天文学者たちがいわゆる宇宙の文明問題について議論し始めた時、彼らのこの企ては天文学にとってはまったく取るに足らないことでした。多くの学者たちはそれを、数十人の変わり者の道楽《ホビー》として片付けていました。変わり者など、どんな所にもいないことはないのだから、科学の世界にだっているだろう、という訳です。多くの学者たちは宇宙の文明から発信されて来る信号を捜すことに対して積極的な反対はしませんでしたが、さりとてそういった文明の存在が人間の観察する〈宇宙《コスモス》〉に影響を与え得るとは認めませんでした。もしもどこかの天体物理学者がパルサー（周期的に脈をうつ電波天体）の放出スペクトルや、恒星状天体《クウェイサー》（恒星状に見える強い電波星雲。強い赤方偏移と大エネルギーを持つのが特徴）のエネルギー現象とか、あるいは銀河の核心部のある種の現象は〈宇宙〉の住人たちの意図的な活動と関係がある、などと主張したところで、学界の権威は一人としてその主張を、詳しい研究に値する科学的仮説とは見做《みな》さなかったのです。天体物理学も、宇宙論も、この問題に耳をかそうとはしませんでした。理論物理学の分野にあっては、無関心の度合いはいっそう強くなりました。要するに当時の科学は、多かれ少なかれ、次のような図式に固執していたのです。すなわち、もしも時計の仕組《メカニズム》みを知りたいのならば、その歯車やおもりの上に細菌《バクテリア》がついているかどうかということは、時計の構造にとっても、その仕掛けの運動学《キネマティクス》にとってもまったく何の意味も持たないのだ、と。「細菌《バクテリア》が時計の仕組みに影響を及ぼせるはずがない！」というのです。当時はまさにそんな風に考えられていました――つまり、知的生物が存在したとしてもそれは宇宙の仕組みの運行には介入できないのであり、それゆえ、宇宙の仕組みは、そこに知的生物が存在するかも知れないという可能性を完全に無視して研究すべきなのだ、と。

たとえ当時の物理学の泰斗のうちの誰かが、〈宇宙《コスモス》〉における知的生物の存在に関連して宇宙論や物理学の分野で大きな革命が起こるだろう、という見通しに賛同したとしても、それは宇宙の文明が発見され、そこからの信号が受信された場合に限って、ということでした。つまり、そうして自然の法則に関するまったく新しい知識が得られ、実際にその結果として――しかも、その結果としてのみ！――地球の科学の内部にも重大な転換が生じるかも知れない、というのです。しかしながら、天体物理学の革命がそういった宇宙の文明との接触《コンタクト》もなしに起こるかも知れないとか――いやそれどころか、そういった接触《コンタクト》がないということや、いわゆる〝宇宙工学的〟な信号や徴候が存在しないということ自体が、物理学における最大の革命の端緒となり、われわれの〈宇宙〉観を根本的に変えてしまうだろうなどとは、当時の学界の権威の誰一人として考えなかったに違いありません。

　しかし、それにしても、アリスティデス・アヘロプーロスが『新しい宇宙創造説』を出版した時には、それらの傑出した学者たちの何人もがまだ存命中だったのです。アヘロプーロスの本を手に入れた時、私はスイス大学の数学科の博士課程におりました。スイスといえば、これはかつてアルベルト・アインシュタインが特許事務所の職員として働き、その余暇を利用して相対性理論の基礎を固めることに取り組んでいた地であります。私がアヘロプーロスの小さな本を読むことができたのは、それが英訳で出版されていたからであります。しかし、ここで一言つけ加えておくならば、それはひどい翻訳で、その上、空想科学小説《サイエンス・フィクション》のシリーズの一巻として、その種の読みものを専門に扱っている出版社から出たものでした。相当後になってから知ったことですが、しかも原文はほとんど半分に削られていたのです。このような出版事情があったために（著者自身にはどうしようもないことでした）、「アヘロプーロスは自分で『新しい宇宙創造説』を書きながらも、そこに含まれている命題をまじめには扱っていなかった」、などという見解が生じてきたに違いないと思われます。

あわただしく一日ごとに流行が変わってしまう現代のような時代にあっては、科学史家や書誌学者以外は誰も『新しい宇宙創造説』を手に取ろうとしないのではないでしょうか。教養のある人ならばこの著作の題名くらいは知っているでしょうし、著者の名前も聞いたことくらいはあるでしょう。しかし、それだけのことです。そうして、めったにない感動を味わう機会をみずからのがすことになるのであります。私が『新しい宇宙創造説』を読んだのはもう二十一年も前のことになりますが、本の内容だけでなく、読んでいた時の感情まですべて、いまだに生き生きと記憶に残っています。それは、一風変わった体験でした。ひとたび読者が著者の概念《コンセプト》の規模を把握し、〈宇宙《コスモス》〉というものは解読困難な一種の〈遊び《ゲーム》〉であって、その〈遊び《ゲーム》の参加者〉たちは目に見えず、互いにつねに他人同士でしかないのだという考え方が読者の頭の中ではっきりとした形を取るようになると、もはや読者は、いま自分の目前にあるのが何か革命的なこと、衝撃的に新しいことなのだ、という印象からのがれることができません。しかし、それと同時に、これは人類の歴史の中で見通すことのできない底辺を成している太古の神話の剽窃《ひょうせつ》的《てき》な反復ではないのか、つまり、そういった神話を自然科学の言語に翻訳したものに過ぎないのではないのか、という印象からものがれられないのです。このような苛立たしい——いや、悩ましいと言ってもいいような印象が生じるのはなぜかと言えば、私の考えでは、物理学と意志の統合《ジンテーゼ》が人間の合理的精神にとって容認しがたいもの——いや、それどころか、けがらわしいものとつねに見なされてきたからでしょう。宇宙創造に関する古代の神話はすべて意志の投射に他ならないのです。そういった神話は荘重に重々しく、そして素朴で純真な調子で——この純真さこそは、人類の失楽園とでも呼ぶべきものなのですが——言い伝えによって様々な体や形を与えられている原初の元素どうしの宇宙創造《デミウルゴス》の闘いから、いかにして〈存在〉が生じてきたかとか、半獣神、聖霊、あるいは超人などの愛憎のいりまじった抱擁からどのように世界が生まれたかを教えてくれます。そして、こういった衝突によって宇宙創造を説明しようとする考え方は、宇宙の謎の領域への神人同形同性論《アントロポモルフィズム》（自然現象、天体、神話上の存在などを人間に擬し、人間の精神的特徴をそれらに付与しようという世界観）の最も純粋な形での投射である訳ですが、まさにこの考え方——つまり、〈物理〉を〈願望〉に帰してしまうような考え方こそが、著者アヘロプーロスの用いた原型《プロトタイプ》だったのではないのか、という疑念はもはや拭い去ることができません。

　このように見ると〝新しい宇宙創造説〟は、じつは筆舌に尽くし難いほど〝古い宇宙創造説〟なのだということになります。そして、それを経験論的な言語で説明しようというのは、何やら近親相姦のような感じがします。つまり、元来結び合わせて一体にしてはならない概念や範疇《はんちゅう》なのに、ちょっとした不器用さのため、それを別々にしておくことができなかったのではないか、ということです。この本は当時、数人の卓越した思想家の目にとまりました。しかし、私自身何人もの人たちから聞いて知っていることなのですが、これを手に取った人たちは苛立ち、じりじりし、軽蔑したように肩をすくめただけで、そのため結局、誰一人としてこの本を最後まで読み通さなかったようです。

そんな風に物事を先験的《アプリオリ》に決めつけてしまう態度、そういった予断の慣性に対してあまりむきになって腹を立ててもしかたがありますまい。というのも、確かにこの本は時として二重の意味で馬鹿げたものに見えるからです。つまり、本書は仮面をかぶった〈神々〉、物質的な存在に変装した〈神々〉を、私たちの前に客観的記述の乾いた言語によって提示し、それと同時に〈自然〉の法則をそれらの〈神々〉の闘争の結果と呼んでいるのです。その結果、私たちは一度にすべてを失うことになります。完璧さにおいて比類なき〈超絶〉として把握されていた信仰も、確かで、現世的で客観的な権威を持っていた科学も、どちらも失ってしまうのです。結局のところ、最後には何も私たちには残りません。当初用いられていた概念は、どちらの側でもまったく役に立たないということが判明し、読者は何だか自分が乱暴に取り扱われたような感じ、そして、宇宙の謎を解く鍵を与えられるかと思っているうちに何かを盗まれてしまったような感じを受けます。しかも、そのやり方は宗教的でもなければ、科学的でもなかった、という訳です。

この本が私の脳裏に引き起こした荒廃がどのようなものだったか、私にはとても描写することができません。確かに、学者の義務とは、学問において〝疑い深いトマス〟(証拠がないと何でも疑う人)になることであり、学問上の主張の一つ一つを疑問に付すことも許されるのであります。しかし、それにしても、すべてを同時に疑ってかかることなどできません！　アヘロプーロスが自分の偉大さを人々に認められることなく終わってしまったのは、もちろん彼がみずからそう望んだ訳ではないのですが、それにしても不利な条件がそろいすぎていました。彼は小民族の一員として生まれた、まったく無名の人物でした。しかるべき専門的能力を物理学の分野においても、宇宙創造論の分野においても示したことがありません。そして、その上——これだけでも大変なことなのですが——彼には先駆者が一人もいなかったのです。まさに前代未聞とはこのことであります。と申しますのも、いかなる思想家といえども、いかなる精神の革命家といえども、何らかの形で自分の師を持っているからで、その場合、師とは乗り越えられるべき存在ですが、それと同時に頼りにされるべき存在でもある訳です。ところが、このギリシャ人、アヘロプーロスはただ一人でやって来たのです。このような先駆者の宿命とならざるを得ないのが孤独であるということは、彼の全生涯が雄弁に語っている通りであります。

私は彼に一度も会ったことがありませんし、彼について多くを知っている訳でもありませんが、どうやって日々の糧を得るかについて、彼はつねに無関心だったようです。アヘロプーロスが『新しい宇宙創造説』の第一版を書き上げたのは三十三歳の時で、その時彼はすでに哲学博士になっていましたが、どの出版社もこの本を出してはくれませんでした。こうして彼の思想は生前は認められなかったのですが、彼は自分の思想の敗北を禁欲的《ストイック》に耐えたのです。『新しい宇宙創造説』の出版の試みが無駄であると悟るや、彼はそういった試みを早々と放擲《ほうてき》してしまいました。それから彼は大学の門衛になったのですが、その大学とはまさに、彼が古代の様々な民族の宇宙創造説を比較研究した有名な論文によって博士号を取得した大学に他なりません。その後、アヘロプーロスは通信教育で数学を学びながら、同時にパン屋の手伝いとして働き、さらには水運び人足としても働きました。彼と会ったことのある人たちのうちで、彼から『新しい宇宙創造説』のことをほんの一言でも聞いた人など一人もいませんでした。彼は人にあまり物事を打ち明けたがらない性格の人間で、しかもどうやらごく身近な人たちに対しても、自分自身に対しても同じように容赦がなかったようです。アヘロプーロスは、科学に対しても信仰に対しても同時に、極度に不謹慎なことを容赦なく述べたてます。このような宇宙的異端思想、知的な勇気にもとづくこの宇宙規模の冒瀆《ぼうとく》思想。まさにこのために、あらゆる読者が彼に背を向けてしまったのです。私の想像するところでは、イギリスの出版社の申し出を受け入れた時の彼の心境は、難破して無人島に打ち上げられた人が、救助を求める書きつけを入れた壜を海の波間に投げ込む時のようなものだったのではないでしょうか。彼は自分の思想の足跡を残しておきたかったものと思われます、ともかく自分の考えの正しさには確信を持っていたのですから。

さて、ひどい翻訳と思慮のない削除のために『新しい宇宙創造説』は恐ろしく歪められ、すさまじい作品になっています。そこでアヘロプーロスはすべてを破壊してしまいました——まさに、科学や信仰が何世紀もの間に築き上げてきたすべてを、ことごとく、余す所なく、であります。彼がみずから様々な概念を粉砕し、その破片のちらばった荒野を自分のために創り出したのは、仕事にその最初から取りかかるため——すなわち、〈宇宙《コスモス》〉を新たに構築するためでした。このような恐るべき見物《みもの》は、読者の側に防御反応を引き起こさずにはおきません。いわく、「この本の著者は正真正銘のキ印か、そうでもなければまったくの無知蒙昧の輩《やから》であるに違いない。著者の持っているとかいう学位だって、とても信用できたものじゃない」。そうやって読者は彼をはねつけ、心の平衡を取りもどそうとしたのです。私と、『新しい宇宙創造説』の他のすべての読者の間に生じたただ一つの違いとは、私にそれができなかったことです。この本のすべて――つまり、その最初の一字から最後の一字にいたるまでをはねつけることができない者は、身の破滅を覚悟しなければならないでしょう。なにしろ、そうだとしたら、この本から身を解き放すことなどもう決してできないのですから。かりに中庸の徳というものがどこかにあったとしても、ここではそんなものはまったく問題になりません。つまり、もしも狂人でもなく、馬鹿でもないのだとすると、天才だということになるのであります。

このような診断に同意するのは、なまやさしいことではありません！　読者の目の前で本文《テキスト》は絶えず変化して行きます。衝突と闘争――すなわち、〈遊び《ゲーム》〉の模型《マトリックス》は、マニ教的二元論の要素を完全には失っていないすべての宗教的信仰にとって、構造上の骨組みになっています。その点を見てとるのは、むずかしいことではありません。そもそも、マニ教的要素が跡形もない宗教など、あるでしょうか？　私は自分の好みからいっても、また受けた教育からいっても、数学者であります。その私が物理学者となりましたのは、アヘロプーロスのおかげです。私にははっきりと分かっているのですが、もしもこの人物がいなかったならば、私と物理学との関係は――関係を持ったとしても――

つねにゆるやかで、偶然なものでしかなかったでしょう。アヘロプーロスは、私の考え方を引っくり返してしまいました。『新しい宇宙創造説』の中でどの箇所が私にそのような作用を及ぼしたのか、具体的に示すことさえできます。それはこの本の第六章の第十七段落です。そこでは、〈自然〉の法則が数学的に把握できるということ、そして精神の純粋に論理的な作業の結実である数学が〈宇宙《コスモス》〉そのものにも匹敵し得るということを発見したニュートン、アインシュタイン、ジーンズ、エディントンといった学者たちの驚愕が述べられています。こういった偉大な学者たちのうちの何人か――たとえば、ジーンズやエディントンのような人たちは、造物主自身が数学者であり、世界創造の仕事の中に数学者としての性格の跡が認められる、と考えていました。理論物理学にとってそういった魅力的な考え方はすでに過去のものとなってしまった、とアヘロプーロスは指摘しています。それというのも、数学的な形式主義《フォルマリズム》が世界について語ることは少なすぎるか、多すぎるかのどちらかだからです。つまり、数学は〈宇宙〉の構造の近似的なものでしかなく、言わば核心をつくことも図星をさすことも決してなく、つねにほんのちょっと脇に当る、といった具合なのです。私たちはこの事態を過渡的なものと見なしていましたが、アヘロプーロスはそれに対してこう答えます。いわく、「物理学者たちが場の一般理論を作り出すことに成功しなかったのだ。彼らはマクロの世界とミクロの世界の諸現象を結び合わせることができなかったのだ。しかし、その統一はいずれ実現するだろう」と。いずれ世界と数学は一致するようになるでしょうが、それは数学の概念装置が今後再構築されるから、ではありません。まるっきり違います。一致が見られるようになるのは、世界創造の仕事が終点にまで達した時であり、現在その仕事はいまだに進行中だということです。〈自然〉法則はいまだに、その〝あるべき〟形になっていないのであり、この法則があるべき形になるのは、数学の進歩改善のおかげではなく、〈宇宙〉自体のしかるべき変形の結果だというのであります。

紳士淑女の皆さん、自分の生涯のうちに出会ったあらゆる異端思想の中でも最たるものであるこの考え方に、私は魅了されました。と申しますのも、アヘロプーロスがこの章の先で述べているのは、要するに、〈宇宙〉の物理学とはその——つまり、〈宇宙《コスモス》〉の——社会学の結果なのだ、ということにほかならないからであります……。しかしながら、こういった恐るべき考えをきちんと理解するためには、一連の基本的な問題にまでもどらねばなりません。

アヘロプーロスの思想の孤立は、精神史上、類例を見ないほどのものであります。『新しい宇宙創造説』のアイデアが剽窃くさく見えることは先ほど私が述べた通りですが、それにもかかわらず、その思想はいかなる形而上学からも、いかなる自然科学の方法からもはみ出しています。剽窃を読まされているのではないかという印象を受けるのは、読者の側に責任があるのです。つまり、読者の思考の慣性の罪なのです。と申しますのも、私たちはまったく本能的に、すべての物質的世界は次のような二分法で論理的に割り切ることができる、と考えてしまうからであります。つまり、この物質的世界は

〈誰か〉によって創られたのか（その場合、信仰の立場に立てば、私たちはその〈誰か〉を〈絶対者〉とか〈神〉とか、〈造物主〉とか呼ぶわけです）、あるいは誰によって創られたわけでもないか、のどちらかだということです。後者は要するに、私たちが科学者として世界を研究する場合、世界は誰によって創られたわけでもない、という立場を意味します。ところが、アヘロプーロスはこう言ったのでした。Tertium《テルティウム》 datur《ダトゥル》（ラテン語で「第三のものが与えられている」の意味。「第三のものはない Tertium non datur」という成句をもじった表現）つまり、世界は〈誰〉の手によって創造された訳でもないのだが、それでもやはり作り出されたのであり、〈宇宙《コスモス》〉には〈仕掛け人〉がいるということです。

どうして、アヘロプーロスには先駆者が一人もいなかったのでしょう？　彼の根本的な思想はまったく単純であり、ゲームの理論とか対立構造の代数といった学問分野ができる以前にその思想を記述することが不可能だった、とは言えないでしょう。彼の基本的な思想は十九世紀の前半か、ことによるともっと以前に誰かが述べていてもおかしくありません。ではなぜ、誰もそうしなかったのか？　私の考えでは、それは科学が自らを解放する運動の過程で——つまり、宗教的教義《ドグマ》のくびきから自由になる過程で、ある種の概念に対する独特のアレルギーを身につけてしまったからではないか、と思われます。最初、〈科学〉は〈信仰〉と衝突し、そのため周知のように恐るべき結果がしばしば引き起こされ、〈科学〉の側としてはかつての〈教会〉による迫害を暗黙のうちに許しているというのに、〈教会〉の側では今日にいたるまでいまだにそれを些か恥じています。そして最後には〈科学〉と〈信仰〉の間に微妙な中立状態が成立し、お互いに相手を邪魔しないよう努めています。このようなかなり不安定な、かなり緊張した共存の結果、〈科学〉は目がくらんでしまった訳で、それは、『新しい宇宙創造説』の思想のより所を科学が避けて通っているということからもわかります。アヘロプーロスの思想は〈目的志向性の概念〉と緊密に結びついているのですが、そもそもこの〈目的志向性〉とは、人の形をとった〈神〉への信仰と不可分のものであり、信仰の基盤を成しているのです。つまり、宗教によれば、神は意志的で計画的な行為によって――すなわち目的志向的な行為によって世界を創り出したという訳です。だからこそ、〈科学〉はそういった概念を疑わしきもの――そしてさらには、禁止されるべきものとさえ見做したのでした。目的志向性の概念は、科学においてタブーとなってしまいました。科学の領域で、その概念にはほんのちょっとでも触れてはいけないことになっております。非合理主義的な逸脱という致命的な罪に陥ることを恐れているからです。この危惧のおかげで、科学者たちの口だけでなく、頭までも封じこめられてしまいました。

　今、言わば最初からもう一度、やり直してみたいと思います。一九七〇年代の末にSilentium《シレンティウム》 Universi《ウニヴェルシ》（宇宙の沈黙）の謎が、ちょっと有名になりました。きわめて広い範囲にわたる人々が、この謎に興味を持ったのです。宇宙からの信号を受信しようとする最初の実験が手始めに行なわれてから（それは、グリーン・バンクのドレイクの仕事でした）、さらに新たな計画が立てられ、ソビエト連邦やアメリカ合衆国で実行に移されました。

しかし、きわめて精巧な電磁工学装置を使って宇宙の声を聞こうとしても、宇宙は執拗《しつよう》に沈黙を守るだけで、聞こえてくるものといったら、星のエネルギーの自然放出にともなうざあざあ、しゅうしゅうという音だけでした。〈宇宙《コスモス》〉には——そのどんな深淵を探ったところで——生命は存在しない、ということが明らかになったのです。〝他者〟からの信号が存在しないこと、そしてさらに他者の〝宇宙工学的作業〟の跡がないことは、科学にとって厄介な問題になりました。生物学は生命のない物質から生命を生み出すのに好ましい自然条件を、見つけ出していました。実験室《ラボラトリー》で生物発生の実験をすることにさえ、成功していたのです。天文学は惑星発生の頻度をつきとめており、大部分の恒星が惑星系を持っているということも、反駁できない事実として確かめていました。そんな訳で、科学の諸分野は一致し声をそろえて、生命は自然な宇宙の変化の過程から生まれるのであり、生命の進化は宇宙にとってありふれた現象に過ぎないと主張したのです。そして、進化の系統樹の頂点に有機的生物の理性がくるということは、自然の法則にかなったことと認められました。

そうして諸科学は、生命の住む宇宙の像を作り上げていたのですが、その一方ではこういった主張を観察事実が執拗に打ち消していたのです。理論によれば、地球は無数の宇宙の文明に取り巻かれているはずでした——確かに、それらの文明とは星の距離だけ離れてはいますが。ところが実際の観測結果によれば、地球のまわりには死に絶えた静かな虚空が口を開いているだけだというのです。この問題の最初の研究者たちは、二つの宇宙文明の間の平均距離は五十光年から百光年ほどになる、と仮定していました。この距離は、後には仮説として千光年にまで拡大されました。一九七〇年代に電波天文学は大変な進歩をとげ、何万光年も彼方からの信号でもとらえることができるようになっていました。しかし、それでも聞こえてくるのは、恒星の燃焼にともなう雑音だけでした。十七年間にわたって持続的に受信の試みが行なわれましたが、背後に理性的な意図があると仮定する根拠を与えてくれるような信号や合図は、一つもキャッチできなかったのです。

アヘロプーロスは、その時自分にこう言いきかせました。「こういった事実は、きっと本当なのだろう、なにしろ事実こそは認識の基礎なのだから。しかし、あらゆる科学の分野のあらゆる理論が間違いだった、などということがはたしてあり得るだろうか？　有機化学も、合成生化学も、理論生物学も、進化生物学も、惑星学も、天体物理学も――これらのことごとくが間違いをおかしていたなどということが、あり得るだろうか？　いや、そんなことはない。そのすべてが、そんなにもひどい過ちを犯すことはあり得ない。つまり、我々が観察している（というか、あるいは観察しないでいる）事実《データ》は、どうやら、理論と矛盾する訳ではまったくないのだろう。必要なのは、情報資料とそこから導かれる一般論の全体を新たに再解釈することである」そして、アヘロプーロスはまさにこの総合の試みに取りかかったのでした。

地球の科学は二十世紀の間に何度も、〈宇宙《コスモス》〉の古さとその大きさを訂正しなければなりませんでした。そして、訂正の方向は、いつでも同じでした。実際、宇宙の古さも、大きさも過小評価されていたのです。アヘロプーロスが『新しい宇宙創造説』の執筆に取りかかった時、宇宙の古さと大きさはまた新たな訂正を受けているところでした。〈宇宙《コスモス》〉の存続してきた期間は少なくとも百二十億年はあると見積られ、その可視領域はおよそ百億から百二十億光年ということになったのです。さて、そこで、太陽系の年齢はおよそ五十億年です。ということはつまり、太陽系は〈宇宙〉が生み出した星々の最初の世代《ジエネレーシヨン》には属さない、ということです。最初の世代はもっとずっと前、およそ百二十億年も昔に生まれているのですから。つまり、その最初の世代の誕生と、その次の世代の恒星の誕生をへだてる時間の中に、謎を解く鍵が隠されているのです。

と申しますのも、その結果、大変奇妙であると同様に、面白い問題が出てきたのでありきます。ある一つの文明が何十億年もの昔から発達していたとしたら（実際、〝最初の世代〟の文明は、地球の文明よりもそれだけ古いのです！）、その文明はどんな様子をしていて、何にたずさわり、どのような目的を持つようになっているのだろうか――こんなことは誰一人として、どんなに大胆な空想の中でも思い描くことができませんでした。誰も想像することができないようなことは、きわめて不都合なことであり、それゆえ完全に無視されました。実際問題として、宇宙の知的生物の問題の研究者のうち誰一人として、それほど永続的な文明のことなど一言も書いてはいませんでした。非常に大胆な学者が、時折、恒星状天体《クウエイサー》や電波天体《パルサー》は宇宙の最も強大な文明の活動の兆候かも知れない、と言うことはありました。ところが、もしも地球が今のままのテンポで発達を続けたならば、そのように究極的な〝天体工学的〟活動のレベルに今後数千年のうちに到達し得るだろうということは、簡単な計算をするだけでもわかることでした。しかし、その後はいったいどうなるのでしょうか？　何百万倍も長く続いている文明には、何ができるのでしょうか？　この問題に取り組む天体物理学者たちは、そんな文明は何もしないだろう、なぜならばそんな文明は存在しないのだから、と考えたのでした。

そのように古い文明には、何が起こったのでしょうか？　ドイツの天文学者、セバスティアン・フォン・ヘルナーは、それらの文明は皆自殺してしまったのだと主張しました。そういった文明がどこにも見当らない以上、ヘルナーの言うことは正しいのかも知れません。「ところがそうではないのだ」と、アヘロプーロスが答えたのです。「宇宙の文明が、どこにも見当らない？　それは我々が気づいていないだけのことだ、なぜならば宇宙の文明は、すでにいたる所に存在しているからだ」つまり、文明そのものではなくて、文明の成果が存在しているということです。百二十億年前――その時空間にはまだ生命はなかったのですが――宇宙最初の世代《ジェネレーション》の惑星上に生命の最初の萌芽が生まれました。しかし非常に長い時間が経った後、その宇宙の生命の萌芽は跡形もなく消えてしまったのです。もしも活動的な〈理性〉によって変形されたものを〝人工的〟と見做すのならば、私たちを取り囲んでいる〈宇宙《コスモス》〉のすべてはすでに人工的なものとなっている――こう、アヘロプーロスは言います。これほどまでに大胆な異端思想は、ただちに反論を呼び起こすでしょう。いわく、「道具を使う〈理性〉によって生産された〝人工的〟な物体がどんな風に見えるかくらい、我々にはわかっている！　いったい宇宙船や、機械の怪物はどこなんだ、そして、宇宙の生物が我々を取り巻き、星空を作っているというならば、その連中の技術を示す巨大な道具はいったいどこにあるんだ？」しかし、このような反論は思考の慣性によって引き起こされた誤りです。なぜならば、アヘロプーロスが言うには、道具を使う技術を必要とするのは、地球の文明のようにごく初期の萌芽的な段階にある文明だけだからです。何十億年もの歴史を持つ文明は、どのような道具も使いません。それほど古い文明の道具となるのは、私たちが〈自然の法則〉と呼ぶところのものです。つまり、物理学そのものが、その文明の〝機械《マシーン》〟となるのです！　しかも、それは〝出来あいの機械〟などではありません。そんなものではまったくないのです。この〝機械〟は（もちろん、そこにはメカニックな機械と何の共通点もありません）何十億年にもわたって作られ続けており、その構造は非常に進歩したとはいえ、いまだに完成していません！

　神聖なものを冒瀆するこの大胆さ、そして恐るべき反逆的な趣向——まったくのところ、そのせいで読者はアヘロプーロスの本を放り出してしまうのです。実際、何人もの読者がそうしたに違いありません。しかし、これは結局、科学史上最大の異端者である著者アヘロプーロスの、これから先の背教の道のりの第一歩に過ぎないのです。

　アヘロプーロスは〝天然〟（自然の産物）と〝人工〟（技術の産物）の間の垣根を取り

払ってしまい、さらには主張を押し進めて、〈制定された（法学的な意味での）法と自然の法則〉との間の絶対的な区別すら一掃してしまいます……。どんな物体でもその起源によって人工的な物と天然の物に分けることができ、それがまた世界の客観的な属性である――まさに、この考え方をアヘロプーロスは否定するのです。彼はこのような見解を根本的な錯誤と見做し、それは〝概念の地平線の閉鎖〟とでも呼ぶべき効果によって引き起こされたものだと考えるのであります。

アヘロプーロスの言うところによると、人間は自然の様子をうかがい、そこから活動のしかたを学びます。人間は物体の落下や、稲妻や、燃焼の過程を観察し、その際〈自然〉はつねに〈教師〉であり、人間は〈生徒〉です。しばらく経つと人間は自分自身の肉体の中で起こっている過程《プロセス》まで真似するようになります。こうして人間は、いわば自分の肉体から生物学の個人教授を受ける訳ですが、その時でさえも、洞窟に住んでいた原始人と同じように依然として自然を、極限状態――つまり、これ以上完璧な問題の解決はあり得ないというような状態――と見做しているのです。人間は考えます――いつかはきっと、〈自然〉にほぼ追いついて、〈自然〉と同じように完璧な活動を身につけられるのではないだろうか、と。ところが、その時はもう旅路の果てなのです。それ以上先に進むことはできません。と言うのも、原子や、太陽や、動物の体や、人間自身の脳などとして存在しているもの、これらの構造は永遠に乗り越えることができないからです。そうして、自然なものを反復し変形しようとする一連の作業の極限となるのは、やは《・》り自然なものなのであります。

アヘロプーロスによれば、これこそが見通し《パースペクティヴ》の誤算──つまり、〝概念の地平線の閉鎖〟なのです。〝〈自然〉の完璧さ〟という概念自体が錯覚なのであって、それは鉄道の二本のレールが地平線の彼方で交わるように見えるのが錯覚であるのと同じことです。〈自然〉は、何でも好きなように変えられるのです──もちろん、そのためにしかるべき知識を持っていればの話ですが。原子をコントロールすることもできるし、さらに原子の属性を変えることだって可能です。その際、こういった作業の〝人工的〟な結果として生ずるものが、それまであったもの──すなわち、天然のもの──より〝完璧〟になるかどうか、についてはまったく考える必要はありません。それは要するに、〈活動する側の者たち〉の計画や意図に従って〈違うもの〉が生じたということに過ぎないのです。それは、〈理性〉の意図に従って形成された分だけ、〝よりよいもの〟──すなわち、〝より完璧なもの〟になるでしょう。しかし、全面的な再構成をほどこされた後で宇宙の物質が、いったいどのような〝絶対的優越性〟を示すことができるでしょうか？　〝様々な〈自然〉〟や、〝異なった〈宇宙〉〟はあり得ます。しかし、具体的な一変種《ヴァリアント》として実現されたのはただ一つ、私たちを生み出し、私たちがその中に存在している宇宙だけです。それですべてなのです。いわゆる〈自然の法則〉を破ることができないのは、地球の文明のような萌芽的段階の文明だけであって、アヘロプーロスによれば進化の道は〈自然〉の法則が発見される段階から、そういった法則をみずから制定できる段階まで続いてゆくのであります。

これこそがまさに、数十億年前から現在に至るまで起こり続けていることなのです。現在の〈宇宙〉はもはや、盲滅法に太陽や太陽系を生み出したり消滅させたりする無垢の自然力の〈遊び《ゲーム》〉の場ではありません。そんなことはまったくないのです。この〈宇宙〉ではもはや〝天然のもの〟（原初のもの）と〝人工のもの〟（変形されたもの）を区別することができません。では、いったい誰がそんな宇宙創造的な作業をしたのでしょうか？　宇宙の文明の最初の世代です。どんな風に？　それは私たちには、わかりません。私たちの知識は、あまりにも貧弱なものです。それではどうしたら、何を手がかりにすれば、実際にその通りだと判断できるのでしょうか？

アヘロプーロスの答はこうです。もしも宗教の想像する〈宇宙の創造者〉が自由であったのと同じように、最初の宇宙の文明の活動が自由であったならば、実際、後に生じた変化を私たちが見分けることは決してできないでしょう。様々な宗教によれば、神は結局のところ世界を純粋な目的志向的行為によって、まったく自由に創ったことになっています。しかし、〈理性〉の状況は別でした。最初に生じた文明は、自らを生み出してくれた原初の物質の属性によって制限されていたのです。その属性が、後に続く文明の活動の条件となったのでした。その文明のふるまい方を見れば、知的生物による宇宙創造の最初《スタート》の条件が間接的にわかります。しかし、これは容易なことではありません。なにしろ、何かが起これば、文明は宇宙の変形という作業から、以前と変わらぬ姿で脱け出すことができなかったからです。文明自体が宇宙の一部を成している以上、みずからを変えないで宇宙を変えることはできなかったのです。

アヘロプーロスは説明のために以下のようなモデルを使っています。もしも寒天の培養基にバクテリアの群体《コロニー》を植えつけたならば、最初の（〝自然な〟）寒天とバクテリアの群体《コロニー》の違いは一目瞭然にわかるはずです。しかし次第にバクテリアの生命過程《プロセス》が寒天培養基を変化させ、その中にある種の物質をもたらし、他の物質を吸収し、培養基の組成や、その酸性度、密度なども変化させてしまいます。ところがこういった変化の結果、新たな化学的性質を賦与された寒天が、親の世代《ジェネレーション》とは似ても似つかないほどに変わった新たなバクテリアの変種を生み出すようなことがあれば、その新しい変種こそは、バクテリアの群体《コロニー》全体と培養基が一緒になってやってきた〝生化学的遊び《ゲーム》〟の結果に他なりません。もしも先行する世代のバクテリアが培養基を変化させていなかったなら、後の世代の変種は生まれなかったでしょう。それゆえ、後から生じた変種は遊び《ゲーム》そのものの結果なのです。ところがその場合、個々の群体《コロニー》が互いに直接コンタクトをとる必要は、まったくありません。群体《コロニー》どうしは互いに影響を及ぼしあいますが、それもひとえに培養基の中の浸透や、拡散、そして酸・アルカリの平衡の変動などを通してなのです。一目瞭然にわかることですが、最初に生じた遊び《ゲーム》はやがて消滅する傾向にあり、質的に新しい、初めには存在していなかった形態の遊びがそれにとってかわります。そこで培養基のかわりに〈原《プロト》宇宙〉を、バクテリアのかわりに〈原《プロト》文明〉をあてはめて考えてみれば、『新しい宇宙創造説』の簡略化された見取り図が得られるでしょう。

私が今までお話ししてきましたことは、歴史的に蓄積されてきた知識の立場から見れば、狂気の沙汰としか言いようのないものであります。しかしながら、どのように恣意的な仮定であろうともそれが論理的に矛盾していない以上、その仮定をもとに思考実験を行なうのを禁ずることは決してできません。そこで〈遊び《ゲーム》〉としての〈宇宙《コスモス》〉、という考え方を受け入れてみると、一連の疑問が生じて、それらに首尾一貫した解答を与えることが必要になって来ます。その疑問は、まず第一に、最初の状態についてでしょう。それについて私たちは何かを推定することができるのか、そして推論によって〈遊び《ゲーム》〉の原初の条件までさかのぼって行くことができるのか？　アヘロプーロスは、それが可能だと考えていました。〈遊び《ゲーム》〉が〈原宇宙《プロト》〉の中で生じるためには、〈原宇宙《プロト》〉ははっきりとした特性を持っていたに違いありません。たとえば、その中で最初の文明が生まれ得るような〈原宇宙《プロト》〉だったはずです。それゆえ、この〈原宇宙《プロト》〉は物理的な混沌《カオス》ではなくて、ある種の規則性に従うものだったのです。

しかし、この規則性は必ずしも普遍的なもの、すなわちどこへ行っても同じものである必要はありませんでした。〈原宇宙《プロト》〉は物理学的に言って異なった様々な成分から成ったものでもよかったわけで、言わば多様な物理学の体系の混合物であってもかまわなかったのです。つまり、それらの物理の体系はすべての場所で同じである必要がないばかりか、すべての場所で同様に明確でなくてもよかったのでした。（充分に明確でない物理の体系の支配下で生ずる過程《プロセス》は、その出発の条件が同じようなものであったとしても、いつでも同じように進行するとは限りません。）アヘロプーロスは、〈原宇宙《プロト》〉とは物理学的にまさにそのような〝つぎはぎ細工〟であって、文明はその中でもお互いに相当離れたいくつかの場所でしか発生し得なかったのだ、という仮定を立てました。アヘロプーロスは〈原宇宙《プロト》〉を物理的な意味で蜂の巣のようなものとして思い描いたのでした。この〈原宇宙《プロト》〉の中で蜂の巣の一つ一つの巣穴にあたるのは、一時的に安定した物理に支配されている個々の地域です。ただし、その物理は、隣りあった地域の物理とは異なっています。一つ一つの文明はこのような閉鎖的な状況の中で――つまり他の文明から隔絶した状態の中で――自分が全宇宙の中でただ一つ孤立した存在なのだ、と考えてもおかしくなかった訳で、しだいにエネルギーと知識をたくわえるにつれて、自分の周囲を安定させようとし、しかもその半径をしだいに広げて行ったのでした。非常に長い時間が経ってそれに成功した時、文明は――みずからの遠心的な活動を通じて――もはや周囲の時空間の単なる自然発生的現象ではないようなこと、すなわち、他の文明の存在を示すような現象と出会い始めました。アヘロプーロスの考えによれば、まさにこのようにして〈遊び《ゲーム》〉の第一段階、つまり予備段階が終わったのです。その場合、文明どうしが互いにじかに接触することはなく、つねにある一つの文明によって確立された物理が拡張の最中に近隣の文明の物理に出会う、という形で接触が生じたのでした。

これらの物理体系が同じではなかった以上、互いの領域にはいり込んだ場合、衝突なしではすまされませんでした。そして物理体系が同じでなかったと言うのは、文明を個々に取ってみた場合、それらの最初の時点《スタート》での存在条件が同じではなかったからです。文明は自らの活動を続けているうちにもはや、完全に中立的な自然界にはいり込むのではなく、目的志向的に開始された作業の領域――すなわち、他の文明の領域と触れあっていたのでした。ところが、アヘロプーロスの考えによれば、個々の文明はそれを相当長い間理解できないでいたに違いないというのです。こういった事情は、徐々にしか理解されませんでした。それもきっと、すべての文明で同時だった訳ではないのでしょうが、ひとたび理解が確立すると、今度は〈遊び《ゲーム》〉の新たな、第二の段階が始まったというのです。この仮説に説得力を持たせるため、アヘロプーロスは『新しい宇宙創造説』の中で、互いに異なった主要法則を持つ物理体系どうしが衝突した宇宙の一時期を具体的に説明するような、想像上の光景を次々に描き出します。そういった衝突の前線では、異なった形態の物理を壊滅させ変形させようという争いの中で莫大な量のエネルギーが放出されるため、恐るべき爆発と火炎が生じます。この衝突は非常に強力だったので、その反響は今日に至るまでいわゆる〝残留放射〟（痕跡としての放射）として感じられるはずだといいます。この〝残留放射〟は六〇年代に天体物理学の認めるところとなり、学者たちはそれを、ほとんど点のような源から宇宙が爆発して発生した時に生じた衝撃波の最後の名残りではないかと考えたのでした。それと言うのも、当時はそのような爆発による宇宙創造のモデル（いわゆるビッグ・バン）を多くの学者たちが信ずるに足るものと認めていたからであります。しかしながら、さらに厖大な時間が経過すると、それぞれの文明は——言わば、一つ一つが独力で——自分は敵たちを相手に〈遊び《ゲーム》〉をしているのだ、しかも〈自然〉の力を相手にしているわけではなくて——知らないうちに——他の文明を相手にしているのだ、ということを発見したのでした。さてそこで、これらの諸文明のその後の戦略を決めることになったのは、連絡《コミュニケーション》が原理的に不可能であるという事実、他の文明との接触がないという事実でした。なにしろ、ある一つの〈物理〉の領域から他の〈物理〉の領域へは、どのような情報を送ることもできないのです。

そんなわけで、諸文明はそれぞれ単独で行動しなければなりませんでした。しかし、それまでの作戦を継続するのは無意味であるか、あるいはまったく致命的なことにもなりかねませんでした。衝突がくり広げられている前線で無駄な労力を浪費するかわりに、諸文明は結束することが必要になったのですが、それもいっさい事前の合意なしでやらねばなりません。その決断に諸文明が達したのも、これまた同時ではありませんでしたが、ともかくその結果、〈遊び《ゲーム》〉は第三の段階へと移行することになり、それが今でも続いているのです。と言うことは、実際問題として、宇宙の知的生物のグループ全体が今参加している〈遊び《ゲーム》〉は連帯的なものであると同時に、規範的なものだということでありまます。このグループのメンバーのふるまい方は、言ってみれば、船の乗組員たちが、嵐の時に荒れ狂う波の上に油を注ぎかけるようなものです。いかにこの行動が不調和なものであっても、それは結局のところ全員の利益になることでしょう。つまり、〈遊び《ゲーム》〉の参加者《プレーヤー》の一人一人は、ミニマックスの戦略によって行動する訳です。ミニマックスとは、現存している条件を変化させて、全体の利益を最大限《マキシマム》にし、損失を最小限《ミニマム》にすることです。だからこそ、現在の宇宙《コスモス》は均質で、等方性《アイソトロピー》を持っているのであります（等方性とは、同じ法則が宇宙《コスモス》を支配しており、その中に特に有利な方向はない、ということです）。アインシュタインが発見した宇宙の属性は個々の〈参加者《プレーヤー》〉のこういった決断の結果であり、この決断は個別になされたものでありますが、〈遊び《ゲーム》の参加者《プレーヤー》〉の状況が同じであったために決断も同じものになりました。ただし、〈参加者《プレーヤー》〉たちの状況が同じだと言っても、それは最初の戦略的状況のことであって、必ずしも物理的状況のことではないのです。一つの均質な〈物理〉が〈遊び《ゲーム》〉の戦略を生み出した訳ではありません。実際に起こったのはその逆のこと、つまり、一つの均質なミニマックスの戦略が、単一の物理体系を生み出したということです。まさに“Id《イド》 fecit《フェキト》 Universum《ウニヴェルスム》, cui《クイー》 prodest《プロデスト》”（ラテン語で「そのことによって利を得るものが、宇宙を作ったのだ」の意。ローマ法の原則「それによって利を得る者が、それ［その犯罪］を為したるなり」のもじり）という訳であります。

紳士ならびに淑女の皆さん、アヘロプーロスの見方《ヴィジョン》はいくつもの単純化や誤りを含んではおりますが、それでも私たちの知っている限りのことに照らしてみれば、現実のおおよその輪郭に合致していると申し上げてよろしいでしょう。アヘロプーロスは、様々な物理の体系の間には同じタイプの論理が生じ得るのではないか、という仮定を立てました。それと言うのも、もしも〝宇宙の蜂の巣の穴〟Aの中で生まれた文明A_1の持つ論理が、〝蜂の巣の穴〟Bの中で生まれた文明B_1の持つ論理と異なっていたら、これら二つの文明は同じ一つの戦略を用いることができず、それゆえ自分たちの立てた仮定とは、互いに異なった〈物理〉の体系でもやはり単一の〈論理〉を生み出せるのではないか、という体系を統一することができないからです。要するにアヘロプーロスの〈物理〉のということでした。彼はそれ以外の方法では、宇宙的な規模で起こったことを説明できなかったのです。この直観の中には一抹の真理も含まれてはおりますが、問題は彼が考えていた以上にこみいっています。私たちは彼から〈遊び《ゲーム》〉の戦略の再構築を——〝設問を逆転させる〟ことによって——求めて行く計画を受け継ぎました。〝設問を逆転させる〟と申しましたのは要するに、私たちが現在の〈物理〉から出発して、どうして〈遊び《ゲーム》の参加者《プレーヤー》〉たちがこの物理を生み出すに至る決断をしたのか、発見しようとしているからです。この課題を厄介なものにしているのは、様々な出来事の経過を直線的な過程として思い描くことができないという事実であります。つまり、〈原宇宙《プロト》〉が〈遊び《ゲーム》〉を決定し、今度はその〈遊び《ゲーム》〉が現在の〈物理〉を決定した、というような訳には行かないのです。〈物理〉を変える者は、そのことによって自分自身をも変形させてしまいます。換言すれば、周囲の変形と自己の変形の間のフィード・バック機構を作り出してしまう、ということなのです。

〈遊び《ゲーム》〉にともなうこういった根本的な危険に〈参加者《プレーヤー》〉が気づいていなかったはずがなく、その結果、〈参加者《プレーヤー》〉の一連の戦術的な策動《マヌーバー》が生じてくることになりました。

〈参加者《プレーヤー》〉たちは、変形が全面的に過激《ラディカル》なものにならないよう努めたのです。言葉をかえて言えば、全面的な相対主義を避けるために、階層組織的《ヒエラルヒー》な〈物理〉を作り出したのです。階層組織的《ヒエラルヒー》〈物理〉とは、〃非＝全面的〃なものであります。つまり、一例を挙げれば、かりに物質が原子レベルで量子的な属性を持たなくなったとしても、力学には何の不都合も生じません。要するに、現実の個々の〃レベル〃が限定された主権を持っているということであり、あるレベルの上にその次のレベルが生じ得るようにするためには、必ずしも最初のレベルのすべての法則が保持されなくともよい、ということであります。それはまた、〈物理〉は〃少しずつ〃なら変えてもよいということを意味し、同時に、いくつかの法則のグループを変更したからといって、様々な現象のすべてのレベルにまたがる〈物理〉全体が必ずしも変えられてしまう訳ではない、ということを意味します。実は〈遊び《ゲーム》の参加者《プレーヤー》〉はこの種の厄介な問題があるため、アヘロプーロスが三段階からなる歴史として描き出した素朴で美しい〈遊び《ゲーム》〉のイメージも、残念ながら信じがたいものになってしまうのです。〈遊び《ゲーム》〉の過程で生ずる様々な〈物理〉の体系どうしの接触は、〈参加者《プレーヤー》〉の一部を壊滅させたに違いない――アヘロプーロスはこう想像しました。なぜならば、必ずしもすべての出発時点の状態を単一の均質な状態に移行させられるとは限らなかったからです。しかし、不利な状態に置かれている〈相手《パートナー》〉を壊滅させようという意図が、その他の〈参加者《プレーヤー》〉たちの活動を保護するはずのものだったとは、まったく考えられません。誰が生き延び、誰が消え去るかを決定したのは、まったくの偶然でした。なにしろ、様々な文明に様々な環境が賦与されたのもまったくの偶然によるのであり、無作為《ランダム》の原則に従っていたのです。

アヘロプーロスの考えによれば、様々な〈物理〉の体系が衝突するという、かの恐るべき〝闘い〟の最後の火照りは、十の六十三乗エルグ級のエネルギーを放出している恒星状天体《クウェイサー》という形でいまだに認められる、と言うのであります。私たちに知られているいかなる物理学的過程《プロセス》も、恒星状天体《クウェイサー》の占めているような比較的狭い空間の中では、それほどのエネルギーを放出することはできません。恒星状天体《クウェイサー》を眺めながらアヘロプーロスは、「自分が今見ているのは五十億から六十億年前——つまり〈遊び《ゲーム》〉の第二期に起こったことなのだ、なぜならば恒星状天体《クウェイサー》からはるばる地球に光が届くためには、ちょうどその位の時間が必要なのだから」と考えたのです。しかし、彼のこういった仮説は誤りでした。今では恒星状天体《クウェイサー》は、異なった次元の現象だと考えられています。もっとも、このような見解の再検討を可能にするだけの事実資料《データ》がアヘロプーロスになかったということは、考慮に入れねばならないでしょう。〈遊び《ゲーム》の参加者《プレーヤー》〉の最初の戦略を完全に復元することは、不可能です。私たちにさかのぼることができるのは、せいぜい、〈遊び《ゲーム》の参加者《プレーヤー》〉が大体のところ——大雑把に言って——今日と同じような行動をしている範囲内です。もしも〈遊び《ゲーム》〉に危機的な時点があって、戦略の根本的な変更を余儀なくさせられた場合には、過去への遡及はもはやそういった最初の危機的な時点で止まってしまい、それ以上過去にさかのぼることはできません。それゆえ、私たちは

〈遊び《ゲーム》〉を生み出した〈原宇宙《プロトコスモス》〉について確かなことは何にも探り出せないのです。

ところが、現在の〈宇宙《コスモス》〉に目をやってみれば、私たちはその中に〈遊び《ゲーム》の参加者《プレーヤー》〉が用いている戦略の基本的な規範を――〈宇宙《コスモス》〉の構造の中にはめこまれた形で――認めることができます。〈宇宙《コスモス》〉は絶えず広がりつつあります。その速度には光速の壁という限界があります。〈宇宙《コスモス》〉の〈物理〉法則は確かに対称的《シンメトリック》ですが、この対称性《シンメトリー》は完全なものではありません。この〈宇宙《コスモス》〉は〝凝集的かつ階層《ヒエラルヒー》的〟にできています――つまり、〈宇宙《コスモス》〉を構成している星々は集まってまず星団をつくり、それらの星団が今度は局所的に密集して島宇宙《ギャラクシー》を形成し、最後にはそれらの密集地帯がすべて集まってメタ島宇宙《ギャラクシー》を形づくっているというわけです。その上、〈宇宙《コスモス》〉にはまったく非対称的な時間というものがあります。ざっとこういったことが、宇宙の構造の基本的な輪郭であります。これらの項目の一つ一つに関する根本的な説明は、〈宇宙創造論的遊び《ゲーム》〉の構造の中に見出すことができます。そして、この〈遊び《ゲーム》〉という考え方によって同時に、なぜその主要な規範の一つが〈宇宙の沈黙〉（Silentium Universi）でなければならないのか、理解できるのです。それでは、いったいなぜ、〈宇宙《コスモス》〉は他ならぬ今のような状態になっているのでしょうか？〈遊び《ゲーム》の参加者《プレーヤー》〉は、星々の進化の過程で新たな惑星と新たな文明が生まれることを知っています。そのため〈参加者《プレーヤー》〉たちは、こういった未来の〈参加者《プレーヤー》〉になりそうな候補者たち――つまり、若い諸文明――が〈遊び《ゲーム》〉の均衡を乱さないようにと、配慮をするわけです。だからこそ、宇宙は膨張し続けているのです。それと言うのも、中から新しい文明がつぎつぎと生まれて行くにもかかわらず、それらを隔てる距離がつねに大きなものであることを可能にするのは、そのように膨張し続ける〈宇宙《コスモス》〉だけだからであります。

しかし、離れた場所に対する作用の速度の限界が〈宇宙《コスモス》〉の中に組み込まれていない場合には、このように膨張を続ける〈宇宙《コスモス》〉の中でさえも、互いに連絡を取ることが可能になり、それが進展して〝共謀〟、つまり新しい〈参加者《プレーヤー》〉たちの地域的な連合にまでなることもあり得ます。たとえば、投下されたエネルギーに比例して作用の伝播速度が増大することを可能にする〈物理〉体系をそなえた〈宇宙《コスモス》〉を想像してみましょう。このような〈宇宙《コスモス》〉では、他のすべての者よりも五倍大きなエネルギーを持っている者は、他者についての情報を五倍速く得ることができるわけですから、この利点を用いれば他者に打撃を与えることもできるでしょう。このような〈宇宙《コスモス》〉では、その〈物理〉や他のすべての〈遊びの相手《ゲームパートナー》〉に対する支配権を独占するチャンスも生じます。このような〈宇宙《コスモス》〉は競争を――つまりエネルギー競争や、力をたくわえることを――奨励することになるでしょう。ところが現実の〈宇宙《コスモス》〉では、光速を超えるためには無限に大きなエネルギーが必要です。別の言い方をすれば、光速の障壁を破るのはまったく不可能であります。

そういったわけですから、この〈宇宙《コスモス》〉でエネルギーを大量にたくわえようとしても、割に合わないのです。時の流れが非対称的であることの理由も、同様であります。かりに時間が可逆的なものであり、充分な手段や力を投下することによって時の流れを逆行させることが可能であったならば、今度は他のすべての〈相手《パートナー》〉の動きを無効にするチャンスが生じることによって、またもや他の〈相手《パートナー》〉を支配する可能性が出て来てしまうでしょう。と言うことはつまり、膨張しない〈宇宙《コスモス》〉も、速度の障壁のない〈宇《コス》宙《モス》〉も、そしてさらには逆行し得る時間を持った〈宇宙《コスモス》〉も同様に、〈遊び《ゲーム》〉を完全には安定させられない、ということです。ところがそもそも肝心なのはこの〈遊び《ゲーム》〉を規範的に安定させることだったわけで、〈遊び《ゲーム》の参加者《プレーヤー》〉の動きは物質の構造に組み込まれたうえで、その目的に向かっているのです。結局のところ、確立された〈物理〉体系によってあらゆる攪乱、あらゆる侵略を阻止するのは、他のどのような危険防止の手段よりも（たとえば制定された法律とか、脅迫、監督、強制、罰などの手段よりも）はるかに確実でより根元的《ラディカル》な手段なのであります。それは明らかなことでしょう。

その結果、宇宙は〈遊び《ゲーム》〉に一人前の者として参加できるレベルに達するすべてのプレーヤーを吸収するスクリーンとなります。彼らは、自分たちが従わねばならない規則をそこに見出すのです。〈遊び《ゲーム》の参加者《プレーヤー》〉は、意味論的な連絡を取りあうことは最初から放棄しています。なぜならば、彼らが互いの連絡に用いる方法では、〈遊び《ゲーム》〉の規則を破ることは不可能だからです。〈遊び《ゲーム》の参加者《プレーヤー》〉たちがその点について同意していることは、〈物理〉の均一性自体が雄弁に語っている通りです。〈参加者《プレーヤー》〉が効果的な意味論的連絡を最初から放棄していることは、彼らが互いの間に大きな距離を作り出し、それをしっかりと保持していることからもわかります。その大きな距離とは、他の〈参《プレ》加者《ーヤー》〉の状態について戦略的に重要な情報を獲得するための時間のほうが、〈遊び《ゲーム》〉の現在の作戦が有効である時間よりもつねに長くなるような——そんな距離なのであります。ですから、彼らのうちの誰かがたとえ近隣の〈相手《パートナー》〉たちと〝言葉をかわす〟ようなことがあったとしても、受け取ることのできる情報は、つねに受け取った瞬間にはすでに時代遅れになっているのです。それゆえ、〈宇宙《コスモス》〉には、敵対する陣営に分裂したり、局地的な権力の中枢が形成される可能性もまったくありませんし、陰謀、連合、共謀などといったことが発生する可能性もまったくありません。だからこそ、〈参加者《プレーヤー》〉は互いに声をかけあったりしないのです。彼らは自らそういったことを、あらかじめ放棄しているのですから。それが〈遊び《ゲーム》〉の——ということは同時に〈宇宙創造〉の——規範の一つだったのです。これこそが、〈宇宙の沈黙〉（Silentium Universi）という謎の部分的な説明であります。つまり、私たちが〈遊び《ゲーム》の参加者《プレーヤー》〉の会話を立ち聞きできないのは、彼らが戦略を考慮した上で沈黙しているからなのです。

アヘロプーロスは、この事態を見抜くだけの能力を持っていました。彼の周到さについては、この〈遊び《ゲーム》〉のイメージが呼び起こすかも知れない反論の数々を、彼が『新しい宇宙創造説』の中ですでに予期していることからもうかがえます。それらの反論はせんじつめれば、全〈宇宙〉の改造のために注ぎ込まれたとかいう何十億年にも及ぶ労苦と、〈宇宙〉の中に組み込まれた〈物理〉体系によって〈宇宙〉に平和をもたらすことを目的とするこの改造の効果の間の恐るべきアンバランスの強調に尽きると言ってもいいでしょう。アヘロプーロスの架空の批判者は、こう言います。「いったいこれはどうしたわけだ？　数十億年もの文化的発展の時間が与えられたというのに、まだ不足なのかね？　これらの社会は想像もつかないほど長く続いてきたのに、それでもあらゆる形態の侵略行為から自発的に手を引くことができないのかね？　Pax Cosmica《パクス　コスミカ》（宇宙の平和）は、そのためにわざわざ作り変えられた〈自然法則〉によって保証されねばならない、と言うのかね？　ということはつまり、数百万の島宇宙を一つに合わせた力を凌駕するほどのエネルギーを注ぎ込んだ努力の目的が、じつは軍事行動の障壁と制限を確立することに他ならなかった、ということかね？」それに答えて、アヘロプーロスはこう言います。「〈宇宙《コスモス》〉に平和をもたらしたこのタイプの〈物理〉体系は、〈遊び《ゲーム》〉の誕生の時にはどうしても必要なものだった。なぜならば、〈宇宙〉を物理的に均一化することは、唯一の戦略を用いることによってのみ、可能だったからだ。そうしなければ、巨大な〈宇宙〉空間はいたる所で盲目的な大激変《カタクリズム》の混沌に呑みこまれていただろう。〈原《プロト》宇宙〉における存在条件は、今日よりもはるかに厳しかった。生命もそこでは〝規則の例外〟という法則に基づいて発生できただけで、偶然に生まれては偶然に死に絶えて行った。膨張を続けるメタ島宇宙《ギャラクシー》、その非対称的な時の流れ、その構造的なヒエラルヒー――このすべてはまず最初に確立されねばならなかったことである。それは、次の活動の場を創り出すために不可欠の、最小限の秩序だったのだ」

この変形の段階がそこまでの存在の歴史になっている以上、〈遊び《ゲーム》の参加者《プレーヤー》〉は何らかの新しい、遠大な目的を将来のために立てているはずだ、とアヘロプーロスは理解しておりました。そして、そこまで辿《たど》り着《つ》こうとしたのであります。しかし、残念ながら、これはうまく行きませんでした。ここに至って私たちは、彼の体系に秘められたほころびに触れることになります。要するに、アヘロプーロスは〈遊び《ゲーム》〉の形式的構造の復元によってではなく（つまり論理的にではなく）、自分の身を〈参加者《プレーヤー》〉の状況に置いてみることによって（つまり心理的に）〈遊び《ゲーム》〉の全体を把えようとしていたのです。しかし、〈参加者《プレーヤー》〉の心理をさぐり出すことも、彼らの論理的な規範をさぐり出すことも人間にはできません。そのための〈事実資料《データ》〉がないからです。〈遊び《ゲーム》の参加者《プレーヤー》〉が何を考え、何を感じ、何を渇望しているのか、私たちには思い描くことができません。それは、〝電子として存在する〟のが何を意味するのか想像しながら〈物理学〉を組み立てることができないのと、同じ理屈です。

〈参加者《プレーヤー》〉の存在の内在性《イマネンス》は、電子の存在の内在性《イマネンス》と同様に私たち人間には不可解なものなのであります。電子が物質の過程《プロセス》の生命を持たない微小な一部を成しているのに対して、〈参加者《プレーヤー》〉はおそらく私たち人間と同じような理性を持った生物です。しかし、ここではそんなことにたいした意味はありません。私がアヘロプーロスの思考の〝ほころび〟についてお話ししておりますのは、じつはアヘロプーロス自身が『新しい宇宙創造説』のある箇所ではっきりと「〈参加者《プレーヤー》〉の動機は、内省的方法に頼っていたのでは再現できない」と述べているからです。アヘロプーロスもこのことを知っていた訳であります。しかし、それでも彼は自己を形成してきた思考の様式《スタイル》に従ったのでした。つまり哲学者というものはまず最初に理解しようと望み、一般化は後回しにするものなのでしょう。しかしながら私には、そのように〈遊び《ゲーム》〉像を作ってはならないことは最初から明らかでした。しかるべき理解に達するための前提としては、〈遊び《ゲーム》〉の全体を外側から見ること――つまり、今も存在していないし、これからも決して存在しないような観察地点に立って見ることが必要です。目的志向的な活動を、心理的な動機づけと決して同一視してはなりません。〈遊び《ゲーム》〉を分析する者が〈遊びの参加者《ゲームプレーヤー》〉の倫理を考慮に入れなくてもいいのは、戦争中の前線の動きの戦略的論理を研究する戦史家が、軍隊の指揮官の個人的な倫理を考慮に入れなくてもいいのと同じことです。〈遊び《ゲーム》〉の構図は要するに〈遊び《ゲーム》〉の状態と周囲の状態に制約された決定の構造であって、それはおのおのの〈参加者《プレーヤー》〉が自認している価値や、願望、希求、規範といったことの個別の体系《コーデクス》の合力によって制約されているわけではありません。彼らが同じ一つの〈遊び《ゲーム》〉に参加しているからといって、他のあらゆる面においても互いに似通っているはずだ、などという理屈にはまったくならないのです。似ているといっても、せいぜい人間を相手にチエスをする機械が人間と似ている、という程度のことでしょう。そんなわけですから、非生物学的な発達の過程から生まれて来た――つまり生物学的な意味では生命を持たない〈参加者《プレーヤー》〉も当然存在しているでしょうし、人工的に始められた進化による合成的な産物であるような〈参加者《プレーヤー》〉も同様に存在しているかも知れません。しかしながらその種の考察が、〈遊び《ゲーム》の参加者《プレーヤー》〉の理論の領域にはいりこむ余地はないのです。

アヘロプーロスにとってもっとも厄介なジレンマは、〈宇宙の沈黙〉でした。一般によく知られている、彼の二つの法則があります。第一の法則は、低いレベルの文明は決して〈遊び《ゲーム》の参加者《プレーヤー》〉を発見することができないというものですが、それは単に彼らが沈黙しているからだけのことではなくて、彼らの行動が宇宙の背景とまったく見分けがつかないからなのです。それはなぜかと言えば、〈参加者〉の行動自体が宇宙の背景そのものだからであります。

アヘロプーロスの第二法則は、〈遊び《ゲーム》の参加者《プレーヤー》〉が幼い文明に話し掛け、保護者めいた助言を与えることはない、というものです。なぜならば、〈参加者《プレーヤー》〉には具体的にどこにあてて通信を送ればいいのかわからないし、またあて先もわからずに通信を送ることを望まないからであります。ところで、ある特定の名宛人に情報を伝えるためには、まず最初にその名宛人がどのような状態にあるのか知らねばなりません。しかし、それはまさに、時空的活動に障壁を設定している〈遊び《ゲーム》〉の第一の原則によって阻止されてしまうのです。もうご承知のように、他の文明の状態について得られた情報はすべて、それを受け取った時点ですでに、古すぎてまるっきり役に立たないものになっているに違いありません。〈参加者《プレーヤー》〉は障壁を自分で設けて、他の諸文明の状態を知ることができないようにしたのでした。一方、はっきりとした宛先もわからずに通信を送り出そうものなら、つねに損害のほうが利益よりもはるかに多くなってしまいます。アヘロプーロスは自分の行なった実験にもとづいて、このことを証明しています。彼はカードを二組使い、その一組には六〇年代の最新の科学的発見を書き込み、もう一つには百年間（一八六〇―一九六〇）に及ぶ歴史年表の日付を書き込みました。それから、彼はそれぞれの組からカードをペアになるように、引き抜きました。こうして様々な発見についての情報《データ》と日付がまったくの偶然によって組み合わされたわけですが、これは要するに宛名のない情報の発信を真似してみようということなのです。実際、こんな風にして情報を送り出したとしても、それが受け手にとって積極的な価値を持つことはめったにありません。大概の場合送られて来る通信は理解できないか（一八六〇年に相対性理論）、役に立たないか（一八七八年にレーザーの理論）、有害なだけか（一九三九年に原子エネルギーの理論）のどれかになってしまいます。と言うことはつまり、アヘロプーロスの考えに従えば、〈参加者《プレーヤー》〉たちが沈黙を守っているのは、幼い諸文明に良かれと願っているからなのです。

それゆえ、この論議は倫理によりかかったものであり、それだけでも完全無欠なものとは言えなくなります。ここではそれと同時に、「文明の持つ道具や科学が発達して行くにつれて、文明は倫理的にもより完璧になって行くはずだ」という主張が、〈遊び《ゲーム》〉の理論に外側から持ち込まれているのです。しかし、〈宇宙創造論的遊び《ゲーム》〉の理論は、そんな風には組み立てられません。〈遊び《ゲーム》〉の構造の中から不可避的に〈宇宙の沈黙〉

らなければならないのです。ad hoc《アドホック》（その場しのぎ）的な仮説によって、〈遊び《ゲーム》〉の存在そのものを疑ってみなければならないのです。〈遊び《ゲーム》〉の信憑性を救い出すことはできません。

アヘロプーロス自身もこの点にはっきりと気づいていました。彼は世にまったく認められない運命を甘受した訳ですが、それ以上にこの問題は彼を悩ませていたのです。そこで彼は〝倫理的仮説〟にその他の仮説をいくつもつけ加えるのですが、そんな風に根拠薄弱な仮説をいくつ集めたところで、一つの強力な仮説のかわりにはなりません。さて、ここで、私は自分のことをお話ししなければならないようです。私はアヘロプーロスの後継者として何をしたのか、ということです。私の理論は〈物理学〉に端を発し、〈物理学〉にもどって行くのでありますが、理論それ自体は〈物理学〉に属しておりません。もちろん、私が自分の理論を導き出すために用いた〈物理学〉だけしか私の理論から出てこないのであれば、それは同義反復《トートロジー》を無意味にもてあそんだに過ぎないということになるでしょう。

物理学者はこれまで、チェス盤の駒の動きを観察する人間のようにふるまってきました。つまり彼は、一つ一つの駒の動きはすでに知っていますが、駒たちの動きが何らかの目的を目指しているとは考えておりません。しかし、〈宇宙創造の遊び《ゲーム》〉の進展のしかたは、チェスの場合とは違います。と言うのも、そこでは規則自体が変わってしまうからであり、したがって運動の法則も、駒も、ゲーム盤も変わってしまうのです。その点を考慮に入れると、私の理論は〈遊び《ゲーム》〉全体をその開始時点から再構築するものではなくて、その最後の部分の復元に過ぎないのです。つまり、私の理論は全体の一断片であり、言ってみれば、チェスの観察にもとづいて捨て駒《ギャンビット》の原則を再現しようとするようなものであります。この原則を知っている者は、貴重な駒を犠牲にすれば、後にもっと貴重なものを獲得できることをすでに知っています。しかし、最高の勝利が王手詰め《チェックメイト》であることを知っているとは限りません。現在私たちが用いている〈物理学〉の体系からは、〈遊び《ゲーム》〉の首尾一貫した構造はおろか、その一部でさえも導き出すことができません。アヘロプーロスの天才的な直観に従ってみて初めて、私は現在の〈物理学〉が〃仕上げ〃を必要としているのではないかと考えてみたのです。それだからこそ、私は現在進行中のゲームの輪郭を復元することに成功したのであります。このようなやり方は、極めて異端的なものでしょう。と言うのも、科学の第一の前提は、「世界とは、その法則に関する限り何か〃出来あがったもの〃、〃完成されたもの〃である」という命題《テーゼ》だからです。それに対して私は、現在の〈物理〉がある特定の変形の途中の過渡的段階にあたる、という仮説を立てたのでした。

いわゆる〃普遍的定数〃というものは、じつは全然一定ではありません。特に、ボルツマン定数（ある統計力学的力学系のエントロピーを求めるのに用いられる普遍的定数）などは、不変ではないのです。この事実が意味するのは、〈宇宙《コスモス》〉では最初のどんな秩序もすべて、最後には無秩序に行き着かざるを得ないけれども、混沌《カオス》状態の増大のテンポは〈遊び《ゲーム》の参加者《プレーヤー》〉のせいで変化するかも知れない、ということなのです。〈参加者《プレーヤー》〉は、慌てふためいて（とは言っても、もちろん宇宙的な規模の話ですが）非対称性を持った時間をたいへんな荒業で作り上げてしまったのではないか、と思われます。（これは単なる想像であって、理論からの演繹ではありません！）荒業と申しましたのは要するに、エントロピー増大の勾配が非常に険しいものになっているということです。〈参加者《プレーヤー》〉は〈宇宙《コスモス》〉に単一の秩序を確立するために、無秩序の増大しようとする強い傾向性を利用したのでしょう。それ以来すべては無秩序へと走っているわけですが、それにもかかわらず全体としての〈宇宙《コスモス》〉の光景はただ一つの原理に従っている均質なものであり、それゆえ全般に秩序が保たれていると言うことができます。

ミクロの世界における様々な過程《プロセス》が原則として可逆的だということは、すでにかなり前から知られていました。理論からは、驚くべきことが導き出されて来ます。もしも地球の科学が素粒子の研究のために投下しているエネルギーを十の十九乗倍に増やしてやれば、事物の状態を発見するための研究は、その状態を変えるための研究に変わってしまうだろう、と言うのであります！　つまり、〈自然〉の法則を認識するかわりに、それらの法則をちょっと変形《デフォルメ》することができるのです。

これこそが、現代の宇宙の〈物理〉の泣き所、アキレス腱なのであります。目下のところ、ミクロの世界が〈遊び《ゲーム》の参加者《プレーヤー》〉の構築作業の主要な場所になっています。〈参《プレ》加者《ーヤー》〉はこのミクロの世界を不安定なものにし、ある一定の方法でそれを操作しているのです。〈物理〉の一部分はすでに静的になっていますが、言わば〈参加者《プレーヤー》〉たちはあらためて、その土台を取り払ってしまったのではないか、と思われます。そうして彼らはすでに静止してしまった法則を修正し、ふたたび動くようにしているのです。それだからこそ彼らは沈黙を守り続けているのであり、この沈黙は〝戦略的な静寂〟にほかなりません。彼らは自分たちのやっていることについても、そして〈遊び《ゲーム》〉が進行中であるということさえも、〝外部の者〟には決して知らせません。結局のところ、〈遊び《ゲーム》〉について知ってしまえば、〈物理〉全体をまったく新たな視点から見直すことになります。そこで〈参加者《プレーヤー》〉は望ましくない動揺や干渉を避けるために沈黙しているのであり、自分たちの作業が完結するまできっと沈黙を守り続けることでしょう。この〈宇宙の沈黙〉がどのくらい長く続くものか、私たちにはわかりませんが、少なくとも一億年は続くと考えてもいいのではないでしょうか。

そんなわけで、〈宇宙《コスモス》の物理〉は今、岐路に立っているのであります。この途方もない規模の改造によって、〈遊《ゲー》びの参加者《プレーヤー》〉は何を目指しているのでしょうか？　それも私たちにはわかりません。理論が示してくれるのは、ボルツマン定数が他の定数とともに減少して行き、それが〈参加者《プレーヤー》〉の必要とする一定の数値にまでなるだろう、ということだけです。しかし、それが何のために必要なのかは、私たちにはわかりません。それはつまり、たとえチェスの捨て駒《ギャンビット》の原理を知っていても、その作戦がチェスのゲーム全体の中で何の役に立つのかを知っているとは限らない、というのと同じことです。さらにこれから私がお話しすることは、私たちの知識の限界をもはや越えているのではないかと思われます。と言うのは、実際、この数年間に提出されたありとあらゆる種類の仮説は多すぎて困る（embarras de richesse）ほどだからです。バウマン教授のブルックリン・グループは、物質の内奥に――すなわち、素粒子の領域内に――〝まだ残っている諸現象の可逆性の裂け目〟を〈参加者《プレーヤー》〉が閉じようとしているのだ、と考えています。またある学者たちは、エントロピー増大速度の減少は〈宇宙《コスモス》〉を生命現象によりよく適応させることを目的としているのだ、と主張していますし、さらには〈参加者《プレーヤー》〉たちは〈宇宙〉全体の〝知的生物化〟を狙っているのだ、と主張する者もいるほどです。私見によれば、これらの仮説は――特に、それがある種の人間中心主義的思想に似ているため――あまりに大胆すぎるのではないかと思われます。

〈宇宙《コスモス》〉が進化して〝一つの大いなる理性〟となるとか、〝精神体〟となるとかいった考え方は、過去の多くの様々な哲学の――そして多くの宗教的信仰の――基本思想《ライトモチーフ》を成しています。ベン・ナウアー教授は、『目的志向的宇宙進化論』の中で、地球の近隣の〈参加者《プレーヤー》〉（その一者はアンドロメダ星雲にいるかも知れません）の動きが最善に調整されていなかったため、地球は依然として〝〈物理〉の振動〟地域の中に残っているのだという見解を述べています。それはつまり、〈遊び《ゲーム》〉の理論は現在の段階では〈参加者《プレーヤー》〉の作戦の全体をまったく反映しておらず、その局地的な、かなり偶然的な一奥地を反映しているに過ぎない、ということを意味するでしょう。ある通俗解説者などは、地球は

〝衝突〟地帯の中にあるのだという説を出しています。その説によりますと、二つの隣り合った参加者《プレーヤー》が〈物理法則の巧妙な変更〉による〝ゲリラ戦〟にはいっているのであり、そのことによってボルツマン定数の変化が説明されるのだ、ということになります。〈遊びの《ゲーム》参加者《プレーヤー》〉たちが熱力学の第二法則（非可逆変化の存在することを主張する熱力学の基本法則の一つ）を〝弱めている〟のだという仮定は、現在非常にポピュラーなものになっております。この点に関して私が興味深く思いますのは、ソビエト学士院《アカデミー》会員A・スルィシュの見解です。彼は『論理学と新しい宇宙創造説』（Логика и Новая Космогония）という研究の中で、〈物理学〉と〈論理学〉の間に生ずる関係の多義性に注目しています。スルィシュの言うところによると、エントロピー的傾向を弱めた〈宇宙《コスモス》〉は非常に大きな情報システムを作り出すかも知れないが、そのシステムは極めて馬鹿げたものになるだろう、とのことです。この見解は、何人かの若い数学者の研究に照らしてみるとどうも正しいように思われます。これらの数学者は、〈参加者《プレーヤー》〉によってすでに実現されている〈物理学〉の変更が数学の変更にまで至ることもあり得る、と考えているのです。つまり、もっとはっきり言えば、形式的諸科学における首尾一貫した体系の数々の構造が変形を蒙るだろう、ということです。ゲーデルはその著書『形式的体系の決定不能な命題について』（Über die unentscheidbaren Sätze der formalen Systeme）において、体系的な数学の中で獲得することのできる完璧さの限界を示しましたが、先ほどの若い数学者たちの立場からは、このゲーデルの有名な論証も普遍的には有効ではない――つまり、〝あり得るかぎりのすべての〈宇宙《コスモス》〉にとって〟有効ではなくて、現状の〈宇宙《コスモス》〉にとってのみ有効なのだ――という主張まで、あと一歩に過ぎません。（それどころか、はるか昔には――たとえば五億年くらい前には――数学的体系の構築の法則が現在のものと違っていたために、ゲーデルの論証を導き出すことができなかったでしょう。）

ここで正直に申し上げておかねばなりませんが、〈遊び《ゲーム》〉の目的や、〈参加者《プレーヤー》〉の意図や、彼らが抱いていると思われる価値観や、その他もろもろについて様々な推測を現在発表しているすべての人たちの動機を私は完全に理解しているものの、それと同時にこれらの――しばしば軽はずみな――推測の不正確さ、あるいは端的に言って人を惑わすような性格には、やはり危惧の念を覚えざるを得ません。ある人たちは現在、間借人の好みにあわせて二、三分のうちに家具をつけ変えられるアパートのようなものとして〈宇宙《コスモス》〉を思い描いています。〈物理〉法則、〈自然〉法則に対するそのような態度が話にならないのは、もちろんのことです。実際の変形のテンポは、私たちの生命の尺度からすれば極度にゆるやかなものです。ただし、ここで急いでつけ加えさせていただきますが、だからといって〈参加者《プレーヤー》〉の天性に関する問題がちょっとでも明らかになるわけではありません。たとえば、彼らは寿命が長いはずだとか、いや要するに不老不死なのだ、といった推測がある訳ですが、じつはその点に関しても何も分からないのです。ことによると、何人かの学者たちが書いていたように、〈参加者《プレーヤー》〉は生物――つまり、生物学的に発生した存在ではまったくないのかも知れません。それとも〈最初の文明〉のメンバーはそもそも太古の時代から自ら〈遊び《ゲーム》〉にまったく参加せずに、それをある種の巨大な自動装置に——つまり〈宇宙創造〉の舵手たちに——委任してしまったのかも知れません。〈遊び《ゲーム》〉を開始した〈原《プロト》文明〉の大部分が今日ではすでに存在していなくて、その役割を自動的な体系がかわりに果たし、それらの体系が〈遊び《ゲーム》〉の〈相手《パートナー》〉の一部となっている、ということも考えられます。このすべてがあり得ることですが、これらの疑問に対する解答は一年たっても、百年たっても得られることはないでしょう。

それにもかかわらず、私たちはある一定の知識を獲得しました。知識の常として、それは活動の力よりも、活動の限界の問題についてより多くのことを明らかにしてくれます。ある理論家たちは現在、〈参加者《プレーヤー》〉がもしも望めばハイゼンベルクの不確定性原理が彼らに課している測定の精確さの限界は取りはらうことができるだろう、と主張しています。（ジョン・コマンド博士が述べている見解によれば、不確定性原理とは〈参加《プレー》者《ヤー》〉の導入した戦略的策動《マヌーバー》であり、〈宇宙の沈黙〉の規則と同じ法則にのっとったものなのだそうです。つまり、「自らが〈参加者《プレーヤー》〉でなければ、誰も〈物理〉を望ましくない様に操作することはできない」という訳です。）しかし、たとえそうであっても、〈参加者《プレーヤー》〉は物質の法則の変化と精神の活動の間に存在している関係を取りはらうことはできません。精神もまた、同じ物質から作られているからです。〃ありとあらゆる構造的な宇宙にとって〃有効な〈論理〉ないし〈メタ論理〉を作ることができる、という考え方は誤りであり、今日ではすでにその証明に成功しています。私個人の考えでは、

〈参加者《プレーヤー》〉はこの事態を非常によく理解していて、困っているのではないでしょうか。ただし困っているとは言っても、もちろん、私たちの尺度で測れるようなことではありません！

〈参加者《プレーヤー》〉が全智ではないと知ることによって、私たちは〈宇宙創造遊び《ゲーム》〉に内在する危険に気づくのですから、不安を覚えてもおかしくありません。しかし、よくよく考えてみれば——この宇宙では誰一人として全能ではないのですから——人間の置かれた状況にしても、じつは〈参加者《プレーヤー》〉の生存条件とたいして変わらないのだ、ということが分かるでしょう。最高の文明もやはり〈部分〉でしかない——しかも、〈全体を完全には知らない部分〉でしかない——というわけなのであります。

　大胆な推量をもっとも遠くまで押し進めたのは、ロナルド・シューアーでしょう。『理性に作られた宇宙——法対規則』(Reason-made Universe: Laws versus Rules)という著書の中で彼は、〈宇宙《コスモス》〉の改造を根本的に進めれば進めるほど〈参加者《プレーヤー》〉たちは自分自身をも激しく変えてしまうのだ、と述べました。このような変化は、シューアーが〝記憶のギロチン〟と呼ぶような事態にまで至ります。と言うのは、実際、非常に過激《ラディカル》な自己変形をした者は、そのことによって自分自身の過去の——すなわち変形の過程以前の——記憶をある程度破壊してしまうからなのです。シューアーによりますと、〈参《プレ》加者《ーヤー》〉は自分の持つ宇宙変形の力をどんどん強めながら、〈宇宙《コスモス》〉がそれまで進化してきた道のりの跡を自ら消し去っているのです。こうして全能の創造力は、究極のところで過去認識能力を麻痺させてしまう訳です。〈遊び《ゲーム》の参加者《プレーヤー》〉は〈理性〉の揺り籠のようなものにしようと努め、その目的のためにエントロピーの法則を弱めています。十億年の後、過去の自分のことも、自分の生まれる以前のことも忘れて、彼らは〈宇宙《コスモス》〉をスルィシュが言っていた状態にまで持って行くことでしょう。つまり〃エントロピーのブレーキ〃をはずしてしまえば、生物圏が爆発的に増大し、数多くの未熟な文明が時期尚早であるにもかかわらず〈遊び《ゲーム》〉に参加して、〈遊び《ゲーム》〉の崩壊を引き起こすことになるのです。そんな風に、〈遊び《ゲーム》〉の崩壊を通じて混沌《カオス》が生じることでしょう……。そして気の遠くなるくらい長い時間が経てばその混沌《カオス》から新たな〈参加者《プレーヤー》の集団〉が現れ……〈遊び《ゲーム》〉を再び始めるでしょう。つまり、シューアーの説によれば〈遊び《ゲーム》〉は環をなすように続いているのであり、それゆえ〃〈宇宙〉の起源〃を問うことは無意味になります。こういったヴィジョンは並々ならぬものではありますが、どうも信じ難いものです。私たちが崩壊の不可避であることを予見できると言ったところで、〈遊び《ゲーム》の参加者《プレーヤー》〉にできる予言など、所詮たいしたものではありません。

紳士淑女の皆さん、私は星雲の中にひそみ、互いに何十億パーセクも離れている様々な〈理性〉によって行なわれている〈遊び《ゲーム》〉の澄んだイメージの輪郭を描き出し、その後で曖昧な点や、矛盾した推量や、まったく信じがたい仮説を雨あられと浴びせてその澄んだイメージを濁らせてしまいました。しかしながら、これは認識の普通の手続きに他なりません。科学は現在のところ〈宇宙《コスモス》〉を〈遊び《ゲーム》〉の羊皮紙文書《パリンプセスト》（もとの文章の上にさらに別の文書を重ね書きしてある羊皮紙）のようなものとして見ています。すなわち、これらの〈遊び《ゲーム》〉には、個々の〈参加者《プレーヤー》〉の記憶が到達できる所よりも深い記憶が与えられているのです。この記憶こそが〈自然法則〉の調和の謂《いい》であり、その〈自然法則〉によって〈宇宙《コスモス》〉の運動の均質性が保たれているのであります。それゆえ、今、私たちは〈宇宙〉を、いくつもの長い時代の層を成して積み重なった、何十億年にもわたる作業の場として見ています。しかし、その作業の目指している目的について言えば――私たちに把握できるのはそのうちのごく些細な、ごく近い断片だけであり、しかもその把握も部分的なものでしかありません。このような宇宙像は正しいのでしょうか？ いずれこの宇宙像も、何らかの新しい、別の宇宙像にとってかわられるのではないでしょうか？ 私たちの〃〈理性〉たちの〈遊び《ゲーム》〉〃というモデルは歴史上発生してきた他のあらゆるモデルとは根元的《ラディカル》に異なっていますが、それと同じように根元的《ラディカル》に異なったモデルがいつか現れるのではないでしょうか？ その答のかわりに、私はここで我が師、エルンスト・アーレンス教授の言葉を引かせていただきたいと思います。何十年も前、まだ若かった頃、私は〈遊び《ゲーム》〉の仮説を含む最初の草案をたずさえて教授のもとに行き、意見をうかがったことがあります。その時、アーレンス教授はこう答えられました。「理論？ 理論だって？ これは理論なんてものじゃないだろうね。人類は宇宙に出て行こうとしているんだろう？ それならば、これが現実ではなかったとしても、計画案として考えればいい。すべてがいつの日にか、まさにこの通り実現するかも知れないじゃないか！」私の師の言葉は結局、今にして思えば、そんなに懐疑的なものではありませんでした！　この言葉をもって、本日のお話を締めくくらせていただきたいと思います。ご清聴、どうもありがとうございました。

完全な真空　日本語版

スタニスワフ・レム著／沼野充義・工藤幸雄・長谷見一雄訳（国書刊行会、東京）

ついに出た、待望の翻訳である。ポーランドのＳＦの巨匠スタニスワフ・レムが、「完全な真空」という何とも人を食ったタイトルの下に（「完全な真空」というのは要するに、まったく何もないということではないか！）架空の書評を集めて一冊の作品集を出版したのはもうかれこれ二十年近くも昔、一九七〇年のことだという。とは言っても、ポーランド語を解さず、原本を手にしたこともない書評子には、レムが本当にそんな本をポーランド語で書いたのか——つまり、本当にそんな本が存在するのか——については、実は判断の下しようがないのである。ただ、欧米の出版事情に詳しい知人の教示によれば、本書は既に、ドイツ語にも英語にも訳されているそうなので（Stanisław Lem, *Die vollkommene Leere*, Insel Verlag, Frankfurt am Main, 1973; Stanisław Lem, *A Perfect*

Vacuum, Harcourt Brace Jovanovich, New York, 1979)、やはりこの書物は実在すると考えたほうがいいのだろう。もっとも、翻訳と銘打った本でも必ずしも原著の存在が保証されている訳ではないのだから、ひょっとしたら我々はレムの名を巧みに騙《かた》った「翻訳者」の創作を読まされているのではないか、という一抹の不安を覚えざるを得ない。そう思って見ると、日本語版の翻訳陣は一癖も二癖もありそうな顔ぶれが揃っている……。

……というのは、やはり考え過ぎだろう。ここまで書いたところで思い出したのだが、確かレムのこの本は、欧米の読書界で以前かなり話題になったことがある。そこで、雑多な切り抜きを放り込んであるファイルを引っ掻き回すと、英訳が出た時の書評が二つ見つかった。まず、一つは『タイム』一九七九年一月二十九日号。「……そのような喜ばしい想像力の跳躍によって、レムは人気のある宇宙旅行作家たちのほとんどすべてを、遥かに引き離してしまうのだ。彼こそは科学的教養のボルヘスであり、彼の〈人力エンジン〉は、血と肉をそなえた人間がたとえすべて滅びてしまっても、宇宙の神秘が尽きるわけではないと約束してくれるのだ」（R・Z・シェパード）もう一つの書評は、『ニューヨークタイムズ・ブック・レヴュー』（一九七九年二月十一日付）に載った、作家のジョイス・キャロル・オーツによるもので、彼女はそこで「ジョイス的文学批評のパロディはアメリカの読者には時代遅れに見えるだろうし、通常大学一年の哲学の授業で議論されるような〝哲学的命題〟が圧倒的な長さに展開される書評は、自己満足的に見えるだろう」と、一面では手厳しい批評を加えてはいるが、全体としてはレムの著書を

「真にポスト・モダンな」（あるいはポスト・ボルヘス的な）企てとして高く評価している。

日本でも、『完全な真空』という不思議な本が「存在する」ということは（もちろん、この本が「実在する」という前提に立てばの話だが）、少なくともレムの読者の間ではかなり前から知られていたらしい。実際、沼野充義氏がこの本の翻訳を思い立ったのは、もう十年近く前のことだという。ところがその後彼は、アメリカ東海岸に姿を現してはミッヨスキという変名のもとに「マサチューセッツ・ポーランド協会」の会員として活動したかと思うと、ウィーンやクラクフといった中央ヨーロッパのレムゆかりの地をさまよってキャバレーを探索する、などという生活を送っていたため、翻訳はいっこうに進まなかった。そして最後には非礼を承知の上で、先輩や師匠の世代にあたるポーランド文学者まで助っ人として引っ張り出して、やっと翻訳の完成にこぎつけたのだという。その長い間、日本のレム・ファンはおあずけを食わされていたことになるが、ようやく出た邦訳をこうして見ても、その内容が決して迫力を失っていないのは流石《さすが》である。もちろん、ジョイス・キャロル・オーツが言うように、今となっては「時代遅れ」に見える題材があることは否定できないが（とっくに誰も読まなくなってしまった「ヌーヴォー・ロマン」を今頃パロディにしても、誰が面白がるだろうか？）、どんな題材を扱う時でもレムの皮肉や悪ふざけは気持ちがいいほど徹底的であり、読者はレムの比類なき知的腕力にただ圧倒されるしかない。

もっとも、『完全な真空』の題材はあまりにも多岐に渡っているので、ここでその一つ一つについて解説めいた贅言《ぜいげん》を費やしている訳にもいかないだろう。ただ、収集癖にかけては人後に落ちないと自認する書評子としては、架空の本を集めてコレクションを作るという、この本の中心にある発想そのものについて、少々駄弁を弄したいという誘惑に打《う》ち克《か》つことができないのである。『完全な真空』の冒頭に置かれ、『完全な真空』それ自体を論じている書評においてレム自身が（あるいはこれもまた、架空の書評者だろうか？）種明かしをしているように、架空の本のコレクションというのは別にレムの独創ではない。この種の架空図書館として最も有名なのは、何と言っても、『ガルガンチュワとパンタグリュエル』に出てくる「サン・ヴィクトール図書館」だろう（ラブレー『第二之書』第七章）。もっとも、『救イノ竿』、『脱糞法論』など、パンタグリュエルがパリで愛読したとされるこれらの書物のタイトルは、単なる奇矯な思いつきではなく、当時の神学や哲学を揶揄《やゆ》する意図を秘めたものであった。嘲笑されるべき表題を次々と繰り出してくるラブレーの桁外れな構想力については、ここで今さら言うまでもないが、これらの架空の書物の一冊一冊について詳細な注釈を積み重ねて大部の研究書を書き上げてしまった「愛書家ジャコブ」ことポール・ラクロワという人物の執念も、相当なものではないだろうか（Paul Lacroix, *Catalogue de la bibliothèque de l'Abbaye de Saint-Victor*, Paris, 1862. なお、この研究書には、ギュスタヴ・ブリュネによる、架空の図書コレクションに関する文献目録というおまけまでついている）。さらにラブレーは多くの追随者を生み出したが、その中でも徹底していたのは、ルイ十六世時代の財務総監を務めたチュルゴである。彼は奇想天外なタイトルを持った書物の模型を木で作り、それらの実在しない本で自分の執務室の書棚を飾ったという。ちなみに、そのうちの一冊の表題は、『簡単な問題を複雑にする法』というものだった。

ラブレー的な架空の書籍コレクションが風刺を意図したものであったとしても、やはりこういった冗談は本そのものが好きでないとできることではない。一八四〇年にベルギーで起こった奇妙な事件は、ちょうどそういった偏執狂的愛着心が高じた挙げ句の果てに、架空のコレクションを生み出してしまう、というメカニズムを示していて面白い。この年の夏、多くの愛書家たちの手元に、センセーショナルな内容の案内書が郵送された。フォルス伯爵の残した蔵書が、バンシュという町の、ムルロンという公証人の家でオークションにかけられるというのである。そして案内書には、五十二冊の世にも稀な本のリストが掲げられていた。すべて一部しか現存していない、愛書家の垂涎の的ばかりである。ブリュッセルの図書館長ライフェンベルグ男爵は色めきたち、早速そのうちの十八冊を購入したいと大臣に申し出たし、一家の恥さらしとなるような秘本が売りに出ていることを知ったある侯爵夫人は、その本を何が何でも競り落とすようにと代理人を派遣した。ところが、結局のところ、そのオークションは決して開かれることがなかった。すべて、冗談だったのである。この大規模な悪戯を仕掛けたのは、ベルギー王室アカデミー会員のシャロンという愛書家だった。だまされた人々は怒っただろうか。それとも、手元に残った貴重なカタログ（全部で一三二部しか刷られなかった）を眺めて、ほくそえんだだろうか。

しかし、風刺の精神もなく、収書狂的欲望とも無関係に、物書きの自己顕示欲が架空の図書館を生み出してしまうということもある。「これこれに関しては、近く刊行される別の書物で論じるつもりである」といった調子の予告をつい出してしまうお調子者は昔から結構多かったらしく、そのように予告だけされて結局出版されなかった（あるいは、まるっきり書かれなかった）書物の「残骸」のカタログ作りを企てた好事家も何人か知られている。この分野での先駆者は、『出版されなかった書物のカタログ』（*Catalogus librorum ineditorum*）を編纂したドイツの学者ベルシュだろう。さらにアルメロヴェーンというオランダ人が『約束された図書館』（*Bibliotheca promissa*, Goudae, 1692）というもっと徹底的なカタログを作ったが、これとて完璧なものではなく、一六九九年には有名な東洋学者ルドルフ・マルティン・メールフューゲルが『補遺』を刊行した。その序文でメールフューゲルは「自分の『補遺』は一時的なものであり、いずれ決定版をまとめるつもりである」と述べているが、さすがの彼もこの時は、後世に編まれる別のカタログに、自分が予告した「決定版」が加えられることになろうとは夢にも思わなかったに違いない。（なお、「架空の本のカタログ」に関するこれまでの記述は、ハンガリーの作家イシュトヴァーン・ラート＝ウェーグが本についての蘊蓄を傾けた好著『書物の喜劇』［Ráth-Végh István, *A könyv komédiája*, Budapest, 1978］に全面的に負っているので、そのことをここに明記しておきたい。何か間違いがあっても、それは書評子の責任ではないのである。）

さて、大変長い脱線をしてしまったが、レムの『完全な真空』に戻ることにしよう。レムの架空の書物に関する書評集は、これまで見てきた先駆者たちのすべての動機を兼ね備えているように思う。それはつまり、①風刺と哄笑の精神であり、②珍しい書物に対する強烈なコレクター的欲望であり、③自分で書き上げることのできない書物に対する愛惜の念である。しかし、そういったことだけならば、現代文学はすでにボルヘスというお手本を知っているではないか、レムの独創性はどこにあるのだ、という反論の声が上がるかも知れない。実際、レムはボルヘスを高く評価しており、ボルヘスの作品を読んだことが『完全な真空』執筆の一つの刺激になったというのも、充分考えられることである。しかし、『完全な真空』は、単なるボルヘスの模倣ではない。それはむしろ、ボルヘスと似たブッキッシュな趣向を探りながらも、SF作家としてボルヘスの限界を認識し、それを乗り越えようとする試みであったと言うべきであろう。「対立物の統一」と題されたレム自身によるボルヘス論（英訳は、Stanisław Lem, *Microworlds*, New York, 1984 所載）によれば、「私［レム］自身、長年このアルゼンチンの作家の最高傑作を創り出した境地に踏み込もうと努力してきた……しかし、私が歩んだのはまったく別の道だった。だから、ボルヘスの作品は、私に非常に近いところにあり、同時に、私とは無縁のものだとも言える」のだそうである。そして、レムはボルヘスを「既存の文化によって作られてきた思考の枠組を逸脱することなく、その中で許される論理的な操作を器用に拡張するだけだ」と、厳しく批判する。レムに言わせれば、ボルヘスは所詮、現代の人類の宿命とは本質的に逆の方向を向いている過去の存在に過ぎない、「ボルヘスが我々に説明してくれた天国や地獄は、人間には永遠に閉ざされたままのものだ。我々が作りつつあるのは、より新しく、より豊かな、より恐ろしい天国と地獄なのである」。そうだとすれば、レムが『完全な真空』で試みたのは、新しい天国と地獄のために思考の枠組を転換することだったのだろうか。その「新しい天国と地獄」に住むのは、もはや人間ではないのかも知れないのだが、レムにとってそれはどうでもいいことだろう。彼は必ずしも人間だけに興味を持っている訳ではないのだから。作家はいつも人間について書くべきだなんて、一体誰が決めたのだ？

本書の翻訳は、
「親衛隊少将ルイ十六世」――工藤幸雄訳
「生の不可能性について／予知の不可能性について」「我は僕《しもべ》ならずや」――長谷見一雄訳
その他の作品――沼野充義訳
で構成されています。

レムの架空図書館——三十年後の解説

沼野充義

本書は、単行本として一九八九年に国書刊行会から出版された訳書の文庫版である。初版以来、三十年もの歳月が流れたが、その間国書刊行会版の単行本が版を重ね続け、さらに今回文庫化されるということは、本書が時の流れを越えていまだに魅力と意味を持ち続けているからだろう。主観的には怒濤《どとう》のように過ぎ去ったこの三十年の間、私の身には到底一口では言い表せないようなことが多々あったけれども、レムのことだけは一貫して追い続け、関わり続けてきた。そして私自身のレム理解も、またレム作品を取り巻く文脈も、レムの読み方や位置づけも少しずつ変わってきた。いずれにせよ今ではレムは、ポーランドSFの代表者というよりは、二十世紀後半の世界文学の旗手の一人として広く認識されているのではないかと思う。そういった変化を踏まえて、ここに新たに『完全な真空』の解説を添え、いまレムを読む読者のための案内としたい。

大いなる虚空のエクリチュール

『完全な真空』（原書一九七一年）は、手に取ればすぐにわかるように、書評集という形式になっている。より正確に言えば、架空の（実在しない）本に対する書評を集めて一冊の本としたものだ（ただし、最後に置かれた〈「完全な真空」日本語版〉はもちろんレムによって書かれたものではない。訳者の誰かによる三十年前の悪ふざけであろう）。じつはレムにはこのほかにも、『虚数』（原書七三年、邦訳は長谷見一雄・沼野充義・西成彦訳、国書刊行会、九八年）という、似た趣向の短篇集がある。こちらは架空の本への序文を集めたもので、二冊合わせると、言わばレムの「架空図書館」になる。さらにレムにはこの後さらに、『挑発』（八四年）と『二十一世紀叢書』（八六年）という薄い二冊の本があり（両方で計四篇を収める。四篇すべて関口時正訳によって、レム『主の変容病院・挑発』国書刊行会、二〇一七年、に収録）、そこでも架空の書物を扱うという趣向が引き継がれており、これら四冊を合わせてレムの偽書《アポクリファ》集と呼ぶこともある。

　これらの作品は、簡単に分類してしまえば、メタフィクション（フィクションを書くという行為そのものを極度に意識化した作品、小説についての小説）ということになるだろう。レムのここに至るまでの経歴を振り返ると、「本についての本」といった言葉本来の意味での「メタフィクション」的な試みは、作家としての発展の結果必然的に出てきたものと考えられる。人文・自然諸学に広く通じた博識を誇り、旺盛な創作力と鋭い実験精神に恵まれたレムは、「SF作家」としてデビューして以来、様々な手法やジャンルを試み続け、いみじくも自分で言うように「一人でSF小説というジャンルの進化を繰り返し」てしまった。その結果、従来のフィクション（特に長篇小説）という形式の限界に突き当たり、既成の枠の中ではやりたいことはだいたいやってしまったという境地に達し、このようにメタフィクション的な方向に転進したのだった。

『完全な真空』『虚数』という表題について一言だけ補足しておけば、「完全な真空」とは要するに「まったく空っぽ」な状態のことだし、「虚数」とは「でかいほら話」と意訳することも可能な表現である。なんとも人を喰《く》った悪ふざけのようなタイトルではないか。それにしてもレムはどうしてこんな「架空図書館」を作ることになったのだろうか。普通の実在する本を書くことに、作家はなぜ満足できなくなったのか。『完全な真空』の冒頭に置かれた実質的な序文を読むと、「実在しない書物の書評を書くということは、レム氏の発明ではありません。現代の作家ホルヘ・ルイス・ボルヘスにその種の試みがある……」と始まり、その先で、多少説明めいた言葉も出てくる。要するに、文学はこれまで架空の登場人物を描いてきたが、一歩先に進んで、架空の書物を書くことによって、創造の自由を回復し、作家の精神と批評家の精神という二つの相反する精神を結び合わせることができる、というのである。

　この点に関しては、二十世紀のポーランド前衛文学の権威であり、レム全集の編集者でもあるイェジイ・ヤジェンプスキが次のように言っている（ポーランド語版レム全集の一巻『二十一世紀叢書』への解説、二〇〇三年)。

レムの「幻想図書館」においては、物語の創作に疲れたこと以上の何かがある。もっとも本質的な役割をこれらの作品で果たしているのは、作品が要約された形で示されていることというよりは、むしろ架空の作品の提示のしかたに見られる二層性である。つまり物語の流れの中に雄弁な架空の〈書評家〉が織り込まれ、単に作品の内容を要約するだけでなく、同様に虚構の存在である著者の見解や創造力について意見を述べる、ということだ。そのようにして、一つ一つの観念が読者から二重に距離を取るようなパッケージに包まれる。

創作者としての奔放な想像力と、冷徹な批評家としての分析的思考力の両方に恵まれたレムならではの事情と言えるだろう。このような手法を使ったとき、具体的に何が可能になるのか、私なりにもう少し具体的に考えてみると、いくつかのことが挙げられる。第一に、既存の知の体系や文学のモードに対する風刺・パロディ(例えば、『ソラリス』の前半で詳細に展開される「ソラリス学」の歴史は、制度化された学問体系のパロディになっており、ここだけ独立させれば十分『完全な真空』の一篇にもなりうる)、第二に珍しい書物に対する強烈なコレクター的欲望、そして第三に自分で書き上げることのできない書物に対する愛惜の念(つまり、アイデアがあまりに豊富なため、その一つ一ついて本格的な長篇を展開していたら、とてもすべては書ききれないというレムならではの事情である）。

こういった点を考えると、ＳＦにおけるレムは「純文学」におけるボルヘスのような場所に少々遅れてたどり着いた、と言えるのかもしれない。レムがボルヘスの作品を意識していたことはすでに引用した『完全な真空』への実質的な序文からもうかがえるし、『完全な真空』が英訳されたとき、多くの読者がレムのことを「ＳＦ界のボルヘス」と見なしたものだった。その一方で、レム自身のボルヘスに対する態度は、肯定的なものではなく、むしろ強烈な批判を含むものだった。彼はボルヘスと似たブッキッシュな趣向を探りながらも、ＳＦ作家としてボルヘスの限界を認識し、それを乗り越えようと試みたのだと言うべきだろうか。「対立物の統一」と題されたレム自身によるボルヘス論（レム『高い城・文学エッセイ』国書刊行会、二〇〇四年、所載）によれば、ボルヘスは「新しい、自由な考案による思考の枠組《パラダイム》を決して作らない」、「物真似の上手な文学の異端者に過ぎない」。

レムの意を汲《く》んでもう少し敷衍《ふえん》して言えば、こうなるだろう――つまり、ラディカルな相対主義者レムは、一貫して人間の知性そのものの枠組を相対化するような驚異の感覚（センス・オヴ・ワンダー）を求めてきた。ところが、ボルヘスのほうは既存の文化によって作られてきた思考の枠組を逸脱することなく、その中で許される論理的な操作を器用に拡張するだけである。ボルヘスは所詮、現代の人類の宿命とは本質的に逆の方向を向いている過去の存在であって、彼が説明した天国や地獄は、もはや役に立たないものなのだ。それに対して、レムが『完全な真空』や『虚数』で試みたのは、「新しい天国と地獄」のために思考の枠組そのものを転換することだったとも言えるだろう。

ホロコーストの原体験のほうへ

なるほど、この志向性は、『ソラリス』の結末で、主人公クリスが「残酷な奇跡」に満ちた未来を予期する姿勢にも通じるものだろう。ただし、レムは決して未来ばかりを向いていたわけではない、ということも付け加えておきたい。確かにレムはSF作家として、未来の地球外のことを主に書き続けた。しかし、その彼にしても、具体的に自分が生き、経験した歴史から自由であったわけではない。特に若いころ、故郷の町がナチス・ドイツに占領され、そこに住む多くのユダヤ人が収容所に送られて虐殺された（彼自身はその運命を免れたが）という歴史的事件の痕跡は、終生彼に付きまとったのではないか、という見方が、最近強調されるようになってきている。

そもそも彼が生まれ育ったルヴフ（現在西ウクライナのリヴィウ）という町は、支配者に応じて町の名前をポーランド語、ドイツ語、ロシア語とくるくる変えていった。レムの世界観の形成にとって、二十世紀の激動を東欧の「辺境」で、国家への帰属が流動的になりうる民族の一員として生きたという経験は、測りしれないほど大きいものだったに違いない。レムの膨大な著作全体を一本の筋のように貫いているものがあるとすれば、それは人間の理性の限界を見定めようとする透徹したまなざしであり、絶対的なイデオロギーに対して懐疑的・相対主義的な見方をとることであり、理性の限界の外に広がる宇宙の驚異に対して自らを開いていこうとする姿勢だと言えるだろう。それこそはまさに、激動の東欧史によって鍛えられたものに他ならない。一九九五年に私がクラクフの自宅で行ったインタビューで、彼は次のように語っている。

人間はこの世に生まれてくると、すべては今のままで、これから先も未来永劫にわたってそのままだろう、なんて思うものです。ところが、実際には、そうじゃない。たとえば私は一九二一年生まれですから、戦前のポーランドで二十年近く暮らしました。それからまずソ連の赤軍がやってきて、それからドイツ軍、そしてまたもやソ連がやってきて、われわれをルヴフから追い出し、私は「引き揚げ者」としてここ、クラクフに送られてきたんです。

こういった恐ろしいほどの変化、体制の脆《もろ》さを体験してきたんです。戦前のポーランドで幼年時代から青年時代まで二十年近くも過ごせば、すべてはずっとこのままだろうと思われるようになっても当然でしょう。ところが、突然、何もかもが数日のうちに崩壊し、全く新しい状況が始まるんですが、それも長続きは決してしない。そうして、あらゆるものは移ろいやすく、不確かだと思い知らされる。それは地震のときに足下の地面が揺れるなんてものではなく、社会体制から人間関係まで、もう何もかもが崩れ、すべての価値が崩壊してしまう。これこそまさにわれわれの二十世紀の本質ですよ。

(「新潮」一九九六年二月号に掲載されたインタビュー「レムが世界を見れば」より)

レムの作品の背後には、戦争に翻弄《ほんろう》され、国境線が何度も引き直され、ホロコーストの脅威にさらされ、確実なものなど何一つないという状況のなかを生き抜いてきた経験があった。その経験は『完全な真空』では、遠いこだまのように、南米に落ち延びたナチスの元親衛隊少将の運命を扱った『親衛隊少将ルイ十六世』に響いているが、後年レムは「偽書集」の趣向を使いながら、ホロコーストの主題に立ち返っていく。『挑発』には、ホルスト・アスペルニクス『ジェノサイド』という架空の書物が、『二十一世紀叢書』には『創造的絶滅原理 ホロコーストとしての世界』というこれまたなんとも物騒なタイトルの架空の書物への序文が収められているのだ。極めてブッキッシュなメタフィクションの世界のようにも見える偽書集が、じつはレム自身の過去のトラウマの理論的な——自分自身の体験をリアルに描くことを避けながらの——再解釈につながっていった、ということも見逃してはならないだろう。

*

レムの生涯と作品——伝記的スケッチ

最後に、レムの生涯と作品について、事典風に簡単なスケッチを掲げておく。

スタニスワフ・レムは、一九二一年、当時ポーランド領だったルヴフ（現在ウクライナ領）で、ユダヤ系の医師の家に生まれた。このルヴフを含む西ウクライナ地方はポーランド、ウクライナ、ユダヤなどの民族が混住する民族的にも歴史的にも複雑な地域で、その事情を反映して、町も言語に応じて様々な呼び名を持っていた。ルヴフというのはポーランド語の呼び方だが、ロシア語ではリヴォーフ、ウクライナ語ではリヴィウ、ドイツ語ではレンベルクと呼ぶ。いずれも「獅子の町」の意味である。

レムは普通SF作家と呼ばれ、それはもちろん間違いではないが、彼の著作活動は、狭義のSF小説の枠を超え、自然・人文科学の広範な領域にまたがっている。SFファンの枠を超えて国際的にも広く読まれ、高く評価されている点でも、異色の作家と言えるだろう。一時期ノーベル文学賞の有力候補と目された所以でもある。ポーランドのレム公式サイトやその他の情報源を見ると、レムの著作は少なくとも四十四か国語に翻訳され、出版部数は累計で三千万部を超えると推定されている。

レムの生地ルヴフは彼が生まれた時点ではポーランド領だったが、第二次世界大戦後はソ連のウクライナ共和国領に組み込まれ、その際この町に住んでいた多くのポーランド人は事実上追い出される形で、ソ連には組み込まれなかった部分のポーランドに移住せざるを得なくなった。これは戦争の結果、ポーランドの国境が西側にずれる形で引き直されたためである。ルヴフは戦時中には一時ナチス・ドイツに占領されていたから、なんとも目まぐるしい支配者の変遷である。つまりレムの出身地は、ある朝目が覚めたら国境が書き換えられていて、自分は別の国にいた、ということがいつでも起こり得る、歴史と地理の〈境界地帯〉だったのである。彼持ち前の冷徹な相対主義の源泉は、おそらくこういった出自にある。

一九四六年、レムの一家はポーランドの古都クラクフに移住し、レムは同地のヤギェロン大学で医学を学んだ。しかし卒業後も医師にはならず、科学や哲学の理論的な研究に没頭した。そして医学の勉強と並行して、一九四六年からすでに雑誌に小説や詩などを発表しはじめ、一九四八年から五〇年にかけて全三部からなる長篇『失われざる時』を執筆した。これはSFではなく、戦中・戦後のポーランドを舞台にしたリアリズム小説である（『主の変容病院』はその第一部だった）。しかし、この長篇はイデオロギー的理由により一九五五年まで出版を許されなかった。SF作家としてのレムの実質的な作家デビューを飾ることになったのは、長篇『金星応答なし』（五一）である。この作品の成功によって、レムは専業作家になった。しかし一九五〇年代半ばごろまでの作品の多くは、当時支配的だった社会主義リアリズムの教義の制約の下で書かれており、三十二世紀の未来を楽観主義的に描いた長篇『マゼラン雲』（五六）は、後にレム自身が外国語への翻訳を許可しなかった。

レムが代表的作品を発表しはじめるのは、一九五〇年代末ごろからで、地球外の知性との遭遇を扱った三大長篇『エデン』（五九）、『ソラリス』（六一）、『無敵』（六四、邦題『砂漠の惑星』）によって、彼はポーランドSF界の第一人者としての地位を確立した。この時期に明らかになってくるのは、習作期のオプティミズムとは対照的に、人間の認識能力に対する懐疑的な態度である。特に三大長篇では、人間の理解を超えた宇宙の存在との出合いを通じて、人間の知性の相対性が強調されている。さらに、宇宙からの謎のメッセージを解読しようとする計画が失敗に終わる過程を描いた『天の声』（六八）も、その流れに連なる長篇である。これらの作品はいずれも〈ファースト・コンタクト〉をレムなりの形で扱っており、その意味では正統的なSF長篇の枠内にはいるものと言えるが、一九六〇年代はそれ以外にも多くの力作が書かれた時期で、「正統」の枠を大きく超えるような実験がすでに始まっている。『星からの帰還』（六一）は、宇宙の探検に出ていく人間ではなく、宇宙旅行から〈帰還〉した飛行士の未来社会における疎外に焦点を合わせた長篇だし、『浴槽で発見された手記』（六一）は不可解な指令に従って迷路のような建物をさまよう主人公を描いた作品で、これはもうSFというよりは、カフカ的な不条理小説に近い味わいを持っている。

いま名前を挙げた作品はいずれも長篇小説であり、レムの名声は第一に長篇作家としてのそれだったと言ってよい。しかし彼の著作活動は非常に多彩で、長篇以外にも、数多くの優れた中・短篇が並行して書かれ、その大部分は、いくつかのシリーズにまとめられた。また通常のSFの枠を超えた、現代小説の試みもまた並行して行われている。それは、『捜査』（五九）および、その発展形ともいうべき『枯草熱』（七六）である。この二つの作品は、SFというよりはむしろ推理小説の枠組みを使った奇妙な味の〈存在論的ミステリー〉とも言うべきものだ。

さらに一九七〇年代以降レムは、既成の手法に飽き足らず、新しい小説の可能性をメタフィクション的な方向に探るようになった。この傾向の代表作としては、『完全な真空』と『虚数』という二つの作品集がある。

ここまで紹介してきた小説家としての著作だけでも質量ともに突出したものだが、さらにレムには、自然科学の最先端から人文社会科学のあらゆる分野に通暁した評論家という顔もあり、科学や文学に関する批評的・理論的著作や評論も多い。この分野での代表作としては、サイバネティックスを扱った先駆的な『対話』（五七）、科学技術の未来を論じた『技術大全』（六四）、自然科学の理論を適用しながら文学に関する経験論的理論を組み立てようとした『偶然の哲学』（六八）、現代SFを理論的に広範に取り扱った全二巻、原著で七百ページを超える大作『SFと未来学』（七〇）などが挙げられる。いずれも桁外れの該博な知識と、論ずる対象の欠陥をときに容赦なく批判する鋭い批評精神が結びつくことによって初めて可能になった、まさに知の巨人レムでなければ書けないような著作である。

レムが作家として活躍した時期はほぼ全面的にポーランドの社会主義時代にあたるが、

レムはその間、体制側と正面から衝突することはなく、自分の書きたいものを書き続けた。現実をリアルに描くわけではないSFというジャンルならではの自由のおかげでもあり、またレム自身の慎重なふるまい方のおかげでもあった。そのためレムはいわゆる「反体制派」として括られることはなかったが、いくつかの作品には強烈な共産主義批判の意図が込められていたとも考えられる。

長年にわたり旺盛に、倦《う》むことを知らずに著作活動を続けてきたレムだが、一九八七年に発表した長篇『地には平和を』および『大失敗』を最後に、事実上、小説の筆を折った。しかし雑誌などに短い時事評論やエッセイを勢力的に書き続け、晩年は何冊もの時事評論集を次々に出した。一九九八年には、半世紀以上にわたる著作活動の総決算として実質的な全集がクラクフの〈文学出版社〉から刊行され始め二〇〇五年にそれが全三十三巻で完結するのを見届けるかのようにして、レムは翌二〇〇六年にクラクフで亡くなった。没年八十四歳だった。

しかし、レム関係の文献は——研究書から、書簡集に至るまで——彼の死後も増殖し続け、いまや彼をめぐっては〈レモロギア〉、すなわち「レム学」と呼んでいい領域が形成されているとさえも言える。彼が亡くなる直前、二〇〇五年に全集完結を記念してクラクフで行われた国際会議は、まさに「未来学会議」ならぬ「レム学会議」（Kongres LEMologiczny）と名付けられていた。

本書は、一九八九年十一月に国書刊行会より刊行された『完全な真空』（文学の冒険シリーズ）を文庫化したものです。

完全《かんぜん》な真空《しんくう》

二〇二〇年 一 月一〇日 初版印刷
二〇二〇年 一 月二〇日 初版発行

著　者　スタニスワフ・レム
訳　者　沼野《ぬまの》充義《みつよし》・工藤《くどう》幸雄《ゆきお》・
長谷《はせ》見《み》一雄《かずお》

発行者　小野寺優
発行所　株式会社河出書房新社
〒一五一－〇〇五一
東京都渋谷区千駄ヶ谷二－三二－二
電話〇三－三四〇四－八六一一（編集）
〇三－三四〇四－一二〇一（営業）
http://www.kawade.co.jp/

ロゴ・表紙デザイン　粟津潔
本文フォーマット　佐々木暁
本文組版　株式会社創都
印刷・製本　凸版印刷株式会社

Printed in Japan　ISBN978-4-309-46499-2

幻獣辞典

ホルヘ・ルイス・ボルヘス　柳瀬尚紀〔訳〕　46408-4

セイレーン、八岐大蛇、一角獣、古今東西の竜といった想像上の生き物や、カフカ、C・S・ルイス、スウェーデンボリーらの著作に登場する不思議な存在をめぐる博覧強記のエッセイ一二〇篇。

ボルヘス怪奇譚集

ホルヘ・ルイス・ボルヘス　アドルフォ・ビオイ=カサーレス　柳瀬尚紀〔訳〕　46469-5

「物語の精髄は本書の小品のうちにある」（ボルヘス）。古代ローマ、インド、中国の故事、千夜一夜物語、カフカ、ポオなど古今東西の書物から選びぬかれた九十二の短くて途方もない話。

夢の本

ホルヘ・ルイス・ボルヘス　堀内研二〔訳〕　46485-5

神の訪れ、王の夢、死の宣告……。『ギルガメシュ叙事詩』『聖書』『千夜一夜物語』『紅楼夢』から、ニーチェ、カフカなど。無限、鏡、虎、迷宮といったモチーフも楽しい百十三篇の夢のアンソロジー。

ラテンアメリカ怪談集

ホルヘ・ルイス・ボルヘス他　鼓直〔編〕　46452-7

巨匠ボルヘスをはじめ、コルタサル、パスなど、錚々たる作家たちが贈る恐ろしい15の短篇小説集。ラテンアメリカ特有の「幻想小説」を底流に、怪奇、魔術、宗教など強烈な個性が色濃く滲む作品集。

ウンベルト・エーコの文体練習［完全版］

ウンベルト・エーコ　和田忠彦〔訳〕　46497-8

『薔薇の名前』の著者が、古今東西の小説・評論、映画、歴史的発見、百科全書などを変幻自在に書き換えたパロディ集。〈知の巨人〉の最も遊戯的エッセイ。旧版を大幅増補の完全版。

ヌメロ・ゼロ

ウンベルト・エーコ　中山エツコ〔訳〕　46483-1

隠蔽された真実の告発を目的に、創刊準備号（ヌメロ・ゼロ）の編集に取り組む記者たち。嘘と陰謀と歪んだ報道にまみれた社会をミステリ・タッチで描く、現代への警鐘の書。

見えない都市

イタロ・カルヴィーノ　米川良夫〔訳〕　46229-5

現代イタリア文学を代表し世界的に注目され続けている著者の名作。マルコ・ポーロがフビライ汗の寵臣となって、様々な空想都市（巨大都市、無形都市など）の奇妙で不思議な報告を描く幻想小説の極致。

なぜ古典を読むのか

イタロ・カルヴィーノ　須賀敦子〔訳〕　46372-8

卓越した文学案内人カルヴィーノによる最高の世界文学ガイド。ホメロス、スタンダール、ディケンズ、トルストイ、ヘミングウェイ、ボルヘス等の古典的名作を斬新な切り口で紹介。須賀敦子の名訳で。

柔かい月

イタロ・カルヴィーノ　脇功〔訳〕　46232-5

変幻自在な語り部 Qfwfg 氏が、あるときは地球の起源の目撃者、あるときは生物の進化過程の生殖細胞となって、宇宙史と生命史の奇想天外な物語を繰り広げる。幻想と科学的認識が高密度で結晶した傑作。

とうもろこしの乙女、あるいは七つの悪夢

ジョイス・キャロル・オーツ　栩木玲子〔訳〕　46459-6

金髪女子中学生の誘拐、双子の兄弟の葛藤、猫の魔力、美容整形の闇など、不穏な現実をスリリングに描く著者自選のホラー・ミステリ短篇集。世界幻想文学大賞、ブラム・ストーカー賞受賞。

チリの地震　クライスト短篇集

H・V・クライスト　種村季弘〔訳〕　46358-2

十七世紀、チリの大地震が引き裂かれたまま死にゆこうとしていた若い男女の運命を変えた。息をつかせぬ衝撃的な名作集。カフカが愛しドゥルーズが影響をうけた夭折の作家、復活。佐々木中氏、推薦。

青い脂

ウラジーミル・ソローキン　望月哲男／松下隆志〔訳〕　46424-4

七体の文学クローンが生みだす謎の物質「青脂」。母なる大地と交合するカルト教団が一九五四年のモスクワにこれを送りこみ、スターリン、ヒトラー、フルシチョフらの大争奪戦が始まる。

人みな眠りて

カート・ヴォネガット　大森望〔訳〕　46479-4

ヴォネガット、最後の短編集！　冷蔵庫型の彼女と旅する天才科学者、殺人犯からメッセージを受けた女性事務員、消えた聖人像事件に遭遇した新聞記者……没後に初公開された珠玉の短編十六篇。

はい、チーズ

カート・ヴォネガット　大森望〔訳〕　46472-5

「さよならなんて、ぜったい言えないよ」バーで出会った殺人アドバイザー、夫の新発明を試した妻、見る影もない上司と新人女性社員……やさしくも皮肉で、おかしくも深い、ヴォネガットから14の贈り物。

血みどろ臓物ハイスクール

キャシー・アッカー　渡辺佐智江〔訳〕　46484-8

少女ジェイニーの性をめぐる彷徨譚。詩、日記、戯曲、イラストなど多様な文体を駆使して紡ぎだされる重層的物語は、やがて神話的世界へ広がっていく。最終３章の配列を正した決定版！

アフリカの日々

イサク・ディネセン　横山貞子〔訳〕　46477-0

すみれ色の青空と澄みきった大気、遠くに揺らぐ花のようなキリンたち、鉄のごときバッファロー。北欧の高貴な魂によって綴られる、大地と動物と男と女の豊かな交歓。20世紀エッセイ文学の金字塔。

パタゴニア

ブルース・チャトウィン　芹沢真理子〔訳〕　46451-0

黄金の都市、マゼランが見た巨人、アメリカ人の強盗団、世界各地からの移住者たち……。幼い頃に魅せられた一片の毛皮の記憶をもとに綴られる見果てぬ夢の物語。紀行文学の新たな古典。

楽園への道

マリオ・バルガス＝リョサ　田村さと子〔訳〕　46441-1

ゴーギャンとその祖母で革命家のフローラ・トリスタン。飽くことなく自由への道を求め続けた二人の反逆者の激動の生涯を、異なる時空を見事につなぎながら壮大な物語として描いたノーベル賞作家の代表作。

闘争領域の拡大

ミシェル・ウエルベック　中村佳子〔訳〕　46462-6

自由の名の下に、人々が闘争を繰り広げていく現代社会。愛を得られぬ若者二人が出口のない欲望の迷路に陥っていく。現実と欲望の間で引き裂かれる人間の矛盾を真正面から描く著者の小説第一作。

服従

ミシェル・ウエルベック　大塚桃〔訳〕　46440-4

二〇二二年フランス大統領選で同時多発テロ発生。極右国民戦線のマリーヌ・ルペンと、穏健イスラーム政党党首が決選投票に挑む。世界の激動を予言したベストセラー。

ある島の可能性

ミシェル・ウエルベック　中村佳子〔訳〕　46417-6

辛口コメディアンのダニエルはカルト教団に遺伝子を託す。2000年後ユーモアや性愛の失われた世界で生き続けるネオ・ヒューマンたち。現代と未来が交互に語られるSF的長篇。

プラットフォーム

ミシェル・ウエルベック　中村佳子〔訳〕　46414-5

「なぜ人生に熱くなれないのだろう？」――圧倒的な虚無を抱えた「僕」は父の死をきっかけに参加したツアー旅行でヴァレリーに出会う。高度資本主義下の愛と絶望をスキャンダラスに描く名作が遂に文庫化。

さすらう者たち

イーユン・リー　篠森ゆりこ〔訳〕　46432-9

文化大革命後の中国。一人の若い女性が政治犯として処刑された。物語はこの事件に否応なく巻き込まれた市井の人々の迷いや苦しみを丹念に紡ぎ、庶民の心を歪めてしまった中国の歴史の闇を描き出す。

黄金の少年、エメラルドの少女

イーユン・リー　篠森ゆりこ〔訳〕　46418-3

現代中国を舞台に、代理母問題を扱った衝撃の話題作「獄」、心を閉ざした四〇代の独身女性の追憶「優しさ」、愛と孤独を深く静かに描く表題作など、珠玉の九篇。O・ヘンリー賞受賞作二篇収録。

ナボコフの文学講義　上

ウラジーミル・ナボコフ　野島秀勝〔訳〕　46381-0

小説の周辺ではなく、そのものについて語ろう。世界文学を代表する作家で、小説読みの達人による講義録。フロベール『ボヴァリー夫人』ほか、オースティン、ディケンズ作品の講義を収録。解説：池澤夏樹

ナボコフの文学講義　下

ウラジーミル・ナボコフ　野島秀勝〔訳〕　46382-7

世界文学を代表する作家にして、小説読みの達人によるスリリングな文学講義録。下巻には、ジョイス『ユリシーズ』カフカ『変身』ほか、スティーヴンソン、プルースト作品の講義を収録。解説：沼野充義

メディアはマッサージである

マーシャル・マクルーハン／クエンティン・フィオーレ　門林岳史〔訳〕　46406-0

電子的ネットワークの時代をポップなヴィジュアルで予言的に描いたメディア論の名著が、気鋭の訳者による新訳で、デザインも新たに甦る。全ページを解説した充実の「副音声」を巻末に付す。

社会は情報化の夢を見る　[新世紀版] ノイマンの夢・近代の欲望

佐藤俊樹　41039-5

新しい情報技術が社会を変える！　――私たちはそう語り続けてきたが、本当に社会は変わったのか？　「情報化社会」の正体を、社会のしくみごと解明してみせる快著。大幅増補。

イデオロギーの崇高な対象

スラヴォイ・ジジェク　鈴木晶〔訳〕　46413-8

現代思想界の奇才が英語で書いた最初の書物にして主著、待望の文庫化。難解で知られるラカン理論の可能性を根源から押し広げてみせ、全世界に衝撃を与えた。

ロベスピエール／毛沢東　革命とテロル

スラヴォイ・ジジェク　長原豊／松本潤一郎〔訳〕　46304-9

悪名たかきロベスピエールと毛沢東をあえて復活させて最も危険な思想家が〈現在〉に介入する。あらゆる言説を批判しつつ、政治／思想を反転させるジジェクのエッセンス。独自の編集による文庫オリジナル。